ちくま文庫

落穂拾い・犬の生活

小山清

筑摩書房

目次

落穂拾い

わが師への書　9
聖アンデルセン　37
落穂拾い　67
夕張の宿　83
朴歯の下駄　105
安い頭　123
桜林　149

犬の生活

犬の生活 203
早春 231
前途なお 251
西隣塾記 277
生い立ちの記 305
思い出 306
弟と母のこと 320
家 328
遁走 339
その人 353
メフィスト 379
解説　三上延 430

落穂拾い・犬の生活

落穂拾い

わが師への書

それは一冊の古ぼけたノートである。表紙には「わが師への書」と書いてある。あけると扉にあたる頁に「朝《あした》を思い、また夕《ゆうべ》を思うべし。」と書いてある。内容は一人の少年が「わが師」へ宛てて書き綴《つづ》った手紙の形式になっている。これも青春の独白の一つであろう。以下その中の若干をここに抄録する。

先生、僕、ふと思うのですが、先生は鳥打帽がお似合いではないかしら。なんだかそんな風に思えてなりません。唐突にこんなことを云《い》って、可笑《おか》しな奴だとお思いですか。でも、僕、いつも先生のことを想《おも》うときには、先生はきっと鳥打帽が似合うに違いないと独断してしまうのです。鳥打帽の似合うお年寄りは、僕好きです。僕はいまとても嬉しいのです。到頭先生に話しかけることが出来たということが。僕は至って小胆者《しょうたんもの》で人と朝晩の挨拶《あいさつ》を交わすことさえ満足に出来ない奴です。先生だからこそ、しょっぱなからこんな風に始められたのです。僕は先生には何んでも聴いて戴《いただ》けるような気がします。僕はみんな話します。僕がどんな奴だか、追々お分りになるでしょう。

中学校の入学試験の際、口頭試問で将来の志望を問われた時、医者になりたいと僕は答えました。家の親戚に親切なお医者さんがいたのです。僕は子供心にそういう人になりたいと思いました。死んだ母もそれを望んでおりました。その後教会に行くようになってから、牧師になりたいと願うようになりました。信仰を失ってからは小学校の先生になろうかと思ったりしました。いまは、……無能無才、ただこの一筋につながる気持です。辺幅《へんぷく》を飾らず、器量争わず、人を嘲《あざわら》わず、率直に「私」を語る心こそ詩人のものだと思います。僕の好きな一人の詩人の名を云ってみましょうか。ハンス・クリスティアン・アンデルセン。

死んだ母は僕に身分に不相応な小遣いをくれたものでした。僕はろくに読みもしない癖にいろんな本を買ったものでした。アンデルセンの自叙伝の英訳本もそのうちの一つでした。僕はおぼつかない語学の力で読んで行きました。表紙は浅黄色《あさぎいろ》で、まん中にアンデルセンの首があって、そのまわりに天使や動物や花や玩具《おもちゃ》の絵が一ぱい描いてありました。小型の背は濃い緑色で上の方に金文字で“Andersen by himself”と印刷してありました。僕はいまひどく惜しい本でした。母の死後僕はそれを他の本と一緒に売り払ってしまいました。僕はいまひどく惜しい気がしています。……あの本があったらなあ、あの可憐《かれん》な、慎ましい魂は僕の心を慰め、勇気を与えてくれるであろうに、一刀三礼、僕は心を籠《こ》めて訳してゆくものを。

最初の一頁《ページ》はいまでも暗誦《あんしょう》しています。アンデルセンはその生涯を綴るに際して、こういう一行からはじめました。

“My life is a lovely story, happy and full of incident.”

「私の生涯はひとつの可憐なお伽噺《とぎばなし》です、幸福な、そして思い出多い。」

僕の行末がどうなろうと、わずかに彼に倣《なら》うことを得、一篇の貧しき自叙伝といくつかの fairly-tale を生涯の終りに遺すことが出来るならば！

医者、牧師、小学校の先生、……思えばいじらしき限りです。僕などが人の為に何を尽せるものですか。僕の心の何処を探ってみても、僕が何かを為たということの証は見出し得ますまい。僕はいままでに何ひとつしたことがないのです。親に傅《かし》ずいたこともないのです。師に仕えたこともない。友のために図ったこともない。手紙ひとつ心を籠めて認めたことはないのです。生来拙いというだけならば、自ら慰めもしようものを、人よ憐れめ、僕には誠がないのです。僕があのイエスの譬話にある怠惰なる下僕に自らを擬して、「自分はもてる一ミナをもとられてしまった。」と云ったとしたら、それはあまりに愚かなことでしょうか。僕のような者にも、自分の若さというものが、まとまって胸に浮んでくるような期が来るでしょうか。来し方の輪郭が自分でふりかえられる齢をもつことがかなうでしょうか。

先生、僕のような者でも詩人になれるでしょうか？

先生、今日僕は家の者と大喧嘩をやってしまいました。僕は祖母の背中をどやしつけました。なに、つまらぬことからです。祖母が死んだ母の悪口を云ったからです。祖母が悲鳴をあげたので、兄が飛んできて、兄と僕は摑《つか》み合いをしました。果は近所の人達が出てきて僕達を止めました。実はそんなに珍しいことでもないのです。僕は時々やらかすのです。近所の人達にも大分お世話になっています。この近辺では、僕はある種の通り者になっています。兄はまた孝行者の名を得ています。事実兄は孝行者なのです。

先生、へんなことを伺うようですが、先生の星廻りは何んですか？　僕は亥《い》の生れです。亥ノ八白、これが僕の運の星です。なにやら語呂が藪井竹庵《やぶいちくあん》に似て、昔の医者の名のようですね。僕の本名の弱々しげなのにひきかえて、なんと悪びれぬ面魂《つらだましい》をしていることよ。わが運勢よ、竹庵先生が治療の手腕に似て、強引に逞しくあれ！　人は僕のことを「ばか図々しい。」と云います。「さっぱりお感じがない。」と云います。僕も自分に云います、「お前は猪ではなくて、豚だ。」と。僕はなんとも臆面がない。誰にでも見つける、しおしさというものを僕は持ち合せていないかも知れません。恥知らずになると極端に恥知らずになります。そういう時、僕はどんな侮蔑《ぶべつ》の眼にもたじろぎません。名は体を現わすと云いますが、亥ノ八白とは僕にしっくりはまった名前かも知れませんね。実は僕、気に入っているのです。でも、先生、いま僕はたじろがないどころではないのです。いま僕は人にうしろ指一本さされたくなく、陰口一つきかれたくない気持なのです。神妙に暮したい気持で一ぱいなのです。おとなしい、内気な、女の人から同情されるような、そして同じような内気な心の娘からそっと思われるような、(先生、笑わないで下さい)そういう若者になりたい、そんな気もしているのです。なんだか、ひどく引込み思案になってしまいました。もともと僕は意気地なしなのです。人と和解するためならば、僕はその人の足の塵をはらうことも辞しないでしょう。

僕はすべてに誇りが持てないのです。自信がないのです。

僕は現在二階の二畳の部屋に寝起きしています。父の稽古《けいこ》部屋の隣りです。(僕の父は浄瑠璃《じょうるり》のお師匠さんです)母の箪笥《たんす》が置いてあり、僕のものでは小さい机が一つあるきりですが、それに僕を加えると部屋は一ぱいになってしまいます。夜僕はここに蒲団《ふとん》を敷いて眠ります。結構寝られます。ここで僕はわずかに夜の時間を楽しみます。稽古の客の帰った後の二、三時間を。調和ある時々。本を読んだり、先生とお話しをしたり……。

緑雨《りょくう》はこんな手紙を書いていますね。

「そうだ、こんな天気のいい時だと憶《おも》い起し候《そうろう》は、小生のいささか意に満たぬ事あれば、いつも綾瀬《あやせ》の土手に参りて、折り敷ける草の上に果は寝転びながら、青きは動かず白きは止まらぬ雲を眺めて、故《ゆえ》もなき涙の頻《しき》りにさしぐまれたる事に候。兄さん何して居るのだと舟大工の子の声を懸け候によれば其時の小生は兄さんに候……。」

今日はいい天気だったので、昼飯を食べてから、堀切の方まで散歩しました。菖蒲園《しょうぶえん》なども開いていて、遊山《ゆさん》の人の姿も見られました。小菅《こすげ》の刑務所の見える堤に、遊山の人からは少し離れて、仰向けに寝て休みました。浅草の方の空に浮んでいる気球広告を眺めていたら、頭のわきに立った人がありました。兄さん何して居るのだ？　巡査でした。不審訊問なのでした。僕を不良とでも思ったらしいのです。「女子供が遊びにくるので、悪い奴がくるという話なんだが。」こんなことを云いました。僕は水神にいる親戚の名も告げました。すると「無心にでもきたんじゃないのか。」と云いました。立ち去るきわに「自分でもへんだと思わないかい。」と云って、さげすむような笑いを見せました。それは自分の思い過ごしを弁解するもののようにも、また僕を憫《あわ》れむもののようにもとれました。僕は吐胸《とむね》を突かれる気がしました。僕は自分のなりをかえりみました。僕はふだん大抵中学時代の制服を着て、朴歯《ほおば》の下駄を履いています。大して胡散臭《うさんくさ》いこともないじゃないか、と自分に云ってみました。

でも僕はどこかへんなのですね。人相もよくないのですね。僕は前にも咎められたことがあるのです。浅草公園で人にまじり、活動館の前に立って陳列の写真を覗《のぞ》き込んでいたら、その向いの交番に呼び込まれましたっけ。僕にはいつの頃からか、活動館の陳列の写真を見るとき、憑《つ》かれたように見入ってしまう癖がついてしまいました。放心していて掏《す》摸《り》に袂《たもと》を切られたこともあります。また本屋の店頭で立ち読みをしていた時、知った人に肩を叩かれたことがあります。その人は云いました。「そんなに睨《にら》みつけていたら、本に孔《あな》があいてしまうぜ。」活動館の前や本屋の店先に突立っている時の僕の姿は、人が見たら、随分みすぼらしく、へんなのかも知れませんね。

巡査が去ってから僕はまた堤にしゃがんで、水や蘆《あし》を眺めながらぼんやりしていましたが、だんだん気持が滅入《めい》ってきました。そして憤《いきどお》ろしさが込み上げてきました。いまのさき巡査に対してはどんな感情も抱かず、素直に応えていたのですが、そのことがまた堪えられない気持でした。自分はふだん理不尽に辱《はずか》しめられることが多い……僕はこの時もまたそういう、そしてそれはもう巡査を対象としたものではない感情にとらわれました。そして果は、自分は駄目だ、そういう己に返る無力感をまたも堪えねばなりませんでした。僕は参った気持で帰途につきました。かりそめの不審訊問が僕に毎度の憂鬱《ゆううつ》を呼び起したのです。

堀切橋を渡って鐘紡《かねぼう》のあたりまできた時には、僕の気持も少しなおってきました。友達が欲しいという思いが胸に湧きました。すると僕の気持は吐け口を見つけたようにその思いに注がれました。友達は持てるぞ、友達は持てるぞ、そんなことを思い、心は楽しくさえなってきました。白髭橋《しらひげばし》の袂でふと見かけた古道具屋で、僕は古ぼけた額を一つ買って帰りました。その中におさめてある複製の絵と、またその額の古風で単純なのが気に入ったのです。絵は父と母と子を描いたものです。おそらく異国のすぐれた古人の筆でしょう。そのことに暗い僕には何もわかりませんが。ある上流の家庭を写したものでしょう。壮年の父母と若い息子（僕より一つ二つ幼いでしょう）を配した画面からは、良家の行儀正しさとでもいうべきものが伝わってきます。威厳に満ちた父、優しい母、そして二人の間に、父の、母の面影《おもかげ》のしのばれる、初々しい感じの若者。静かなもの、正しいもの、暖いもの、優しいものが感ぜられます。その時の僕の和《なご》んできた気持はこの絵に惹《ひ》かれたのです。値段も安かったので買って帰りました。箪笥の上に飾ってあるのがそれです。さきほど兄が見て「何んだい？」と云ったので、「外国のさる由緒正しい家族の絵だ。」と云ったら、解ったような顔をしていました。

額の中の人達は僕の独りを助けてくれることでしょう。

今朝起きぬけにわが家の新聞をひろげたら、運勢の欄《らん》が眼につきました。

八白　朋友を訪ねて吉あり。

楽しき一行、これを見て訪問の心を起した人もあったことでしょう。しかし僕には訪ねる友もありません。図書館へ行けというほどの辻占《つじうら》かも知れぬ、しばらく御無沙汰《ごぶさた》しているから、僕はそんなことを思いながら、新刊書の広告など見て行きました。あの短かな紹介文というものには、ふしぎに惹かれますね。著者が力量、精進のほどを伝えて妙、まあそんな気もします。著者の言葉の引照してあるのもありました。「余は正しき良心と誤りなき反省とをもって、この書を綴った。」どうも自分には刺戟が強いと思われました。「正しき良心」と「誤りなき反省」、僕は広告面を眺めながら己の無為が省みられ、どの書物もが僕に向ってそう云っているように思われました。なにかとりのこされたようなさみしい気持になりました。青春むなしく逝《い》くを悲しむ。そうした感情が、呪文のようにも、また悔恨のようにも、苛立たしく、切なく胸のうちを通りぬけて行きました。朝飯を食べながら、僕は自分の貧しさを呑《の》み下す気持でした。そのとき、ひとひらの風の便りが舞い込みました。しかも水茎の跡すなおなる玉章。御披露します。

「この朝夕を如何《いか》にお暮しですか。またひどく屈託なさっているのではありません？　貴方は御自分でお考えになるよりは、ずっと自由な生れつきなのに、なにかというと考え込んでおしまいになるのね。屈託げな御容子が見えるようだわ。貴方の御機嫌をとってくれる人は、誰もいないのですか。私だとて、優しさとお世辞は持っていますわ。でも、私は辛抱づよいの。遠く見て、いつも幼い心で歩いて行きたいのです。独り屋根裏部屋に住んでいたアンデルセンの許へ、夜毎その窓辺に訪れて、さまざまのことを語り明かした、あの月、あれは私。私は貴方の不器用な天使。貴方のよろめく姿と私の心と、なんとよく似ていること。でも私はなによりも貴方の声がききたいのです。どこまでも自分の人生を語りつづけて行く貴方の声がききたいのです。沈黙《だま》ってしまうようではいけません。いつでも自分の心を語れるようでなくては。生活に臆病にならないで。幼いハンスが独りで世の中へ出て行った時に、どんなに素直で勇敢であったかを思って下さい。貴方が心さみしく助力というものを欲しいとお思いになった時には、私のことを思って下すってもよろしいわ。貴方の志を嗤《わら》わない者が、貴方を疎《うと》む心になど決してならない者が、一人いることを思って下さい。あのね、いつかきっとお逢い出来ると思っています。ではお元気でお暮しなさいませ。さよなら。」

「先生、僕のような者でも詩人になれるでしょうか？」

「なれるとも。心配しなくともいいよ。君は人相に善いところがあるよ。」

「でも、僕は駄目なのです。何も持っていないのです。」

「どんな小さな草の芽でも、花の咲く時のないものはない。どんな人でも自分に持って生れたもののない人はないのだよ。あのゲエテやトルストイのような人達でも、先ず自分の持つものを粗末にしないところから出発したというじゃないか。そして長い生涯の間には他人と交換したものでもそれを自分のものにすることが出来て行ったというじゃないか。」

「僕が子供と遊んでいるのを見たら、人よ、せめて陰口をきいてくれ。子供は何も知らないからと。僕が花を摘《つ》んだら、さげすみの眼で見てくれ。僕が花で僕の部屋を飾るのを。」

否。

「僕はイエスが子供が好きなように、子供が好きなのだ。イエスが野の百合を愛したように、僕はすべて可憐なものに心を惹かれるのだ。」

先生、こんなものが書けました。読んで下さい。

妹

僕の妹は今年六歳に成る。おそ生れだ。頸《くび》も細く、顔なんか小さく、一摑みになりそうで頼りないなあって気になる。紅いちゃんちゃんなんか着ている姿には、なにか猿の子を聯想《れんそう》させる幼い獣めいた感じがある。妹を抱いて毛深い襟《えり》もとに僕は生《なま》な愛着をそそられるのだった。

去年の夏、母が死んだ。母の死は僕にとって生れて初めてのものだった。僕は滅茶苦茶な心で母の死に面接した。傍らには母を失くした妹がいる。が、僕はこの幼いものの生命に母の死が何んであったかを知り得ない。僕は母の死に面接したまま、祖父の死を、弟の死を送った幼い頃の自分のことを思った。

今年の春、妹のとこへ新しい母が来た。妹は「お母ちゃん、お母ちゃん。」と云って懐いている。

妹も同じ年頃のものと遊ぶように成っている。弱虫で年下の友達によく泣かされる。僕は妹の泣き声をよく聞かされる。僕はまた、遊びの輪から離れて小さな顔を歪ませている妹をよく見かける。

御飯の座などで兄が、「ジョン公の方がおとなしく云うこと聞いて可愛いいや。」と云うと、「ジョン公の方が可愛いいって云ったあ。」と云って泣く。「あたいを可愛がってくれない。」と云って泣く。きつく叱ると、「ぶったあ。」と云って泣く。妹にはひどくこたえるのだ。大人達の無神経は妹の泣き声の一心を感じないのだ。僕のような弟を持ち、妹として子供らしい意地をあらわしはじめた……兄の言葉に兄の気持が感ぜられるだけ、僕は癇《かん》癪《しゃく》が起きるのだった。

妹はか弱くなった……そういう僕はこの五月徴兵検査を受けた。しばらく逢わなかった人は「大きく成ったね。」と云う。生きて行く上に多少意識的になってきた気持で、僕は妹の身を心配する。……自分を育てるものは自分の他にない、妹だって自分でやってゆくようになるんだ。

夜、電燈の下に家内のものが集った座などで、僕は妹を抱いて、ふっと妹を案じる心になって、

「早く大きくなってくれよ。」

妹にでもなく、そう自分の気持を云ってみるのだ。

僕の神経も疲れている。僕は幼いもの達の喧嘩を夢にまで見てしまった。夢の中で僕は妹に加勢し、躊躇《ちゅうちょ》することなく、相手の女の子の顔を踏んづけた。

今日は朝から小雨が降っています。このしずけさにいてお便りをしたためます。

〽恋風や　その扇屋の　金山と　名は立ち上る夕霧や……。

隣りの稽古部屋から「吉田屋」をさらう声が聞えてきます。声の主はAさんといって、家へ見える連中さんでは旧い人です。僕のほんの子供の時分から見えています。Aさんはいい声なので僕は家にいれば聞くようにしているのです。それにこの、恋風や、……からはじまる夕霧の出は好きなのです。

先生は浄瑠璃はお好きですか？　僕は父が教えてくれれば習いたいのですが、習えるどころではありません。この間父にどうして浄瑠璃などを習ったのかと訊いたら、「好きだったから。」と一言云いました。気のない返事でした。でも、詩人志願の息子はそれだけでも嬉しく、満足に思いました。

いまのさき父に伴いて朝湯に行って来ました。父は眼が見えないものですから、昼前の湯屋の混雑しないうちに行くようにしているのです。帰ってから稽古部屋で父に「蘭斎歿《らんさいぼっ》後《ご》」を読んできかせました。一緒に湯に行くことと本を読んできかせること、これはこのほどふと始めた日課のようなものですが。（いつまで続きますことか）読みながら「どう？」と訊いたら、「うん、おもしろい。」と云いました。父の興を惹いたようでした。父はどういう心で聴くのでしょうか。この日課を始めた時、僕はまず「破戒《はかい》」を読んできかせました。次に「多情仏心《たじょうぶつしん》」を。父はいずれも興《きょう》がって聴きました。しかし父は自分から求めることはしません。いつも僕が押しつけるのです。いつまで続きますことか。

父は今年四十七歳になるのですが、どういう心でいるのでしょうか、僕のことをどんな風に思っているのでしょう？　僕の父はほんとに黙っている人なのです。父は僕に対しては多く頑《かたくな》な無関心な態度でいて、うち解けてくれることもすくないのです。それに父はあまり僕を好きではないらしいようです。僕がこんな風に思ったりするのも、一つは父が盲目なため、小さい時から常に人にかえりみられてきて、一家の主としても、父親としても、自ら配慮するということのなく、配慮される人であるためでもありましょう。父親というものは息子に対してどんな気持を持っているのでしょう？　世間の年頃の息子を持った父親の心というものはどんなものなのでしょうね。先生、僕がこんな風な考え方をするのはへんですかしら。僕が父にもっと親しみを抱いていたら、おそらくこんなことは思いますまい。

僕の父は滅法善い人です。やさしい、善い心の人なのです。人に立ち交ったこともなく、世間というものを知りません。父が浄瑠璃などを習うようになったのは、盲目になったためからでしょうが、生れつき父の軀《からだ》には好きなものへの血が流れていたのだと僕には思えます。父の周囲、僕の一家もまた芝居、音曲などの好きな連中の集りですが、父を除いては誰も粗い気質の人達ばかりです。一家のこの方の趣味にしてからが、もっと人柄に浸み込んだものであったなら、僕の家庭の空気にも、もっと柔かな、砕けたものが流れ込んでいたことでしょう。そういうものを持っているのは、陰気な黙りがちな父だけなのです。家にはいま六つになる妹がいますが、父は時にそんな幼いものを相手に、玩具の三味線《しゃみせん》などを手にして、おどけて見せることがあります。そんな時の父には、巧まない、瓢逸《ひょういつ》なところが見られます。僕はまだ子供の時分、夜の明け方ごろになると、隣りの父の寝床に這い込んでいっては、よく父に「お話して、お話して。」とねだったものでした。すると父は、いつでも「うん。よし、よし。」と云って、寄席《よせ》できいてきた、落語や講談の話をしてきかせてくれました。僕の記憶には、父の話振りが、なかなかユウモラスな、上手なものとして残っています。父はまた自ら畳の上に仰向けになって、揃えた足の裏を子供の僕の帯のへんにあて、僕に手足を動かさせては亀の子の真似をさせたりしました。また、自分の背に僕を仰向けに背負って、「千手観音。」だと云って戯《たわむ》れたりしました。子供の僕は父の背で、「千手観音、拝んでおくれ。」などと云ったりしました。僕はこの遊びが好きで、よく父にせがんだものでしたが。もし父が並の軀であったなら、父のこういう為人《ひととなり》はもっと外部にあらわれて、広く、暖く、家庭を包んだことでしょう。

父が浄瑠璃を習うようになったのは、十三、四の頃からだといいます。周囲の者が父の為に図り、また父にも少年としての決心があったことでしょう。三十年余もこの道に親しんできたわけになりますが、そういう人として父はいまどんな心でいるのでしょうか。僕も自分の拙さを忘れて、自ら好める道に進もうとしている者です。そういう僕はやはり父のうちに一人の芸人を見たいのです。もしも父が僕の道の先輩であるならば、僕は父の書いたもののうちに、動じない父の心を見出すことも出来得たでしょうに。悲しいことに、浄瑠璃のことには、僕は自分のうちに自ら恃むどんな情熱も見出し得ません。僕は父の語るのを聴き、口惜しい思いをします。父の芸のいいものであることだけは僕にも解るので、それだけ、芸人としての父に心許なさの感ぜられるのが、淋しい気がします。僕はもっともっと浄瑠璃に心を傾けることで、拠りどころを見出しているような父を見たいのです。そうでなければ、父という人はあまりに淋しい人です。この間ラジオで父の先輩の人がその道の話をしたのを聴きました。その人は云いました。「朝《あした》に道を聞かば、夕《ゆうべ》に死すとも可なり。」芸に就く者の心のほどを感じ、僕の年若な心が父に望むものが、決して大人から笑われるようなものでないことを確めました。また父の語物のうちで僕がよく知っているものを、さる人が放送したのを聴きましたが、その時僕は父の方が立派だと思わないわけには行きませんでした。父もそれを聴いて、ちょうど見えていた連中さんと話していましたが、恃《たの》むところのある口振りでした。僕は隣りの二畳にいてそれをきき、流石《さすが》に興奮を催すこともあるのだなと思い、愉快でした。父はふだん大変ぼけた善人で、僕は淋しく、歯がゆいのです。僕は父のために檜舞台と喝采が欲しいのではありません。（ああ、もしその喝采をきくならば、僕はどんなに嬉しいことでしょう）ただ、芸のことと、己の道のことにつき、父の心に自若たるものを望むのです。芸のことと、己の道のこと、それはまた僕の行手にある問題なのですから。ここにフィリップの言葉があります。「芸術家とは、つねに自らに耳を傾け、自分の聴くことを自分の隅っこで率直な心で書きつける熱心な労働者なのだ。僕は、自分の思いどおりの木靴を作るために働く村の木靴工と、人生を自分が見るがままに物語る作家との間に、差別を認めない。」こういう言葉は僕を励ましてくれます。父の芸の道に於て、僕には父をどう輔《たす》けようもなく、そのことを思うと、いつも淋しい気持にとらわれます。

僕はこの頃思うのです。僕達兄弟の中で、誰よりも僕が一番父に似ている、と。かく云えば、おそらく家の者や知人の顰笑《ひんしょう》を買うことでしょうが。また僕は思うのです。僕達兄弟の中で誰よりも死んだ母に似ているのは、僕だと。僕の眼が死んだ母の眼に似て怖いということ、これはふだん誰もが口にしていることです。これらはみな、なにがなしにそう思うのです。なんだかそう思えるのです。父の、母の、稀《まれ》なやさしい善い心を僕はもらうことが出来ませんでした。ただ一つ僕に親譲りの顕著なる特質があります。それは母に似てひどく汗っかきなことです。死んだ母はまれな汗っかきでした。夏になると、実に玉の汗をかきました。母の働く性質を、その濃情を語りがおに、汗は満ち溢れ、流れました。母はハンカチはいつもぐしょぐしょでした。先生、僕も汗っかきなのです。とても母には及びませんが。僕は人から随分汗っかきだねと云われると、いつでも「ええ、親譲りでね。」と答えます。僕には愉快なのです。僕は自分が陰性な厭《いや》な奴だと思うので、自分にそんな、人に隠せないものがあるというのが、ひどく嬉しいのです。汗っかきということは、悪い感じのものではありませんね。父はよく独りで稽古部屋にいて、指を噛んだり、膝頭を叩いたりして、見えぬ眼をむいて、なにやら唸っていることがあります。なにに興じ、なににわれを忘れているのでしょうか。僕もよく二畳の部屋にいて、指の背を噛みながら、止めどない想いに耽ります。これは父に似たのかも知れませんね。

先生、昨日僕は久し振りに図書館へ行きました。そして漱石の書簡集を読んだのです。あれには師から弟子へ宛てたものが、沢山集めてありますね。年若い弟子を持った師の心が、躍如として僕の胸に迫りました。そして読んでいる僕の心にふいに活きかえって思い出された一つの言葉がありました。それは、芥川龍之介の死後一友人が生前芥川がその人に告げた言葉として、その追悼の文辞の中に録した言葉なのです。芥川はその人にこう云ったといいます。「君が漱石先生に逢っていたら、君と僕との間柄も、もっと違ったものになっていただろう。」と。漱石に逢いたかったという思いが僕の胸に湧きました。先生、僕も恥知らずでは生きて行けません。「お前は間違っている。こうしなさい。それはこういうことなのだ。くよくよすることはいらない。」
僕は僕を叱る声がききたいのです。僕の疑惑と逡巡を断ち切ってくれる言葉が欲しいのです。

影は妹のごとくやさしく
幸福《しあわせ》が私と肩を並べて歩いた。

僕は散歩の途上、わが身をかえりみては、よくこの詩を口ずさみ、歩調をととのえようと試みるのです。幸福は、やさしき人のことを思う故にはあらず、われにかしずきくれる、はしき妹のわが家にあるにあらず、独り木下蔭をゆくとき、道のべに佇《たたず》むとき、ふとわが身を訪れる、なごみゆく心……空の色、樹木のたたずまい、道ゆく人の顔、さては蹲《うずくま》る犬の眼差し。僕は眼を惹く限りのものに眼を止めては、調和ある心を得ようと努めるのですが、僕の朴歯の歩みは依然としてぎごちないのです。

影は妹のごとくやさしく
幸福が私と肩を並べて歩いた。

ああ、親しい心の時よ。心のうちにこの詩を呪文のごとく唱えつつ、僕は慰まぬ散歩を続けて行くのです。

先生、ふと口をついて出たようなこの詩を僕は好きなのですが、どうお思いですか？ 誰の詩だか御存知ですか？ 首をかしげている先生の顔が見えるようです。この詩は、さあ、誰の詩だと云ったらいいでしょうね。「影は妹のごとくやさしく」これは「侘しすぎる」の清吉がふと思い出て口ずさむ文句なのです。「幸福が私と肩を並べて歩いた」これはヴェルレエヌの詩の一行です。「侘しすぎる」を読み、この句を見出して、清吉のようにこれをくりかえし、くりかえししていたら、僕の心にヴェルレエヌの詩が思い浮んだのです。僕は二つの句を並べて口ずさんでみました。「影は妹のごとくやさしく」誰の云った句かは知りませんが、こう並べてみると、ある心持が感ぜられますね。「いい句だ、ほんとうの淋しさにあった人の云った句だ。」と清吉は思うのですが、「幸福が私と肩を並べて歩いた」ヴェルレエヌもまた不幸な人だったのですね。それでこの二つの別々の言葉が一人の人の口から吐かれたような親しさを呼ぶのですね。

影は妹のごとくやさしく
幸福が私と肩を並べて歩いた。

和やかなもの、秘かなもの、親しいもの、楽しさがその人を訪れたことが感ぜられますね。

先生、今朝明け方、僕は夢を見たのですよ。僕が女の人の肩を抱いて、道を歩いていた夢なのです。ただ、それだけの夢なのです。その女の人とどんな話を交したわけでもないのです。ただ、ね、先生、その時の僕の心は楽しかったのです。満されていたのです。僕が現実では一度も味わったことのない心地で僕はいたのです。夢の中で僕は完全に幸福だったのです。夢がさめてからもその感動は残っていました。僕はいつまでもその楽しさの後味を味わっていようとつとめました。その時の僕の気持は、あの詩に感ぜられるものよりは、もっと濃いものだったかも知れません。

その女の人はある映画女優にも、また以前家に稽古に来たことのある娘さんにも似ていました。僕はその映画女優に惹かれたこともなければ、またその娘さんのことを心に思ったこともないのですが。ただ僕は夢の中で僕が味わった甘美な気持を忘れることはないでしょう。現実では僕はそれを知らないのですから。

僕にはずっと前にも、これに似た夢の経験があるのです。その夢では、僕は少年時代の友と背を並べて歩いていました。そしてその時も同じ様に僕の心はわりなき楽しさに浸っていたのです。抑制、気づかい、そういうものから心はまったく自由にされ、云いがたき楽しさのみがありました。

先生、僕はどうしてこんな夢を見るのでしょうね。どうして現実の生活が僕にくれたことのないものを、夢の中では経験することが出来るのでしょう。

現実では僕の手はまだ一人の友の肩も抱いたことはないのです。

日頃本を開き、「仲よし」とか「気の合う」とか「好いた同士」とかいう活字が眼に映ると、僕は心がうぶな娘の心のようにときめくのを感じます。また、路上や電車の中などで、中学生などの親密な狎《な》れあいを眼にするとき、僕の胸は消しがたき淋しさに襲われます。

僕はこれまで女の友達など持つ機会もなくて過ぎてきたせいか、わが身に恋人を想像することよりも、一人の友の腕を欲する心の方が、いまも強いのです。僕はどうやら、子分肌、弟分肌に生れついているようで、人に頼る気持がいつまで経っても抜けずにいます。その癖傲慢《ごうまん》な奴で、ちっとも可愛げなどはないのですが。僕は長い間、一人のよき兄貴が欲しい思いでしたが、いまは兄貴という人よりも、温和な同年の友のことを想像します。

先生、好きな友のことを語らせて下さい。さあ、どういう風に話したらいいかしら。

友は僕よりは脊は少し低く、しかし軀つきは、僕よりもがっちりしているのです。人は友を初めて見た時、へんに跼蹐《きょくせき》としたものを感ずるのですが、見ているうちに、それがまるっきり反対なものであることを知ります。友の顔はよく見ると、のびのびとしたものなのです。どちらかというと、怖いむっとした顔つきなのですが、若々しい感じがあって、怖い眼つきにまたやさしいところがあるのです。全体の感じは、岩だとか、熊だとかいう言葉を想わせるのですが、またいつも柔和なものが感ぜられるのです。人は友に対しては奔《ほとばし》る熱情よりも、潜む静かな力を感ずるのです。才気煥発《さいきかんぱつ》して衆目をあつめるなどいうことは、友の柄ではないのです。生活上の種々なことに於《おい》て、人に譲歩する寛い心を持っているので、些末《さまつ》なことで人と争ったり、人をへこましたりすることを好みません。ですから時に友の寛容を愚鈍と見誤った小人共が、友を以《もつ》てくみし易しと見て、失敬なこともするのですが、でも友はそんな連中を叩き伏せることなどはしないのです。いつか自然と友の周囲からは、無意味なひやかしなどは影を消してゆくのです。とりわけて兄貴肌というわけでもないのですが、温和なむらのない心が自然と好感をよび、同年の者よりは長者の信頼を得るような、そんな有為な感を抱かせる人柄なのです。しかもその心はまれな無邪気と率直さを持っているのです。

この友と僕は中学時代にめぐりあった、と、まあそんな風に想像してみましょう。

僕は中学の三学年を二度学びました。その二度目の春、一人の馴染《なじ》みもない仲間の中に、地方の中学校から転校してきたこの友と僕は、二人の新入生として机を並べたのです。最初の日の博物の時間でした。出席簿を見て生徒の名を呼んでいった先生が、僕の番にきた時、顔をあげて、「おや、君は落第したのか?」と思わず口走ったのでした。僕は曖昧《あいまい》な笑いを浮べました。一瞬、教室に笑声が起りました。僕はそっと隣りの生徒の顔を見ました。その朝校庭でその生徒の顔を見た時から、心を惹かれていたのでした。その生徒は教科書の上に眼を落していましたが、笑いを忍んでいる風は見えませんでした。僕はその無心さに聡明なものを感じました。

友はなまけ者の僕と違って、まじめに勉強しました。しかし、どの科目に特別秀《ひい》でるということもなかったのです。ただ、剣道部の秋の試合に示した、友の沈着な技量は僕達を驚かしました。この地味な新入生がそんな卓抜なものを持っていようとは、それは誰にも思いがけなかったことなのでした。友の好ましい為人《ひととなり》はだんだんに僕達の間に知られてきました。しかし、友は決してはにかみやではなかったのですが、無口な質《たち》だったので、誰とでもすぐ親しくなるという風ではなかったのでした。とりわけて遊び友達というものもありませんでした。ただ一人、仲よしがありました。それは僕なのです。はにかみやでそして傲慢な僕が友の一人の仲よしなのでした。新入生として机を並べたことが、自然と僕達を近づけたのですが、僕達はすぐとお互いの間に素直に通じあうもののあるのを感じました。初対面の時の直感はいつも心にあって、二人の間で裏切られたことはありませんでした。また、友の敏感な心はすぐに僕のへんな泣きどころを感知してしまったのでした。友のやさしい眼が僕に対して大人びた光りを帯びるようなことがありました。それは僕を狼狽させるものでした。しかし、僕は友が好きだったので、それに僕は素直なところもあるので、友に対して自分をかまえるようなことはしませんでした。友の心が僕を包むのをおぼえることもありました。地理の宿題で大変綿密な地図を描かせられたことがありました。面倒がりやの僕は中途でそれを放擲《ほうてき》してしまったのですが、友はそのために徹夜して僕の分まで仕上げてくれました。

或る日午休みの時のことでした。友と僕ともう一人の同級生との三人で、校舎の窓の下に倚りかかって雑談をしていました。午後のはじめの授業は教練だったので、僕達はゲートルを着けていました。僕はひどく不器用でゲートルの巻き方の下手くそなのを笑いました。ふと友が僕の足を見て、ゲートルが満足に巻けたことはなかったのでした。しかし友も決して上手な方ではなかったのでした。僕は友のゲートルに注意して、その巻き方の正式でないのをなじりました。それから僕達の間にゲートルの正式な巻き方について争論が起りました。一瞬、僕達は熱中しました。その時、もう一人の同級生が、「君達はいつでもすぐ喧嘩をするんだね。仲がいいから喧嘩するんだね。」と云いました。僕達はそんなに口論をしたことはないのですが、この同級生の言葉をきくと、友は頰をあからめ、校舎に背を強くこすりつけて、はにかんだような顔をしました。僕にはわかりました。友には嬉しかったのです、僕と仲がいいと人に云われたことが。僕は決して早熟な少年ではなかったのですが、ただ僕の胸には自分が厭な奴だという思いが早くから兆《きざ》していました。僕は人と親しみあうことも少く、独りの気持には慣れていました。僕は友の顔を見て、ああこの友は僕という人間をほんとに好きなんだなと思いました。僕はこの時初めて人の顔に、自分に対する偽りのない好感を見たのです。ああ、僕は単なる軽挙妄動《けいきょもうどう》の徒に過ぎないのに。一介の破廉恥漢《はれんちかん》に過ぎないのに。

先生、実は最初このノートに向った時、僕は迷ったのです。誰の胸に「僕はね、僕はね。」と云い送ろうかと。僕の胸のうちには三人の人がいるのです。先生に、この友に、そしてもう一人、或る女の人と。その女の人は僕の親しい身寄りの人で、僕の赤ん坊の時分から僕を知っていて、いつまでも僕の成長を見護っていてくれる心を持っている人なのです。大柄な、髪のゆたかな、なんでも承知しているような、やさしい愁《うれ》い顔の人なのです。僕はその人を「おばさん。」と呼びます。

「男の子は頑張らなくては駄目。最後からでも歩いて行きなさい。」

その人は時にきびしく、時にやさしく、それから、笑ってはいけません、時々お小遣いをくれるのです。

僕は随分迷ったのですが、でも僕の心は強く先生の方に惹かれました。

僕は学校にいた時分、時々授業をエスケープしては、よく隣りの海軍墓地へ、境の柵を乗り越えては入り込みました。墓地の奥の方には広い草地があって、僕はそこまで出かけて行っては、独りの時を送りました。

瑠璃色の水　空に流れ
気澄みて　涼しく
われ　ひともとの桜樹の蔭に立ち

その実摘み　押しつぶし
葡萄色　掌を濡すを楽しむ。

僕は草のうえに坐ってこんな詩を詠んだりしました。そしていつも先生のことを思い、傍らに先生を想像しました。先生はやさしい眼差しで僕を見ました。そして僕の話すのを静かに聴いてくれました。「心配しなくともいいよ。」先生の眼は僕に向って、こう云っているように思われました。

聖アンデルセン

「海は凪いでいた。」と月は言った。「水は私が帆走っていた晴朗な空気のように透明だった。私は海の表面より深く下の方の珍しい植物を見ることが出来た。それは森の中の巨大な樹木のように、数尋《ひろ》の茎を私の方へ差上げていて、その頂きの上を魚が泳いで行った。空中高く一群の野生の白鳥が渡っていた。その中の一羽は翼の力が衰えて下へ下へと沈んで行った。彼の眼はだんだん遠ざかってゆく空中の隊商の後を逐《お》ったが、両翼を広くひろげたまま、石鹼《せっけん》球が静かな空気の中で沈むように、沈んで行って水面に触れた。首は翼の間に折り曲げられた。彼は穏やかな内海の上の白い蓮《はす》の花のように静かに横たわっていた。やがて風が起って軽い水面に襞《ひだ》をたてた。水面はまるで大きな広い浪《なみ》になって転がるエテルででもあるように、きらきら輝いた。白鳥は首をあげた。閃々《せんせん》と光る水は碧《あお》い火のように胸と脊《せ》を洗った。朝の微光が赤い雲を照らした。白鳥は力づいて立上った。そうして昇る太陽の方へ、空中の隊商が飛んで行った、碧みがかる岸辺の方をさして翔けて行った。しかし唯《ただ》ひとり胸に憧憬を抱いて翔けた。碧いふくらみあがる水を越えて寂しく翔けた。」

——アンデルセン「絵なき絵本」茅野蕭々訳——

お母さん、今晩は。いま、月が知らせてくれました。君のお母さんは揺椅子に凭《もた》って編物をしながら、こっくりこっくりしているって。昼間のお疲れが出たのだろうと私は返事をしておきました。お母さん、また寝間帽子ですか。私の衣裳箪笥《いしようだんす》にはあなたが編んで下さった寝間帽子が三つも入っています。私はそれを折に触れては思いつくままに取りかえて被ります。それはいろんな意味で私のオーレ・ルゴイエ（眠りの精）なのです。まず私にやすらかな眠りを与えてくれるからです。それからいい夢を見せてくれます。そうして時には溢《あふ》れるほどの感興に、創作の感興に浸らせてくれるのです。こうした効果《ききめ》は、私は人にも訊いてみましたが、これは私の寝間帽子に限るようですね。みんなあなたが、あなたのひとり息子のハンスの身を案じながら心を籠《こ》めて編んで下さるからだと思っています。お母さん、あなたが編物がお好きで、夕食後の刻をそうしてお過ごしになっていられるのを私は喜んでおりますが、またお手紙でも「わたしは編物をしながらお前のことを思っている時が一日で一番楽しいのだよ。」と云って下さるのを嬉しく思っておりますが、それもどうぞほどほどになさって下さい。お母さんは昼間一ぱい、お働きになるのですから。夜は早くお休みなさるように。ここのところ私も早寝の習慣をつけております。私の場合は至って造作もないことで、お心尽しの寝間帽子を被《かぶ》ればいいのです。そうすればすぐとオーレ・ルゴイエが私を夢路へ誘ってくれるのです。お母さんはいま編物をお片づけになりましたね。ええ、月がおしえてくれたのですよ。古い馴染《なじ》みの、そうして気のおけない友達の月です。私がこの壁の傾斜している屋根裏部屋に住むのも古いことですね。スラゲルセのラテン語学校を退いてこのコペンハーゲンに戻るとすぐこの部屋を借りたのですから、そう、もう六年になるわけですか。その間二度旅に出ましたが、後はずっとこの部屋で暮して来ました。思えば永いことですね。私の体にはコペンハーゲンの暮しが、そうしてこの屋根裏の匂いが染みついてしまっていることでしょう。いま窓の外に在っていい眼つきで私を見て微笑《わら》っている月とも、そうです、私もはじめは私の窓辺を訪れてくれたこの友達に対して、よそよそしくしていましたが、毎夜のように訪れてきて私を見護り顔な様子に気づくにつれて、だんだん慕《した》しさが募ってゆきました。いつか私は彼に頼っていました。そうして果《はて》はこの友達に向って持前の稚《いとけな》さをさらけ出してしまいました。私は月にそっくり打ち明けて話しました。はじめて故郷のオーデンセからこのコペンハーゲンにやって来たのはやっと十四歳になったばかりの時だったということを、寄辺ない少年だった私がいろんな人の世話になって、どうやらここまではやって来たということを、その間の嬉しかったこと悲しかったことを、そうして私はいまも行き悩んでいるということを、慰《なぐさ》めが欲しいのだということを、みんな打明けて話してしまいました。私の顔をみつめていた月は云《い》いました。「君はよく打明けてくれたね。人というものはいつでも自分の心を語れるようでなくては駄目だと思うな。僕に対して心を開いて見せてくれたということだけで君はもう一歩をふみ出したのだよ。君の生涯のうっとうしい一時期に、そうしておそらくは大事な一時期に君と近附きになれたのも、これはとうの昔に極められていたことだと僕は自分に云いきかせている。おそらく僕は性急な慰め手ではないかも知れない。君の涙をすぐ拭ってやるなどいうことは、僕などには出来ないだろう。僕は君を永い眼で見ているよ。」私は月を見つめ、一層彼に心を寄せました。そうして私達は友達になったのです。いままでは私達の友情は落着いた確《しっ》かりしたものになっています。はじめの頃のように無性に話しあったりはしませんが。私は月が傍《かたわら》にいてくれるということだけですべてを堪える気になるのです。でも時には私も心を弱くして彼に問いかけます。「ごらん、いまだに僕はこんな調子だ。君は僕を疎《うと》まないか？」するとと月は私がそんな眼つきをする度に、誠実の籠った重い口調で云ってくれます。「疎まない。僕は君を永い眼で見ているのだよ。」私達の間柄のことはすべて彼のたまものです。彼の堅実な性質と思いやりの心がなかったならば、心弱い私にどうして永い友情など結べるものですか。「君は楽しそうに書いているね。お母さんへのお便りかい？」といま月が話しかけました。「うん。僕は君のことをお母さんにお話しているのだ。」と私は返事をしました。月はうなずいて云いました。「僕はこのコペンハーゲンという都会も好きだけど、君の故郷のオーデンセという町も好きだね。君の生家の窓辺には、え、ぞ、葱《ねぎ》とオランダ芹《せり》の植っている大きな箱が置いてあるよ。君のお母さんの花園だ。僕は毎夜それを見るのを楽しみにしている。僕には僕の友達の幼時がそこに見えるような気がするのだ。このことをちょっとそのお便りの中に書き添えてくれないか。夜になるといつもその花園を照らしている月が、御自分の息子の仲良しだと知ったなら、君のお母さんも心丈夫に思われるだろうから。」ね、お母さん、いい友達でしょ。私達の友情はこんなにもくつろいだものになっているのですよ。彼はまた兄のような口調でいろんな話を聞かせてくれます。「麵麭《パン》の上に沢山のバタも下さいましって、お祈りした小さい娘の話。」「嘲罵《ちょうば》の口笛で舞台を逐われた不幸な俳優の話。」「何処に美の薔薇《ばら》が咲くかという話。」などを。私はそのうち彼から聞いた話を纏《まと》めて小型の好い本を編もうと心がけております。私はその本に「絵なき絵本」という名をつけて、月と私の友情を記念するよいものにしたいと思っています。ええ、もう彼の承諾は得ているのです。彼も心待ちにしてくれているようです。どうも月のことばかりお話ししてしまいましたね。あなたはさぞ「この子はいつまで経っても天上のことばかり考えている。」とお思いでしょうね。では私も少しは下界のことを弁《わきま》えているということを、私の身のまわりのこと、暮し向きのことなど少しお知らせ致しましょう。「お前の身の上のことはなんでも知らせて寄こしてくれなければいけない。これはお母さんには内緒だとか、このことは話しても解らないだろうなどとお前が思ったりすることがあれば、それはわたしを悲しませることになるのですよ。」そうあなたのお手紙にも云ってございましたから。当地コペンハーゲンの暮しは正直のところ楽ではございません。なかなかに骨が折れます。お母さん、私はここ四年というもの筆一本で自分の身の始末をして来ました。私はいまだに大きな子供ではありますが、でもよほどのことでなければ、私を顧みてくれる人の許《もと》をも、そのことで尋ねは致しませんでした。筆一本の生活、それはこのデンマークという小さい国では容易なものではないのです。しかし自ら養う一つの技倆《ぎりよう》をも持ちあわせない私としては、自分の性に合ったことでどうにか暮してゆけるのを喜びとしなければなりますまい。そうして事実私は名の売れていない作家としての苦闘を喜びとして来ました。働いて暮すということが、お母さん、私にも解ってきましたよ。「友なるによりて起ちて与えねど、願いの切なるによりて……。」聖書にこんなことが云ってあったと思います。世の中の持ちつ持たれつという気持も引き出されるような気が致しますが。私達は自ら卑屈になることも、人を疑ぐることもいらないのですね。切に求めてゆくところに生活はあるのですね。私は逡巡する自分を鞭《むち》うってひたすら求めました。そうしてそのつど道の開ける思いを、雲霧の晴れる思いを経験しました。私達は自分達の臆病な心を庇《かば》ってはなりませんね。人に対して因循《いんじゅん》であってはいけませんね。「友なるによりて起ちて与えねど……。」ね、お母さん、私はよく思うのですが、イエスという人は若くてこの世を去られたのに、また御自分はなんの職にも就《つ》かずに（家庭におられた時は大工さんだったそうですが）国々を遊説なさっておられたのに、世間の事情に通じておられたところがありますね。まあ、そうした方だったのでしょうね。そうでなかったなら、生れつきからだけでは、あれほどの弟子に対する思いやりの心は、イエスのような人でも持てなかったのではないでしょうか。ああ、お母さん、ごめんなさい。悲しい顔をなさらないで下さい。私は少し調子に乗ってお喋《しゃ》べりをしてしまいましたね。ばかですね。私としたことが信心深いお母さんを前にして、ふだんの自分のものの考え様をそのままあらわしてしまうなんて。「お前は亡くなったお父さんに似てきましたね。イエス様に対してそんな生意気な口をきいて。お前がどんなにおませな風をして見せたって、ハンス・アンデルセンが子供であることは、このお母さんがちゃんと呑み込んでいますよ。」私を叱るお母さんの顔が見えるようです。でも、お母さん、どうぞ御心配なさらないで。私もあなたに負けずにイエス様を愛しているのですよ。イエス様は私達のすぐれた模範です。この後私にどんな仕事が出来ようとも、それはイエス様の弟子の一人としてです。私が子供であること、それはあなたのおっしゃる通りです。ええ、私は子供ですとも。私にはこの幼い心がただ一つの頼りなのです。励みなのです。私が独りで世の中へ出て行った時、十四歳ではじめてこのコペンハーゲンの土を踏《ふ》んだ時と今と、私はちっとも変っていません。ハンス・アンデルセンの持つ稚拙と勇敢は、これは生得のものですよ。それにしてもお母さん、私は子供の時のことを思い出しましたよ。亡くなったお父さんは聖書もよく読まれたようでしたね。お父さんはいつも一節ずつ丹念にお読みになりいろいろお考えになっているようなお様子で、そうしてその事に就いて御自分の考えをお母さんに向ってお説きになるのがきまりでした。でもあなたにはお父さんのおっしゃることがよく解らなかったようでしたね。或る日お父さんは聖書を閉じてこんなことを云われました。「イエスだって俺達と同じ人間だ、唯《ただ》、とても偉い人間だっただけだ。」あなたはこれを聞いてびっくりして泣き出してしまわれました。子供の私も何やら恐しくなって、神様にお父さんの大それた冒瀆をお許し下さるようにとお祈りしましたっけ。「俺達の胸の中に巣くっている悪魔以外に、悪魔なんてこの世界にいるもんか。」お父さんがまたこんな事を云い出した時には、私も子供心にお父さんとお父さんの魂の行末が心配になったものでした。やがて或る朝のこと、お父さんの腕に深い引掻かれたような傷が三すじほど出来ていました。それを見てあなたやお隣りの小母さん達は、それこそ悪魔のなした業で、悪魔が自分の存在をお父さんに見せる為に夜中にやって来たのだ、と話していられました。思えばこんなこともありましたね。お母さんは覚えていられますか。いま思いますと、お父さんの腕の傷は寝台に出ていた釘で受けたものですよ。お父さん！　本の好きだったお父さん。ラ・フォンテーヌやホルベルや「アラビアン・ナイト」の好きだったお父さん。この世の中で少しも御自分の志を伸ばすことの出来なかった不幸なお父さん。お父さんが子供の私に読んで下さった「アラビアン・ナイト」を私はいま読み返していますよ。ああ、アラディンの生涯がこんなにも自分を慰めてくれるようになろうとは、あの時どうして知り得よう。あなたを少しも助けてあげることの出来なかったのを私は淋しく思っています。お父さん、あなたの心は私のうちに生きています。私はあなたの果せなかったものを、きっと後の世の人に受け継がさせて見せますすよ。けれどもお母さん、悪魔は怖いものですよ。どうぞ私が悪魔に乗ぜられることのないように神様にお祈りして下さい。ところで筆がわきみちへ逸れてしまいましたね。私は私の屋根裏部屋の暮しをお伝えしようとしていたのに、とんだ思い出話をしてしまいました。やはり下界のことは私の不得手とするところでしょうか。筆一本の生活と申しましたが、もしかすると近いうちにその生活から抜けることが出来るかも知れないのです。王立図書館に私などにも勤められる口があって、いまさる人が私の為に熱心に推薦してくれているのです。それがうまくゆけば、いまのように創作に創作を続けてゆくことから、殊《こと》にも気に染まぬ原稿執筆から自分を護ることが出来ます。自分に欠けているものを身に着けるために勉強する便宜も得られますし、また月が私に語ってくれた話をそれこそゆっくり楽しみながら綴《つづ》ることも出来ようというものです。私はここのところずっと劇場のために、外国劇の飜訳《ほんやく》の仕事を引受けてきています。気に染まぬ原稿とはこのことなのですが、私のようにあまり有名でない作家が筆で暮してゆくのには、これは止むを得ないことなのです。ああ、私にもう少し余裕があったなら、お母さん、私は真に自分を発揮出来たとおもうものをまだ一つも書いていないのですよ。——私が永い間私の面倒を見てくれた人達の補助を離れて、どうやらおぼつかない一本立の生活をはじめた頃のことです。私はソレーという町に詩人インゲマンの家庭を訪問しました。ソレーはスラゲルセから二哩離れた、湖沼と森とに囲まれた田園詩的な町で、インゲマンはそこの学園の先生をしていたのです。私はスラゲルセの学校生活を退く直前にもソレーへ行って、インゲマンの許を訪れたことがあるのです。その時彼に示した私の幼い詩に対して、彼が寄せてくれた心を、その親切と誠実を永く私は忘れることが出来なかったのです。二度目の訪問、私はそれを不意に思い立ちました。その頃私は沈滞した、仕事の手につかぬ、苦い日々を送っていたのでした。心も暗かったのです。孤独な、そして窮《きゅう》した心の底から一途《いちず》に「あの人に会おう。」という思いが湧いてきました。そう思い立つと私は矢も楯もたまらず、インゲマンの許《もと》へ走りました。インゲマンは私の不意の訪問を驚くと共にまた喜んでくれて、親切に心から款待《かんたい》してくれました。私はと云えば、まず第一に彼の顔を見て「ああ、この人はやはり善い人だった。」と感じたのでした。来てよかったと思いました。彼は書架から一冊の本を取り出して私に示し、「君はこれを読みましたか?」と問いました。その本は当時その早逝《そうせい》を惜しまれた若い詩人の遺した詩集でした。私が読まない旨を答えると、彼は私にその本を渡して「読んで見給え。いいものだよ。」と云いました。私はその場でその本を繙《ひもと》いてみました。一人の詩人の心が私の心に通ってきました。私は自分の心がその詩とともに流れてゆくのを覚えました。「いいですね。」と私が眼を輝かして云うと、彼は深く同感の意をあらわしてうなずきました。どうでしょう、私の心に自信が湧いてきたのです。私が自分の才能と認めているものは悉《ことごと》く一種の自己欺瞞《ぎまん》なのではあるまいか。私にあるただ一つの情熱、自分はもうそれを恃《たの》むわけにはゆかない。私の若い力は一度も験されることなくして既に挫折してしまっているのではあるまいか。そのきわまで私の心はこういう疑惑に苦しめられていたのですのに。私はその詩集から二、三の詩を自分の手帳に写しとりました。その間彼は何かを読んでいるようでした。写し終って見ると、彼が読んでいたのは思いがけなくも最初の訪問の際私が彼の許に置いていった詩稿なのでした。彼はそれに眼を注ぎながら、自分につぶやくでもなくまた私に聞かせるともなく云いました。「素質はあるのだなあ。」彼の態度にも声にも、行き悩んでいる後進を思う心があらわれていました。嬉しさが胸にきました。初対面の時の直感、その時以来いつも私の心のなかにあって忘れかねていたもの、それが私を欺《あざむ》かなかったからです。彼も私のことを覚えていてくれたのでした。お母さん、その人の傍にいるだけで自分というものが幾分か善良になるように思う、そういう人がこの世の中に本当にいるのですね。インゲマンという人はそういう人なのです。「アンデルセン君、僕には君がとてもいいものを書いてくれるように思えるのだがなあ。」私の顔を覗き込みながら励ますように云ってくれました。お母さん、私の稚さを笑って下さい。私はこう思ったのです。「僕も善良でないことはないのだ。僕にもなにか書けないことはないのだ。」と。もとより彼はすぐれた、そして既に立派な業績を残している人ですし、私は自分の道を歩みはじめたばかりの者に過ぎませんでしたが、彼と私とはその目指すものの上で傾向を一つにしているようなところがあって、種々の談話のうちにも嬉しい共感を味わうことが出来ました。私は彼と話しながら幾度となく自分の身を省みさせられました。そして果は自分の安逸さを責めずにはいられませんでした。彼の身内にはなお衰えぬ血と力とが感ぜられたのです。人生や仕事に対する熱意のことで、無名の私がこの人に負けるとしたら、それは恥しいことなのだぞ。無名であること、これくらい誇りかな境涯はないのだ。いまこそ私にむきなものが書けないとしたら、私はよっぽど駄目な男だ。私は自分にこう云いきかせずにはいられませんでした。別れ際に彼は私の掌を握りしめて云いました。「君がいいものを書いてくれたら僕はどんなに嬉しいだろう。若し君に助力を欲しいと思うような時があったら、いつでも僕のことを思い給え。」私は彼のうちの「詩人」に信頼し、彼もまた私のうちに一人の「詩人」を期待してくれたのでしょう。お母さん、これは四年前のことなのです。四年、歳月を数えるぐらい淋しい気のすることはありませんね。私は依然足踏みをしています。私は決して怠けては来ませんでしたが、また私の書いたものはそれぞれ、私の素質に適ったものではあるのですが、これこそ自分の生命をその作品のうちに解放し尽せたと思えたものをまだ一つも書いてはいないのです。青春空しく逝くを悲しむ。私の廿代《にじゆう》はこうした苦い空白のうちに過ぎて行ってしまうのでしょうか。しかしお母さん、私が生活に負けて徒《いたず》らに意気沮喪《いきそそう》しているとは思わないで下さい。私の生活が生気のない、懶惰《らんだ》なものとは思わないで下さい。私も漸《ようや》く戦うという気持がどんなものだか、わかりかけてきたような気がします。そうです、私も一人の戦士なのです。私の幼い心は向日葵《ひまわり》のように、いつも太陽の方を向いています。私は自分の花のさかりをずっと先の方に望んでいるのですよ。ええ、それだけの力はなお自分のうちに感ぜられるのです。自ら恃むものを感じます。理窟はないのです、ただ感ぜられるのです。しかし自信というものは多くそうしたものではないでしょうか。私の場合は云わばそこに「天佑」が予感されるのです。こう云えば人はアンデルセンらしい云い廻しだと笑うでしょうか。私はあらゆる意味で自分の人生に対して決してへたばってはおりません。お母さん、私はまた持前の癖を出してしまいましたね。私はどうも少しのぼせ気味になりますね。自分の感慨に耽《ふけ》りがちですね。自分の身のまわりのこと、この頃の生活の模様をお伝えしようとして、私はあなたに生活の苦しさを訴えし過ぎた傾きがございますね。これではあなたはあなたのハンスが着た切り雀で、それこそパンと水だけで露命をつないでいるのではないかと御心配でしょう。どうしまして私は着た切り雀などではありませんよ。私は自分の長身によく似合った晴着《よそいき》を二着も持っています。この下宿の近くに、コペンハーゲンで評判の好い、腕の確かな服屋があります。熱心なクリスチャンでまだ若い人で、夫婦の間に今年五歳になる女の子がひとりあって、職人を一人使ってやっていますが、まあ並みな暮し向きです。この服屋の家庭と私はごく懇意にしていて、散歩の途次など寄ってよくお茶を呼ばれてきますが、昨年の秋と今年の春と、この短い間に勧められて晴着を二着新装しました。私の境遇を知っている彼がまあ特別に心配してくれたのですが。「アンデルセンさん、あなたのように脊の高い立派な方には、私の仕立物でないと似合いませんね。」気さくな人で、どうです、なかなか勧め上手な言い草でしょ。私は自分の不恰好はよく承知していますから、万事この人に委してやってもらいました。ただ柄だけは自分で気に入ったのを見立てました。私は衣食住には無関心な方ですが、私の出入する社会の関係上、小ざっぱりした服装はどうしても必要なのです。それに私も若い証拠には、はじめて新しい服を身に着けた時はうれしくて、人生は楽しいものだと思いました。「お前もよく遣り繰りをしたもんだ。」とあなたはお思いですか。まあ私の屋根裏部屋をごらん下さい、なかなか、居心地の良さそうな部屋でしょう。家具もどうしてばかにしたものではありませんよ。取り分けあなたにお見せしたいのは、いま私が腰かけているこの椅子なのです。これはもともとこの部屋に附いていたものではなくて、最近ある家具屋で見つけたものです。その時どうしても欲しいという心を押えることが出来なくて、大分躊躇《ちゆうちよ》した後で、なけなしの財布をはたきました。がっしりしていて、見ばもよく、掛心地もこの上なしという代物です。値段の方もこの上なしというほどいい値段でしたが。私はこの椅子に深く抱かれて、好きな読書をしたり、創作の想像を走らせたり、またはただぼんやり外を眺めたりするのが楽しみなのです。まあこれくらいの贅沢《ぜいたく》は自分に許しているのです。お母さん、これで私がそんなにみじめな暮しをしているのでないのがお解りでしょ。では私の一日がどんなものだか、ざっとお知らせしましょうね。私はこの頃朝は遅くも六時には起き、そして四十分ほど近くを散歩して来ます。私は朝の散歩が好きで時には雨降りでも出かけます。毎日見慣れている景色ですが、その日その日で不思議となにか違った新しいものが感ぜられて、倦《あ》きない思いがします。この感じは朝の新鮮な空気の中でなくては味わわれないものですね。人に睡眠があり、夜の次には朝が来るという自然の摂理は妙にして有難いものに思われます。散歩から帰って朝食というわけです。私はこの下宿には朝の珈琲《コーヒー》とパンだけを頼んでいます。それから例の椅子に腰かけて読書をします。私の蔵書、と云うにはそれは余りに貧しいものです。私の書架には僅かに、スコット、ホフマン、ハイネ、そしてこの国のものでは、ウェッセル、エーレンシュレーゲルなどがあるくらいのものです。もとより本を蒐める慾など皆無ですし、読書の上でもそう多くを読もうとは思っておりません。好きなものによく親しみたいと思っているだけです。私はほんとに一つものしか読んでいません。私ははまけものなのかも知れません。エーレンシュレーゲル、この人は私の師です。私はこの人によってはじめて広い文学の世界に導かれました。スコット、ホフマン、ハイネを読むことを教えられたのも彼のたまものです。思えば少年期から青年期へ移り変ろうとする心の柔い時期に彼の書に親しんだことから、私は深い影響を蒙《こうむ》りました。私は日頃折に触れては、彼の感化が自分のうちに深く染み込んでしまっているのを、屢々《しばしば》思い知らされます。それはもう私の軀《からだ》から消すことの出来ないものです。私のものの感じ方、考え方、見方、そして読書の上の心の保ち方、すべてみなエーレンシュレーゲル譲りのものです。なんと云ってもエーレンシュレーゲル譲りのものです。私はなんによらず文学上の党派の存在や党派心というものは嫌いですが、若し閑雅にして親切に富める人があって、現下デンマーク文壇の色分けを描いてくれると云うならば、そして幸にして私をもその数に加えてくれると云うならば、この「スカンディナヴィアの詩王」の下に小さくアンデルセンの名を列《つら》ねて下さいと虚栄の心からではなくお願いしたいと思っています。ウェッセル、我がウェッセル。お母さん、ウェッセルこそはあなたのハンスが、一番好きな作家なのです。私の心に一番よく似ている心を持っている人。彼の綴る一行一行はそのまま私の心です。「故郷へ帰って謙遜な気持で自分の貧しい自叙伝でも綴ろう。」彼がこう書けばそれだけで私の心は満されてしまいます。しかしお母さん、私が彼を読みはじめた時には彼はもう死んでいなかったのです。私はずっと彼の遺したもののうちに彼の眼差しを追ってきました。私は暗い夜々にどんなに彼の懐にすがって泣いたことでしょう。ああ若し彼が生きていたならば、彼と私の眼差しはどんな風にゆきあうことでしょう。お母さん、もう書きたいように書かせて下さい。自分の心象を綴るに恋々《れんれん》としている私の心をもう押えることは止め調《ととの》わぬ行文は頁《ページ》をあけて、気の向いたところから読みはじめます。私は書架から本を抜くと、どこでもかまわず頁《ページ》をあけて、気の向いたところから読みはじめます。幾度となく読み返して馴染みになっている文章を一行一行、ゆっくりゆっくり読んでゆくのです。親しい友の言葉に耳を傾け、その表情に見入る感じです。また事実私の場合はそれと選ぶところがありません。なにを学ぼうという気もありません。好きな文体に親しむのがただ心地良く感ぜられるのです。心に染みる音楽に聴き入るようなものでしょうね。また人というものは、愛読の書に向う時ほど自分を取りかえしたような気のすることはありますまい。なまけものの読書、私の朝のひとときです。さて、私も怠けてばかりはいられません。義務が控えているからです。そうです、義務です。私は飜訳にとりかかります。そうして午前中一ぱいその仕事に没頭します。近くのニコライ堂の鐘がお昼を告げて鳴り出すと、私はやっと重荷を下したような気持で、ほどよいところで打ち切りにします。私は着更えをし、いそいそと外出します。昼食をしにゆくのです。コリン家とレッセーエ夫人の家庭で昼食の食卓に、私の為に席を一つ設けてくれているのです。私は多くコリン家へ参りますが、レッセーエ夫人の許にもしばしば呼ばれます。コリン家のことに就いては、今更改めてお母さんにお伝えするがものはありません。あなたのお気持はよく御家族の人に通じてあります。それは私にとっては自分の家庭を語るも同じことなのですからね。頑な自分本位の少年のために門戸を開放して、家庭的な訓練と温情の中に、人と睦みあい、喜びを共にしあう心を養ってくれたのですからね。コリン家にしてよく私を容れてくれなかったならば、私はいまよりももっと社会人として欠けたところの多い、野蛮な、反抗に満ちた心の人間になってしまったことでしょう。自暴自棄への道は一度ならず私の眼の前に見えたのです。孤《ひと》り身であることほど人の侮《あなど》りを受け易いものはありません。コリン家は世間に対しては私の後楯ともなってくれたのです。レッセーエ夫人のことはまだお話してなかったと思います。この人とはごく最近近附きになったばかりなのですが、私はこの人に多くのものを負っています。ウルフ家の晩餐会《ばんさんかい》の席上のことでした。その夜の宴会にはエーレンシュレーゲルもそれから作曲家のワイゼなども招待されて来ていました。私は人中に出ることが嫌いなので、それまでもこんな集りには数えるほどしか行ったことはなかったのですが、その夜はウルフから「今夜は多分エーレンシュレーゲルも来るよ。」と聞かされていたので、彼を一眼見たいという稚な心の動くのを止めることが出来なかったのでした。エーレンシュレーゲルは令嬢同伴でした。お母さん、私はその令嬢の綺麗さには眼を瞠《みは》ってしまいました。私は隅の方の席から、自分で「我が師」と極《き》めている人を「ここにあなたの貧しい弟子が一人います。」という気持を籠《こ》めて見つめていました。私はいつものでんで、すっかり場うてがしてしまい、彼の顔でも見つめているよりほかには自分の身の始末が出来かねたのです。すると、私の隣りに腰を下した人があって、やさしい女の声が私に話しかけました。「シャルロッテさんは今夜は大変お綺麗ですね。」と云うのです。エーレンシュレーゲルの令嬢のことだというのが察せられたので、「ええ、綺麗な方ですね。」とはにかみながら答えました。綺麗なのはその婦人も同じでした。私はおどおどしてしまいました。これは厄介なことになったと思っていると、やさしく微笑《わら》いながら、「あなたは誰方でしたでしょうか？」と問いかけるのです。「ハインリッヒ・ハイネです。」とも云えず、もじもじしていると、丁度傍にいたウルフが見かけて引き取ってくれました。「レッセーエの奥さん、アンデルセン君です。デンマークのシェイクスピアです。」この人の持前の人の好い揶揄《やゆ》するような調子でずばりと云ったものです。デンマークのシェイクスピアは一層もじもじしてしまいました。レッセーエ夫人は一瞬やさしくウルフを睨《にら》むようにしましたが、すぐまた私の方を見て、真面目な口調で「私はあなたのことを少しも存じませんでしたが、お近づきになれて嬉しく思います。」と云うのです。私のことをちっとも知らないという率直な言葉に反って私の心は動きました。ああ、この人は善い人だと思うと、もう私の心は正面を向いてしまいました。「私は自分で詩人だなぞと思っていません。」そう云って私は赤くなってしまいました。こんな自己紹介の言葉があるでしょうか。でもこの言葉はその時私の胸から真っ直ぐに出たものなのです。デンマークのシェイクスピアなどという言葉に祟られたのに違いありません。夫人はそういう私の言葉にうなずき、私を見つめていましたが、「アンデルセンさん。成程私はあなたの御本を読んではおりませんが、あなた自身を読んだつもりです。あなたは立派な詩人ですとも。」こうして私達は知りあいになったのです。場慣れない私が居心地悪そうにしていたのを、この心のやさしい人は不憫《ふびん》に思って話しかけてくれたのでしょう。臆病な人見知りをする性質の私は、自分から頼る気にならない人とは口一つ満足にはきけません。私はそんな小胆者《しょうたんもの》ですが、その好意が身に余るほど解るので夫人の許をしばしば訪れます。夫人は私の暮しのことも聞いてくれて、よかったら昼食は彼女の許でするようにと申し出てくれたのです。つまり、このコペンハーゲンで貧乏な学生がやっている「通い下宿」を私のためにしてもいいと云ってくれたのです。勝気な人なのですが、私の愚図《ぐず》なのがただいとしまれるのでしょうか、いつも私の気の引き立つように仕向けてくれます。お母さん、私達はまたあなたのことをも話しあうようになりましたよ。夫人はよく云うのです。「あなたのお母さんはいい方だと思います。あなたは何故お母さんのことをお書きにならないのですか？」私はいつも答えます。「私には悪い癖があって、自分の気に入っている題材ほど後廻しにしてしまうのです。」お母さん、コリン家は別です、私は自分がこうした家庭に迎えられるようになろうとは夢にも思っていませんでした。どちらかの家で楽しい昼食をすますと、私は食後の一刻をフレデレグスベルの外苑へ行って過ごします。ここはフレデリック六世の夏の離宮のあるところで、また私の少年時代の思い出のあるところでもあります。私はそこにある腰掛けの一つに倚って、辺りの景色や散歩する人の容姿を眺めながら、ぼんやりしていたり、またもの思いに耽ったりします。ここにはまたきまって遊びにくる子供達がいて、いつか私達は仲良しになってしまいました。私は彼等の遊びの輪に仲間入りをしたり、また時には彼等を集めて自作の童話を話してやったりします。私は書くほどには話はうまくないのですが、でも彼等は私の下手な話振りにも幼い眼を輝かして聴き入ってくれます。「しっかり者の錫《すず》の兵隊」（これは私のすくない童話の中で自分でも気に入っているものですが。）など喝采《かっさい》を博したものです。子供はいい、殊に素直な子供はいいものです。素直な子供を見ていると、なにもかもが備っているように、保証されているように思えてきます。「幼児を我に来らせよ。」イエス様は子供が好きだった。お母さん、私もまた子供は好きです。私はイエス様に似たのでしょうか。こう云ったからとて私を責めてはいけません。聖書にも主に似るように努めなくてはならぬと書いてございますね。またそのことは私が自分で思ったのではありません。人が云ったことなのです。「霊界通信」という本に私の評判が出ていて、私のことを「聖アンデルセン」などと云ってあったのです。「聖アンデルセン」というのは「聖ドン・キホーテ」というほどの揶揄《ほめ》言葉です。それからまたあなたのお手紙によると、御当地の新聞にオーデンセ出身の作家としての私の噂が少しばかり出ていて、その中にこんな「悪口」が云ってあってあなたを悲しませたとおっしゃるではありませんか。「アンデルセンは可愛いい奴さ。しかし奴がもてるのは子供だけだ。」してみると、私がイエス様に似て子供好きだということは、これはかなり公なことですね。しかしお母さん、これは「悪口」というものではありません。寧ろ好意ある批評ですよ。それを書いた人自身としてもおそらくそのつもりでしょうよ。しかしその人は私を知っているというわけにはゆきませんね。私はもとより可愛いい奴ではありませんし、また子供にもてもおりません。その人はきっと一人の詩人が子供にもてるということが、どんなことだか考えてもみたことのない人でしょう。またこのことに就いてのあなたの御心配は私を当惑させます。

あなたはこんなことをおっしゃるのですもの。「私はお前が子供ばかりでなく、大人にもそして婦人の方にももてるようになってくれればいいと思っています。」お母さん、そう御心配には及びませんよ。しかし私もなんて勿体振った奴でしょう。誰がこう云った、彼がなんと云ったなどと云うよりも、寧ろ自分から率直に云えばいいのにねえ。「僕はイエス様が子供が好きなように、子供が好きなのだ。」と。子供の生活に触れては、また自分の性質を省みては、孤独な心の底から童話に対する一すじの憧れが燃えてきます。童話の世界は広く、その源泉は何処にも尋ねられ、どんな環境にも一すじの道は秘められていることでしょう。私もまた自分の生れつきを生かそうと思います。童話の世界に私らしいものを導入したいと思っています。そういう私の胸の中には一つの象徴があるのです。二年前の秋、私は旅をして憧れの国イタリアを訪れました。その時フィレンツェで私は見たものがあります。メディチのヴィーナス、いいえ、私の心を惹《ひ》いたものは、それは愚かしい容子をした一匹の動物なのです。私はこの動物のことを一篇の童話に綴りました。それからこのお便りに引用させて戴《いただ》きましょう。(イタリアのフィレンツェの町のグランドウーカ広場からあまり遠くないところに、一つの小さな通りが走っています。私の思い違いでなかったなら、この通りは、たしかポルタ・ロッサという名だったと思います。この通りの、以前青物市場だった建物の前に、たいそう上手に作られた青銅の猪《いのしし》があります。きれいな新鮮な水が、この猪の口からさらさらと流れています。猪は年のせいで、全体が黒ずんだ緑色になっています。ただ、鼻さきだけは、丁度みがいたように、ぴかぴか光っています。それは、何百人という子供や貧乏人が、手でその鼻さきをつかんで、自分の口を猪の口につけて、水を飲むためなのです。この恰好よく作られた動物が、半裸体の可愛らしい子供に抱きつかれて、子供のみずみずしい口を押しつけられているところは、それだけで一つの絵であります。）私はこの猪の姿に自分の童話の姿を見ているのです。私がこの猪に似ることが出来るか、お母さん、私はやってみるつもりです。さて、私は外苑の腰掛から立ち上ります。子供達ともさよならをしなければなりません。図書館へ行って調べ物をする時間がきたからです。私は王立図書館へゆき、そこで劇場関係の本を多く読みます。私はいま歌劇の台本を頼まれているのです。私は芝居は書いたことがあり、それは上演されましたが、これも試みてみようと思っています。主として収入の関係からですが。私は五時頃までかかって必要な抜き書をつくります。それを切りあげると一たん下宿へ戻り、またすぐ夕食をしに近くのゆきつけの飯屋へゆきます。大勢の人に交り食事をするのもまた楽しいものです。私はほんのまじないほど葡萄酒《ぶどうしゅ》を飲み、陶然とした気持で飯屋を出ます。私はとある家の戸を押して入り、ちょっと私のお嫁さんの顔を見てゆきます。お母さん、びっくりなさることはありません。私のお嫁さんはイーダちゃんと云って今年五歳になる子です。あの服屋の女の子がそうなのです。私は上機嫌な顔をして服屋の店へ入ってゆき、「イーダちゃん、御無沙汰《ごぶさた》しましたね。」と云います。なに毎日のように遊びに行っているのです。するとイーダちゃんは「樅《もみ》の木ちゃん、今晩は。」と云います。この辺の子供達は皆んな私のことを「樅の木さん。」と呼んでいます。私は長身のお陰でこの愛称を子供達から貰《もら》いました。小さい子はほんとに私が樅の木という名だと思っています。「樅の木さん。」と子供達の口で云われるのは悪い気がしません。殊に幼い子供がまわらない舌で「もむの木ちゃん。」と私を見かけて呼びかけてくれる時には、私は胸がどきどきするのを覚えます。イーダちゃんは顔も軀もむっちりしています。赤い縮れた髪をしていて、顔の形は栗みたいです。器量よしではありませんが、そのよい幼な心のため、よく見ると可愛いい子です。私はふとしたことから彼女を可愛ゆく思うようになったのですが、可愛いいと思い出したら、可愛さばかり眼に着くようになりました。お母さん。私には我が子の顔にうっとりとして見とれている母親の心が解りますよ。私は彼女を抱いて話しかけます。「イーダちゃん。大きくなったらねえ、樅の木さんのとこへお嫁にくる？」するとと彼女はウンとうなずいて云います。「コンチハってくるわ。」あなたは私がいい齢をしてままごとに興じているとお思いですか。また私が彼女を姉のようにも思う時があると云ったら、あなたはどんな顔をなさるでしょう。あなたはなんとお思いになるでしょう。女というものはやさしいものだということを知ったと云ったら、あなたはなんとお思いになるでしょう。女には生来やさしいものがあるのですね。女らしさというのはやさしさのことなのですね。私はイーダちゃんの胸に顔を埋めてしまいたくなるようなことがあります。私の脚本が上演された時、私はその切符を彼女のお母さんにもあげました。私は道をこう云ってふれ歩いているイーダちゃんを見かけました。「あたい、今日お母ちゃんとお芝居ゆくの。お母ちゃんとお芝居ゆくの。」とても嬉しそうにしていました。お嫁さんの元気な顔を見ては私も満足した気持で屋根裏部屋へ帰ります。そして夜の時間を寝るまで原稿執筆に過ごします。時にはコリン家を訪問したり、またまれには観劇や音楽会へ出かけたりします。この屋根裏部屋に訪問の客を迎えることは殆どございません。こうして私の単調な一日は終ってしまいます。私は夜独りでランプの灯に照らされた部屋内を見廻し、堪えられない淋しさに圧倒されてしまいそうな気のする時があります。そういう時にはなにも考えずに寝ることにきめています。お母さん、私の一日が暮れるとともに、どうやら私の筆も渋ってきました。あなたにおやすみなさいを云う前に、いい話を一つお聴かせしてこのお便りを終りましょう。私はその話を聞いた時大変嬉しかったのですが、あなたにも喜んで戴けると思います。今日の昼食を私はレッセーエ夫人の許でしたのですが、その時夫人が「とてもいい話ですよ。」と前置きをして話してくれたのです。四、五日前のこと、レッセーエ夫人はさる家庭の集会に招かれました。小人数の、静かな、気持の良い集いだったそうです。招かれた人は、エーレンシュレーゲル、トルワルセン、ハイベル、ティーレ、ヘルツ……こういった立派な人達でした。食卓で夫人はヘルツの隣りの席におりました。すると、夫人の耳にちらと私の名が聞えたというのです。見るとヘルツの向う隣りにいるトルワルセンが（この人はデンマークのすぐれた彫刻家です。）ほんのりお酒の廻った顔をこちらに向けて、（トルワルセン先生はお酒をあがると、ほんとに子供のようになる方です。とこれは夫人の言葉です）「アンデルセンって、いい作家だなあ。」とヘルツに話しかけるというでもなく、自分でうなずいていたというのです。するとヘルツが顔をあげて（あの方はほんとに鋭い眼をしている、とこれも夫人の言葉です）「先生、なにをおっしゃるのです。私達が心の底で誰を贔負《ひいき》にしているかは、」と云いかけて食卓の顔ぶれを見廻し「みんな異口同音でしょうよ。先生お一人だけではありませんよ。」と熱っぽく食ってかかる風に云いました。（私のことを聖アンデルセンなどと云ってやっつけた人はこの人なのです。ああ、ヘルツが私のことをそんな風に思ってくれていたとは。とこれは私の言葉です）トルワルセンはそうだともという風に強くうんうんうなずいて「ヘルツ君、僕は彼を読んでいると、丁度故郷の森の中を歩いていて、あのデンマークの湖を聞いているような気がしてくるのだ。」と云いました。それを聞くとヘルツは「ああ、アンデルセンって、羨ましい奴だ。僕には天界に彼のためにとてもいい星座が設けられているような気がする。ねえ、ハイベル、」と今度は自分の向い側の席にいるハイベルに向って話しかけました。「君はアンデルセンが好きだろ？」「なに、アンデルセン。」と云うとハイベルはぐっと体を乗り出してきて「ウェッセル以来彼位気分のデンマーク詩人はいないよ。僕は好きだ。だから大騒ぎをしないのだ。」「うん、解るよ。ウェッセル今は亡し、ハンス・アンデルセン健在なりというわけだ。」その間トルワルセンは二人を見比べてにこにこしていたそうです。そこで夫人はヘルツに話しかけました。（私はもう嬉しくて我慢が出来なかったのよ、と夫人は私に話しました）「みなさん、大変いいお話のようですけど、私もお仲間に入れて戴けないでしょうか？」するとヘルツが見返って「いいえ、奥さん、これは内緒の話なんですよ。」と云って、また三人顔を見あわせて気持良さそうに笑うんだそうです。夫人はその時こう思ったそうです。(デンマークっていい国だ。デンマークの詩人はほんとにいい方達だ。)ねえ、お母さん、いい話でしょ。私がもてるのはまんざら子供ばかりではないようですね。この話を聞いて私がどう思ったとお思いです? 私もまたこう思ったのです。「デンマークっていい国だ。デンマークの詩人はいい人だなあ。」と。お母さん、私の無邪気をお笑い下さい。私は自分がデンマークの詩壇の末席にいることを心から嬉しく思っています。賞讃が私の心を堅実にしてくれたと云ったら、人は笑うでしょうか。「アンデルセンって、いい作家だなあ。」トルワルセンが私の作品を喜んでくれているというその話を聞き、一度面識のあるあのすぐれた彫刻家の屈託のない、素朴な外貌が心に浮んだ時、私は自分を恥しく思う心を禁ずることが出来ませんでした。自分がとるに足らぬ人間だという意識に強く支配されました。お母さん、私は自分の器量はよく弁えているつもりです。それ故にかつて野心深かったことも、嫉妬深かったこともございません。レッセーエ夫人の話を聞いた時、私の心を領したものが、へりくだりの気持であったのを私はひそかな喜びとしています。先輩達の好意が身に染みて嬉しく、私は自分の行いを慎しむ気になりました。お母さん、この心があるうちは私も詩人ですよ。詩人同士の信頼はこの心の上に繋がれるのです。どんな小さな草の芽でも、花の咲く時のないものはない、どんな人でも自分に持って生れたもののない人はない、とか。これはエーレンシュレーゲルの言葉で、また私の忘れることの出来ない言葉なのです。私が恵みのパンを人から受けて来なければならなかった憐れな少年ならば、私はそのことをこそ書くべきなのですね。私の生い立ち、私のものの数でない浮沈、その中にこそ私の花は在るのですね。徒手空拳《としゅくうけん》とも云い、また孤立無援若しも私が健気《けなげ》な少年であったならば、私はいまもっと誇りに満ちた心を示すことも出来得たでしょう。私は私のような境遇のものとしては、例のないほど心弱い者です。私はいまだに誰かに支えられていなければやってゆけない者です。些細《ささい》なことに一喜一憂する日々を送っています。その癖私は自分に対し強い執着を持っています。他人の幸福にも増して自分の劣等の生を恃んでいます。私が敗けていないのは、周囲を顧慮せず、自分のことばかり考えて来たからです。私にはしおらしさというものはこれっぽちもないかも知れません。けれどもこうした考え方は、これまで私に注がれた好意に対して相応しくないでしょう。私はこうも思って自分を慰めているのです。私を顧みてくれた人達は、私に対してこう思ってくれていると。「君が君の弱点とみなしているものにこそ、僕達は期待しているのだ。君は自分を偽ってはいけない。君の花はそこに咲くのだよ。」若し今後私に努めるところがあって、子供も時が経てば大人になるということを、尋常の遣り方以外にもものを学ぶ道があるということを、身を以て作品の中に示すことが出来たなら、私を顧みてくれた人達はきっと喜んでくれるでしょう。お母さん、その時には私はもう人から可愛いい奴だなどとは云われないでしょう。そして私の書くものは真に子供の心を捉えることが出来るでしょう。大人にも婦人にも私はもてるでしょう。一人の頑な、愚か者の心の歴史に人は友を見出してくれるでしょう。聖アンデルセン、十字架の栄光が私のような者にも与えられることでしょう。私は自分の生い立ちの記をこういう一行からはじめようと思っています。(私の生涯は一つの可憐《かれん》なお伽噺《とぎばなし》です、幸福な、そうして思い出多い。) 何故って私はお伽噺にならないような人生は嫌いだからです。お母さん、いいえ、私の胸のうちに一つの童話の構想が生れています。それは、みにくいあひるの子、いいえ、あひるの庭で生れたために、自分をみにくいあひるだと思っていた白鳥の話なのです。私はその童話の中にこういう数行を入れたいと思っています。(……「さあ、僕を殺して下さい!」と哀れな鳥は云いながら、頭を水の上に垂らして死を待ちました。――その時、澄みきった水の面に、いったい何が見えたでしょうか? それは、自分自身の姿でした。けれども、もはや、あのぶざまな灰色の、みんなにいやがられた、みにくいあひるの子ではなくて、一羽の立派な白鳥でした。) お母さん、若《も》しこの童話を私が活《い》かしきることが出来たなら、これこそ私の魂の中から成長した作品となるでしょう。ではお母さん、おやすみなさい、さよなら。

落穂拾い

仄聞《そくぶん》するところによると、ある老詩人が長い歳月をかけて執筆している日記は嘘の日記だそうである。僕はその話を聞いて、その人の孤独にふれる思いがした。きっと寂《さび》しい人に違いない。それでなくて、そんな長いあいだに渡って嘘の日記を書きつづけられるわけがない。僕の書くものなどは、もとよりとるに足りないものではあるが、それでもそれが僕にとって嘘の日記に相当すると云《い》えないこともないであろう。僕は出来れば早く年をとってしまいたい。すこし位腰が曲がったって仕方がない。僕はそのときあるいは鶏の雛《ひな》を売って生計を立てているかも知れない。けれども年寄というものは必ずしも世の中の不如意《ふにょい》を託《かこ》っているとは限らないものである。僕は自分の越し方をかえりみて、好きだった人のことを言葉すくなに語ろうと思う。そして僕の書いたものが、すこしでも僕というものを代弁してくれるならば、それでいいとしなければなるまい。僕の書いたものが、僕というものをどのように人に伝えるかは、それは僕にもわからない。僕にはどんな生活信条もない。ただ愚図《ぐず》な貧しい心から自分の生れつきをそんなに悲しんではいないだけである。イプセンの「野鴨」という劇に、気の弱い主人公が自分の家庭でフリュートを吹奏《すいそう》する場面があるが、僕なんかも笛でも吹けたらなあと思うことがある。たとえばこんな曲はどうかしら。「ひとりで森へ行きましょう。」とか「わたしの心はあのひとに。」とか。まま母に叱られてまたは恋人からすげなくされて、泣いているような娘のご機嫌をとってやり、その涙をやさしく拭ってやれたなら。

誰かに贈物をするような心で書けたらなあ。

もはや二十年の昔になるが、神楽坂《かぐらざか》の夜店商人の間にひとりの似顔絵かきがいた。まだ若い人で、粗末な服装をしていて、不精《ぶしよう》ひげを生やした顔を寒風にさらしていた。微醺《びくん》をおびていることもあった。見本に並べてある絵の中にはその人の自画像もあって、それには「ひょっとこの命《いのち》」と傍書してあった。僕はその頃暖いマントに身を包み、懐《ふとこ》ろには身分不相応な小遣いさえ持っていた。その人もいまはあるいは偉い大家になられたかも知れぬのだが、僕はいま自身にひょっとこの命を感じている。

僕はいま武蔵野市の片隅に住んでいる。僕の一日なんておよそ所在ないものである。本を読んだり散歩をしたりしているうちに、日が暮れてしまう。それでも散歩の途中で、野菊の咲いているのを見かけたりすると、ほっとして重荷の下りたような気持になる。その可憐《かれん》な風情《ふぜい》が僕に、「お前も生きて行け。」と囁《ささや》いてくれるのである。

僕は外出から帰ってくると、門口の郵便箱をあけて見る。留守の間になにかいい便りが届いていはしまいかと思うのである。箱の中はいつも空しい。それでも僕はあけて見ずにはいられないのだ。

こないだF君からハガキが来た。移転の通知である。F君は北海道の夕張炭坑にいる。僕は終戦後、夕張炭坑へ行った。職業紹介所を通じて炭坑夫の募集に応じたのである。F君はそのときの道連れの一人である。僕達は寒い最中《さなか》に上野を立った。僕達は皆んな炭坑労務者の記号のついた腕章を巻いていたが、誰もが気恥ずかしそうにしていた。汽車の中は窓硝子《ガラス》が無くて代りに板が打ちつけてあるところもあって寒かった。僕は寒さに震えながら、向いに腰かけているF君の防寒用に被《かぶ》っている防空頭巾《ずきん》の内に覗《のぞ》いているその素直な眼差しに、ときどき思い出したように見入った。僕達はその日初めて見知った仲なのだが、F君は僕に云ったのである。「稼いだらまた東京に帰ってきましょうね。」F君のそのなにげない言葉が、そのときの僕の結ぼれていた気持を、どんなに解き放してくれたことか。

夕張は山の中の炭坑町である。一年の半分は雪に埋もれている。ひとくちに云って、寂しい処である。僕はそこで心細い困難な月日を送ったという以外、格別なことはなにもなかったのだが、僕は郷愁を感じている。刑務所にいた者は出所してから、旧の古巣のことをふと懐《なつ》かしく思うことがあるそうである。殊に娑婆《しやば》の風が冷かったりすると。僕の夕張に対する気持には、それに似たものがあるかも知れない。

　土地の気風は概して他国者に親切である。内地から出かけた人の中には国から妻子を呼び寄せたり、または土地の女といっしょになって住み着く人も少くない。

　僕は思ったより早く東京へ帰るようになったが、F君は夕張に残った。F君はあらわには云わなかったが、そこで所帯を持つ心づもりらしかった。F君は云った。「どこにふるさとがあるかわかりませんね。」僕達は早い話が内地を食い詰めて出かけて行ったのだが、僕はF君のような大人しい人があんな僻地《へきち》でどうやら意中の人を見出したらしい様子なので、そのために一層F君を好ましく思った。

　F君にはひとと争う心がすこしもなかった。F君はまた「凡の真実は語るに適せぬことを、云わぬがよいことを承知している」人であった。僕はF君とならば一つ家に偕《とも》に暮らしても、気まずくなる心配はないと思っている。こんなことを云ったら可笑《おか》しいだろうが、若しもF君が女だったら、僕はお嫁にもらったかも知れない。

　F君からのハガキには、F君が僕達のいた寮を出て、近くに新築された長屋に入ったことを知らせてあった。「私たちも元気です。」とそれだけしか書いてない。F君らしいひかえ目な新生活の報知であった。

　夕張の駅は山峡《やまかい》にある。両側の山の斜《なぞえ》には炭坑夫の長屋が雛段を見るように幾列も並んでいる。夜、雪の中にこの長屋に灯のついている光景を眺めることは、僕達に旅の愁いを催させたものである。僕はいま追憶の山の上にF君たちの灯を一つ加えた。

「秋ふかき隣は何をする人ぞ」

僕の家の便所の窓からは塀越しに隣家の庭と座敷が見える。座敷の中には大抵いつも一人の青年が机に向って椅子に腰をかけ本を読んでいる。この家は母親と息子であろうその青年との二人暮らしのようである。母親は五十位の年輩で青年は二十二三位。ひっそり住みなしている感じで、話声が聞えることもない。二人が偕にいるところを見かけることも殆どない。僕は元来物見高い方ではないし、ぶしつけに他人の垣の内を覗くわけではないのだが、便所に入るとつい窓越しに眼に入ってくるのである。縁側の硝子戸が閉まってい て内にカーテンが引かれていることもあるが、大抵いつも独《ひと》り青年が机に向っている姿が眺められる。そしてそのさまが僕の眼を惹《ひ》くのである。青年は書物の上に俯《うつむ》いていることが多く、僕に見られていることには気がつかない。僕は便所に入ったとき、青年の姿を見かければ、いつも一寸視線をその顔のうえに止める。僕はなぜその青年の顔が僕の眼を惹くのか、心に問うてみた。一言にして云えば、擦《す》れていないからである。僕はかつて鷗外の「青年」という小説を読んだとき、よくわからなかった。なぜ鷗外はこんな若き燕《つばめ》然とした柔弱児《にゆうじやくじ》を描いて、而もそれに「青年」という題名をつけたのだろうと不審に堪えなかった。最近読み返して眼のあく思いをした。この作品の冒頭の部分に次のような一行がある。「ませた、おちゃっぴいな小女の目に映じたのは、色の白い、卵から孵《かえ》ったばかりの雛のような目をしている青年である。」鷗外はこういう青年の像を描こうとしたのである。

それはまさしく青年であって、若き燕などと云うものではなかった。泰西名画に「笛を吹く少年」とか「縄とびをする少女」とかいうのがある。隣家の青年は僕にとってはさしずめ「本を読む青年」でしかない。決してその平面図から抜けて出て、僕の生活図形に入ってくることはないであろう。けれどもその静かな生活のたたずまいの中にいる青年の無心なさまを眺めると、たとえば光りを浴び風にそよぐポプラの梢《こずえ》を仰いだときに僕の心の中でなにかがゆれるように、僕の心に伝わってくるものがある。

ときたま道で行き逢《あ》うこともある。お互いに隣同士なことは知っているが、僕達は挨拶《あいさつ》などはしない。知らん顔をしている。無言で擦れ違うだけである。名前も知らない。標札などには眼を向けて見ないのである。

牛乳一合
うどん一斤。
卵二つ。
味噌二百匁《もんめ》。
ほうれん草。

僕はいま自炊の生活をしている。それでも七輪や鍋、薬鑵《やかん》、庖丁《ほうちょう》、俎板《まないた》、茶碗などが揃ったのはつい最近のことである。そしてどうやらいまのところはこの生活を維持している。

けれども僕の不安定な生活も久しいものである。いつこの生活が突き崩されるか、それは図り知れたものではない。恒産《こうさん》なければ恒心無しと云うではないか。いつどんなへまをしでかすか、僕にはとても自分が信用出来ないのである。所帯道具がふえたじゃないかと笑った人があるが、たとえば僕が一羽の燕であるとすれば、僕にとって七輪や鍋は燕がその巣を造るために口に銜《ふく》んでくる泥や藁稭《わらしべ》の類《たぐ》いに相当するであろう。そして僕に養う子燕がないにしても、僕としてはやはり自分の巣は営まなければならない。僕はひとが思うほどには、また自分からひとに話すほどには、薪水《しんすい》の労を億劫《おっくう》にはしていない。そんなにいやでもない。僕の一日などは大抵無為のうちに暮れてしまうのだが、「無為」でないのは睡眠という営みをべつにすれば、その時間だけである。そして僕にはそれに費される時間の長さが有難いのだ。僕はそれをひどくスローモーションにやるわけなのだから。たとえば母親から慰められずに置き去りにされた子供が独りで玩具を弄《もてあそ》んでいるうちにいつか涙が乾いてくるように、米を磨《と》いだり菜を刻んだりしていると、僕の気持もようやく紛《まぎ》れてくる。僕はうどんが煮える間を、米が炊《た》ける間を大抵いつも詩集を繙《ひもと》く。小説なんかよりはこの方が勝手だから。こんな詩を見つけたりする。

夕日が傾き
村から日差しが消える時、
村から村へ暗がりを訴える

やさしい鐘の響が伝わってゆく。
まだ一つ、あの丘の上の鐘だけが
いつまでも黙っている。
だが今それは揺れ始める。
ああ、私のキルヒベルクの鐘が鳴っている。

（マイヤア「鎮魂歌」高安国世訳）

この詩はまた僕の心を鎮《しず》めることにも役立つ。そして僕の心を遠く志したものに、はるかな希望に繋《つな》いでくれる。

僕は一日中誰とも言葉を交さずにしまうことがある。日が暮れると、なんにもしないくせに僕は疲れている。一日だけのエネルギーがやはりつかい果されるのだろう。額に箍《たが》を締められたような気分で、そしてふと気がつく。ああ、きょうも誰とも口をきかなかったと。これはよくない。きっと僕は浮腫《むく》んだような顔をしているに違いない。誰とでもいい。そしてふたこと、みことでいいのだ。たとえばお天気の話などでも。それはほんの一寸した精神の排泄《はいせつ》作用に属することなのだから。

僕は自分では酒は嗜《たしな》まないが、それでも酒を呑む人の気持がわかるような気がする。人恋しい気持に誘われて、呑み屋の暖簾《のれん》をくぐって、そこに知った顔を見つけたときの愉しさは格別なものがあろう。

僕にはつい遊びに出かけるような処もない。それに雀《すずめ》の巣に燕が顔を出したとしたら、それは闖入者《ちんにゆうしや》ということになりはしないだろうか。雀の家庭には雀の家風というものがあるのだろうから。そしてそれはやはり尊重しなければならないのだろうから。それでもお伽噺《とぎばなし》なんかにはよくあるではないか。雀が燕の訪問を歓迎する話が。

その人のためになにかの役に立つということを抜きにして、僕達がお互いに必要とし合う間柄になれたなら、どんなにいいことだろう。

僕の家から最寄《もよ》りの駅へ行く途中に芋屋がある。芋屋と云っても専門の芋屋ではない。爺さんが買出しに出かけて担いできたやつを、婆さんが釜で焼いて売っているのだ。僕は一人に会いたくなると、ときどきそこへ出かけて行く。小さいバラック建ての店の中に、一人腰かけられる位のところに茣蓙《ござ》が敷いてあって、客が休めるようになっている。お茶の接待もある。気が置けなくて、僕などには行きやすい。僕は行くといつも芋を百匁がとこ食べて、焙《ほう》じ茶《ちや》の熱いやつを大きな湯呑にお代りをする。僕のほかに客があることは殆どなく、その小さい店の中にはお婆さんと僕だけで、僕はとてもアット・ホームな気がして、くつろいでしまう。そのお婆さんがとてもいいのだ。年頃はまだ七十にはなるまい。もしかすると六十を幾つも越していないのかも知れない。髪はそれほど白くはない。それでも腰が少し曲がっているし、顔も萎《しな》びかけている。年よりも早く老け込んでしまうような生活を送ってきたのだろう。お婆さんの顔を見ると、その声をきくと、お婆さんがやさしい善良な心根《こころね》の人だということがすぐわかる。その人の生れつきの性質というものは、年をとっても損われずに残っていて、やはりその人をいちばんに伝えるものではないだろうか。殊に単純で素朴な人達の間では。僕にはお婆さんの顔が正直という徳で縁飾《ふちかざ》りをされているように見える。お婆さんは秤《はかり》で芋を計ってくれてから、焙じ茶の入った薬罐を僕のそばに置いて、田舎なまりのある口調で、「勝手に注いであがって下さいよ。」と云う。お婆さんと向い合っていると僕はとても安気で、お茶をなん杯もお代りして呑む。お金を置くと、「どうも有難うございました。」と云う。人柄というものはおかしなもので、こんななんでもない挨拶にも実意が籠《こも》っている。ついぞ相客のあった験《ためし》はないが、結構商《あきな》いはあるのだろう。お婆さんが僕に世間話をしかけることもない。僕もまた黙っている。ただ芋を食ってお茶を呑んでくるだけである。それでも僕の気持は慰められている。

いつか夜風呂の帰りにお婆さんに行逢った。やはり風呂に行くところらしく、手拭をさげていた。

僕にはもう一軒行くところがある。

僕は最近ひとりの少女と知合いになった。彼女は駅の近くで「緑陰書房」という古本屋を経営している。マーケットの一隅にある小さい床店で、彼女は毎日その店へ、隣町にある自宅から自転車に乗って出張してくるのだ。

彼女は新制高校を卒業してから、上級の学校へも行かずまた勤めにも就かず、自ら択《えら》んでこの商売を始めた。父兄の勧めに由ったのではなく、彼女ひとりの見識にもとづいてしたわけで、はたちまえの少女の身としてはまず健気《けなげ》と云っていいだろう。「よくひとりで始める気になったね。」と僕が云ったら、彼女はべつに意気込んだ様子も見せず、「わたしはわがままだからお勤めには向かないわ。」と云った。

紫色の細いバンドで髪を押えているのが、化粧をしない生まじめな顔によく映って、それが彼女の場合は素朴な髪飾りのようにも見える。おそらく快楽好きな若者の目には器量《きりよう》よしには映るまい。自転車に跨《また》がっている彼女の姿は宛然《あたかも》働きものの娘さんを一枚の絵にしたようだ。

先年歿したDという小説家は、自分には訪問《ヴイジツト》の能力がないと零《こぼ》していたが、僕なども そのお仲間らしい。第一に他人の家の門口の戸をわが手であけるということが既に億劫だ。彼女の店は商売柄客に対していつも門戸が開放してあるのでつい入りやすいから、僕はときどき立寄って店の営業妨害にならない程度に話をしてくる。

僕はまた彼女の店の顧客《おとくい》でもある。主として均一本《きんいちぼん》の。僕はまだ彼女の店で一度に五拾円以上の買物をしたことはない。僕が初めて、彼女と近づきになったのも、均一本の中に「聖フランシスの小さき花」と「キリストのまねび」を見つけたときだ。彼女は「小さき花」の奥附がとれているのを見て、拾円値引をしてくれて、二冊で五拾円にしてくれた。僕はいまの人が忘れて顧みないような本をくりかえし読むのが好きだ。僕はときどき彼女の店に均一本を漁《あさ》りに行くようになり、そのうち彼女と話を交わすようにもなった。彼女の気質が素直でこだわらないので、僕としてもめずらしく悪びれずに話すことが出来るのだ。そしてそれが僕には自分でもうれしい。大袈裟に云えば、僕は彼女の眼差しのうちに未知の自分を確認するような気さえしている。こうして僕に思いがけなく新しい交友の領域がひらけた。

彼女と僕が話しているのをよそ目に見たら、大分了解の届いた仲に見えるかも知れない。僕としてもつきあいの短いわりにはお互いに気心が分ったような気がしている。彼女は僕のことをこだわりなく「おじさん」と呼んでいる。彼女から見れば僕などはおじさんに違いない、またおじさん以外の何物でもあるわけがない。彼女からおじさんの御商売は？と訊かれて、僕は小説を書いていると答えた。靴屋ならば靴をこしらえていると答えるだろうし、時計職ならば時計を組立てていると答えるだろう。ただ僕の場合はまだ文芸年鑑にも登録されていないし、一冊の著書さえなく、また二三書いたものを発表したこともあるが、その雑誌もいまは廃刊している。けれども若しそんなことで僕が悪びれたりしたなら、その小さな店で敢闘している彼女に対しても、男子の沽券《こけん》にかかわることだろう。自分で小説書きを標榜《ひょうぼう》する以上、上手下手はべつとして、僕としては仕事に励む気になっている。それに応じて仕事そのものが精を出してくれたなら、申し分ないのだが。彼女は商売柄、「日々の麵麭《パン》」という僕の旧作が載《の》っている雑誌を見つけ出してきて読んだようだが、云うことがいい。「わたし、おじさんを声援するわ。」

僕としては思いがけない知己《ちき》を得たわけであるが、彼女はどうやら僕を少し買被っている気味がある。僕のことをたいへん苦労をした者のように思い込んでいるふしが見える。僕の書いたつまらないものが、彼女にそんな思い違いをさせたのならば、僕としては後めたい気がする。ひとつは僕の服装の貧しさがなにか曰《いわ》くありげに見えるのかも知れないが、これはただ僕に稼ぎがないだけの話である。彼女はなかなかの勉強家で店番をしながらロシヤ語四週間などという本を読んでいるが、その本の中に「貧乏は瑕瑾《きず》ではない。」という俚諺《ことわざ》を見出して云うことには、「わたしね、それを読んで、おじさんのことを聯想したわ。」ひどい買被りである。それは僕にだって、肉体の飢えを精神の飢えに代えて欲しい本を手に入れてそれに読み耽《ふけ》った思い出がないことはない。僕はかつてハムスンの「飢え」という小説を読んだとき、主人公が苦境に在ってよく高邁《こうまい》の精神を失わないことに感心した。僕にはとてもあの真似は出来ない。この俚諺はそのまま熨斗《のし》をつけて彼女に返上した方がいい。午前中は自転車に乗って建場《たてば》廻りをし、店をあけてからは夜九時過ぎまで頑張り、店番の隙《すき》には語学を勉強したり、幼い弟の胴着を編んでやったりしている彼女の懸命な生活の姿にこそ、この言葉はふさわしいであろう。

彼女は自分のことを「わたしは本の番人だと思っているの。」と云ったことがある。彼女は商品の本や雑誌をとても丁寧に取扱う。仕入れた品は店に出す前に一冊一冊調べて、鑢紙《やすりがみ》や消ゴムで汚れを拭きとったり、鏝《こて》で皺《しわ》のばしをしたり、破損している個所を糊《のり》づけしたりしている。見ていると、入念に愛撫《あいぶ》しているような感じを受ける。

彼女の店の商品の値段は概して安い。「わたし、あまり儲《もう》けられないの。本屋って泥棒みたいですわ。」と云っている。たまに掘出しものなんかすると、かえって後で気持が落着かないという。塵も積れば山となる式の細かい商法が好みらしい。彼女の店は月にして約二万円の売上げがあり、儲けは七八千円位だそうである。開店以来六ケ月にしてようやくそれまでに漕《こ》ぎ着けたという。彼女はそのことを、林檎《りんご》の頬を輝かせて澄んだ眼差しで僕に告げた。僕はそのとき彼女から自己の記録を保持するために懸命の努力をつづけている選手のような印象を受けた。彼女はそのために定期の市のほかに、毎日自転車に乗って建場や製紙原料屋までを馳けずり廻っているのである。僕は一体に男のおおまかよりは女のつましさの方に心を惹かれる。

こないだ彼女から贈物をもらった。

十月四日は僕の誕生日である。僕はそのことをなにかの話のついでに彼女に告げたらしいのだが、彼女は覚えていて、その日ぶらりと彼女の店に立寄った僕に贈物をくれると云うのである。

「均一本のお客様に対してかね。」

「いいえ。一読者から敬愛する作家に対してよ。」

「へえ。なにをくれるの？」

「当ててごらんなさい。わたし、これから薬屋へ行って買って来ますから、おじさん、一寸店番しててね。」

彼女は銭箱から五拾円紙幣《しへい》を一枚摑み出して店を出て行った。なにをくれるつもりだろう。口中清涼剤だろうか。まさか水虫の薬ではあるまい。待つ間ほどなく彼女は戻ってきて小さい紙包を僕にくれた。

「あけていいかい?」

「どうぞ。」

あけると中から耳かきと爪きりが出てきた。なるほど。僕にはそれがとても気のきいた贈物に思えた。金目のものでないだけに一層。

「これはどうも有難う。折角愛用するよ。」

彼女は笑いながら僕に新聞紙大の紙をひろげて寄こした。見るとその月の少女雑誌の附録で、彼女の指示した箇所には十月生れの画家、詩人、科学者などの名が列記してあって、そのはじめには、「十月四日生。ミレー(一八一四年)、『晩鐘』や『落穂拾い』また『お母さんの心づかい』を描いたフランスの農民画家。」としてあった。

以上が僕の最近の日録であり、また交友録でもある。実録かどうか、それは云うまでもない。

夕張の宿

北海道の夕張《ゆうばり》炭坑に、弥生寮《やよいりよう》という炭坑夫の合宿がある。ある日、寮生の一人で坑内雑夫をしている順吉というのが、痔《ぢ》の手術をするために炭坑病院に入院した。順吉にはまえから痔の気があったのだが、坑内で働いているうちに悪化したのである。附添いには寮の掃除婦をしているおすぎという寡婦《やもめ》が附いていった。

おすぎの夫は、坑外の人車捲《じんしやま》きの係りをしていたのだが、仕事の帰りに、疾走してくる材料運搬車に跳ねられて頓死《とんし》した。一年まえのことである。殉職《じゆんしよく》という名目は成り立たず、会社からはわずかな見舞金しか貰えなかった。それに夫の芳三というのが、ふだんから会社側の気受けがよくなかったのである。芳三は元来掘進夫《くつしんふ》で、仕事はよくやったが気性の荒い男であった。現場で係員と喧嘩して傷を負わせたことがある。起訴されて執行猶予《しつこうゆうよ》になった。会社の方はべつに馘首《くび》にはならなかったが職場を変更されて、採炭には直接関係のない坑外の人車捲きの係りに廻された。芳三のような男にとってはとろくさい仕事であったが、それでも無難に勤めていたのである。夫婦の間にはトシという娘があった。その不慮《ふりよ》の死の際、芳三は三十二であった。おすぎは二十八、トシは二つであった。芳三の死後間もなく、おすぎはトシを連れて弥生寮に掃除婦として住み込んで、ひとまず身の振り方をつけた。生前芳三とわりに親しくしていた寮長からその話が出たのである。

二月のはじめであった。おすぎはトシを背負って身のまわりのものを入れた風呂敷包をさげて寮を出た。患者の順吉は二、三日まえに既に入院しているのである。寮長から附添いの話があったとき、おすぎは二つ返事で承知した。トシを寮に預けていくというわけには行かないが、また三つになるトシはそう手の焼ける子でもない。寮の炊事には若い娘がいくたりかいたが、それよりもおすぎが行く方が穏当のような気がした。弥生寮のある福住三区というところは山の中腹に当る。夕張は高原地帯なのである。おすぎは徒歩で山を下りようとして、ふと思い直した。履いているゴム長は底が減りすぎていて、雪の坂道を下るのは危い気がした。少し廻り道にはなるが、人車を利用した方が無事である。溜り場には三四人の人が人車の下りてくるのを待っていた。おすぎもそこに佇《たたず》んだ。

そこはある寮の裏手に当っていて、ゴミ捨場の上の空間を、鴉《からす》が風のまにまに気持よさそうに舞っていた。

「ああちゃん、カラス。」

背なかでトシが云《い》った。かえりみてうなずいてやるとトシは嬉しそうににこにこした。

夕張は鴉の多いところである。雪景のあちこちに、まるで一片の木炭のようなやつが、決して人とは視線を交えず、きょろきょろとぬからぬかおをしているのをよく見かける。鴉のことでは芳三の思い出がある。こんどの戦争で支那大陸に行った芳三は、鴉を生け捕って食った経験を話して、面白ずくか本気かわからなかったが、当時住んでいた長屋の窓下に蚯蚓《みみず》を餌《え》にして仕掛けをして鴉の寄るのを窺ったりしたことがある。もちろん鴉は芳三の網にかかりはしなかったが。芳三にはそんな面白いところもあった。

間もなく、車輪の音を響かせて人車が下りてきた。混みあう時刻ではないので、乗っている人はいくたりもいなかった。係りの年寄りは当時の芳三の同僚である。おすぎを見かけると声をかけた。

「町へいくのかい？」

「病院へいくの。」

「トシ坊が悪いのか？」

「いいえ。寮の人が入院したんでお手伝いにいくの。」

「そうか。病人の介抱か。」

年寄りはそれは御苦労なこったという顔をしてうなずいて、その節榑《ふしくれ》立《だ》った指さきで、もとの同僚の遺児《いじ》の頬を不憫そうに撫でた。トシは人見知りをしない子で、すぐあいそ笑いをした。

炭坑病院は町の入口のところにある。三棟《むね》から成る二階建の建物で、順吉の病室は第二病棟の階下の五号室であった。順吉はとばくちの寝台の上にシャツにズボンの恰好で仰向けになっていたが、入ってきたおすぎを見ると、起きなおった。

「どうもすみません。いま寮から電話がかかってきて、あんたが来てくれるって、知らせてくれた。」

「手術はまだなの？」

「今晩なんです。」

おすぎは背なかからトシを下した。大きな部屋で、ふたがわに二十ばかり寝台が並んでいて、みんなふさがっていた。それぞれ附添いがついていたが、殆んどが長屋の人たちのようであった。外科は毎日のように入院患者がある。坑内で怪我人が出ない日はないのだから。順吉は向いの窓際に並んでいる寝台の一つを指《ゆび》さして、

「あの人がすぐ退院するから、あとであそこへ引越しましょう。」

見ると、その人はもう退院の身仕度《みじたく》をすました様子で寝台に腰をかけていた。若い元気そうな人である。準備の先山《さきやま》をしている人で、蒸気で顔を吹かれたのだそうだが、すっかりなおってきれいな顔をしていた。傍らでおかみさんらしい人が風呂敷包をこしらえていた。その隣りの寝台には、瘦《や》せこけた不精髯《ぶしようひげ》を生やした五十がらみの親爺《おやじ》がいて、息子らしい若者が世話をしていた。おすぎは若者が溲瓶《しゆびん》をさげて部屋を出て行く姿をなんとなく目にとめた。ほかは附添いはみな女なので、その若者の姿はなにか神妙に見えた。

「こんどはどうもすみません。とんだお世話になりますね。」

と順吉は改まって云った。

「いいえ。気がねをしないで、なんでも遠慮なく云いつけて下さいね。」

「ありがとう。」順吉は気の毒そうに笑いながら、「それでも、おすぎさんはたっしゃだな

あ。」

「ええ。おかげさまであたしもこの子も丈夫ですわ。」

トシはふしぎそうに病室の中を見廻していたが、順吉の顔を見あげて、にこにこしながら、

「ああちゃん、ああちゃん。」と呼びかけた。

「まあ。この子は誰を見ても、ああちゃんの一点張りなんですの。おじちゃんですよ。おじちゃんと云ってごらん。」

順吉はトシを抱きとって、

「トシ坊は愛嬌《あいきよう》ものだね。いくつ？　そうお、三つ。トシ坊はきょうからおじちゃんと、病院でねんねするんだよ。いい子だから、泣かないね。」

そう云いながら、順吉はトシの頬に顔を寄せた。順吉はおあいそをしているのではない。トシの幼さに思わず心をそそられたのである。そういう順吉の顔を、おすぎはめずらしそうに見た。

順吉は寮ではおとなしい男で通っている。寮生は殆んどが内地から来た者である。東京者もいくたりかいる。順吉もその一人である。齢は三十五だが、齢よりはすこしふけて見える。夕張に来て二年目になるが、最初の冬は寒さと労働の烈《はげ》しさから軀《からだ》をこわして、二月ばかり病院通いをしていたこともある。おすぎが寮の掃除をしているとき順吉が仕事から帰ってくることがある。「御苦労さま。」と声をかけると、きまって「只今。」と堅い返

事をするが、それがひどく内気な感じであった。炊事などで女たちの間に寮生の噂が出ることがあるが、順吉のことが話題に上ったことはない。どちらかと云えば、無愛想な堅苦しい人ということになっていた。

窓際の人が退院したので、順吉たちはそのあとに移った。その人はおかみさんと二人で病室の一人一人に挨拶して順吉たちにも「御大事に。」という言葉をかけていった。おかみさんは順吉たちを夫婦のように思い違いをした様子でトシに飴玉《あめだま》をくれたりした。おすぎはまた、まだ所帯やつれの見えない子供じみたところのあるおかみさんの容子《ようす》を見て、はきはきした気さくそうな人だと思い、短い挨拶の間に、女同士の親しみをふと感じた。芳三に先立たれて一年になるが、おすぎは昨今、町などで夫婦連れらしい男女の姿を見かけると、それに気を惹かれている自分に気づくようになっていた。芳三の死が思いがけないものであっただけに、あきらめきれないものが残っていて、気持のまぎらしようのないことがある。おすぎが寡婦《やもめ》の身の上を強く意識するのは、そういうときであった。

看護婦の見習が二人連れ立って入ってきて、順吉の寝台のわきに立った。見ると一人は手に剃刀《かみそり》とちり紙を持っている。彼女は順吉に命じて軽業《かるわざ》のような恰好をさせて、もの慣れた顔つきで器用に剃刀をあつかって毛を剃《そ》りおとした。用事をすますと、彼女たちはまた連れ立って部屋を出て行った。澄ましたものであった。おすぎは目をそらしていたが、なんとつかず感心した。十四五ぐらいの幼さで、まだ一人前に成熟していない、蚊細《かぼそ》い肢体をしている見習に、ひどく職業的なものを感じたのである。

「ひどい恰好をさせやがる。」

順吉は照れて苦笑いをした。

おすぎはまたトシを背負って、町へ出かけて、差当って必要なもの、洗面器、溲瓶《しゆびん》、箒《ほうき》、塵《ちり》とりなどを買ってきた。おすぎが渡した釣銭を財布に仕舞う際に、順吉はふと思い出したように、財布から小さい紙包を取り出してひろげた。中の品物は観音さまのお守りだが、二つに割れている。一年前、東京を立って北海道へ来る日に、順吉はいったん指定の集合場所へ行ったが、汽車の発車時間まで暇があったので浅草の観音さまにお参りした。そのときこのお守りを買った。こないだふと取り出して見たら割れていたのである。こういう現象は巷間《こうかん》ではその持主に観音さまの加護の手がはたらいたということになっている。

「ごらんなさい。観音さまのお守りが割れちゃった。」

おすぎは無言で手に取って、ちょっと感慨深げに見守ってから順吉に返した。

日が暮れて燈火が点《つ》いてから間もなく、順吉の手術があった。おすぎは順吉が手術室に運ばれた留守の間に、寝台のまわりを片づけて掃除をした。この病室は窓際にスチームが取りつけてあって暖かで汗ばむほどである。窓硝子《ガラス》越しに、遠景の山の中腹に鴉の群れているのが、暮色の中に黒々と見える。窓の外は病院の中庭で、そこに外郭《がいかく》を煉瓦《れんが》で囲った手術室がある。手術室には煌々《こうこう》と燈火が点いている。中では順吉の手術が行われているわけである。薄闇の中で手術室の窓はいかにも明るい。おすぎはトシに乳を銜《ふく》ませながら、最前順吉が観音さまのお守りを見せてくれたときのことを思い浮かべた。あのときおすぎは吐胸《とむね》をつかれるような感じをうけた。はるばると遠い他国に来た人の身の上をかりそめに思うことが出来なかったのである。今あのときの気持を静かに反芻《はんすう》していると、自分とトシの身の上が改めてかえりみられるような気もしてくるのであった。

順吉の手術の結果は順調であった。痛いものらしいのだが、順吉はそう痛みを訴えるでもなかった。

「痛みますか?」と訊くと、柔らいだ表情で、「ええ、すこし。」と答えた。

その後四五日は重湯《おもゆ》ばかり啜《すす》っていたので、腹は空いたらしかった。そのつど賄《まかない》から届けてくる食事を見るたびに、順吉は不服そうな顔つきをした。おすぎは気の毒な気がしたが、医師の許可がないので、なにかをつくってやるというわけにも行かなかった。順吉はおすぎが町で買ってきた飴玉をしゃぶってわずかに気をまぎらしていた。

「もうすこしの辛抱よ。なんでも上れるようになったら順さんのお好きなものをつくってあげますわ。」

と云うと、順吉は照れたような表情をした。順吉はよくその浅黒い顔を赤くした。現場の先山が見舞いにきて夕張も悪くないだべ、こっちで所帯を持ったらどうかと云ったときにも。また、寮長が味噌を持ってきてしっかり養生してまた働いてくれと云ったときにも。夕張に来た最初の冬に軀を悪くして仕事を休んでいた頃、風呂で寮長と一緒になったとき内地へ帰れと云われて途方に暮れたことがある。病気になったからと云って帰れる身の上ならば、はじめから北海道くんだりまでやって来はしない。あのときは心細い思いをした。

ここで辛抱《しんぼう》してみろなどと云われると、順吉の身としてはお世辞でも嬉しい。平素どちらかと云えば沈んで見える顔つきに、わだかまりのない明るい表情が浮かぶ。おすぎはそばにいて順吉を感じやすい人だと思った。

「北海道は寒くていやでしょ。」

「ええ。はじめの年は寒かったな。でもことしは慣れたせいか、それほど寒いとは思いませんよ。」

世の中はいやなことばかりではない。苦しいことのあとには楽しいことがある。諦める心は同時にまた期待する心である。順吉はそれを経験で知っていた。順吉がまだ十の年に母親に死別れて独りで世の中に投げ出されたとき以来、齢をとるにつれてまた境遇の変るたびごとにいわば肉体的な手応《てごた》えのように実感してきたのである。

母一人子一人の身の上であった。順吉には父親の記憶は少しもない。物心がついた頃には母親と自分だけしかいなかった。母親からは父親は順吉が孩児《おさなご》の頃に死んだように聞かされていた。けれども順吉は母親に連れられて、父親の墓参りなどしたことは一度もなかった。順吉の姓は母親の姓なのである。順吉が自分の出生のこと身の上のことを了解したのは、母親の死後だいぶ立ってからであった。十八の年には洗張屋に奉公していたが、兄分に当るのが、寝物語に順吉の話を聞いて、「なんだ、それじゃ、お前、父《てて》なし児じゃねえか。」と云った。順吉はいきなり顔をはたかれたような気がした。よくはわからなかったが、単に父親が死んでいない者のことを云うのとは違う、もっと恥ずかしい身の上のことだという感じが、そのとき強く頭に染み込んだ。齢にしてはまたそういう境遇の者としては、少し疎《うと》すぎると人は云うであろうが、順吉は生れつきそんな子供であった。兄分の男は「可哀そうだなあ。」と吐き出すように云って、順吉の顔を見据《みす》えながら「おやじのことを思うかい？」と訊いた。順吉はかぶりをふった。父親のことなど思ったこともない。だいぶ立って頭の中に事実がはっきり映るようになったとき、順吉にはただ母親が不憫に思われた。母親は震災のときに死んだ。家は吉原遊廓のはずれの俗に水道尻という処にあって、母親はある貸座敷の新造《しんぞう》をしていたのだが、つとめ先のその家が崩壊した際に逃げおくれたのである。母親の死と共に順吉には家庭が失われた。それから他人の飯を食うようになった。二十余年の歳月が過ぎた。いろんな人の世話になり、いろんな職業に就いてみたが、みんなものにならなかった。双六《すごろく》で云えば、いつも振り出しのへんでまごついている感じである。いい齢をしてわが身一つを養いかねているあんばいであるが、結局は自分に辛抱気が足りなかったのだと思っている。これまで決していい目は見て来なかったが、順吉は頑《かたくな》な男ではなかった。頼りない身の上であったから、それだけにまた人の親切は身にしみた。戦後順吉はある五十女の担ぎ屋の手伝いをしていたが、その慾の皮の突張った女から飼い殺しにされているような感じで、毎日寿命の縮む思いをした。順吉はときどき道を歩きながらズボンの上から股のあたりをさすってみたりした。なんだか少しずつ肉が削《そ》げていくような気がしたのである。ある日、順吉はふとその気になって職業紹介所へ行って、炭坑夫の募集に応じた。一生のうちに北海道へ来るようなことがあろうとは夢にも思っていなかったが、そういうはめになったのである。

夕張にきてしばらくは殺風景な、ただ寒いばかりの処だと思った。いまは、住めば都だと思っている。

「順さんはいずれまた東京へ帰るんでしょ。」

と、おすぎが云った。トシに昼寝をさせて、洗濯した順吉のシャツのつくろいをしながら。順吉は寝台に腹這《はらば》いになって、見舞いにきた寮生が置いていった雑誌をひろげていたが、

「ええ。こっちへ来るときはそのつもりだったんだけど。二年ばかり働いてすこしは残して帰ろうなんて思っていたんだけど。」

「それですこしは残りましたか？」

「いいえ、さっぱり。この分じゃいつ帰れるかわからない。」

「それでも東京には誰方《どなた》か待っている人がいるんじゃないんですか。順さんがしっかり稼いで帰ってくるのを。」

「冗談じゃない。おすぎさんも口がうまいな。そんな人がいれば、なにも北海道までくるもんか。」

「隠しても駄目ですよ。それじゃ順さんはこれまでずっとお独りだったの？　お家を持ったことはないんですか？」

「ええ。いい齢をして他人の台所をうろついてきたんですよ。」

母親に死別れてから、順吉は折にふれてわが家というものを想像したが、それは幼い身で独り世の中に投げ出されたときから変ることなく、いつもきまって母親と二人で暮す生活のことばかりが思われた。死んだ母親のいる家、順吉がゆっくり手足を伸すことの出来る家。北海道行はそれまで東京の外へ出たことのなかった順吉にとっては初めてする遠い旅であったが、途中汽車が青森の郊外に入って、雪の降る中に次第に数を増してくる燈火を寒さに震えながら眺めたときにも、また北海道に渡ってから、寂しい海岸べりを長時間汽車は走ったが、そこに粗末な小屋の取り残されたように立っているのを見かけたときにも、そういう寂寥《せきりよう》の中に母親と二人で暮す生活のことが思われた。順吉の念頭に絶えず母親のことがあるというわけではなかった。心の底に畳まれているのである。

「おすぎさんは内地へ行ったことはないの？」

「ええ。まだいちども。札幌《さつぽろ》や函館《はこだて》さえ数えるほどしか行ったことはないんですの。」

「おすぎさんはずっと夕張ですか？」

「いいえ、あたしは岩見沢《いわみざわ》ですの。」

おすぎも肉身の縁には薄い身の上であった。父親は岩見沢の警察の老朽《ろうきゆう》の巡査であったが、おすぎが二十三の年に脳溢血《のういつけつ》で死んだ。母親はその二年前に死んでいた。おすぎは一時叔父の許に身を寄せて、叔父が町の映画館の中に出している売店の売子をしていた。その頃芳三と知りあった。芳三は帰還したばかりで町の運送屋に勤めてオート三輪車の運転手をしていた。きっかけは始終映画を見にきていた芳三がある日おすぎに話しかけたのである。間もなくおすぎは芳三に唆《そそのか》されて叔父の家を出た。ひとつは同年輩の従姉妹との間がうまく行かなくて叔父の家も居《い》辛《づら》かったのである。芳三に連れられて、砂川、追分と近《ち》間《か》の町を転々としてそして夕張にきた。岩見沢には芳三の父親がいたが、しかし今日、芳三に死なれたからと云って、頼って行く気にはなれなかった。

「でも順さんもよくこんな炭坑なんかに来る気になりましたわね。」

「だってどうにもしようがなかったんですよ。あちこちに不義理だらけで。」

と順吉は吐き出すように云った。自分の過去に対して疚《やま》しさといまいましさを同時に感ずることがある。そういうとき順吉は自分をひどく人と変った者のように思い込んだりする。自分にはなにか欠けているものがあるのじゃないかしら。人と人とを結ぶ心の靭帯《じんたい》のようなものが。自分には小さいときから親がいなかったからなどと思う。

「そうですわ。誰も好きで不義理をしたいわけじゃないですもの。仕方のないことがありますわ。」

おすぎは自分の心に問うようにうなずいて云った。こちらにも言い分があるような気はするものの、世話になった叔父の家を出たときのことを思うと、うしろめたい気にもなるのであった。芳三はいつも大きなことを云って輝かしい未来を描いて見せた。おすぎはそれを芳三の云うとおりに信じたわけではなかった。芳三はおすぎを欺《あざむ》いたわけではなかったし、おすぎもまた欺かれていたわけではなかった。

順吉はスチームのわきに片寄せた夜具の上にすやすや寝息を立てているトシを見て、

「トシ坊はいまがいちばん可愛いときだな。あんたによく似ている。色の白いところや額の感じなど。」

「ええ。みなさんがそう云いますわ。」

「おすぎさんはすこしおでこじゃないんですか。貶《けな》して云っているわけじゃありませんよ。」

「褒めているわけでもないんでしょ。お前は額が高くて鼻が低くてまるでおかめのようだって、おっかさんからよく云われましたわ。学校へ行っていた頃には、友達からでこでこって云われたものですわ。」

　順吉はふと思い出したように笑いながら、

「おすぎさん。ちょっとここを触ってごらんなさい。」

　そう云って、寝台からその短く刈った頭を伸して、おすぎの指を触れさせて、

「いやにでこぼこしているでしょ。こういうのを法然頭《ほうねんあたま》って云うんだそうだ。子供の頃、お袋から聞いたんですが、思い出したりすると可笑しくて。」

「でもそとからはわからないですよ。」

　おすぎはわからないままに気の毒そうに云った。

「いいえ。お袋の話だと縁起がいいらしいんだけど。」

「あら、それじゃ結構じゃありませんか。」

　そう云ってから、おすぎはなんとつかず可笑しくなった。順吉も笑いながら、

「結構でもないがなあ。」

と云ったが、なにか楽しそうな眼つきをした。

順吉には母親に膝枕《ひざまくら》をして耳の掃除をしてもらった遠い記憶がある。母親は順吉の小さい凸凹のある頭をなでて、「お前は法然頭だよ。こういう恰好の頭の人は出世するんだってさ。順吉はいまにえらい人になるかも知れないよ。」と云ったりした。順吉に話して聞かすというよりは、それを口にするのが母親にとって如何にも楽しいようであった。順吉はくすぐったい気持がした。こんなのがお袋の味というものであろうか。母親が後家の身を立て通してきたのも、順吉という者があったればこそである。いくらか世間の塩をなめてきた心でふりかえってみると、母親のつらい立場が順吉にもわかる気がするのであった。

「おすぎさんもたいへんだなあ。」

順吉はいまさらのように、おすぎ親子の境遇を思いやった。

順吉はおすぎの夫の芳三を知っていた。順吉が夕張にきた頃、ちょうど芳三は人車捲きの係りをしていた。奇禍に遭う二月ばかりまえのことである。順吉は仕事のかえりには、徒歩で山を登らずにそのつど人車の世話になっていたから、ときどき芳三を見かけていた。芳三は坑夫たちの間ではこわもてしているようであった。骨太の軀の大きい男で、額の感じなど如何にも喧嘩好きらしい気性を見せていた。口のきき方もひどく乱暴であった。

おすぎが寮にきてしばらくしてから、あれが死んだ芳三の女房だと聞かされたとき、順吉は意外な気がした。芳三のような一見粗暴な男の女房としては、卑屈なもっとおどおどした女を想像していたからである。「芳三は女房に惚《ほ》れていたよ。」と云う寮長の話を聞いたとき、なるほどそうかも知れぬと思った。順吉が仕事から帰ってきたときなど、トシを背負ったおすぎが寮の事務所の窓硝子を拭いていたり、また土間を掃除していたりすることがある。順吉がそばを通ると「御苦労さま。」と声をかけたり、ときには「順さんはいま一番方ですか。」などと云ったりする。人柄というものはおかしなものでこんななんでもない挨拶が、云う人によってはひどく親身に聞かれるものである。おすぎにはそんなところがあった、仕事をしながらよく流行歌をうたっているが、こんなのは働きものによく見かけることである。炊事の娘たちの間でも、おすぎはいいおばさんであった。

「順さんはいい身分だね。」

見舞いにきてくれた寮生や現場の同僚たちが、順吉とおすぎをかえりみて口々に云う。ただ恢復《かいふく》を待つばかりの病人ははた目には気楽そうに見えるのであろう。渡る世間に鬼はいないと云うが、順吉はいま自分がひどく果報者《かほうもの》のような気がしている。人の住んでいるところには人といっしょに親切も住んでいる。そういう思いが順吉の心の中に一つの言葉になって浮かんできた。

「おすぎさんはいいなあ。」

順吉はおすぎと話しながら、ときどきおすぎの顔を見つめている自分に気づくようになっていた。

順吉の隣りの寝台にいる親爺さんは長屋の人ではなくて、やはりほかの寮にいる人であった。息子かと思われた若者も同じ寮生で、手が足りないため附添いを頼まれたものらしかった。盲腸の手術をしたのだが、経過ははかばかしくないようであった。痩せこけて不精髯を生やしているのでひどくふけて見えたが、それほどの齢でもなかった。やはり東京者で深川に妻子を残してきたという。木場《きば》にいたこともあるとかで、坑内では支柱夫をしているようであった。この人はときどきひどく癇癪《かんしやく》を起した。若者が病室にいないときにわざとのように、

「附添いに来ているんだか遊びに来ているんだかわかりゃあしねえ。」

と、大声で聞えよがしに云っては、寝台から不自由な軀を起して、便器の前に屈み込んだりした。ときには若者に面と向って、

「あんた厭なら寮へ帰って、誰かほかの人を代りに寄こして下さい。」

と、つけつけ云うこともある。たとえどんなに行届かないにしろ、世話をしてもらっている人にひどいことを云うと思われるのだが、そんなに云われても、若者は腹を立てるでもなく云い返しもしなかった。この若者は病院に携帯用の蓄音器を持ち込んでいて、あちこちの病室に持参してはかけているようであった。おすぎも乾燥室で若者が同室の附添いの娘と二人で、蓄音器をかけているのを見かけたこともある。親爺さんが怒るのも無理のないところもあるし、若者としてはまたいまの境遇が気に入っているようなところもあった。坑内に入って真黒になるよりは、この方がまんざらでもないのかも知れなかった。順吉は親爺さんがあまり口汚く云うので、聞き辛い気もしたし若者が気の毒にも思えたが、

病室の人は誰もこの二人のことをことさら気にするふうでもなかった。おすぎも隣り同士のよしみで、なにかと親爺さんの面倒を見たり、また若者にも親切に振舞っていた。おすぎの気軽なこだわりのない様子を見ていると、順吉は柔らいだ気持をひきだされた。些細《ささい》なことが私たちを慰める。なぜなら些細なことが悲しみの種になるから。順吉はこれまでにこんな気持の落着いたことはなかったような気がしている。

隣りの親爺さんはふだんは謙遜《けんそん》な人で、順吉たちと口をきくときは人が変ったように丁寧であった。同じ東京生れなので、昔の東京の思い出話をはじめると、順吉との間には話が尽きなかった。健康保険から入院の見舞金をもらったときには、親爺さんはひどく恐縮した。おすぎに頼んで早速東京の妻子の許に送金した。

「齢はとりたくないものですね。気ばかりで軀がいうことをききません。そろそろ東京へ帰ろうかと思っているんです。」

と、親爺さんは云った。

ある晩、病院の隣りの芝居小屋にめずらしく地方廻りの歌舞伎芝居がかかった。順吉はおすぎに気晴らしに行ってくるようにすすめた。

「あたしは田舎者ですから。それにもったいないですわ。」

と、おすぎは云った。おすぎは若者を誘ったが、若者は映画を見に行くと云った。おすぎはトシを連れて出かけた。重《しげ》の井《い》の子別れをやっていた。女の子の子役がやった馬追いの三吉におすぎは感心した。その子は自分の役が済んでからは、お河童髪《かっぱがみ》の姿になって、花道のわきに行儀よく坐って芝居を見ていた。おそらく誰か一座の役者の子供なのであろうと思いながら、おすぎはときどき舞台よりもその子の方に気をとられた。

帰ると、若者はまだ帰ってきていなかった。

「あの芝居は泣かせるでしょう。」

と、親爺さんが云った。おすぎは買ってきた林檎《りんご》を剝《む》いてすすめた。順吉はトシを抱いて、

「トシ坊はお芝居を見てきてよかったね。おとなしく見ていた？」

「ええ、お利口さんでしたね。きれいなお姫さまがいたでしょ。」

おすぎはトシの顔を見つめている順吉の眼差しを見てこの人は子供が好きらしいと思った。眼は心の窓と云うが、その人の心の奥が覗かれるような気のすることがあるものである。死んだ芳三も子供好きであった。芳三は仕事から帰ってきてから、よく町の麻雀屋《マージャンや》へ出かけた。金を賭けてやるのである。おすぎがトシを連れて風呂の帰りに麻雀屋の前を通りかかって覗くことがあると、

「なんだ、迎えに来たのか？　すぐ終るから待ってろ。」

と、怒鳴《どな》るように云って、やがて出てくる。歩き出してから、

「どうでした？」

と訊くと、

「負けた。」

と、云って闊達に笑う。おすぎにおぶさっているトシの顔を覗き込んで、指でかるくその頰をはじいたりする。ふいに道ばたに屈み込むので、どうしたのかと思うと、そこに咲いている名もない花を摘んでトシの掌に握らせるのである。芳三が負けた結果は直接生活にひびいてくる。おすぎは困ったと思いながら、それでいて芳三の顔を見ていると、何か心丈夫な気がしてくるのであった。見かけはただ荒っぽいばかりの人であったが、そのやさしい実意をおすぎはいちども疑ったことはなかった。家計は苦しかったが、おすぎには楽しい生活であった。順吉を見ていると、まるきり違った人柄のようでいてどこか芳三に似てるようなところがある。そう云えば、芳三があけすけであったように順吉にも自分の過去を飾るようなところがない。内地から来た人の中にはどうかすると自分の来歴を修飾して話す人があるが、順吉にはそんなところは少しもなかった。世の中というすり鉢《ばち》の底を這い廻ってきた順吉は、ねっからうだつがあがらなかったが、それだけにまた虚栄というものにわずらわされない暮しをしてきた。それはおすぎの場合も同じである。しばらくいっしょに暮してみると、順吉はそう堅苦しい人でもない。

おすぎは病院へきた最初の日に、順吉が観音さまのお守りを見せてくれたときのことを、このときもまたふと思い浮かべた。

「山村さんが明日退院するそうですよ。」

「ああ、あの六号室の粘土《ねんど》やさんか。」

「ええ。おもしろい人ですわね。あたしがあの人の死んだおかみさんに似ているんですって。」

やがて若者が帰ってきた。しばらくしてみんな寝仕度をした。

朴歯の下駄

むかしの話だ。

私がそのみせの前を通ったとき、そこの番頭さんが、

「よう、前田山。」

と私のことを呼びかけた。その頃私は廓《くるわ》を歩くと、いつも「応援団長」とか「朴歯《ほおば》の旦那」とか呼ばれた。私は久留米絣《くるめがすり》の袷《あわせ》を着て、袴《はかま》をはいて、そうして朴歯の下駄をガラガラ引《ひ》き摺《ず》って歩いていたのである。私にはそのほかにどんなよそゆきの持ち合せもなかったのだ。「前田山」は頬をほてらせてみせの中へ入っていった。私はもう上気していて、履物《はきもの》を脱いでしまったような気持になっていた。番頭さんは、

「学生さんには、またそのように、遊んでいただきます。」

など殊勝《しゆしよう》なことを云《い》った。私はすでに学生ではなくて、貧しい勤人の明け暮れを送っていたのであるが、日没頃の物悲しさをもてあますようになっていた。番頭さんは私の顔を窺って、

「若いのがいいでしょう。」

「うん。」

番頭さんは初見世と書いてあるびらを指さし、

「この妓《こ》がいいでしょう。今日でまだ三日にしかなりません。」

私はまずその妓の印象を得たいと思い、そこに並べてある写真の中を探してみたが、見つからない。私は決して気難しい男ではないが、ただあまり邪慳《じやけん》な感じのする女には、ぶつかりたくないと思った。

「写真ないね。」

「ええ、写真はいま作製中です。おとなしい可愛い妓《こ》ですよ。十八ですよ。」

番頭さんは私の心中の当惑を見ぬいたような口をきいた。私は少しく心許ない気もされたが、登楼《とうろう》した。こうして私は彼女を知った。可愛いという言葉は必ずしもいつわりではなかった。私は彼女の細い眼や低い鼻に親しみを惹きだされた。

「君の写真は作製中だそうだね。」

「ええ、まだ出来てこないの。」

「君はいつからみせに出たの？」

「今日で十二日になるわ。」

「君は十八だって？」

「ううん、十九。」

十八ではまだ身売りのできないことを彼女は説明した。番頭さんは日数のことも年齢のことも二つながらさばを読んだわけであるが、それは番頭さんとしても一生懸命のところだったのだろう。私には彼女の素直でごく当り前な感じのするのが好ましかった。廓で働く女の多くがそうであるように、彼女もまた百姓娘であった。彼女の発音には鄙《ひな》びた響があって、そうしてどことなく野の匂い、土の香りのようなものがまだ消えずに残っている感じだった。私は彼女の顔を見ながらあねさん被《かぶ》りが似合うだろうと思い、空に雲雀《ひばり》の囀《さえず》る畑の中にいる彼女の働く姿を容易に想い浮かべることができた。

翌朝、彼女に附き添われて洗面所へいった。私が顔を洗っている間、彼女は私の袂《たもと》が水に濡《ぬ》れないように両掌《りようて》でつかんでいた。私の脇にも客が一人いて、やはりその相方《あいかた》がなにかと気を配っていた。彼女たちには互いにいっそう客を大事にする風情《ふぜい》が見られた。おそらく朝の廓の随処に見られる風景であろう。

帰るとき、下駄を履きかけている私の袂を彼女は控えて、

「また来てね。」

と囁いた。

私は彼女のもとへ通うようになった。彼女のいるK楼は、彼女の話によれば、この廓では三流のみせであるという。古いみせなので、やはりどことなくそれだけの格式と情味が感じられて、私などには遊びやすかった。保守的なもののよさとでも云うか、金をむさぼらないわりには客あしらいがよかった。働いている女の風俗もまたその呼び名もみんな古風であった。彼女の呼び名は「通夜物語《つやものがたり》」の女主人公のように下に山の字がついた。

私がいくと彼女は、私ではないかと思ったと云ったり、またあらかじめ私だということがわかったと云ったりした。どうしてわかったと云ったら、履物を置く場所に朴歯の下駄があったからと云った。朴歯など履いてくる客は私のほかには誰もいなかったのであろう。いつか帰るとき、足もとに立派な駒下駄《こまげた》を揃えられたことがあって、私はひどく狼狽《ろうばい》した。すると彼女と、妓夫台《ぎふだい》にうたた寝をしていてそのとき眼をさました番頭さんが、異口同音に「朴歯、朴歯。」と大きな声で云ったので、私たちは顔を見合せて噴《ふ》き出してしまった。このみせでは私の朴歯はそういう紛《まぎ》れもない代物であった。

遊びにいっていると、時にはほかの部屋から陽気な唄声や三味《さみ》の音が聞えてくることがあった。もと芸者をしていたので三味線などの上手な妓がいるという。彼女はもとより芸なしであったが、大正琴を習いはじめていた。その頃としても大正琴はいかにも古めかしい感じがした。いちどなにか聞かせてくれと云ったら、「春の小川」の曲を弾いてくれた。おぼつかない手つきでとぎれ、とぎれに弾いているのを聞きながら、私はなんとも手持ち無沙汰な、またどうにもかなわない気持がした。

「なんだ、鼻のあたまに汗をかいているじゃないか。」

「ふふふ、むずかしい。」

「誰か教えてくれる人がいるの？」

「ううん、自習帳があるの。」

そうして彼女は「君が代」も「ひばり」も弾けると云った。

ある日行ったら彼女は病気で寝ているということだった。私が帰りかけたら、新造《しんぞう》のおばさんがほかの妓を呼んで遊んでゆけと勧めた。勧められて私はその気になった。名代《みょうだい》に出てきた妓はつまらない女だった。軀の弱そうな気の弱そうなしょんぼりとした女だった。私が気なしに気の毒なことを口にしたときにも、かすかに顔を曇らせただけで、すぐ弱気な笑顔をつくった。腹を立てるほどの気性もないらしかった。内気というよりは陰気な感じで、これでは朋輩《ほうばい》にも客にも侮《あなど》られるばかりではないかという気がされた。それでも翌朝帰りしなには、私に寝ている彼女を見舞ってやれと、朋輩らしい情を見せた。私は億劫な気がしたので見舞わずに帰った。名代の話によると彼女は評判がいいということだった。いい馴染客があるという。内輪の気受けも悪くないらしかった。聞いて私にもうなずけた。彼女は人好きがしたから。人柄はおだやかで、とりわけてはしゃぐという方ではないけれども、向い合った気分は明るかったから。次に行ったとき顔を合わせるとすぐ彼女は、私が名代を買うとは思わなかったと、しんから呆れた眼色を見せた。

こんな話をしたこともある。

「あたしの村の役場の書記さんに、大山さんって人がいたの。大山さんって呼ぶとね、いつも、おう、って返事するの。」

「君のいい人だったの？」

「あら、ちがうわ。法律を勉強していたわ。いちど自転車のうしろに乗せてもらったら、ひっくりかえっちゃって。」

私にはその人がなにか稀《まれ》な君子人のように思えた。きっとその大山大将は私に似ていたに違いない。

「僕に似ていたのかね？」

彼女は首を横にふったが、眼は笑っていた。

彼女のもとに行くようになって四月ばかり経った頃、私は勤め先きで不首尾のことがあって、ふいに東京を離れなければならなくなった。私は慌《あわただ》しく身の始末をつけて東京を立ち退いた。僻遠《へきえん》の土地で一年を送った。その町の派出所の若い巡査の顔を見て、私はなんだか見覚えがあると思った。そのうちに思い当った。彼女に似ていたのだ。彼女を男にしたような顔だった。眼の感じなどよく似ていたし、口もとは男の顔のうえに見ては流石《さすが》にやさし過ぎた。私はその巡査を見かけるたびに、可笑《おか》しくなってしかたがなかった。一日、パン屋の軒端に佇んで買物をしている姿を見かけた折には、私は不意にはげしい帰郷の思いにそそられた。

私はまた東京に舞い戻ってきた。ある日浅草公園へ行って池の端の露店でミカン水を呑んだら、そこの親爺が私の掌に金を握らせた。見ると一円に対する釣銭の額だった。私はミカン水の価しか金を支払わなかったのだが。私のポケットにはそれだけの金しかなかったのだが。私はびっくりして親爺の顔を覗いたが、親爺はむっつりした顔をしてそっぽを向いていた。私は黙ってそこを離れた。私には親爺が思い違いをしたというよりは、私を憫《あわれ》んで金を呉《く》れたとしか思えなかった。六区をぶらつきながらも、その親爺の彫りの深い一癖《ひとくせ》ありげな面魂《つらだましい》が、しばらくは目のあたりを去らなかった。私はその日暮しの朝夕に身も心も困憊《こんぱい》しきっていたのだ。その日私は一日生きのびた。しばらくして私はある新聞店に入って配達夫になったが、そこでようやく尻を落ち着けることができた。その新聞店は彼女のいる廓の裏町にあった。

　年が明けた正月の休みの日に、私はふとその気になってK楼へ行ってみた。まだいる筈だった。あの番頭さんがいた。番頭さんも朴歯のお客のことは覚えていた。念のために陳列の写真を覗いてみたら、すぐ見つかった。彼女の写真はお職から二枚目のところに並べてあった。いいおいらんになっているわけだった。私の顔を見ると彼女は、まあ、と云った。

「どうしていたの？」

「東京にいなかったんだ。」

「どこへいっていたの？」

「あちこち旅をしていた。」

「そうお。」

　彼女はなにやら考え深そうな眼つきをしてうなずいた。

「この近所へきたよ。」

「近所って？」

「この裏の新聞やにいる。」

「ほんと？」

「ほんとさ。君のとこへ新聞を配達してあげよう。」

彼女はまた思案顔をした。

「なにを考えているんだ？」

「ううん。」

彼女は首を横にふった。

私は廓を配達している朋輩に頼んで彼女のもとに新聞を入れてもらった。

私はまた彼女のもとに行くようになった。ちょっと見なかった間に彼女はすっかりいいおいらんになっていた。鼻のあたまに汗をかいて大正琴を弾いていた稚《いとけな》いふりはもう見られなかった。私には彼女が自分より年うえのような気さえした。私は行くと彼女から娯楽雑誌などを借りて、寝床の中でそれに読み耽り、そのうち眠くなってきて眠ってしまうのがきまりだった。ふと眼をさますと、いつのまにか彼女がきていて、となりで寝息をたてていたりした。新聞やで夕刊配達まえなど、皆んなが店の間に集まって女の話に花が咲くとき、私も人後に落ちまいとして、

「俺の女はいつだって、グウグウ鼾《いびき》ばかりかいて、眠ってばかりいやがる。」

と披露《ひろう》したら、ふだん遊女の心理には通暁《つうぎよう》していると自称する朋輩の一人から、

「その女はお前によっぽど惚《ほ》れているぜ。なかなかのもんだ。おごれ。」

とひやかされ、私はめんくらった。私が首をかしげていると、自分でもおぼつかなくな

ったのか、

「少くとも、嫌われていないことだけは確かだ。」

と訂正した。その心理家の説によると、遊女というものはよほど好きな男の傍でなければ安眠しないというのだが、果していかがなものであろう。彼女と私の間にはどんな情緒《じょうちょ》纏綿《てんめん》とした場面もなかったのである。あるとき彼女はこんなことを云ったことがある。

「あたし、はじめの頃、あんたは、いい人との間がうまく行かなくて、それであたしのとこへ来るのかと思っていた。」

とんでもない話で、私にはどんないい人もありはしなかった。けれども彼女のそういう言葉は私にはうなずけた。おそらく馴染客としては、私が初心《うぶ》なわりに気のないのが、彼女にも物足りない気がしたのではないだろうか。

ある日、店の集金人のおばさんから、

「きょう、あんたのいい人を見たわよ。」

と云われ、なんの話かと戸惑《とまど》っていると、

「なにをそらとぼけているの。K楼の、ほら、あの、なんとかいったねえ?」

と云われて、なんだ、彼女のことかと思った。

私は朋輩に頼んで彼女のもとに新聞を配達してもらっていたが、それはその後やめてしまっていた。それなのに、その月朋輩が勝手にまた新聞を入れて、そのうえ彼女の名宛で領収書を発行したのであった。それでその日なにも知らないおばさんが集金に行ってきたというわけであった。彼女はなにも云わず代金を払ってくれたという。おばさんはまるで桜の花盛りでもほめるような仰山《ぎようさん》な口調で、

「綺麗な人だねえ。」

「よせやい。おばさんには敵《かな》わねえや。大袈裟だなあ。」

「あら、私はああいう人、好きだね。眼をカギカギといわせてね。」

「なんだい、カギカギって？」

「始終にこにこしているじゃないの。あの人はいいおかみさんになるね。気持もさくいようだし、所帯持ちだって悪くないよ。年が明けたら、あんたもらっておやりよ。」

「なに云ってんだい。」

おばさんは集金の勘定をしながらしきりに彼女のことをほめたてた。私は悪い気はしなかった。それは、云うならば、自分の身うちのいい評判を聞くような気持であった。私はおばさんから煽《あお》がれたかたちで、その晩彼女のもとへ行った。

新聞代を払わせたことを気の毒がったら、

「いいのよ。続き物を読んでいるから、続けて入れてもらいますわ。」

と云った。

「集金やのおばさんが君のことをほめていたよ。」

「あら、なんて？」

「別嬪《べつぴん》だって。」

「あら、いやだ。」

「君の金の払いっぷりがよかったらしい。」

「なに云ってんのよ。」

私は昼間のおばさんの言葉が念頭にあったので、

「君はどういう人のおかみさんになりたい？」

「どういう人って？」

「たとえば、月給取りとか、商人とか、学校の先生だとか。」

「商人。あたし、お勤め人のとこへはいきたくないわ。」

商人といってもいろいろあるだろうが、それでも私には彼女の気持がわかるような気がした。彼女はおとなしい性質だが、しんには派手な気前が見えたから。亭主の留守をまもっているよりは、ともに働きたい方なのであろう。百姓出の持つ甲斐甲斐しさかも知れない。

「新聞やはなんだろうな。やっぱり商人のくちだろうな。」

彼女は笑ってそれには応えず、

「あんた、なにか勉強しているんでしょ？」

「なにも勉強していない。」

彼女は私の気を兼ねるふうに、

「でも、いつまでも新聞やさんをしているつもりはないんでしょ？」

私はしばらく前、酔興《すいきよう》に手相を見てもらったことがあるが、そのときその大道易者は仔細らしい顔をして、四十までは商売換えをしない方がいいと云った。私はその後も思い出すたびに可笑しかったものだが、いま、そのことを口にのぼそうとして、ふと気が変った。私は照れくさいのをこらえ、また彼女から嗤《わら》われるかも知れないと気づかいながらも、

「僕は、あの、小説家になりたいと思っているんだ。」

自分の顔が紅葉《もみじ》を散らした如くになったのが、自分でもわかった。私は自分の照れくさい気持に恰好をつけたく、

「ほら、浪六《なみろく》ね、知っているだろう。つまりああいうものさ。」

私はいつぞや彼女から雑誌の代りに浪六の「元禄女」を借りて読んだことがあったのだ。彼女は黙ったままうなずいたが、私が懸念したような侮《あなど》りの色は見えなかった。

「あたし、前からあんたはなにか勉強していると思っていたわ。」

私を買い被ってくれていた人が、思いがけないところにいたというわけなのである。

夏のこと。

私も酒を嗜《たしな》む。盃に三杯が適量である。その日は少し呑み過ごした。店で朋輩たちと酒盛りをして、集金のおばさんから勧め上手にさされるままに、うかと盃の数を重ねてしまったのである。私は忽ちにして酒呑童子《しゆてんどうじ》の如き面構えになった。そのふりで私は出かけていった。彼女は噴き出した。

「まあ、大へんな呑み手なのね。」

「それほどでもないがね。きょうは酌《しゃく》がよすぎたんで、少し過ぎたようだ。」

「いいとこへ連れてってあげましょう。涼しいわよ。少し風に吹かれるといいわ。」

いいとことは物干し場であった。なるほどそこはよかった。涼しい風が吹いていた。深い夜空の下に、廓の屋根屋根を越えて、遠くに浅草の灯さえ見えた。

「いいね。パラダイスじゃないか。」

「涼しいでしょ。あたし、よくここへ涼みにくるの。ちょいと、ここへ来てごらんなさい。あんたのお店が見えてよ。ほら、ね。」

背のびして眺めると、彼女の指さすさきに、わずかに店の屋根と看板が見えた。

「おや、君、指輪をはめているね。」

「ふふふ。」

私は彼女の差し出した手をとって、

「ダイヤか?」

彼女はうなずいて、そうしてぽつんと云った。

「妻の形見だって。」

「ふうん。」

私は酔っている頭で、いつぞや彼女が口にした商人という言葉にその指輪を結びつけて考えた。夜半、私はひどいていたらくになった。食べたものを、すっかり戻してしまった。彼女は私の介抱に大童《おおわらわ》であった。夏の夜は早く明けて、私はまだぐったりしていた。そのうち店から朋輩が迎えにきた。私には朝刊の配達という義務が控えているのである。私は思わず弱音を吐いた。

「ちえっ、つれえ商売だな。」

「あら、そんなこと云ったら、あたしの方がよっぽど、つらい商売じゃない。」

そうして彼女は云った。

「あんた、もう、来てくれないんじゃない？」

私は単に腹痛を堪《た》えるために険《けわ》しい表情をしていたのに過ぎないのだが、それが彼女にそうした不安を抱かせたのであろう。つらい商売と云わなければなるまい。

その朝私はどうにか配達をやり了《お》せた。

秋になって。

そのとき寝床に腹這いになって、二人で映画雑誌に眼を晒《さら》していたら、ふいに彼女が、

「ねえ、あんた。」

「なに？」

「あたし、ねえ、あさって、ひまがもらえるんだけれど、あんた、どこかへ連れていってくれない？」

「お客と出かけてもかまわないのか？」

「ええ、かまわないの。失礼だけれど、お金のことは心配していただかなくともいいのよ。ね、連れていってくれない。」

「だしぬけだね。」

「あんた、いやなの。」

その声音に思わず顔を覗くと、ふとそむけたが、

「お店の御都合が悪い？」

振りむいた顔も声も平静なので、なにやらほっとして、

「そうだね。いってもいいが、どこへ行く？」

彼女もすぐ笑顔になって、

「あたし、ねえ、まだ日光を見たことないの。」

そう云う彼女は小学校の女生徒のように思われた。

「僕も見ていないんだ。じゃ日光へ行くか。」

「連れていってくれる。」

そうして彼女ははにかんだ口調で云った。

「日光を見ないうちは、結構って云うなって云うでしょ。」

その日私は頭から足のさきまで、店の主任の服装を借着して出かけた。彼女は上にコートを着て、頭は初めて見る洋髪に結《ゆ》っていた。なにかぴったりした感じだった。よく似合う、と云ったら、私の借着の背広姿をほめて、髪をのばして分けたらいいと思うと云った。日光に着いてすぐ東照宮へゆき、案内人に説明してもらいながら見て廻った。陽明門《ようめいもん》の前では、彼女は感嘆の声をもらし、満足の表情でしばらく佇んでいた。私たちは湯元へ行っ

て一泊するつもりであったのだが、東照宮で手間どって、中禅寺湖《ちゅうぜんじこ》に着いたのは、湯元《ゆもと》行の最終バスが出発した直後であった。しかたなく湖畔の宿屋に泊った。宿帳に私は新聞販売業としるし、彼女のことは、妻すみとしるした。すみというのは彼女の戸籍名である。翌朝湖畔を散歩した。持って帰るというでもなく、花を見れば彼女は手折《たお》った。洋品やで彼女は足袋を買い履きかえた。土産物をいろいろ買った。彼女は極大《ごくだい》のわさび漬の土産を手に取って、「これ、お店の方にどうかしら?」と私の顔を見た。理科の参考にでもなるような野生植物の栞《しおり》を求めたので、そんなものをどうするのだと云ったら、「しづちゃんにあげるの。」と云った。その言葉が、一滴の水のように、私の心の中に波紋《はもん》をひろげた。私はそのときそれ以上を訊ねなかったが、楼主の娘に女学生でもいたのかも知れない。帰りが急がれたので、華厳《けごん》の滝は見ずにしまった。私たちはゆきは電車で行ったが、かえりは彼女が提案して汽車で帰った。浅草へ寄って蕎麦《そば》を食べて、廓の入口まできて別れた。彼女は「いろいろ有難う御座いました。」と云って丁寧に頭を下げた。

四、五日過ぎて私は廓を配達している朋輩から意外な事実を知らされた。彼女は身請《みうけ》されて廃業したという。朋輩が夕刊を配達してK楼にきたら、番頭さんが新聞の配達を中止してくれと云い、そのことを告げたのだという。朋輩は驚いている私を尻目《しりめ》にかけ、「河岸をかえるんだな。俺がいい妓を世話してやる。」

と云った。

私はやくざな懶《なま》け者で、いまなお根っからうだつがあがらない。茨の道に行き悩んでは覚束ない命脈の行末を思い、また自分をあさましく感じることがある。そういうとき、私は思わず呻《うめ》き声をあげる。その呻き声の一つにこういうのがある。「しづちゃんにあげるの。」私はそれを娑婆への告別の辞の如くに呟くのだ。

安い頭

下谷《したや》の竜泉寺町《りゅうせんじまち》という町の名は、直接その土地に馴染《なじみ》のない人にも、まんざら親しみのないものでもなかろう。浅草の観音さまにも遠くはないし、吉原遊廓《ゆうかく》は目と鼻のさきだし、お酉《とり》さまはここが本家である。若しもその人が小説好きであるならば、「たけくらべ」にゆかりのあるこの町を、懐かしくも思うであろう。だいぶまえのことであるが、一葉の記念碑がその住居の跡に建てられて、電車通りにある西徳寺で、故人を偲《しの》ぶ講演会が催されたことがあった。馬場孤蝶《ばばこちょう》、菊池寛《きくちかん》、長谷川時雨《はせがわしぐれ》の三人が来て話をした。故人と昵懇《じっこん》であった孤蝶老が、往時一葉が子供相手に営んでいた一文菓子屋のことを、「如何にも小商売《こあきない》」と云《い》った口前を、私はいまなお覚えている。私はまたそのとき初めて菊池寛の風貌《ふうぼう》をまのあたりにした。時雨女史が自分のことを「私のようなしがない者が」というような謙遜《けんそん》な言葉づかいをしたとき、私の隣りに腰かけていた若い女性が「まあ、いやな先生。」という嘆声をもらした。時雨女史の知合いであったのだろう。みなむかしの夢である。昭和二十年の三月十日に空襲に遭って、この町も無くなってしまった。吉原土手のへりにわずかに一郭《いっかく》焼け残っているに過ぎない。焼け跡にもだいぶ新しい家が建ったようではあるが、住む人の顔が往時と変っているのを見るのは、懐かしさを削《そ》がれるようで、いやなものである。

私は昭和十二年の夏に、竜泉寺町の茶屋町通りにあるY新聞店の配達になった。そして二十年の三月十日に焼け出されるまでここにいた。もっとも終りの三年間は徴用されて、三河島の日本建鉄工業株式会社に通っていた。私はまる五年というものを、一つ土地で新聞配達をして過ごしたわけである。二十七歳から三十二歳の間のことである。こともなく過ごしてしまったようではあるが、顧みると、私の半生のアルト・ハイデルベルヒはこの間にあるように思われる。ある若い詩人の「町」という詩にこんなのがある。

小さな町であった
それでも町の匂いがした
煤煙《ばいえん》が流れていた
おしろいの匂いがした

私は自分が新聞配達として五年間の朝夕を送った竜泉寺町とその界隈《かいわい》の思い出を、そこに住んでいた人たちのことを綴ろうと思う。おそらく私にふさわしい青春回顧の仕方であろう。知らない人は意外に思うであろうが、購読者と配達の間柄は存外親しみに溢《あふ》れたものなのである。殊《こと》に下町では。それもごみごみした処では一層。たとえば山の手などでは、門口にとりつけた郵便箱などに新聞を入れてくるだけの話なので、一年配達しても二年配達しても、その家の主人がどんな顔をしているのか知らないというような場合もあり得る。つまり水臭いわけである。ところがこれが下町になると、それも竜泉寺界隈のような処だと、みせやが多いし、またしもたやでもがらっと門口をあけると一目で家内中が見渡されるような家がざらなので、毎日のことではあるし、自然親しい口をききあうようになるのである。私たち配達もやはり普通の商人のように自分の購読者のことをお得意と呼んでいた。昔の小学校の読本に確かこんな文章があった。「米屋の隣りは魚屋です。魚屋の隣りは八百屋です。その角を右に曲ると、呉服屋があります。」私もこの調子で、かたっぱしから自分のお得意を読者に紹介しよう。配達は各自順路帳というものを持っている。自分の配達区域のお得意の名前を、配達して行く順序に従って記録した帳面である。私はいま古いアルバムの頁でも繰《く》るように、記憶の中にある順路帳を一枚一枚めくって行こうと思う。そんなことをしていたら夜が明けてしまうではないかと危ぶむ人もあるであろうが、世には千夜一夜という物語もあることだし、語り尽くせぬところはまた明晩のお楽しみということにして、懐旧の情の赴《おもむ》くままにわがままに筆を運ぶつもりであるから、読者も我慢強い王様にでもなった気で、私の安逸《あんいつ》を咎《とが》められることがなければ、しあわせである。

東京都下谷区竜泉寺町三百三十七番地。ここが私のいたY新聞店のある処である。まず都電を竜泉寺町という停留場で下車する。ここを通る電車は東京駅—三《み》の輪《わ》間を往復している。竜泉寺町の次は終点の三の輪で、てまえは千束町である。停留場のすぐわきに線路を跨《また》いで東西に通りがある。両側には店舗《てんぽ》が軒をつらねていて賑《にぎ》やかな通りである。電車道を境にして東側にあるのが、俗に云う茶屋町通りで、この通りは一町ほどで京町一丁目、揚屋《あげや》町、江戸町一丁目などという吉原遊廓の非常門のある、末は吉原土手に突きあたる通りにつながっている。西側にある通りは二町ばかりの長さで、三の輪から遠く日本橋の方にまで走っている昭和通りの名のある改正道路にとどいている。茶屋町通りの電車道に面する両角は、右は瀬戸物屋左は荒物屋で、共に角店らしい大きな店である。私はこの二軒の店のことはよく知らない。というのが、ここは私の配達区域ではないからだ。いわば他人のお得意である。でも一寸その印象を書きとめて置きたい。二軒共にこの土地では旧いようで、店の構えも立派であったが、また相応に繁昌《はんじょう》していたのかも知れないが、いい店だという感じに欠けていた。つまり活気や明るさがなかった。老舗などにはよくあるやつではなかろうか。主人からしてあまり商売に身を入れていない感じなのである。瀬戸物屋とは私はいちど交渉があった。私は配達になった年の暮に、この店で蓋物《ふたもの》を八拾箇ほど求めて、お得意に配《くば》った。私はべつにそんなつもりでもなかったのであるが、なかには「新聞やさんから歳暮《せいぼ》をもらったのは初めてだ。」と云う人もあった。また「梅干や佃煮《つくだに》を入れるのに丁度いい。」と云って喜んでくれたおかみさんもあった。自弁で読者奉仕をしたわけであるが、私としてはその月麻雀《マージャン》に夢中になっていて勧誘のしごとを怠《おこた》っていたので、店への申しわけと自分の気やすめのためにしたまでのことである。この代金はしめて七円あまりであった。日華のいくさはようやく酣《たけなわ》であったけれど、まだまだ物価の安い時勢であった。私はその時この瀬戸物屋の主人から渋い印象を受けた。小肥《こぶと》りな体格で、働き盛りの年輩であるが、どこやらくすんだ感じで、にべもない表情をしていた。荒物屋でも買物をしたことがあるが、店番をしていた小女は眠そうな顔をしていて、手の甲に皹《あかぎれ》をきらしていた。私はなんとなくこの家の主人は慳貪《けんどん》なのではなかろうかと想像した。

茶屋町通りを、この荒物屋の側に沿ってすこし行くと、同業のN新聞の店があった。二間間口で硝子戸がはまっている普通の新聞店の構えである。私たちY新聞の商売敵であった。当時下町ではY紙の勢力が圧倒的で、N紙がこれに次ぎ、A紙となるとぐっと読者数が落ちて物の数ではなかった。A紙の読者層は山の手に多かった。竜泉寺町のN新聞は商売敵としては手剛《てごわ》い相手であった。読者数は私たちの方が倍からあったが、区域の広さなどを考慮すると、相当食い込まれていた。私たちは常に相手の押してくる力を感じないわけにはいかなかった。N新聞店からすこし行くと、原田という牛肉屋があった。この店は一見してその繁昌していることがわかった。古川ロッパに似た体格のいい若主人がいた。いつも店に顔を出していて、割烹着《かっぽうぎ》姿で肉切り庖丁を握っていたり、また惣菜《そうざい》用のカツレツやコロッケを揚げていたりしていた。時分どきには店さきにおかみさん連が屯《たむろ》していて、若主人の響のいい声が外まできこえてきた。その隣りは藤田という医院であったが、この医院の表に一葉の記念碑があった。むかし一葉が子供相手に一文菓子などをあきなっていた住居の跡は、だいたいこの見当であろうという土地の古老の記憶にもとづいて、ここに建てられたのである。医院の窓下には半坪ほどの体裁ばかりの庭が囲ってあって、碑はそこに在った。碑の傍《かたわら》には恰好な樹木が植えてあったが、私はそれがなんの樹であったか、覚えていない。碑面には、かつて一葉がこのところに住んで「たけくらべ」を書き、いま町民が故人の徳を慕ってこの碑を建てた、一葉の霊も来り遊ぶであろうという意味の菊池寛の文章が小島政二郎《まさじろう》氏の筆蹟《ひっせき》で刻まれてあった。この碑は勿論空襲の際に破壊されたと思う。藤田医院には土地柄廓《くるわ》の妓《こ》たちなども診察を受けにきていた。私はここの先生の顔は知らなかったが、私が懇意にしていた電車通りに古本屋を開業していた飯田さんの話によると、絵が好きで時々飯田さんの店に絵の本を漁《あさ》りに来るということであった。そう年寄りの先生ではあるまい。

藤田医院の隣りは染物屋で、その隣りは森という煙草屋を兼業している文房具店であった。この文房具店にはチョビ髯《ひげ》を生やしたキョロリとした眼つきの親爺がいた。いま思うと如何にもひょうろくだまな顔つきをしていた。この親爺と私の間にはつまらないトラブルがあった。私はあるとき親爺の頬っぺたを殴《なぐ》りつけたのである。ある日店で朋輩の順路帳をひろげてみたら、森文房具店の名が抜けているので、不審に思い問いただしたところ、その月は入っていないという、その区域を配達している朋輩の返事であった。

「なんだ。固定読者じゃないのか。」

「どう致しまして。」

「来月はどうなんだ?」

「まず、あぶないね。」

「よし。それじゃあ、俺が行って来月から取らしてくる。」

「まあ、無駄足をすると思って行ってみな。」

　私はこの店では時々買物をしていた。親爺ともおかみさんとも冗談の一つは云いあう仲であった。頼めばまんざらききとどけてもらえないことはあるまいという心づもりであった。けれども私は思惑違いをした。結果は私の意表に出て、反ってまずくしたような工合になった。親爺はいきなり「義理知らずの新聞は取れない。」という口吻《くちぶり》をもらした。しかも思いがけないことには、その義理知らずという言葉は私にかかわりのあるものであった。

「こないだ君は筋向うの小久保紙屋で買物をしただろう。」

「よく知っているね。棚野《たなけい》ノートと画鋲《がびょう》を買った。」

「ここに坐って見ていれば一目瞭然《いちもくりょうぜん》だ。君はこの店を黙殺してしまったね。ひどいじゃないか。おれは少からず感情を害した。君は自分の行為を義理知らずとは思わないのか？」

「だって、この店にはいつだって棚野ノートはないじゃないか。画鋲を買ったのはついでだ。僕たちの日常生活では、事のついでということが重大な意味を持つと僕は思うね。人の運不運、幸不幸の分れ目はどこにあるか、わかったものじゃない。僕は人の好意というものは少しのものでも受け難いものだと思うね。」

「理窟はやめろ。君もだいぶ新聞やずれがしてきたようだ。N新聞などは義理固いぞ。いつもこの店で買物をしてくれる。」

その日親爺はなにか虫のいどころでも悪かったのだろうか。頭の悪い上に了簡《りようけん》の狭いことをくどくど云った。親爺の応対ははじめは冗談かと思うほどに、理不尽《りふじん》極まるものであった。私も中腹《ちゆうつばら》になった。そんなけちな根性でよくこんな町中で商売が出来たものだというような捨台詞《すてぜりふ》を云って引き上げてきたが、心ならずも朋輩のお得意といさかいをしたようで気色が悪かった。それから四五日経って森文房具店の前を通ったら、親爺は店に坐っていたが、私が通り過ぎる瞬間に、きこえるかきこえない位の声で、「うす馬鹿が通る。」と呟いた。私は咄嗟《とつさ》に廻れ右をして、間髪《かんぱつ》を入れず、親爺の頬っぺたを殴りつけた。親爺は眼をぱちくりさせ、「あ、ぶった。ぶった。」と頓狂《とんきよう》な非鳴をあげて、私の胸倉に取りついた。仕掛の簡単なゴム人形でもこづいたようで、実にあっけなかった。奥からおかみさんが飛んでくる。近所の人が顔を出す。通行人が立ち止る。忽ち人だかりがした。私は自分の行為を説明した。私は生来喧嘩は好きではないし、自分から喧嘩を売ることは殆んどない。親爺こそ私を侮辱《ぶじよく》したのである。私には自分を押える余裕がなかったのだ。止むを得ないことだと思っている。私はこうして腕まくりをして威勢のいい恰好はしているが、これは家業柄であって、大根《おおね》は平和愛好者である。決して喧嘩の常習犯ではないということを私は極力主張した。すると親爺は俺はそんなことを云った覚えはないと真顔で否定した。おかみさんも「この人はとてもがらが悪いんですよ。新聞を取らないからって難癖《なんくせ》をつけに来たんです。」と亭主の肩を持った。ひどい舞文曲筆《ぶぶんきよくひつ》である。たちの悪い三文小説家そこのけではないか。私は呆《あき》れてものが云えなかった。そしてたったいま自分の云ったことを否定するような人間の顔を殴りつけたことを後悔した。私は一体に話を歪《ゆが》める人は大嫌いである。そういう人とはつきあいたくないと思っている。それにしても親爺もいやな云い方をしたものである。なぜ親爺は単に「馬鹿野郎。」という放胆《ほうたん》な罵倒《ばとう》の言葉をえらばなかったのであろう。それならば私は或いは親愛の表現と思い違いをしたかも知れないではないか。単に意地が悪いと云わずに、小意地が悪いと云えば、如何《いか》にもいじくね悪そうにきこえるではないか。この場合毒はうすめられたがために、反って効能を万全に発揮したようなものである。ああいう実感豊富な表現に接しては、私としても思い違いのしようがない。私はかつてある小説を読んで、作中人物の「俺はうすのろではないかしら。」という神妙極まる述懐にひどく胸を打たれた覚えがある。私は親爺には全く恕すべき点はないと思った。他人の頬を打つなどということは、私にとってはそれこそ劃期《かっき》的《てき》な行為であったのである。けれどもまた四五日して、森文房具店の息子が（おそらく中学校の上級生であろう）母親から刷毛《はけ》で制服の背中を払ってもらっている登校姿を見かけた時には、私は心を弱くした。そして私たちはなぜ仲良くして行けないのだろうという妥協的な考えにとらわれたりした。私のような男こそ、さっぱりしないというのであろう。

この森文房具店のところまで来ると、もう私の店の看板が見える。一階の窓際にとりつけた立看板で、Y新聞竜泉寺直配所としてある。けれども私の店へ行くには辻《つじ》を一つよぎらなければならない。茶屋町通りを横断しているこの通りは、南は鷲神社《わしじんじゃ》の裏を過ぎて千束町に、北は金杉下町を通り抜けて三の輪にまで達している。辻を越えて四五軒目のところに私の店がある。ここは茶屋町通りの丁度まんなかへんで、至極恰好《しごくかっこう》な場所である。どこへ行くにも足場がいい。この店はまえは喫茶店であった。当時の流行語を使用するならば、特殊喫茶というのであろう。土間を板の間に改造した位で、あとは不精をしてもとの造りのままであったから、新開店としては少し風変りであった。入口は扉式になっていて、握りの代りに真鍮《しんちゆう》の手摺《てすり》のようなものがとりつけてあった。酔客が摑まえて開くのに便利なように考案したものなのかも知れない。店の間には南に四つと西に二つ、上下に開閉する硝子窓がついていた。この窓際には事務机が一脚据《す》えてあった。どっしりした黒光りのした代物《しろもの》で、挺子《てこ》でもこの場所を動かなかった。階下はここの店の間と主任の部屋である六畳の座敷と台所とから成っていた。表口からと裏口からと両方に階段がついていた。二階は表側が六畳、裏側が四畳半で、裏には物干場もついていた。私たち配達は六畳と四畳半の仕切りの襖《ふすま》をとりのけて、ここにごろごろしていた。部屋の中の柱という柱には、うすっぺらな鏡が掛けてあって、こんなところにもこの家のもとの商売の名残りを見せていた。まえはここに女どもがごろごろしていて、朝に夕にこれらの鏡を覗いていたのであろう。

私がこの店に入ったのは夏であったが、南京虫《なんきんむし》が跳梁《ちようりよう》していて安眠できなかった。皆んな店の間や物干場に寝たりしていた。私は入店に際しパンツと地下足袋を買った。当時パンツは二拾銭、地下足袋は九拾何銭かであった。配達になると間もなく日華事変が起って、私たちは毎日のように号外を配った。号外配達料は一回三拾銭であった。一日に二回号外が発行されることもあって、忙しいことも忙しかったが、臨時収入も相当あった。汗だくで号外を配って行くと、「新聞やさん、御苦労さん。」と云って、砂糖の入った冷えた麦茶をふるまってくれるお得意もあった。そんなときは嬉しくて、誰もが勇気百倍するのである。

私の店は浅草の合羽橋《かっぱばし》に本店のあったK新聞店の支店で、私が入った時には、朝鮮人のMという人が主任をしていた。配達も半分は朝鮮人であった。私は入った当座そのことに気がつかなかったが、しばらくして内地人の朋輩から私の迂闊《うかつ》を指摘されて、びっくりした。私はそれまで朝鮮人に親しむ機会が全くなかったので、この人たちがこんなに自分たちの身近にいるものとは、知らなかったのである。私はいまも朝鮮人に親しみを感じているが、それはこの新聞配達をしていた期間の交歓《こうかん》に由るものである。私に区域を引き継いでくれた人も朝鮮人であった。配達のかたわら法政大学の文科に通学していたが、柔和な人でなかなか男まえであった。私が配達するようになってから、「まえにここを配達していた、あのいい男の人はどうしたの?」など、お得意のおかみさん連からよく訊かれたものである。ごく幼い頃から内地に来ていた人なので、むしろ朝鮮語の方が覚束なかった。この先輩は引き継ぎに際して、新米の私にいろいろ親切に教えてくれて、このごみごみした一郭を自分の生活の地盤だと思え、自分にパンを授けてくれるのは、ここに住む飾りけのない、へりくだった人たちだと思えと云った。それから先輩はすぐわかることだがと云って、順路帳を開いて、固定読者と毎月異動する読者の名前に印をつけてくれた。固定読者というのは、その新聞の愛読者のことで、新聞は読みつけているもの以外に、時々取り換えて読むなどということはしない人たちのことである。また毎月取り換える読者にしてからが、必ずしもそのつど景品が欲しいというわけではない。どちらかと云えば、当時の業者間の競争が激しかったがために、いわば私たち配達の勧誘の犠牲になってそんな習慣がついてしまったのである。いまにして思えば、こんな気難しくないお得意もなかったわけである、新聞などはどれでもいいとは云うものの、毎月のことではあるし、読者にしても小うるさいことであったろう。このほかに不良読者と云うのがあるが、これはつまり集金不良の読者のことで、集金人のおばさんが最も顰蹙《ひんしゆく》するところのものである。これだって金を払わずにただで新聞を読もうという太い根性があるわけではないので、ただ金の払いが遅れるだけなのだが、いつまでも領収書の整理がつかないのは、集金人としては厭なものであろう。翌月廻し、ひどいのになると翌々月廻しというのがある。集金やのおばさんに云わせると、「吝嗇《けち》で図々しいんだから。」というわけだが、結局は困っているからである。たかが新聞代位と思うかも知れないが、そんなものではない。新聞を全然取らない家だってある。新聞を取らない家というものも、また殺風景なものである。私はいちどそういう家に勧誘に入って、吐胸《とむね》を突かれたことがある。乳呑児を抱えたその家の主婦は、私の顔を見てなにも云わずに首を横にふった。私ははじめその主婦の表情がわからなかったので、いろいろ勧誘の言葉をならべたてたが、そのうちにはっと気づいた。私の饒舌《じようぜつ》に対して終始沈黙を守っている主婦の顔色には、意地悪なところも頑固なところもなく、ただ当惑と羞恥《しゅうち》の表情しかなかった。その人の眼は始めから「新聞代を払えないから。」と訴えていたのである。伊右衛門の留守にお岩の住居に飛び込んだような思いがして、私はそこそこに引き上げてきたが、帰途しみじみとした気持を引き出された。私は一軒のお得意を獲得したよりも力づけられた。自分を意気地なしだと思わないわけにはいかなかった。「絶望するな。」私は自分にそう云いきかせた。

先輩は私に勧誘の手ほどきをしてくれた翌日、同系統の荒川の新店に予備として赴任《ふにん》して行った。私はすぐ人に頼る性質なので、この人がいなくなった当座は心細い思いをした。この人に後からついてもらって、はじめて自分で配達したとき、私はある髪結いの家の前でけつまずいて、表口の硝子《ガラス》戸にぶつかって、硝子を一枚毀《こわ》した。私は指に怪我《けが》をした。髪結いのおかみさんは梳手《すきて》に云いつけて、私の指に繃帯《ほうたい》を巻いてくれた。私は恐縮してひたすら陳謝したが、先輩は「幸先いいぞ。あの家は二月ほどまえ僕がやっと陥落させたのだが、これで完全に読者になったね。H新聞のこちこちだったがね、もうこっちのものだ。お得意とはなるべく因縁《いんねん》を深くしなければいけない。君は失敗したと思っているかも知れないが、あれこそ怪我の功名というものだ。」と云った。先輩は手廻しよくその日の中に硝子屋を髪結いさんの許へ行かせた。翌月領収書の整理をしたとき、その髪結いさんの分からは硝子代が差引いてあった。私が弁償したことになっていた。すべて先輩のはからいであったのだろう。私はなんとつかず感心した。先輩の言葉は私を欺《あざむ》かなかった。その髪結いさんはその後長く私のお得意になった。私が夕刊を配達して行くと、おかみさんはいつも愛想のいい笑顔を見せてうなずいた。「この人はね、はじめて配達したときに、うちの前でころんでね、硝子をこわすやら、怪我をするやら、たいへんでしたよ。あんまり一生懸命になったからね。」そう云って客の髪をなでつけながら、「ねえ、新聞やさん。あんたが配達している間は新聞をやめないからね。」と贔屓《ひいき》の言葉をかけてくれた。お得意というものは有難いものである。この家には色白の下脹《しもぶくれ》の可愛い顔をした男の子がいた。腕白《わんぱく》小僧で、竜泉寺小学校の二年生であったが、虎造の「森の石松」の物真似をやって、先生や友達をあっと云わせたという面白い子である。道で逢うと、「やい、新聞や。やい、新聞や。」と囃《はや》したてる。私をからかっているつもりなのだろう。

私の店では配達区域を八つに分けていた。一号から八号までで、つまり八人の配達が担当していたわけなのである。電車通りの東側、吉原遊廓などのある方が区域も広く、これに含まれる町名は千束町、新吉原、日本堤、竜泉寺町、金杉下町、三の輪の六つで、店ではこれを五つの区域に分けていた。一号から五号までである。電車通りの西側は三の輪、金杉下町、竜泉寺町、金杉上町、入谷町、千束町の六つの町内に跨《また》がっていた。六号、七号、八号の三区域に分れていた。配達は店では各自名前を呼ばれる代りに、受持っている区域の号数で呼ばれることもあった。「一号さん。」とか「三号さん。」とかいうように。私は「四号さん。」であった。四号という区域は竜泉寺町の一部と金杉下町の一部とから成っていた。一番こぢんまりしていた。区域の輪郭はだいたい直角三角形で、配達の順序は底辺の方から徐々に一郭ずつ配って行って、頂角のところで終るというやり方であった。私に区域を引き継いでくれた先輩の方法をそのまま踏襲《とうしゅう》していたのである。配達の始まる地点は茶屋町通りの終るところで、ちょうど揚屋町の非常門の外にあたっていた。直角三角形で云えば、斜辺と底辺とが交るところである。そして底辺と交って直角を成す直線が吉原土手にあたっていて、配り終る頂角のところまでくると、所謂《いわゆる》土手八丁も尽きるのである。そんな区域であった。

配り始めのところは殆《ほと》んど軒なみY紙を取っていた。最初はパン屋で、この家の前にはポストが立っていて、葉書や切手の類も商っていた。いつも眉をしかめたような顔をしている親爺がいた。隣りは下駄屋であった。この家はときどきK紙を取った。K紙の威力は最も貧弱でその読者も寥々《りょうりょう》たるものであったが、ときたま鍋や洗面器を抱えた拡張員が風の如く現われては不意打をくわせるのである。月はな蓋《ふた》をあけてみて、思いもよらぬお得意が攫《さら》われているのを発見することがあるが、みなK紙にしてやられているのである。私たちはよく鳥羽伏見《とばふしみ》の戦いで薩長方の鉄砲に手を焼いた新撰組《しんせんぐみ》の豪傑《ごうけつ》のような口をきいた。「鍋や洗面器には敵わない。」けれどもお得意にしても、K紙を取るということは、原因があからさまなので、恥ずかしい気がされるようであった。「鍋かね？　洗面器かね？」と訊くと、顔を赤らめて、「お前のところも、たまには鍋ぐらい持ってこいよ。」と云ったものである。私はこの下駄屋では新聞代の代りに下駄や草履をもらったこともある。金のないときはこちらも便利であったし、むこうもその方が商売になったらしい。顔馴染になってしまうと、そんな融通もきいた。この下駄屋の隣りは駄菓子屋であった。小さい婆さんと若い息子の二人きりの所帯であった。息子はどこやらに勤めているようであったが、どうやら胸を病んでいるらしく、顔色が悪かった。この家は夕刊だけを取っていた。ほかに朝刊だけ取っている家があるので、組み合わせると二軒で一軒分の割になるのである。また組合わせが都合よく行かなかった場合でも、どっちか、半ぱになった紙を所謂「おどり紙」として活用すればよかった。その頃既に用紙の制限があって、読者拡張用のサービス紙は本社から送ってよこさなくなっていたのである。私は配達の帰りなどにこの駄菓子屋に寄って、近所の子供たちとあてものの籤を引いたりした。あるとき婆さんが云ったのである。「新聞やさん。すまないけど夕刊だけ入れてもらえないかね?」「それはどうも有難う。夕刊だけでも、朝刊だけでも配達しますよ。」と私は云った。その隣りは経師屋《きようじや》であった。この家は固定読者であったが、私はおやじさんともおかみさんとも懇意にはならなかった。けれども中学校の下級生で美少年の息子とは親しく口をきく仲であった。一体に美少年には利かぬ気で口の悪いのが多いようであるが、この子もそうであった。私が「常盤座《ときわざ》の切符をやろうか。」とジャンパーのポケットに手を入れて思わせぶりな様子をしたら、「くれよ。くれよ。」と飛びついてきて、嘘だとわかると、「インチキ。新聞やのじじいのインチキ。こんど切符を持ってこないと、新聞を取ってやらないぞ。」と云った。その隣りは髪結《かみゆ》いであった。この家で一番印象深いのは爺さんであった。爺さんの顔はいまもはっきり眼に浮かぶ。私はこの爺さんを見るたびに老年の孤独そのものを見る思いがした。娘があり孫がある。しかしそういう家庭の団欒《だんらん》は爺さんにとっては無縁の世界なのである。その眼色はこの人がすべてを諦めていることを語っていた。身のまわりにはなんとも云えないさみしさがまといついていた。孫を背なかに乗せて遊ばせているのを見かけたこともある。多分もう世を去ったに違いない。その隣りは天幕《テント》屋であった。亭主は肥った、軀《からだ》の大きな男で、頭も顔も大きかった。おかみさんは背が高く細面でやさしい善良そうな顔をしていた。子供が三四人いた。小金のある感じであった。私が配達になったのは丁度《ちょうど》新聞代が一円から一円二拾銭に値上げになった月であった。そのことがよく徹底していなかったのかどうか、新米の私にはよくわからなかったが、なかには苦情を云うお得意もあった。ここの亭主もぶつぶつ文句を云って、翌月一月新聞を取らなかった。しかしその後はずっと続けて配達した。お得意としては上《じよう》の方である。戦争末期にこの家には不幸があった。竜泉寺小学校の生徒であったこの家の子供が、登校の際に電車に轢《ひ》かれて死んだ。確か女の子であったと思う。その日、電車通りにある古本屋の飯田さんでその顚末《てんまつ》を聞いたが、無情な感じがした。不幸なんてどこに待ち伏せしているかわからない。この天幕屋のところまで配達すると逆戻りをして、最初のパン屋の角へ引き返し、こんどは廓の外郭に沿った通りを配って行くのである。順路帳にはレの符号がついている。これはバックするしるしである。隣りの場合はト、一軒置いて隣りの場合は一ト、筋向いの場合はスム、路地の中に入る場合はロ入り、こんな工合に符号をつけていくのである、もっとも順路帳を見ながら配るのは、新米が配達に慣れるまでの、わずかな期間である、一人前になると、どんな新しい区域でも、一日配れば、あとはそらで配れるようになる。長く配達をしているると、なにか特殊な感覚が発達するようである。犬の嗅覚《しゅうかく》のようなものが鋭敏になるらしい。

パン屋の隣りはあずま鮨《ずし》という鮨屋であった。あずま鮨はこの近辺では一番うまいという評判であった。しかし私の得意ではなかった。この店は多く廓に出前をしていて、なにか格式が高い感じであった。つまりA級というわけなのだろう。私の馴染《なじみ》の女が、ここのそば鮨というのがうまいと云っていたが、私は遂にこの店に食べに行ったことがなかった。新聞を配達していたならばあるいは行っていたかも知れない。私たちは、店では一号の区域である、電車通りの竹の湯という浴湯の並びにある、蛯《えび》さんという鮨屋によく行った。この店は当時四個拾銭で握りも大きく、私たち階級の者には一番よかった。そば鮨などというしゃれたものはここにはなかった。私はよく風呂の帰りに蛯さんに寄って、梅酒というやつをコップに一杯ひっかけて、顔を真赤にして、それから大いに大食を発揮したものである。梅酒なんかで陶然《とうぜん》としていたのだから、太平無事なわけである。鮨屋ではこのほかに裏通りに七個拾銭という薄利多売の屋台店があった。流石《さすが》に握りは小さくて私などには物足りなかった。ここの親爺の住居はやはり一号の区域にあって、親爺は毎晩屋台に出張っていたのである。愛想がよくて、いつもにやにやして、しきりになにか喋っていたが、どうもこの親爺の愛想は少しくそらぞらしくて、身に染みないうらみがあった。私にはどちらかと云えば無愛想な、満洲人然とした蛯さんの方が気安かった。あずま鮨の次ぎはロ入りということになる。小さい袋路地で、奥には平家建の家が二軒あった。てまえの家が

Y紙を取っていた。私はこの家の人がなんという名前であったか、またどんな人であったか覚えていない。おそらく勤め人であったろう。漠然とした印象であるが、いい得意であったという感じが残っている。私が配達しはじめてから三月目位によそへ引越したような記憶がある。その後はこの路地の中には殆んど足を踏み入れなかった。長く一つ区域を配達していても、全然勧誘に立ち寄らない家、顔出しをしない家というものがある。誰の区域にもふしぎとなん軒かそういう家が残っている。地理の関係からつい素通りをしてしまったり、またなんとなくとっつきにくくて敬遠してしまったりするのである。私たちのこういう家みしりをする予感は、たいてい的中しているように思われる。その家の門戸を厳重にしている家風が、家の外観にもあらわれていて、われら下級外交員の気持に微妙に反映するのではないかと思う。うまく行きそうな家は、見かけからして既に胸襟《きょうきん》を披《ひら》いている感じなのである。私がこの路地を黙殺してしまったのは主として地理的関係に由《よ》る。ここは配りはじめのところであり、区域のとっかかりである。こういう場所では一体に勧誘の仕事などは身に染みない。気乗りがしてこない。早い話が玄関先で女を口説《くど》いているようなものだからである。それと、この路地の小さな袋路地であることが、私の気持を冷淡にしたのであろう。ここでバックしてまた通りに出ると、角の最初の家は床屋である。どっちかの耳の下に瘤《こぶ》のある一寸怖い感じの親爺であった。私が配達になった時にはこの家はY紙を取っていなかった。私はいちど勧誘に行って、そのときにべもない応対を受けてから、懲《こ》りてしまって、長く敬遠していたが、その後しばらくして吉原を廻っていた朋輩が購読の申込みを受けてきて、それから配達するようになった。親爺も私にはちょっと申込みにくかったのかも知れない。その家にも竜泉寺小学校へ行っている少年がいて、その子とは友達になった。柔和な小動物のような眼をした、ナイーヴな感じの少年であった。級友の話によると、ハモニカが上手だということであった。その隣りは煙草屋であった。美しい姉妹がいた。姉の方は細面で妹の方はまる顔であったが、どちらも品のある容貌《ようぼう》をしていた。姉の方は田中良《たなかりよう》画伯の描く女性にそっくりであった。おそらく美貌という点では姉の方が勝るであろうが、私は可愛い顔つきをしている妹の方が好きであった。私が配達になった頃は、二人共に女学校に通っていて、殊に妹の方は幼かった。私が最初この家に勧誘に行ったとき、私の板につかないその癖一生懸命な外交ぶりが可笑しかったのであろう、姉はとり澄ましていたが、妹は笑いを押し殺していて、私は冷汗の出る思いがした。この姉妹は二人共に養女であるという話を私はいちど耳にして意外に思ったが、その後も半信半疑で、いまになっては一層たよりない感じがする。ことによると根も葉もない話かも知れない。父親というのは口髭《くちひげ》を生やした貧弱な男で、どこかに勤めているようであった。母親の方はどこか面差しが姉に似通ったところがあった。その後姉は女学校を卒業してどこかに勤め出した。相変らずの美貌であるが、少しく痩《や》せぎすで、手足など蚊細《かぼそ》すぎるうらみがあった。胸の病いがあるのではないかと疑われた。いまにして思えば、あの品のいい愁い顔は「不如帰《ほととぎす》」の女主人公を彷彿《ほうふつ》させるものがある。私は徴用になって配達をやめてしまってから、しばらく振りで妹に逢ったことがあるが、病いはこの子をも蝕《むしば》んでいた。花の貌《かお》は歪《ゆが》められていた。痛々しい気がした。若しも養女という身の上が真相であるとすれば、なかなかに不憫《ふびん》な気がする。この煙草屋の隣りは、ここの町会の消防ポンプの置場になっていた。黙然とポンプが控えているだけで、番人などはいなかった。ポンプは新聞を読まないから、ここは素通りである。隣りはスタンドであった。場所柄朝帰りの客のために簡単な朝飯も食わせる、そんな店であった。私がこの店をお得意にしたのは、配達になってから半年ほど立ってからであったが、勧誘の際ここのおかみは、「そんなに頼む、頼むなんて云うもんじゃありませんよ。可哀そうになっちゃうじゃないの。」と云った。なかなか承諾しなかったのだが、遂にうんと云ったのである。外剛内柔《がいごうないじゅう》、大根《おおね》はやさしい人なのである。母親によく似たキューピーのような顔をした娘がいた。母親の躾《しつけ》であろう、素人《しろうと》娘のようで、家業の水に染まったようなところは少しも見えなかった。その隣りは帽子屋であった。主として学生帽を製造販売していた。私はこの店でスキー帽を買ったことがある。上等の布地のやつであった。私は買うときには外出用に被《かぶ》るつもりであったが、その後冬の朝の配達には持ってこいの代物であることに気がついたので、それからは専ら業務用に使用した。この帽子はてもなく防空頭巾のようなものであった。暖かで、これを被って配達をすると、顔中がほかほかしてきて、配達を終る頃には一ぱい汗をかいた。この店の職人に足の悪い人がいた。もういい年輩の気の弱そうな人であった。私が夕刊を配っていくと、仕事の手を休めて待ちかねたようにして新聞をひろげるのが、きまりであった。私が勧誘の材料を抱えて店の前を通る折りに、顔があったりすると、眼顔でうなずいた。お互いになんとなく好意を感じていた。この店にも年頃の娘がいたが、太平洋のいくさが始まった頃、入谷町の果物屋にお嫁入りをした。私はその人のおかみさん姿も見たし、それから母親になった姿も見た。

この辺まで配達すると、順路帳の最初の一枚を一めくりしたことになる。まだほんの序の口で、前途は遼遠《りょうえん》である。順路帳の方はそのままにして、一寸気持を換えよう。この区域を廻っていた商売敵であるN新聞の配達は朝鮮人の学生であった。日大の法科に通学していた。私より半年早くから区域に馴染んでいて手剛《てごわ》い相手であった。私はこの男が配達している間、終始押され気味であった。一体に朝鮮人の笑声には一種の烈しさがあるが、この男の笑声も天外遥かに筒抜けするような調子のやつで、私はその笑声を浴びせられると、いつも気押されてしまって、「俺はとても敵わない。」と思った。長身で動作がきびきびしていて、その配達ぶりは見ていて気持がよかった。彼はまたあの新聞やの特技に長じていた。新聞を指で捌《さば》いてキュッキュッと鳴らす。また新聞を小さく折り畳んで膝でポンと叩《たた》いて二階の窓に抛《ほう》り上げる。実に巧みであった。私はと云えば、ぶきっちょで遂にこの技術を身につけることは出来なかった。私はその頃しきりに「麻雀《マージャン》で摸牌《モーパイ》するのと新聞を鳴らすのは君子のよくせざるところである。」など口癖《くちぐせ》にしていたが、ひとえに私の負け惜しみに過ぎない。勧誘の上手下手ということでも、私は彼に負けていたに違いない。私は最初自分には勧誘の仕事は出来るだろうかと心配した。知らない人の家に入って、「今日は。新聞を取って下さい。」と云うのが、とてもきまりが悪かった。でもよくしたもので思ったほどではなく、二三日したらすぐ慣れた。私はいまでもひどく粘《ねば》りづよいところがある。たとえば借金などする場合。そんなとき新聞やをしていたときのことがふと意識にのぼる。私の見栄《みば》えのしない履歴の中で、最も長期間に渡って私を養ってくれた職業は、新聞配達業である。私がこの世の勤めを終えてあの世に行ったとき、神様から、「お前は何をしていた?」と訊かれたならば、「私は新聞配達をしていました。」と答えるのが、一番素直な返事であろう。人の物腰というものは尻尾のようなもので、みんなそれぞれ過去を曳《ひ》きずっているのだとしたら、私はおそらく新聞やの尻尾をぶらさげているに違いない。こないだある先輩が云った。「自分の作品を初めて褒《ほ》めてくれた人のことは忘れられないね。」そういう柔かい気持を持ちつづけられるというのは格別なことのように思う。私が新聞配達になって初めて勧誘したお得意に対しても、私にはやはり格別な気持があった。べつに懇意にしたわけではなかったけれど。吉原土手にある鋸屋《のこぎりや》さんであった。亭主におかみさんに息子に娘の四人家族であった。亭主は色の白いおだやかな人で、おかみさんも愛想のいいやさしい人であった。息子も娘も共に気立がよさそうで、中分のない家庭に見えた。亭主と息子はいつも店にいて鋸の目立をしていた。娘は女学校に通っていた。道で逢うと挨拶した。これも知らない人は意外に思うであろうが、お得意と配達は道で逢うと、お互いにいい隣人らしく挨拶を交したものである。下町では配達も一種の人気商売のようなものであった。鋸屋の息子はちょうど発育盛りで、私が配達していた間に、見る間にぐんぐん背が大きくなった。土手の向い側にある道場に通って柔道の稽古をしていたようである。おそらく戦争末期に応召《おうしょう》したのだろうと思うが、私は徴用になってからは殆んど区域を歩かなくなったので、その後のことは知らない。

私が配達になった頃、店では勧誘の材料に常盤座の切符やシナ大陸の地図を、それにカレンダーや役者の似顔画などを使っていた。私は勧誘する場合材料に頼る傾向があった。いきなりお得意の目の前に景品を並べたてずにはいられなかった。私自身がさもしい奴だからであろう。或る日お辞儀の百万遍をしたら、「安い頭だな。」と云われた。その人に私を辱《はずか》しめる気持はなかったのであるが、流石に私は恥でカアッとなった。私のような奴を高邁《こうまい》の精神がないというのであろう。けれども私の心の底には、「安い頭も高い頭もないじゃないか。」とぶつぶつ呟いているものがあった。その人は簞笥屋《たんすや》の職人であったが、まもなく独立して、やはり私の区域内に新所帯を持った。おかみさんは小柄な善良そうな人であった。私のいいお得意であった。

桜林

私は浅草の新吉原で生れた。生家は廓《くるわ》のはずれの俗に水道尻という処に在った。大門から仲の町を一直線に水道尻に抜けて検査場（吉原病院）につきあたると、左がわに弁財天を祀《まつ》った池のある公園がある。土地の人は花園と呼んでいるが、その公園の際に私の家は在った。新吉原花園、そんな所書で私の家に音信のあったのを覚えている。子供の私たちは其処をまた「桜林《さくらばやし》」と呼び馴染《なじ》んで、自分たちの領分のように心得ていた。事実桜林は私たちのチルドレンス・コウナアであった。

聞くところによると、明治四十三年の夏の水害と翌年春の大火とは、吉原とその界隈《かいわい》の町の有様を一変させたと云《い》うが、私はちょうどその大火のあった年の秋に生れた。物心がついてまもなくあの大震災があった。震災は私たち東京人の生活に一時期を画《かく》したが、私としても自分の少年の日は震災と共に失われたという感が深い。

震災後の吉原はまったく昔日《せきじつ》の俤《おもかげ》を失って、慣例《しきたり》の廃止されることも多く、昔を偲《しの》ぶよすがとてはなかった。公園もきれいに地均《じなら》しをされて、吉原病院の医師や看護婦のテニス場と化してしまった。私たちがそこを桜林と呼んだのも、桜樹が沢山植えてあって、季節には仲の町に移し植えられて、所謂《いわゆる》夜桜の光景を見せたからである。公園と云うよりは桜林と呼ぶ方がふさわしかったのである。草深くて、ささやかながら私たち町っ子の渇《かつ》を癒《いや》すに足るだけの「自然」がそこにはあった。池の面も南京藻がいっぱい浮かんでいて、ちょっと雨が降ればすぐ水が溢れた。私の子供の時分にも小さい出水《でみず》は毎年あった。私自身溺《おぼ》れかけたこともあり、また休暇に遊びに来た兵隊さんが誤って池に堕《お》ち遂に帽子を発見出来なかったという話もある。夏ともなれば私たちは草いきれを嗅いでとんぼ採りに寧日《ねいじつ》がなかった。桜林と廓外との境には丈の高い木柵がめぐらしてあった。柵の向うは廓外のしもたやの縁先になっていて、葡萄棚《ぶどうだな》やへちまの棚があって、柵には朝顔の蔓《つる》なんかが絡《から》みついていた。私たちは朝まだき、露で下駄を濡らしては、よく朝顔の花を盗ってきたものだ。私の家はちょうど桜林の入口のところにあったので、二階の窓から上野の山や浅草公園の十二階が見えた。おそらく晴天の日には遠く富士も見えたような気もするが、はっきり記憶には残っていない。低い土地であったから、むかしの錦絵《にしきえ》に見るようなわけには行かなかったかも知れない。

私の家はもと京町二丁目で兼東という名で貸座敷業を営んでいたが、祖父の代に店を人に譲った。祖父は三業《さんぎよう》取締の役員もしていたようで、二六新報《にろくしんぽう》の計画した娼妓《しようぎ》自由廃業の運動の際にも、また救世軍《きゆうせいぐん》がその遊説の太鼓《たいこ》を廓内にまで持ち込んだ時にも、間に立って調停の役を勤めたとかいう話である。

私の子供の時分、家でいちばん威張っていたのはこの祖父であった。母屋から渡り廊下のついている離れに起臥《おきふし》していたが、そこから家内中に号令していた。お山の大将のようなものであった。祖母などはかげでは祖父のことを「うちの代官《だいかん》さま」と云っていた。家長は父であったが、父は目が見えなかったし、そのうえおとなしい人であったから、隠居である祖父の威勢が家内中を圧していたのである。父は義太夫《ぎだゆう》の師匠をしていた。蔵の二階が父の稽古場になっていて、たいていそこに閉じ籠《こも》っていた。祖父は俗に云うこわもてのする人柄で、口喧《くちやかま》しいわりには、出入りの者や女中なんかの気受けは悪くなかった。大根《おおね》の気性がさっぱりしていたからであろう。なにかというとすぐ「馬鹿野郎。」と大喝一声《だいかつっいっせい》した。祖父はたいへん毛深いたちで、とりわけてひげが濃かった。すこし剃刀《かみそり》を怠ると恐い顔になる。髭《くちひげ》、髯《ほおひげ》、鬚《あごひげ》、まるで銀の針金を植えつけたようで、なんのことはない神霊矢口渡《しんれいやぐちのわたし》の頓兵衛を見るようであった。叢《くさむら》の中からぬっと迫《せ》り出して来て笠を撥《は》ね除《の》け、脇差《わきざし》を抜いて見得を切るあの顔そっくり。その顔で癇癪玉《かんしゃくだま》を破裂させるのだから、たいがいの者がぴりぴりした。家で祖父から「馬鹿野郎。」を云われなかったのは父だけである。父に対してはたいへんやさしかった。

私も祖父から一喝《いっかつ》をくらって縮みあがった覚えがある。小学校の三年生のとき、貯蓄奨励の意味でポストの恰好をした貯金箱を実費で購入して生徒に頒《わ》けてくれるという企《くわだて》があった。若しかしたら玩具屋の宣伝であったかも知れない。ポストのおもちゃは赤い色で美しく塗装されていて、私たちの眼にはひどく誘惑的《ゆうわくてき》に映った。希望者だけに頒けるので、べつに無理に購入しなくてもよかったのだが、私は家に帰ってから母にしつこくせがんだ。

「勤倹《きんけん》貯蓄なんだから。」ということを私はくりかえした。すると偶々《たまたま》その場にいた祖父が、「馬鹿野郎。子供のくせに、いまから金をためることなんか覚えて、どうするんだ。」と百雷の轟《とどろ》くような声を出した。私は面皮《めんぴ》を剝《は》がれた偽善者のように竦《すく》んでしまった。また幇《ほう》間《かん》の喜与作さんの家に遊びに行って、「いちゃついて、どんとひじ鉄砲くらりゃ、みこみがないとね。」というへんな文句を覚えてきて、家に帰ってから得意になって披露《ひろう》していたら、そのときもやはり「この馬鹿野郎。」と怒鳴られた。

それでも私は祖父のお気にいりであった。ひとつは父が不自由な軀《からだ》であったせいであろうが、いわば私はお祖父さん子というようなものであった。湯にもよくいっしょに入った。私が桜林で遊んでいるようなときでも、「御隠居さんが呼んでいますよ。」と云って女中のなかやが迎えにくることがあった。祖父は熱い湯が好きであった。私が我慢できなくて出ようとすると、祖父はきまって「百勘定してから。」と云う。私は早口で百まで唱《とな》えると、軀中から湯気を立てて湯船から飛び出す。私は心得ていて、欲しいものがあると、よくこの入浴中に祖父にねだった。祖父はたいてい聞き入れてくれて、母にそう云うか、また自分で都合してくれた。祖父の左の二の腕に桃の実の小さい刺青《いれずみ》のあったのを覚えている。骨董道楽《こっとうどうらく》で、離れの床の間には蒐集品《しゅうしゅうひん》がごたごた置いてあった。名の無い画描きの人の、その面倒を見てやったらしく、出入りするのがいた。その人の鞠躬如《きっきゅうじょ》とした姿が私の記憶にも残っている。そういう祖父は器用なたちで、私のために木片《きぎれ》に船を彫ったり、また竹細工に渋紙を張ったりして飛行機の模型などを造ってくれたりした。

助ちゃんも祖父のお気にいりであった。助ちゃんは父の義太夫の弟子であったが、私の思い出の中ではその人の印象は祖父の記憶と二重になって残っている。ちゃんとした芸名がなかったわけでもないであろうが、誰もが単に助ちゃんとばかり呼んでいた。祖父はまた「助公、助公。」と呼び捨てにしていた。年頃は二十五、六であったが、如何にも年寄り臭い顔つきをしていた。その頃新派の活動役者の三枚目に小泉嘉輔《こいずみよしすけ》というのがいて、車《くるま》輓《ひ》きや屑屋の役を得意にしていたが、助ちゃんはそれによく似ていた。まだ独りもので、馬道に住んでいる良助という義太夫専門の箱屋の家に二階借りをしていて、そこから毎日父の許《もと》に稽古に通ってきていた。収入と云っては出稽古が二とこばかりとたまに寄席《よせ》に出る位のものであったから、貧しい暮しは知れていた。祖父はこの助ちゃんになにかと目をかけていた。馬道《うまみち》に祖父の贔屓《ひいき》にしている鮨屋《すしや》があったところから、よく助ちゃんに頼んで稽古にくるついでに買ってきてもらったりしていた。祖父が「助公。」と呼ぶと、助ちゃんの爺くさい顔が皺《しわ》だらけになった。

助ちゃんについてはこんな話がある。向島の小梅にいた頃、寒声《かんごえ》を練るため、夜半物干台に出ておさらいをしていたところ裏隣りの家の窓が開いていきなり「気違い。」と怒鳴《どな》られた。勿論助ちゃんは憤然《ふんぜん》とした。翌日風呂屋でその声の主である高等学校の学生と顔を合わせたとき、あなたも勉強が大切なら、それは私も同じこと、ものを学ぶ道に二つはないと云って、相手に謝罪させたということである。助ちゃんにはそんなすっとんきょうなところがあった。またこんな話もある。弁天さまの池に若い芸者が身投げをしたことがあった。その妓《こ》は仲の町のある家の抱えであったが、さっぱりお座敷がなくて姐さんや朋輩からも冷遇されていたが、ついにわが身を果敢無《はかな》んで死を択《えら》んだ。おとなしいというよりは陰気で、向い合っているとどうにも気詰りで、あれではお座敷のないのがあたりまえ。ふだんも気の毒なほどいじけていた。器量は悪い方ではなかったが。――この話を聞いて助ちゃんはひどく同情したそうで、「可哀そうなことをした。あたしが贔屓《ひいき》にしてやるんだったのに。」とまじめな顔をして云ったので、みんな噴き出して、祖父が笑いながら「助公。お前身につまされるんじゃねえのか。」と云ったら、「へえ、図星です。」と云ったという。

助ちゃんは私の父の許に来る前に、二、三ほかのお師匠さんの門をくぐっていた。あるとき祖母が「お祖父さんも物好きだよ。助ちゃんのどこが気に入ったのかねえ。」と云ったのを耳にして、祖父は「馬鹿野郎。助公はおれの大事なお得意だ。」と云った。いまにして思えば、あの画描きの人のことで、誰かが祖母と同じような問いをしたならば、祖父は同じく「おれのお得意だ。」と答えたことであろう。祖父はときどきそのお得意のために散財をしていた。

私の父は二つのときに失明したという。祖父は父のために図って義太夫を習わせた。十三、四の頃大阪へ修業に行き、初め五世野沢吉兵衛の手解《てほど》きを受け、その後、後の摂津大掾《せっつのだいじょう》の弟子になった。大阪へは祖父の姉で出戻りの身をそのまま家に寄食していた人が伴いて行った。家では祖母と区別するために、この人のことを大阪おばあさんと呼んでいた。

父は時々学生の帰省するように東京の家へ帰ってきては、また大阪へ出向いていたようである。その間に父は結婚して、私もいちど二つのときに父母に連れられて大阪へ行ったことがあるが、その後の下阪《げはん》の際には東京の祖父母の許に残った。父はそのときを最後に文楽《ぶんらく》を退いたが、その間三年というものは大阪に居着いて東京へは帰らなかった。祖父の愛が私に加わったのも、また父は別にして母までが私のことで祖父に対して遠慮気の見えたのも、ひとつはそういう事情のせいであろう。

ごく幼い頃の思い出だが、私は夜の明け方ごろになると、隣りの父の寝床に這い込んでいっては、よく父に「お話して、お話して。」とねだったものだ。すると父はいつでも「うん。よしよし。」と云って、私の毬栗頭《いがぐりあたま》を抱いて、寄席《よせ》で聞いてきた落語や講釈の話をしてきかせてくれた。私の記憶には父の話し振りがなかなかユウモラスな上手なものとして残っている。父はまた自分から畳の上に仰向けになって、揃えた足の裏を私の帯の前にあて、私に手足を泳がさせては亀の子の真似をさせたりした。また自分の背に私を後向きに背負って、「千手観音《せんじゆかんのん》だ。」と云って冗談をしたりした。幼い私は父の背で「千手観音、拝んでおくれ。」などと云ったりした。私はこの遊びが好きで、よく父にせがんだものであった。父はふだんは陰気で黙りがちであったが、そんな時には巧まない瓢逸《ひょういつ》なところが見られた。若しも父が並の軀であったなら、父のこういう為人《ひととなり》はもっと外部にあらわれて、広く暖く家庭を包んだことであったろう。

祖父は聡明《そうめい》な人ではあったけれど、我の強い嫌いがないわけでもなかった。

おそらく父は自分の意志で事を極めたことはなかったに違いない。一家の主としても父親としても、自分から配慮するということがなく、常に人から配慮される側の人であった。世間に出て人に立ち交ったことがないばかりか、自分の息子がどんな顔をしているのかさえ知ることが出来なかったのだから。

父はときどき大阪おばあさんに連れられては寄席などに出かけていた。この人は太棹《ふとざお》は女としてはかなりのてだれであったそうだが、私が物心がついた頃には、もう耄碌《もうろく》していてみんなから侮《あなど》られていた。私が十のときに寄る年波で亡くなった。思えばこの人は父の守りをするためにこの世の中へ生れてきたような人であった。

私は子供のときはひどいはにかみやで、人見知りばかりしていた。戸外で活潑に遊んでいる友達の仲間入りがなかなか出来なかった。学校へ行くようになってからも、当座はそのつど送り迎えをしてもらっていた。私の周囲にもやはりいじめっ子というものがいた。私はかるい気鬱症《きうつしよう》に罹《かか》った。祖母は「なんたる懦弱だか。」と云った。祖父は心配して私を清元《きよもと》の稽古に通わせるようにした。一種の神経衰弱療法である。祖母はなにもよそへ遣ることはない、うちで義太夫を習わせたらと云ったが、祖父は「馬鹿野郎。清はしょうばい人にするわけじゃない。親父に伜《せがれ》が教わるというのも鬱陶《うつとう》しいもんだ。」というようなことを云った。母は不賛成のようであったが、このときも押強くは口に出さなかった。私は毎日学校から帰ってくると、その頃竜泉寺町に住んでいた延小浜という中年増のお師匠さんの許へ通うようになった。お師匠さんの家は揚屋町の番屋を抜けて刎橋《はねばし》を渡って金杉の方へ行く途中に在った。この人はごくさっぱりした男のような気性の人で、いつも髪を割かのことというのに結っていた。私が初めて温習会《おんしゆう》に出て梅の春を語ったときに、連中の仲の町の鶴屋という引出茶屋《ひきてぢやや》の主人がお師匠さんと一緒の写真を撮ってくれた。三味線を控えているお師匠さんの隣りに、紋附を着て袴《はかま》をはいた九つばかりの私がひよわな小動物のような眼をして写っていた筈であるが、震災のときに焼失した。祖父を手古摺《てこず》らせた私の内気も、三年生になって級長を勤めるようになってからはそれほどでもなくなって、凧《たこ》揚《あ》げやとんぼ採りの仲間入りも一人前に出来るようになるばかりか、大川へ水泳ぎにされ出かけるようになった。

私は浅草の千束町通りにあった千束小学校へ通った。その頃廓内から学校通いをするのにはちょっと不便なことがあった。というのは、ちょうどその時刻には検査場裏の裏門も五丁目の非常門も閉まっていたからである。表向き廓外へ出る道は大門口以外にはなかった。昔は大門から一歩でも踏み出すことを「江戸へ行く」と云ったそうで、また仲の町を通行することが既に「道中」であったが、しかし大正の私たちはそんな悠長《ゆうちよう》な真似はしていられなかった。私の家では浅草方面へ出抜ける場合は、京町二丁目のはずれの黒助湯という風呂屋のある露地の突当りに在った小林というしもたやの土間を通り抜けさせてもらっていた。その家はちょうど廓の外郭に沿って流れているお歯《は》ぐろ溝《どぶ》に接していたので、外との往来には便利だったのである。私も通学の際はそこを利用した。朝登校の際にはまだ寝ているらしく戸が閉まっていることもあった。そんなとき私が戸口をことことといわせていると、中からそこの小母さんが「いま、あけてあげますよ。」と云って、やがて戸をあけてくれたりした。長い間には迷惑に思ったこともあったであろう。私の家では月々その家に附届《つけとどけ》をしていた。

私は通学の際にはたいていい近所に住んでいる肇《はじめ》さんという子と誘い合わせて行った。ときには、はじめさんの妹ののぶちゃんと行くこともあった。二人とも私の竹馬《ちくば》の友である。私の家の裏に私の家の持ち家である長屋があったが、その共同水道からはいちばん遠い位置にある一軒にはじめさんの家族が住んでいた。はじめさんのお父さんは京一の仙州楼の本番口の妓夫《ぎふ》をしていた。お母さんも家で、玩具問屋の註文の風船つくりの内職をして、家計を補っていた。はじめさんと私は家が近かったばかりでなく同級生であった。はじめさんはいつも木綿の盲縞の着物を着ていた。そしてその筒っぽの袖口が両方とも、またいつも金鵄勲章《きんしくんしょう》のようにぴかぴかしていた。はじめさんは子供の間によく見かける洟《はな》たらしの一人で、常にはな紙で拭うよりは早くその両袖を活用していたからである。大柄で色黒で団十郎のような大眼玉をしていた。口の悪い私の祖母がはじめさんのことをお神楽《かぐら》に出てくる「宝剣泥坊」のようだと云ったことがある。吉原神社の祭礼のばか踊りに鬼瓦《おにがわら》のような面をした愛嬌のある物腰のそんな泥坊が出てきたことがあったが、それがはじめさんによく似ていたのである。私がまだ御飯を食べているときに、「清《きよ》ちゃん。学校へ行かないか。」と云ってはじめさんが迎えにくることもあれば、私がはじめさんを誘って行くこともある。私がはじめさんの家の前で待っていると、やがてはじめさんとのぶちゃんが出てくる。のぶちゃんが私たちと一緒に行きたそうにすると、はじめさんはいつもその団十郎のような眼玉をぎょろりとさせて、「女はひとりで行け。」と云う。はじめさんは「おれは当然兄貴の権利で云っているんだぞ。」というような顔をしている。のぶちゃんは恨めしそうな顔をして「兄《あに》さんの意地悪。」と云って、仕方なさそうに私たちの後からすこし遅れて附いてくる。なんかの具合で私とのぶちゃんが先へ連れ立って行くようなことがあると、道を歩いている二人のはるか後から、「男と女と豆いり、牛の小便十八町。」とはじめさんが大声で云うのが聞える。振り返って見ると、はじめさんはやけのように草履袋を振り廻している。はじめさんとしてはひどく兄貴の威厳を傷つけられた気持がするのであろう。はじめさんの家では廓外との出入りには、やはり黒助湯の露地《ろじ》にある炭屋の土間を通行させてもらっていた。そこから炭を買っていたからであろう。私たちは子供の正直さで、私は小林さんからはじめさんは炭屋から、それぞれ別々に外に出て往来でまた一緒になって学校へ行った。千束小学校は小松橋の交番の前をすこし行ったところ、平野という料理屋の並びに在った。この通りを真直に行けばやがて浅草の十二階下に出るのである。学校の帰りには近道をするために、桜林を囲む木柵を乗り越えて入ってくることもあった。そんなとき公園の樹木の面倒を見ている松つぁんという植木屋さんに見つかると、「この餓鬼《がき》ッ。」と大喝一声された。松つぁんは嚇《おど》かしに云っているのであるが、私たちは鳴子の音に驚く雀っ子のように、しんから震えて逃げ出したものだ。

のぶちゃんは私たちより一つ年下であった。稚児《ちご》まげに結《ゆ》っていて、寸の短い着物に前《まえ》垂《だれ》をかけていた。上唇《うわくちびる》がきもちむくれていて、いつもかすかに口をあけているような感じであったが、気になるというほどではなかった。のぶちゃんは学校から帰ると、私の父の許に義太夫を習いに来ていた。物覚えは悪いらしく、学校の成績もいい方ではなかったらしいが、稽古の方もはかばかしくなかったようである。のぶちゃんは私の家に来ると、まず茶の間の長火鉢のそばにいる祖母の許に出精簿のようなものを差し出して、稽古がすむとまた茶の間に寄って祖母の手から判を捺《お》した出精簿をもらって帰る。これはのぶちゃんが時々稽古をなまけることがあるので、のぶちゃんに限って実施していたことで、私が夏休みに大川の水練場へ通ったときに毎日出精簿に判を捺《お》してもらったところから祖母が思いついたのである。六畳の蔵座敷が母が針仕事などをするところで、そこに私の机も置いてあった。のぶちゃんが稽古をすませて蔵《くら》から出てきたときに、偶々《たまたま》そこに私が居合わせば、きっと机のそばにきた。

「清ちゃん。なにを読んでいるの？」

　私が読んでいる『少年世界』を見せると、

「あたしもこんどの午《うま》の日（吉原の縁日）に『少女世界』を買うの。」

「午の日で売っているのは月遅れだよ。」

「でも新しいのは買えないんですもの、清ちゃん、こんどの午の日には一緒に行きましょうね。」

「うん。」と上の空で返事をすると、それでも嬉しそうに、

「ああ、もう帰ろう。遊んでいると御隠居さんに叱られるから。あたし明日から太十をお稽古するのよ。」

のぶちゃんがそばにいるときはうるさく思うこともあったけれど、去られると物足りない気がした。

お糸さんの話をしよう。お糸さんが私の家に来たのは桜どきで、吉原はちょうど夜桜の頃であった。

吉原の桜は八重咲きが多く、上野や向島よりは遅れて咲いた。花の開く頃になると、馬《ば》力《りき》や荷車に附けられて、桜林から仲の町に移された。大門口から水道尻まで、桜のあるところは青竹の欄干《らんかん》で囲われ、その囲みの中に朝顔灯籠が点《とも》し連ねられた。葉桜になってしばらくすると、また根こぎにされて、桜林へ運ばれるのである。

お糸さんが家へ来る前の日、五十間の平床の親爺さんが祖父のひげを剃りにきた。この親爺さんはいつも抽出《ひきだし》のついた黒塗りの箱をさげてきた。「御隠居さんのひげはあっしの剃刀でないと刃が立ちません。」と云い云いしていたが、お世辞ではなくて自分の腕を自慢していたのかも知れない。この人の亡くなった父親が平さんと云って、吉原の名物男の一人であったが、倅の代になってからも得意筋からは「平床」の名で贔屓にされていたようである。

平床が仕事を終わって帰るときに祖父は、

「御苦労だが、帰りに並仙《なみせん》に寄って明日来るようにそう云ってくれ。」と託《ことづ》けをした。並仙というのは角町にあった俥屋《くるまや》である。

「どこかへお出かけで。」

「麻布《あざぶ》の狸穴《まみあな》まで行かなくちゃならない。」

「それはまた遠方へ。」

翌日祖父は朝飯をすますとすぐ俥に乗って「遠方」へ出かけた。この山の手をひどく遠く感ずる習性は、その頃の下町育ちの者でないとわからないのではないだろうか。五十にて四谷を見たり花の春。まさかそれほどではないにしても、出不精の祖父にしてはめずらしいことであった。昼すぎになって祖父は自分のほかにもう一台俥を連ねて帰ってきた。

私はちょうどそのときは六年生になる学年末の休みに当っていた。その日戸外で紙芝居を見て家に帰ると、縁側に茣蓙《ござ》を敷いて、母となかやともう一人島田髷《しまだまげ》の若い女の人が、神棚や仏壇の真鍮製の器具を磨きずなでみがいていた。子供というものは、戸外の遊びからわが家に帰ってくるときは、誰もが息をはずませて駈け込んでくるものである。私が知らない人がいたので間の悪い顔をしていると、母よりも早くその人が笑顔を見せて、

「お帰りなさい。」と云った。私が返事が出来ずにもじもじしていると、重ねて、「どちらへ行ってらしたの？　頬っぺたを真赤にして。」

母がかえりみて、

「また桜林ではじめさんと樹登りをしていたんだろ。桜の枝を折ると松つぁんに叱られる

よ。」

「ううん。紙芝居を見てきた。」

「また悟空《ごくう》に八戒《はっかい》かい？」

「うん。」

その頃廓内に入ってきた辻芸人には、法界節、新内《しんない》流し、それから宗十郎の声色《こわいろ》をよくつかうので評判の飴屋などがいたが、そのほかにこの紙芝居なども子供相手とは云っても、やはり芸人には違いなかろう。それにやることも当世とはだいぶ趣が違っていたし、それを渡世《とせい》にしていた人の数も、いまに比べるとぐっと少なかったようだから、なにやら箔《はく》がつくというものである。揚屋町の角の鯉松《こいまつ》という台屋の横手が興行の場所で、二時頃から夕方にかけて催した。狂言は清水というのが西遊記、高島というのが忍術ものをそれぞれ看板にしていたが、清水の方が人気があった。いまのように厚紙に背景、人物、情景等を一枚の絵にしたのとは違って、人物なども幾様にも切り抜いて、おでんのように竹串をさして、人形を操るように器用に動かした。伴奏の楽器も亦いまのようにハモニカなんかではなくて、流しの声色やと同様に銅鑼《どら》に拍子木《ひょうしぎ》。操る人は舞台の蔭に身を隠していて声だけしか聞えない。口跡もなかなか渋かった。舞台の前に詰めかけて息を凝《こ》らしている私たちは、銅鑼がボーンと鳴ると、芝居好きが大薩摩をきくときのように胸をときめかしたものだ。巴里《パリ》の子供が見世物のグラン・ギニョールに熱狂するようなものであろう。私はこの紙芝居の玩具を一幕一袋五拾銭で西遊記の清水から譲ってもらったが、家に持ち帰って祖父に見せたら、そのとき祖父は人物の線など浮世絵の筆に似ていると云って案外な顔をした。

母はちょっと仕事の手を休めて、私を見てひやかすように、

「この人はね、そりゃ紙芝居の声色が上手なんですよ。」

「そうですか。ぜひ聞かせて下さいね。」

「うそだい、うそだい。」

「紙芝居の真似もいいけれど、衣紋竹《えもんだけ》や物差を振り廻して、唐紙や障子《しょうじ》に穴をあけるのは御免だよ。」

「穴なんかあけないよ。」

なかやがそばから、

「清ちゃんにあげて下さいって、伊勢新の番頭さんが新しい衣紋竹を沢山届けてきましたよ。」

「うそ云ってらあ。」

形勢が悪くなってきたので、私はその場を退散した。それにさっきからきまりが悪かったのである。縁側を曲がった廊下の突当りに戸棚があって、それがそのまま私の玩具箱になっていた。そこには私の幼いときからの手遊びの玩具が入っていて、ノアの方舟《はこぶね》の乗合のように大混雑を極めていた。震災で失ったものの中で、当時はそれほどではなくて、その後歳月を経るにつれて惜しい気持のされるものである。おそらくその戸棚の中には私の

少年時代の思い出が、いっぱい詰め込まれてあるに違いないのだから。私は戸棚の中に首を突き込んで、探しものをしている真似をしていたが、べつに目当があるわけではなかった。縁側の話声に気をとられていた。

「おかみさん、花立が一つ見えませんが。」

「そうかい。どうしたんだろうね。いやだよ、なかやの膝の下にあるじゃないか。」

「おやまあ、ほんとに。」

その人の声もまじって笑うのが聞えて、しばらくして母の声が、

「ええ。おかげさまで学校の出来は悪くないんですが、お祖父さんが甘やかすものですから、腕白でこまります。」

「いいえ、いいお子さんですわ。」

私は箱根みやげの寄木細工の玩具をもてあそんでいたが、ひとりでに顔が赤くなった。

お糸さんは麻布の狸穴から俥に乗って私の家に来た。お糸さんがどうして私の家に一時身を寄せるようになったのか、私には知れていない。私は子供の気持でなんとなくお糸さんのことを遠い縁つづきの人のように思っていた。祖父は「お糸、お糸。」と呼び捨てにしていた。お糸さんはまた祖父のことを、親しみの籠《こも》った口調で「おじさん。」と呼んでいたが、恐い人である祖父がそう呼ばれるのが、はたの者の耳にはめずらしく聞えた。

お糸さんは家では玄関脇の四畳半、もと大阪おばあさんのいた部屋に寝起きした。そして家事の手伝いのほかに、いつとはなく父のために、大阪おばあさんのしていた役廻りを

引受けるようになった。毎日、新聞の続物を読んで聞かせる、稽古の客のために湯茶を運ぶ、ときたま寄席《よせ》行の伴《とも》をすることなど。母はと云えば、母はまた家事にかまけてばかりいる人であったから、なかやを相手にいつも忙しそうに立ち働いていた。寛《くつ》ろぎのときはと云えば、針仕事をしているときであった。母のことでは、小岩にいた祖母の身寄りの許から荷車に山積みして送り届けられた漬菜を、物置小屋の土間でなかやを相手に幾つもの大樽《おおだる》に漬けていた甲斐甲斐しい姿と、その赤く腫《は》れた指のことが憶い起される。

お糸さんが家にきて間もなく、その頃父の許に稽古にきていた鶴屋の内芸者の小ふじさんが、お糸さんを見かけて、先年歿《ぼっ》した三代目尾上菊次郎《おのえきくじろう》に似ていると云い出した。菊次郎のファンは吉原にもだいぶいたようだが、小ふじさんもその一人で、その墓のある池端七軒町の大正寺にまで出向いて、墓前に香華《こうげ》を手向《たむ》けてくるほどの熱心な贔屓であった。菊次郎のいない二長町は見る気がしないと云うほどの小ふじさんにしてみれば、たいていの顔が菊次郎扮《ふん》するところの三千歳《みちとせ》に見えたのかも知れないが、ほかにも同じことを云う人がいた。吉原の鳶頭《とびがしら》のおかみさんで、家の者はこの人のことを、「ばあちゃん。」と親しく呼び馴染んでいた。吉原の鳶職は四番組で、江戸の川柳《せんりゅう》に「浅草に過ぎたる物が二つあり、蛇《じゃ》の目《め》の纏《まとい》、加藤大留」とある、昔は名にしおう新門辰五郎親分が籍を置いたという、その蛇の目の纏を預っていた。この頭の家で盆に出入り先に配る団扇《うちわ》にその纏の絵のついていたのを私は覚えている。頭は名代《なだい》のデブ頭で睨《にら》みの利いた人であったが、おかみさんは「ばあちゃん。」という呼び名でもわかるように、家業柄に似ずおとなしいひとの好い人であった。ばあちゃんは歯がお神楽《かぐら》の獅子《しし》を見るようにずらりと金歯であった。私はいまでも金歯の目立つ人を見ると、このばあちゃんのことを思い出す。住居がやはり水道尻で池の前にあったので、ときどき私の家にもらい風呂にきては話込んでいった。祖母のいい話相手で、祖母はこの人と話しながら、ふたこと目には「そうなんだよ、ばあちゃん。」とか「まあお聞きよ、ばあちゃん。」とか云ったりした。「なにごとも時世時節でね。」という述懐めいた言葉が、ばあちゃんの口癖であった。私はいつもひとり早く寝かしつけられてしまうのだが、ふと目が覚めたときに、茶の間の方から大人たちの話声が聞えてくることがある。そんなときばあちゃんの笑声などを耳にすると、茶の間の雰囲気がばかに楽しそうに思われて、子供をさきへ寝かしておいて、大人たちだけでなにかいいことをしているのではないかしらという気がよくしたものである。ばあちゃんはお糸さんのことを「素人にしておくのは惜しい。」というようなことを云った。

私もいちど六代目のお祭佐七で菊次郎の小糸を見た記憶があるが、子供のことだから、お糸さんがその人に似ていたかどうかという比較のことになると覚束ない。ただ子供心に綺麗な人に思われたので、お糸さんと一緒に暮すようになったことが嬉しかった。お糸さんが家にきた翌朝、私は起きるとすぐお糸さんを探したが、お糸さんは縁側で顔を洗っている父の介添《かいぞ》えをしていた。父は鼻が悪かったので、洗顔のつどゴム製の洗滌器《せんじょうき》で鼻を洗うのがきまりであった。家業柄鼻は大事にしなければならなかった。お糸さんは私を見ると、

「お早うございます。」と云って一寸首をかしげた。

午後のお稽古に出かけようとしているときに、祖母からお糸さんを伏見町の二葉屋に案内するように云いつけられた。私はお糸さんと連れ立って家を出た。

「二葉屋へなにしに行くの？」

「お強《こわ》飯を誂《あつら》えに行くのよ。」

江戸町二丁目の裏通に伏見町という小路がある。二葉屋はそこにある餅菓子屋で、私の家では正月の餅や節句の柏餅をいつもそこに註文していた。

「清ちゃんはお習字のお稽古に行くの？」

「ううん。お師匠さんのとこ。」

「お師匠さんって？」

「延小浜さん。」

「そうお。清元なのね。いまなにを習っているの？」

「いまはね、お染。」

京町二丁目の通りを抜けて仲の町の辻に出たとき、いまを盛りの花の梢《こずえ》の向うに角海老《かどえび》の大時計を仰いで、お糸さんは山の手の住人らしく見て過ぎながら、

「ここが角海老ね。」

「そう。お糸さんは吉原《なか》へ来たことはないの？」

「いいえ。ありますわよ。」

「ぼくの家にも?」

「ええ。清ちゃんがもっと小さかった時分に。ちょうどお酉《とり》さまのときに。」

「ひとりで?」

「いいえ。おっ母さんと一緒に。」

「ぼくがいた?」

「いましたよ。清ちゃんは絣《かすり》に黒無地の胴はぎの着物を着ていて、可愛らしかったわ。よく覚えていますよ。いまのおなかさんではない子守さんがいましたね。」

「しづや。」

「そう、おしづさんでしたね。清ちゃんの子守さんは。一緒に大阪へも行ったんでしょ。」

「ええ。」

「おしづさんはいまどうしています?」

「しづやはね、いま新造《しんぞ》衆《しゅ》をしているの。」

しづやはその頃江戸一の徳稲弁の下新《したしん》をしていた。家はまえから土手向うの山谷堀の近くにあった。

「それじゃ、いまでもときどきお家へ見えるわけね。」

「ええ。」

しづは月に一度位はなんとなく私の家に顔出しに来たものだが、往来でもまたよく行き逢った。しづやが家に来ているとき、私が学校から帰ってきたりすると、祖母や母が「そら、しづやの殿さまが帰ってきた。」とひやかすように云い云いしたものだ。しづやも顔を赤くしたし、私もなんだか照れくさかった。道で逢ったときに「御隠居さんやおかみさんにはないしょですよ。」と云われて、仲の町の大慶鮨を一緒に食べたこともある。私はこのしづやの背に負われて大阪へ行った。その頃の私はしづやという発音が出来ずに、「しいや、しいや。」と呼んでいた。

鶴屋の前を通りかかると、店先に吉原の三婆の一人である名代のその家のお祖母さんと、私たちの餓鬼大将《がきだいしょう》であった中学生の実さんがいて、実さんが私を見かけて、「清ちゃん、どこへ行くの？」と呼びかけたのを聞き流して行くと、いきなり後から大きな掌《て》で目隠しをされた。やっと振りほどいて見ると、支那人の幇間《ほうかん》の華玉川がにやにや笑いながら立っていた。

「清ちゃん、別嬪《べっぴん》さんを連れて澄ましてどこへ行くの？」

「知らないよ。」

「教えてくれないと、もうお祭がきても肩車をして屋台踊《やたいおどり》を見せてあげないから。」

「二葉屋へ行くんだよ。」

「さては、またけいらん巻を買いに行くんだな。」

「違わい。」

「ははは。家へ帰ったら御隠居さんによろしく。」

桜川華玉川は支那人の幇間で手品を売物にしていた。大男でいつも支那服を着ていた。

その年も京二の君津楼の初午《はつうま》の催しで、得意の手品で私たちを堪能《たんのう》させてくれたが、声色、手踊なんかよりはこの方が子供たちには人気があった。

角町の角の見番の前でも髪結のおさださんが、清ちゃん、どちらへと云って、ものずきな眼つきをしてお糸さんの方を見た。

二葉屋の帰りに揚屋町の角でお糸さんと別れて、私はお師匠さんの許へ行った。そこでは連中の人たちが次の温習会の日取や席亭の相談をしていた。駒形《こまがた》の並木倶楽部で派手にやろうと云う人もいたが、近いところで三の輪の新世界でやることにきまった。私たちの清元の会は巴会《ともえかい》という名称で、いつも足場のいいところから、土手八丁もようやく尽きる処三の輪のとばくちにある新世界という料理屋兼業の家か、たまには土手向うの田中町にあった吉影亭という貸席を借りて催した。巴会御連中では私なども古顔の方で、「水道尻の太夫さん。」ということになっていた。

「ところで、水道尻の太夫さんにはなにを語って戴けますか?」と鶴屋の主人が云った。この人の息子の実さんは私の遊び友達である。私は黙ったままお師匠さんの顔を見た。お師匠さんも咄嗟《とっさ》に「さあ?」という顔をした。「ぼく、三千歳にしようかしら。」と云ったら、鶴屋の主人が「おっと、三千歳は先刻おれが約定済みだ。これだけは譲《ゆず》れない。」と云って、大人たちだけにわかる含み笑いをした。お師匠さんは、「そうね。清ちゃんはもうじきお染が上がるから、いっそお染にしましょうよ。休まずにいらっしゃい。」と云った。私はいそいでお染を上げて温習会に出すことになった。

家に帰ってから晩御飯のとき祖母から、「清、お前はお糸さんに食物屋ばかり教えたそうじゃないか。」とからかわれた。私はあそこは日新亭（洋食屋）、ここが大村（そば屋）、あそこが相亀（鰻屋）、ここは野村や（水菓子屋）という風にお糸さんに教えたのである。「そのうちお糸さんに奢《おご》らせる魂胆《こんたん》なんだろ。日新亭のハヤシライスが食べたいってよく泣いたのは誰だっけね。」私は子供の頃、ハヤシライス位旨《うま》いものは知らなかった。

その頃吉原ではたいていの家が都新聞を読んでいた。ちょうど「大菩薩峠《だいぼさつとうげ》」が連載されていて、私の家でもみんな愛読していた。おそらく新聞の読物としては、これほど作中人物が読者に馴染深く親しまれた小説も少ないのではないだろうか。竜之助、兵馬、お松、お君、お銀様、米友、七兵衛、それぞれに贔屓があった。子供の私は兵馬が好きで早く竜之助を討たせてやりたかった。祖父はまたムク犬がお気にいりであった。都新聞にはほかに誰が担当していたのかは知らないが、「見たり聞いたり」という欄があって、これは祖母が毎日楽しみにしていて、長火鉢の傍で老眼鏡をかけて音読していたのを覚えている。

お糸さんが家に来てからは、父のためにはお糸さんが午前中稽古の客の来ない折りに読んで聞かせていた。蔵の二階の稽古場でお糸さんが読んでいるのを、私は梯子段の中途に腰かけてこっそり聞いたこともある。「巧く仕組んでいるものだね。」とか、また三面記事でも読んでもらっているのであろう、「可哀そうに。」と父が云うのが聞えることもあった。お糸さんはまた父のために新聞のほかにも本を択んで、暇をみては日課のようにして読んで聞かせていた。お糸さんが使っていた用箪笥の上に「草枕」や「彼岸過迄」が載っているのを見つけて、私も借りて自分で読んでみた。私がそんな本を読んだのはそのときが初めてであったが、自分に解る程度に読んでいて結構面白かった。「彼岸過迄」の中にある、雨の降る日に子供を亡くしたので雨の日には訪問客に会わないという話なども、子供心に印象深く残った。また「草枕」では床屋のくだりが面白くて繰返し読んだ。床屋の親爺が「竜閑橋《りゅうかんばし》ってのは名代の橋だがなあ。」と口惜しそうに云うのが、読んでいてとても可笑しかったものだ。「彼岸過迄」の中に「高等遊民」という言葉が出てくるが、「高等遊民ってなあに？」とお糸さんに訊いたら、一寸考えてから、「お祖父さんのような人のこと。」と笑いながら云った。お糸さんは私がそういう本に興味を示すのを見て云った。「清ちゃんはわせのように見えるところもあるけれど、ほんとはおくてなのね。」けだし知己《ちき》の言であろう。お糸さんは自分からは私にそういう読書を慫慂《しょうよう》するようなことはなかった。

私はまた時折お糸さんから習字の稽古をしてもらうようになった。お糸さんはこないだまで、麻布六本木にいるさる書道の先生の許に久しく学んでいたそうで、母が私のために思いついたのであった。お糸さんは私の書く字を見て手筋がいいと褒《ほ》めてくれた。平素好ましく思っている人から聞いたこの支持の言葉は、その後長く私の頭にこびりついていて、字の上手と下手とでは少くとも月給が拾円は違うと、当時の相場に掛けてわが悪筆を人から憫《あわ》れまれるようになってからも、私の自信の源になっていたのだから、おかしなものである。お糸さんは私のお手本には智永《ちえい》の千字文を択んでくれた。

四月八日の花まつりにはお糸さんと一緒に竜泉寺町の大音寺に甘茶《あまちゃ》をもらいに行った。

甘茶をもらいに行くのは私の役目で、まえの年にはなかやと一緒に行った。この年毎の灌《かん》仏会《ぶつえ》の行事は私の家などでも嘉例《かれい》の一つになっていた。単に甘茶をもらってくるだけのことであったが、つい外すというわけにも行かなかったのは、以前貸座敷業を営んでいたときの縁起を祝う習慣が残っていたからであろう。吉原ではたいていの家が、わざわざ浅草の観音さままで出向かずに、近間の大音寺で間に合わせていたようである。もっともこの寺は三の輪の浄閑寺と同じく遊女の骨を埋めた処で、むかしから廓とは因縁浅からぬものがあったからでもあろう。「たけくらべ」に「大音寺前と名は仏くさけれど」とあるのがそれである。甘茶をもらって家に帰ると私にはもう一つやる仕事があった。半紙を短冊形《たんざくがた》に切って、それに「千早振《ちはやぶ》る卯月《うづき》八日は吉日よ、さきがけ虫を成敗ぞする。」という文句を虫という字をさかしまに書いて、それを台所の柱に貼りつけるのである。さきがけ虫とは如何なる虫ぞ、なんの禁厭《まじない》であったか覚えていないが、妙なことをしたものである。まえの年に書いた煤《すす》けたやつをきれいに剝ぎとって、その跡へ新規に貼るわけである。祖母は「お糸さん。折角ですが、お前さんも一筆。」と云って、お糸さんにも一枚書いてもらって、へっついの後の柱と冷蔵庫の横の柱と二箇所に貼りつけた。私たちの仕事の終るのを見ていた祖母は、えらい労でも犒《ねぎら》うように「御苦労さん。」と云った。その一安心したようなまじめ顔《うま》を見ると、私もなにか一仕事したような気持になった。

吉原の縁日は午の日で土地柄賑やかな夜店が出た。その日には界隈の町の人たちも、大門口から五丁目の非常門から裏門からそれぞれ詰めかけてきて、素見客《ひやかし》の仲間も常よりは多くその賑いは格別であった。夜店商人は夕方の三時頃からぽつぽつ検査場横の空地に集まってきた。荷車を引いてくる者、自転車を利用している者、大風呂敷を背負って徒《かち》でくる者、さまざまであった。いい加減集まったところでくじ引きをして、各自割当てられた場所へ荷を運ぶ。植木屋だけはいつもひとかたまりになって、夜店の列の尽きるあたりに店を出していた。この場所ぎめの際の一喜一憂する表情は見ていて面白かった。くじ運のいいとわるいでは、その夜の商いに覿面《てきめん》にひびくわけである。夜店の並ぶ場所は、震災後もずっと後になっては水道尻に限られたが、その頃は仲の町から水道尻一帯にかけてであった。ただ桜や菊の季節にはその美観を守るために、仲の町を避けて貸座敷のある通りに移った。

子供の私たちが、午の日を楽しみにして待つ気持と云ったら、なかった。そのまえの日から明日の天気を気にして、翌朝起きてみて雨が降っていればがっかりして、それでも夕方までには晴れてくれないかしらと未練がましく思ったりしたものだ。その日にはこの界隈にくる豆腐屋もラッパを吹いたあとで、「とうふイ、生揚《なまあげ》、雁《がん》もどき、こんちは午《うま》の日。」と常よりは愛想のいい声を出した。

夕飯を食べてから、のぶちゃんが迎えにきたので、お糸さんと三人で出かけた。のぶちゃんに聞くと、はじめさんは夕飯もそこそこにして飛び出して行ったそうである。

「のぶちゃんは兄さんがあっていいわねえ。」とお糸さんが云ったら、のぶちゃんはかぶりを振って、「うちの兄さんはとても意地悪なのよ。あたしをからかってばかりいるの。

問屋の番頭さんからお小遣いをもらったからって見せびらかしたりして。」と不服そうに云った。

あまり年の違わない兄妹はそういうものなのかも知れない。大人になればまた違うのであろうが。そう云えばはじめさんは、私とのぶちゃんが遊んでいるときなど、ふいに物蔭から出てきて、のぶちゃんの頬っぺたを突いたりして、「のぶ公の阿多福《おたふく》やい。お洒落《しゃれ》しゃれても惚《ほ》れ手がないよ。お臍《へそ》が出べそで嫌われた。」そんなことを云って囃《はや》したてては、のぶちゃんにべそを搔《か》かせたりしたものだ。

私はいちど学校の帰りに、はじめさんから誘われて、寄り道をしてはじめさんのお母さんがそこの内職をしている馬道の玩具問屋へ行ったことがある。はじめさんのお母さんからそこの番頭さんになにか託《ことづ》けがあったのである。番頭さんは二人に金平糖《コンペイトー》のお菓子をくれて、そのうえはじめさんには拾銭白銅を一つお駄賃《だちん》にくれた。はじめさんは大事そうにそれを兵児帯《へこおび》の間にくるんで、帰る途々《みちみち》落しはしないかと時々手で触りながら、「ぼくは来年学校を出たら、あの問屋さんに奉公に行くんだよ。どうせぼくは勉強が出来ないんだから仕方がないや。清ちゃんは中学校へ行くんだろう。おっ母さんはね、番頭さんがいい人で気心が知れているからあの問屋さんがいいって云うんだよ。番頭さんはぼくがお使いをするたんびにお駄賃をくれるんだ。」と云った。

角町の稲本楼の前に出ていた馴染の本屋で買物をしていたときに、はじめさんが実さんと連れ立ってくるのに逢ったが、はじめさんはわざとそっぽを向いて、チエッ、チエッと云って行き過ぎた。女臭くてかなわねえやと云わんばかりのそぶりであった。のぶちゃんは顔色を曇らせて、私たちの気を兼ねるように、「どうして、うちの兄さんは、ああいけずだか。」と云ったが、その口振りには日頃の母親の嘆息をそのまま踏襲《とうしゅう》しているようなふしが見えた。

本屋で私はその頃発刊されていた『良友《りょうゆう》』という少年雑誌を、のぶちゃんは『少女世界』を、そしてお糸さんは古い『新小説』を二冊買った。お糸さんはまた小間物屋でのぶちゃんに根掛を買ってやった。

あくる朝私が御飯を食べていると、いつものように、「清ちゃん、学校へ行かないか。」と節をつけて呼ぶはじめさんの声が聞えた。学校へ行く道ではじめさんは、「清ちゃんはきのう午の日でなにを買ったの？　ぼくはこれを買った。」と云って、鞄《かばん》から三輪車の形をしている智慧《ちえ》の輪《わ》の玩具を取出して見せた。

その日の夕方私はお歯ぐろ溝に落ちた。実さんやはじめさんやのぶちゃんなどと溝のふちにいて、一元楼の蔵移しの工事を見ていたときに落ちた。私の家の隣りは一元の寮で、庭中いっぱいに大がかりに菊の栽培をしていた。季節に仲の町を飾る菊もここの庭のものであった。京二では宝来楼一元楼などは、お歯ぐろ溝を境にして店と寮とが別れていた。私の家などもかつてはそうであったが、店の方を人に譲ってから寮の庭を解放してそこに長屋を建てたわけなのである。はじめさんの家は長屋のいちばんはずれの溝際で、私たちはその窓下に集まって遊んでいたのである。お歯ぐろ溝は思いのほか深くて、あっと云う間に小柄な私は胸もとまで泥水の中に沈んでしまった。そのとき、工事に従事していた人足の人が駈《か》けつけてくるよりも早く、直ぐ溝に飛び込んで私を引き上げてくれた人を見ると、助ちゃんであった。ちょうど私の家に稽古にきた帰りに通り合わせたのであった。泥《どろ》んこになって助ちゃんと私が帰ってきたので、家ではびっくりした。私たちはすぐ湯殿へ廻って軀を洗い、沸いていた湯に入った。私は溝に落ちたときには肝《きも》を潰《つぶ》したが、その驚きもしずまると、こうして助ちゃんといっしょに湯に入ったことが珍らしくて、「なかや。おもちゃ箱から椰子《やし》の実を持ってきて。」と大きい声で云ったら、なかやの返事はなくて「とぼけちゃいけないよ。」と私を叱る祖母の声が聞えた。椰子の実は祖父と仲のいい友達である京一の水鉄という水菓子屋の主人からもらったもので、私が湯に入るときに弄《もてあそ》ぶ玩具の一つであった。私の気持ではそれで助ちゃんをもてなすつもりであった。

助ちゃんは私の背中を流してくれながら、

「清ちゃん。さっきのあの子はどこの子です?」

「あの子って?」

「清ちゃんのことを後から押した子ですよ。」

助ちゃんの云うことがわからないので、

「誰も押しゃあしないよ。」と云ってふりむいたら、そういう私の顔を見て、ふいに助ちゃんは黙ってしまった。

湯から出たら、汚れた二人の着物は既にお糸さんが洗濯して、物干竿に乾してあった。

私は母から云われて改めて助ちゃんにお礼を云った。助ちゃんは「いい塩梅《あんばい》でした。あたしが通り合わせて。」と云って、それから如何にも感心したように、「清ちゃんはえらい。」と私のことを褒《ほ》めた。私が自分を溝に突き落した友達のことを庇《かば》っていると云うのである。私には思いがけなかった。私は自分の不注意から落ちたとばかり思っていたから。助ちゃんにそう云われてもなにも思い当ることはないのである。

「誰も押さなかったよ。」とくりかえしたら、祖父があっさり、

「うん。押したというわけでもなかったのだろう。」

と云った。

祖父はまた、「助公。お前、着物を汚《よご》して気の毒したな。下帯まで汚れちまったろう。」と云って、祖母に云いつけて自分の着物を一揃助ちゃんのために出させた。助ちゃんはなにからなにまで祖父の物を身につけて帰った。助ちゃんが溝に飛び込む際に脱ぎ捨てた下駄は、のぶちゃんが持ってきてくれていた。

翌朝学校へ行きながら、のぶちゃんの話を聞くと、私が溝に落ちたのは後からはじめさんが押したからであった。はじめさんは、ほんとに押したのではない、押す真似をしただけだ。おっ母さんに云いつけたら承知しないぞとのぶちゃんを嚇《おど》かしたそうである。学校で休み時間に砂場で遊んでいたときに、不意にはじめさんが現れて、

「清ちゃん。ごめんね、ごめんね。」とひどく思いつめた口調で、私の顔を覗き込みながら云った。

「ううん。なんとも思っていないよ。」と云ったら、安心したらしく、いつもの快活な顔つきになって
「ぼくはただ清ちゃんをびっくりさせようと思っただけで、ほんとに落っことすつもりじゃなかったんだよ。」と云った。おそらくそれが真相であろう。押された当人にまるで覚えがなかったのだから。私としても腹の立つわけがなかったのである。

学校から帰ったら、ちょうど助ちゃんが稽古にきていて、離れでお糸さんが洗濯した助ちゃんの着物の綻《ほころ》びを繕《つくろ》っていた。そこにとり纏《まと》めてある下着や帯や足袋《たび》を見て、私が、

「これ、みんな助ちゃんの?」と訊《き》いたら、お糸さんは、

「そうよ。あの溝の水は臭いわね。いまでも臭いが鼻についているようよ。」と云って、試すように、着物の袖口を鼻さきへ持っていって嗅《か》ぐ真似をした。

「におう?」

「まさか。」

祖父がそばから、

「そうだろう。お歯ぐろ溝と云やあ、名代の溝だからな。それにふだん清やはじめが、たんと小便を仕込んでいるだろうから。清が落ちたのは天罰だが、助公もまたよく飛び込んだものじゃないか。」

吉原のお歯ぐろ溝は昔はとてもきれいで、川幅などもずっとひろく、家鴨《あひる》がおよいでいたり、小舟がうかんでいたりして、その時分の花魁《おいらん》は小がいのお椀《わん》いっぱいの水で、口を

そそぎ顔を洗ってうらの川にすてたところから、そういう名前もできたのだそうであるが、私たちのたけくらべ時代には、そんな錦絵にでもありそうなおもかげはさらになくて、ただの汚い溝川でしかなかった。

やがて稽古をすませて助ちゃんがきた。助ちゃんは昨日帰ったときの服装のままで、祖父の着物を着ていた。着替の持合わせもなかったのかも知れない。助ちゃんはお糸さんに礼を述べて、

「それでは、おなかさんの部屋でも拝借して、一寸着かえさせて戴きます。」と云った。すると祖父が、

「助公。その着物はお前に遣ったんだ。水臭いぞ。それとも年寄りの肌につけたものはいやなのか。」

助ちゃんはあわてて、

「いいえ、とんでもない。有難く頂戴します。」

「まんざら、着られないこともないだろう。」

「ほんとに、助ちゃんによく似合いますわ。」

「そうですか。どうも有難うござんした。」

助ちゃんは自分の衣類を風呂敷包にして帰った。私は助ちゃんが涙ぐんでいたように見えたので、

「助ちゃんたら、泣いているの。」と云ったら、祖父は笑いながら、

「お糸にやさしくしてもらったせいだろう。」

「いいえ。助ちゃんはおじさんのことが好きなんですわ。」とお糸さんは真顔で云った。

　その日を境にして助ちゃんの足が一寸跡絶《とだ》えた。毎日のように来ていた者が顔を見せなくなるのは気がかりなもので、祖父は助公の奴どうしたのだろう、具合でも悪いのじゃあるまいかと心配していた。そのうち父の弟子の中ではいちばん古参の越春さんが助ちゃんの消息をもたらした。その話によると、当時助ちゃんは浅草公園のある色物席に臨時に出演しているということであったが、それがちょっと変っていた。

「御隠居さん。一体なにをやっていると思いますか?」と越春さんは云った。

「まさか助公が手品をやりゃあしまい。」

「手品ならよござんすが、それが『ハイカラ壺坂』っていうんですから、呆れるじゃありませんか。」

「ふうん。『ハイカラ壺坂』とは助公も考えたもんだな。お里が髪をハイカラか女優髷《まげ》にでも結っているのか?」

「冗談ごとじゃありませんわ。聴いている方が恥ずかしくなってくるんですから。御隠居さん、なんとかやめさせるわけには行かないでしょうか。お師匠さんの名折れにもなりますし、あたしたちだって外聞が悪いですわ。」

「そうか。そんなにひどいものか。それにしても席でよくやらしておくな。」

「それがよくしたもんで、お客には受けているようなんです。」

「それじゃ結構じゃないか。『ハイカラ壺坂』だろうと、『当世鰻谷』だろうと、客が来て木戸銭が取れれば結構じゃないか。なにも身過ぎ世過ぎだ。」

祖父が取合わないものだから、越春さんもそれきり話をやめた。私はまえにも助ちゃんの悪口を聞いたことがある。助ちゃんが父の許に稽古に来るようになった頃、誰かが助ちゃんのことを「稽古屋ゴロ」と云ったのを耳にして、母に「稽古屋ゴロってなあに？」と訊いたら、「子供はそんなことを知らなくともいい。」と叱られた。父の弟子は多く女弟子であったが、助ちゃんはいちばん新参でそのうえ肝腎の浄瑠璃《じょうるり》があまり上手でなかったようだから、誰からも侮《あなど》られていたようである。いまにして思えば、助ちゃんが祖父の「お得意」であったことを心よからず思っていた者もあったのかも知れない。

四五日して日曜日のこと、また越春さんがきて、助ちゃんのことで新しい話題をもたらした。浅草公園のある演芸場に出ている「どじょう掬《すく》い」の女芸人に助ちゃんが夢中になっているという噂《うわさ》を。越春さんは茶の間で祖母と話していた。

「惚《ほ》れるにことを欠いて、どじょう掬いだなんて。」と祖母が露骨に眉を顰《しか》めた。

「阿呆《あほう》でそのうえ悪擦《わるず》れしているんですから、かないませんわ。」と越春さんは云った。

越春さんは助ちゃんのことというと、なぜかむやみに反感を募《つの》らせる傾きがあったようだ。

私は縁側にいて水絵具で庭木の写生をしていたが、子供心に聞きづらい思いをした。人の心にはなぜ悪意や皮肉が巣くうのだろう。私は助ちゃんに対しては、こないだ溝に落ちたのを助けてもらったからということばかりではなく、まえからなんとなく親しみを感じていた。越春さんの話は私のその子供心を損《そこな》うものであった。助ちゃんのことを口汚く云った言葉が、私に助ちゃんを侮る気を起こさせずに、反って大人同士の陰口を疎《うと》ましく思わせた。助ちゃんはなぜあんなに悪く云われなければならないのだろう。私はお糸さんを探してみたが、買物にでも出かけたのか、見えなかった。

私はお糸さんの顔を見れば気が晴れるように思った。お糸さんの眼や唇にかつて意地悪や冷淡の色が見えたことはなかったから。私は桜林へ行ってみた。桜の花は大方散り尽して葉桜になっている。遊んでいる子供の群の中に実さんやはじめさんの姿が見えなかったので、そこを去って、水道尻の通りを仲の町の方へ歩いて行ったら、京一の角にある時《とき》和泉《いずみ》という酒屋の前にのぶちゃんがいた。のぶちゃんは酒屋の前にあるポストによりかかって、独りでつまらなそうにお手玉をしていた。のぶちゃんは私が来たことに気がつかない。私はそっとポストのうしろに廻って、腕を伸ばして両掌でのぶちゃんの眼隠しをした。のぶちゃんはあっと低く叫んだが、眼隠しの掌をふりほどこうともせずに、

「だあれ？」私が押し黙っていると、くすくす笑い出した、

「清ちゃんでしょう。」

私は掌をのけた。

「やっぱり清ちゃんだ。すぐわかったわ。」

のぶちゃんはポストのわきに落ちたお手玉を拾いながら、私の顔を見上げた。見るとの

ぶちゃんの眼にはうすく涙が滲《にじ》んでいる。

「なんだ、泣いていたの？」

「ううん。」

「でも涙が出ているじゃないか。」

「だって清ちゃんが、きつく眼を押したんですもの。」

「あ、そうか。ごめんね。」

「ううん。いいの。」

それでものぶちゃんはなんだかしょんぼりしているように見えた。

「またはじめさんと喧嘩したんだろ。」

「うそよ。兄さんはきょう浅草へ活動を見に行ったわ。」

「のぶちゃんはどうして行かなかったの？」

「あたし行きたくなかったの。清ちゃんはきょうはお稽古に行かないの？」

「うん。日曜には行かないんだ。」

「あら、そうね。忘れてたわ。」

私はのぶちゃんと話しているうちに、さいぜん越春さんの話を聞いたときのいやな気持を忘れてきた。

「ねえ、のぶちゃん。二人でどこかへ行こうか？」

「え？」

のぶちゃんはびっくりした顔をした。

「上野の山へ行こうか?」

私の誘いの意味がわかったので、のぶちゃんは嬉しそうにうなずいた。私はまえに実さんやはじめさんなどと、鶯谷《うぐいすだに》から上野の山を抜けて道灌山《どうかんやま》まで遊びに行ったことがある。かえりには日暮里《にっぽり》から三河島を通って帰ってきた。

「あ、そうだ、向島へ行こう。白鬚橋《しらひげばし》を渡って。」

のぶちゃんも不安と期待に眼を輝かせたが、ちょっと躊躇《ためら》うように、

「いまから行くの?」

私たちはともどもに角海老の大時計を振り仰いで見た。十二時を廻っている。私はまだ昼御飯を食べていなかったが、いったん家へ帰って出直す気にはならなかった。のぶちゃんもおなかがすかないと云った。行くにしても家に無断でなければ気がすまない。私は云い出したときからその気であった。いそいそと同意したのぶちゃんを私はいつになく可憐に思った。

五十間の通りで小ふじさんがおかよさんという朋輩と連れ立って来るのに行き逢った。

「おや、おそろいでどこへ行くの? 今戸《いまど》公園?」

「違うよ。内緒だよ。」

「内緒? いやだわね。まだ肩上げもとれない癖《くせ》して、二人で駈落ちなんかしちゃだめよ。」

小ふじさんはおかよさんをかえりみて笑った。

山谷から橋場に出た。その日は好く晴れていたので、白鬚橋の上からは遠くに筑波山《つくばさん》が見えた。私たちは川風に吹かれながら橋の欄干《らんかん》にもたれて、鐘《かね》ヶ淵《ふち》の方からきた蒸気船が小松島の発着所に着いてまた言問《こととい》の方へ向かって動き出すまで見ていた。私が夏泳ぎに行く水練場の在る処はこの少し上流で、千住の鉄橋の近くであった。その頃白鬚橋を渡るのには橋銭《はしせん》をとられた。向島側の橋の袂《たもと》に関所のような小屋があって、そこで橋銭を徴集した。回数券なども発行していたようである。震災後しばらくしてから橋銭は不要になった。墨田堤《すみだづつみ》に上ってから、私たちははじめは白鬚神社のある方へ行くつもりであったのをやめて、梅若の方へ行った。水神には私の親戚の家があった。けれども、ひとりならばともかく、のぶちゃんを連れては寄る気にならなかった。私たちは鐘ヶ淵のさきを墨田堤の尽きる辺《あた》りまで行き、荒川放水路に架《か》かった堀切橋を渡って堀切の方まで行った。日曜のことなので放水路の堤には三々五々行楽《こうらく》の人の姿も見えた。私たちも一面に蒲公英《たんぽぽ》や土筆《つくし》の生えている堤の斜面に腰を下して、橋の袂の掛茶屋で買った餡《あん》パンをかたみに食べた。私たちもまだ稚《おさな》かった。こんな子供じみた行動さえが、私たちにとっては一つの小さい冒険であった。私は自分に唆《そそ》されたのぶちゃんが従順に附いてきたことに気をよくしていた。

それでも気がかりだったので、

「晩御飯までに帰ればいいね。」と云ったら、のぶちゃんは、

「ううん、いいのよ。遅くなってもかまわないわ。」と云った。

私たちは堤を下りて田舎道を四つ木の方へ歩いた。この辺《あた》りはまったく田舎である。小川があり土橋が架かり、水田があり木立がある。畑に耕す人の姿も見える。歩いているうちに私は駒下駄の鼻緒《はなお》を切った。のぶちゃんは袂の中を探したが、鼻緒の代りになるものはなにも見つからなかった。すると、その道のほとりに煙草や荒物を商《あきな》っている家があったが、店先に坐っていたお婆さんが私たちに呼びかけて、これでおすげなさいと云っておお手製の前つぼを呉《く》れ、また火箸を貸してくれた。私はただ黙ってのぶちゃんがすげてくれるのを見ていた。私は内弁慶で外ではから意気地《いくじ》がない。知らない人とは口がきけなかった。私はのぶちゃんが私の代りに、はきはきと礼をいい、また器用に鼻緒をすげてくれるのに驚いた。

その家の傍には釣瓶井戸《つるべいど》があったので、のどが渇《かわ》いていた私たちは水を無心した。「おばさん。水を飲まして下さいね。」とのぶちゃんが云ったら、お婆さんは、「さあさあ、たんとおあがんなさい。」と云った。切髪のどことなく小意気なお婆さんであった。根からの近在者には見えなかった。

日が蔭ってきたので私たちはあわてて帰途についた。墨田堤を水神の森の方へ下りる坂みちのある処へきたときに、その坂を角隠《つのかくし》をつけた花嫁の連れが四、五人提灯《ちょうちん》をさげて登ってくるのに行き逢った。花嫁は母親らしい人に附添われて目を伏せていた。一行は堤に出るとすぐまた反対側の坂を下りて行った。のぶちゃんは女の子らしくいつまでも見送っていたが、私が促すと小走りに走ってきて、無心に笑いながら私の掌の中に自分の掌をあずけた。なんの奇もない遠足であったが、私たちの幼心は満たされていた。

白鬚橋を渡った処に縄暖簾《なわのれん》を下げた居酒屋があって、既に灯の点《つ》いた店の中には卓を囲んだ五六人の人影が見えた。物を煮る湯気と酒の匂いが往来にまで流れてくる。私たちはふいに里心にとりつかれたように足を早めた。

私たちが大門を入ったときには、もうまったく夜の帳《とばり》が下りていた。私は仲の町の灯を見てほっとすると共に、ようやく家に近づくにつれて家の人の思惑が気になった。

「家へ帰ってから叱られないかい？」

「大丈夫よ。」

のぶちゃんの家の前に来た。のぶちゃんは私をかえりみて首をすくめて笑って見せてから、格子戸に手をかけた。のぶちゃんの後姿にはその臆した心がまる見えだ。私は背後に格子のあく音を耳にすると、長屋の前の敷石道を逸散《いっさん》に駈けだした。

家に帰ると茶の間にみんな集まっていて、口々にどこへ行った？　とたずねられた。

「昼御飯を食べないでどこへ行ってたのさ。のぶちゃんも一緒だったのかい？」と母が云った。小ふじさんが家にきて、のぶちゃんと私を見かけたことを話して行ったのである。

「それで、水神の家へは寄ったのかい？」

「ううん。」

「寄ればよかったのに。お前、またなぜ黙って行くのさ。おかしな子だよ。お糸さんに御心配かけたよ。すみませんでしたってお詫《わ》びをしなさい。」

私は訴えるようにお糸さんを見た。お糸さんはなにもかも承知しているように頷《うなず》いて、

「いいえ、いいの。もういいのね。あたしもお伴したかったわ。こんど清ちゃんに向島を案内していただくわ。お弁当をつくって行きましょうね。」

「お祖父さんがかまうものだから、とぼけた人間が出来そうだよ。」と祖母が云ったら、祖父は、

「馬鹿野郎。清はおれの孫だ。どんな人間になってもいい。おれの気に入らねえことだけはするな。」と云った。

なかやがきて「お直さんが見えました。」と云った。お直さんというのはのぶちゃんのお母さんである。立っていった母の後について行くと、裏口の格子戸の中にお直さんとのぶちゃんが立っていた。お直さんが詫《わ》びを云えば、私の母も詫びた。母はのぶちゃんに前垂の小切をあげた。そこへまたはじめさんが、お店から人が見えたと云って、お直さんを迎えにきた。はじめさんは私の顔を見ると、

「のぶ公はね、清ちゃんのように清元を習いに行きたいって云って、けさおっ母さんに叱られたんだよ。」

「うそよ、うそよ。」

「なにがうそだい。おっ母さんが浅草へ行ってこいって云っても、ふくれて行かなかったじゃないか。」

「兄さんの意地悪。」

のぶちゃんは泣きそうな顔になって、お直さんが、「なんだよ。お前たちは。」と云うより早く、「知らない。」と云うと格子戸をあけて逃げるように駈けだして行った。やがてお直さんもはじめさんも帰って行った。

祖父はおなかをすかしている私を日新亭へ連れて行ってくれた。祖父に連れられて行くのも久し振りであった。祖父は自分はスープを、私にはハヤシライスを誂《あつら》えた。おかみが出てきて祖父に挨拶した。この人はいつも髪をハイカラ巻にしていた。私はこの人に尾久《おぐ》の大滝に連れていってもらったことがある。

「御隠居さん、しばらくお見かけしませんでしたね。清ちゃんも、いらっしゃい。来月はまたお祭ですね。今年は派手にやるそうですよ。」

「そうか。この節はすっかり引っ込んじまっているもんだから、さっぱり様子がわからない。」

「なんでも、歌舞伎見立の仮装行列を大掛りに催すって話だそうですよ。大文字屋の旦那がひどく乗気なんだそうです。」

「乗気はいいが、あの腰抜けじゃあ、行列には出られまい。」

当時の大文字屋の主人は神経痛で腰が立たず歩くことが出来なかった。

「それが御隠居さん、考えたものじゃありませんか。大文字屋さんの役だけはもう極まっているそうですが、なんだと思いますか？　鈴ヶ森の長兵衛なんですよ。」

「なるほど。駕籠《かご》で行くというわけか。腰抜けの考えそうなことだ。」

「相変らずお口が悪いですね。なんでしたら、御隠居さんも一役買ってお出になったら、いかがです?」

「馬鹿野郎。この年をして顔に白粉《おしろい》を塗れるか。」

祖父は見たり聞いたりすることは好きであったが、自分ではなに一つやらなかった。

「お祖父さんは楽屋名人で江戸っ子の総元締《そうもとじめ》のつもりでいるんだから。」と祖母がよく云い云いしたものだ。煙草はまるでやらず、酒は若い頃には無茶に飲んだこともあったようだが、五十を過ぎてからは殆《ほとん》ど盃《さかずき》を手にしなかった。

その夜帰りにお歯ぐろ溝に沿って歩いてきて一元楼の裏手に来たとき、祖父は思い出したように、「清、お前が落ちたのはここか?」と云い、いきなり溝の中に小便をしながら、「助公の奴、しばらく来ないなあ。」と呟いた。

月末《つきずえ》に三の輪の新世界で巴会の例会があった。祖父は顔出しはしなかったが、私のために心配して、烏帽子籠《えぼしかご》に入れた長命寺の桜餅を来会者に配った。へ……足と橋場の明ちかき、はや長命寺の鐘の音も、というお染の段切の文句に因《ちな》んだお土産《みやげ》で、お糸さんがわざわざ向島まで出向いて誂《あつら》えてきてくれたものである。祖父は「おのぶと向島に道行《みちゆき》をして、その後でお染を語るなんざあ、趣向が出来すぎている。」と云った。お糸さんは当夜も私に附いてきてくれて、なにかと世話を焼いてくれた。私のお染は幸にして評判がよかった。

「清ちゃんの節廻《ふしまわ》しにはとても巧者《こうしゃ》なところがあるわ。」とお糸さんは褒めてくれた。

三社祭がすむとまもなく吉原神社の祭礼がある。当時の吉原は名物の花魁道中《おいらんどうちゅう》は既に廃止されていたが、まだ派手気の残っていた頃のことだから、祭礼の余興《よきょう》には芸者の手古舞、幇間《ほうかん》の屋台踊などいろんな催しものがあった。その年は日新亭のおかみの話のように、貸座敷の楼主や台屋の有志の発起で、歌舞伎見立の仮装行列が大掛りに催されたが、思いがけなく私も一役振りあてられて、その行列に加わることになった。

祭の二、三日前に水鉄の主人が祖父の許に来て、仮装行列の話が出た。

「実はおれもその行列に出なきゃならねえ。」と水鉄のおじさんが云った。

「そいつは御苦労だな。大文字屋が長兵衛じゃあ、お前さんはさしずめ白井《しらい》権八《ごんぱち》だろう。」

「ひやかしちゃいけねえ。年寄りの冷水だが、仕方がねえ。おれは高野物語だ。」

「高野物語というと、なんだな、石童丸か。お前さんが石童丸になるのか。」

「まさか。茶番じゃあるまいし。おれは苅萱《かるかや》よ。」

「昨日剃《そ》ったも今道心というやつか。柄になく信心気を出したもんじゃねえか。」

「なにも信心気でやるわけじゃねえ。いわば勤気《つとめぎ》よ。お前さんにしろおれにしろ、吉原じゃあ古狸《ふるだぬき》だ。ところで、お前さんに頼みというよりは、清坊に頼みがあるんだが」と水鉄のおじさんはそばにいた私をかえりみて、「どうだろう？　石童丸に清坊を借りたいんだが。」

「お安い御用だが、石童丸にしちゃあ、清は大きかないか。」

「なに清坊は小柄だし、おとなしいし、石童丸は柄だ。それにおれは思い立ったときから石童丸は清坊ときめていたんだ。なあ清坊、お祭りの日にはおじさんと一緒に仲の町を歩いてくれ。べつになにをするわけじゃねえ。石童丸の態《なり》で歩くだけの話だ。」

私が困って返事をしないでいると、祖父も笑いながら、「水鉄の親方に見込まれたんじゃ、清も断るわけにはいかないな。」と云った。こんなわけで、私は仮装行列に出ることになった。

仮装行列の人数は百人近くの大勢で、衣裳、鬘《かつら》なども本式のを損料《そんりょう》で借り、芝居の衣裳付や床山が出張してきていて、当日私が本陣である大文字屋へ行ったときには、その庭先に助六、権太、法界坊、お嬢吉三、定九郎など、それぞれ扮装《ふんそう》を凝らした連中が勢揃いしていた。大文字屋の主人は既に棒鼻へ「するがや」の提灯をさげた駕籠《かご》にどっかり納まっていた。水鉄のおじさんはと見れば、墨染《すみぞめ》の衣を着て浅黄縮緬《あさぎちりめん》の頭巾《ずきん》を冠《かむ》り、片手に花桶片手に念珠《ねんじゅ》、すっかり苅萱道心《かるかやどうしん》になり澄ましていたが、私を見ると、「や、石童丸が来た、来た。」と云った。

私はすぐに庭に敷いてある茣蓙《ござ》の上で、手伝いに来ていた小みなさんという年増芸者から、石童丸の顔を拵《こしら》えてもらった。稚児輪鬘《ちごわかづら》をつけ、常盤御前《ときわごぜん》の冠《かぶ》るようなあの塗笠《ぬりがさ》にそれから杖を持つと、それで私の仕度は出来上った。

水鉄のおじさんは私のそばに並んで立って、ちょっと型をして、

「どうだ、宗十郎《きのくにや》に似てやしないか。」と云って笑った。小みなさんが、

「清ちゃん。あたしの口真似をしてごらん。」

「このみ山に、」

「いいかい？　それ、このみ山に、」

「今道心、」

「今道心、」

「なあに？」

皆んな笑った。

私たちはすっかり仕度の出来たところで、記念写真を撮って、それから行列を練り出した。私は水鉄のおじさんと並んで歩いた。私ははじめは恥ずかしくてすこし取り上《のぼ》せていたが、歩いているうちにそれほどでもなくなった。ひとつは素顔でないことが、私を厚顔にしていたのであろう。あとで聞くと、のぶちゃんも行列を見ていて私に気づいたそうである。廓内を一廻りしてから大文字屋に戻って解散した。私は着物を着かえると、白粉もろくに落さずに、家に飛んで帰った。

やはり御輿《みこし》を担がなければ、お祭のような気がしない。私は盲縞《めくらじま》の腹がけをつけ、黒繻《くろじゅ》子《す》の襟に「小若、花園」とひなたとかげに染め抜いた浅黄縮緬の祭絆纏《まつりばんてん》を羽織り、豆絞《まめしぼ》りの手拭を喧嘩かぶりにして、また家を飛び出した。この祭着は私のためにお糸さんが前から用意して縫いあげてくれたもので、お糸さんは私のその恰好を見て、「まるで、お祭佐七のようよ。」と冗談を云った。

水道尻では君津楼の寮の前に、御輿や四神剣が飾ってあった。私が駈けつけたときは、ちょうどこども御輿を担ぎ出すところで、吉原つなぎのお揃いを片肌脱ぎにした、向う鉢巻きのはじめさんが、私を見かけて、「清ちゃん、早くおいで。」と誘い込んでくれた。はしなくも幼友達の名をわが思い出の一齣《ひとこま》のうちにしるしとどめる折りに遇《あ》った。御輿を担ぐ面々はみな私の竹馬《ちくば》の友である。実さんやはじめさんを始め、村山（医院）の豊ちゃん、君津（貸座敷）の甚ちゃん、もち尾張（菓子屋）の保ちゃん、長金花（貸座敷）の敏男さん、長島（芸者家）の富ちゃん、加藤（写真屋）の正ちゃん……この加藤という写真屋のことは、「たけくらべ」に正太が美登利《みどり》に向って水道尻の加藤でいっしょに写真をうつそうと云うくだりがある。並んで肩を入れた私の耳にはじめさんは思いがけないことを囁いた。「揚屋町の御輿に逢ったら、喧嘩をやるんだよ。」私たち子供の間では、水道尻近辺に住む者と五丁町の中央に住む者とは、ふだんいっしょに遊ばなかった。もとより目立った敵対の感情があるわけではなかったが、なんとなくお互いに反感を感じていた。「揚屋町のやつらは、お歯ぐろ溝からこっちは吉原じゃねえと思っていやがる。」とはじめさんは大人ぶった口をきいて、れいによって団十郎をきめこんだものである。反感の対象として揚屋町の名が代表されるのは、揚屋町の鯉松の横で紙芝居を見物する折りなどに、むこうの連中に大きい顔をされるからであった。その代り桜林で遊ぶときには、わが縄張りとばかり、こちらの威勢を示した。通う学校なども、むこうは土手向うの待乳山《まつちやま》、こちらは千束というように別れていた。

京一の通りからはじめて五丁町を「わっしょい、わっしょい。」担ぎ廻っているうちに、仲の町の大忠（震災の時吉原ではこの茶屋の土蔵だけ焼け残った）の前で、向うから目指す敵の揚屋町の御輿がやってくるのに行き逢った。はじめさんは「や、揚屋町のやつらが来やがった。」と云って、白柄組《しらつかぐみ》の旗本を見かけた幡随院《ばんずいいん》の身内のような顔つきをした。私はどうなることかとひやひやしたが、流石《さすが》にいざとなるとみんなも陰で意気込んだほどのことはなくて、無事に擦違《すれちが》いかけたが、瞬間申訳けみたいな形で私たちの御輿の棒鼻が相手の方へ突き出された。「おっと、危い、危い。」と云って、こども御輿の宰領《さいりよう》をしていた四番組のデブ頭と若い衆の徳さんが、棒鼻に手をかけて御輿を押し戻した。そのとき、はずみで御輿が大きく傾いたが、私は右足に鋭い痛みを感じてよろめいた。私はそこに落ち散っていた硝子《ガラス》の破片《はへん》を踏みつけてしまったのである。血がなかなか止まらなかった。お祭佐七は意気地なく青くなってしまった。徳さんはそういう私を背負って水道尻の村山医院に連れていってくれた。私は豊ちゃんのお父さんから治療をうけ、足に大袈裟《おおげさ》な繃帯《ほうたい》をされて、また徳さんにおぶさって家に帰った。

祖母は私のきまりの悪い気持には容赦《ようしや》なく、「意気地なしだね。それっぽっちの怪我で、御輿《みこし》が担げないようでどうするんだ。」と云った。母は父の名の印《しるし》の入っている絆纏を徳さんにお礼にあげた。私は最前怪我をした際に、私をおいてけぼりにして仲間の御輿が遠ざかって行ったときのことを思うと、面白くなかった。お糸さんは手古舞《てこまい》を見に出かけてしまっていたし、祖父の許には客が来ていた。私はふと父の許に行ってみる気になった。蔵の二階に上ってみたら、父は検査場の方から祭り囃子《まつりばやし》の聞えてくる窓べにもたれて、背なかをまるくして、口三味線で小声になにやら唄っていた。父のその姿を見たら、私はいたずら心をそそられて、そっとしのび寄ってわっと云って背なかにとりついたら、父は一寸びっくりして、

「なんだ、清か。」と云った。「お前、お祭なのに遊びに行かないのか。」

「おみこしを担いで、怪我しちゃったんだよ。ほら、こんなに。」

私は足の大袈裟な繃帯に父の手を触れさせた。父はまじめに心配して、

「ばかだねえ。気をつけなきゃ駄目じゃないか。」

私はふと思いついて、

「お父つぁん、本を読んであげようか。」

父は迷惑そうに、

「いいから、下へ行って遊んでおいで。」

「いいよ。読んであげるよ。とても面白いんだから。」

私はお糸さんから借りた「坊ちゃん」を持ってきて音読した。読みながら押しつけるように、「面白いだろ。」と云ったら、父は仕方なさそうに、うん、うんとうなずいた。

そのとき検査場の方から、わあという人のどよめきが聞えた。なんだろうと思って窓から軀を乗り出したら、「あぶないよ。」と云って父が私の兵児帯《へこおび》をとらえた。父の力は意外に強かった。私たちはすこしの間そのままの姿勢でいた。するとふいに父が後から私を抱きしめて、私の背なかに熱い「お灸《きゅう》」を据えた。私は小さいときよく本物のお灸も据えら

れたが、また父はよく冗談に私をとらえて、私の背なかに自分の口を押しあて強く息を吐きかけては、「お灸だよ。」と云ったりした。父の吐く息が着物を透《とお》して背なかにあたたかく感ぜられる。私は「お灸」を据えられる度にくすぐったがったものだが、そんなに嫌いでもなかった。私はもうお灸を据えられる年でもなかったが、そのとき久し振りにその「お灸」を据えられたのであった。

犬の生活

犬の生活

私はその犬を飼うことにした。「神様が私にあなたのもとへゆけと告げたのです。あなたに見放されたら、私は途方に暮れてしまいます。」とその眼が訴えているように思われたので。またその眼はこうも云《い》っているように思われた。「あなたはいつぞや石をぶつける子供達から、私を助けて下さったではないですか。」私には覚えのないことだが、しかし全然あり得ないことではない。

公園のベンチの上で午睡《ごすい》の夢からさめたら、私の顔のさきにその犬の顔があった。私が顔を覆うていた本はベンチの下に落ちていた。あるいは犬がその鼻づらで本をこづいて、その気配に私は眼をさましたのかも知れない。私が掌《てのひら》を出すと、犬はその前肢をあずけた。私が帰りかけると、後を慕ってきたのである。

私はその犬を飼おうと思ったが、けれども、自分は軽はずみなことをしているのではないかという気もした。けれどもまた考えてみるに、私の過去は軽はずみの連続のようなものので、もはやそのことでは私は自分自身を深く咎《とが》めだてする気にもなれないのである。私はやはりいつもの伝でやることにした。私は犬の顔を眺めながら、「私さえ保護者らしい気持を失わないならば、お互いがお互いを重荷に感ずるようなことはまずないだろう。」と思った。自信のあるような、ないような気持であった。私はこれまで男の友達とは幾度か一緒に暮らしたことがあるが、いつも気まずい羽目になってしまったのである。

私はこの武蔵野《むさしの》市に移ってきてから、三年ほどになる。私はある家の離れを借りて暮らしている。母屋《おもや》の主人というのは年寄の後家さんである。気丈な人で、独りで自炊をして暮らしている。ひとり娘が嫁いだ先には大きい孫があって、たまに孫たちが遊びにくる。

私は散歩の途中、偶然この家の前を通りかかって、軒さきに「貸間あり」の札がさがっているのを見かけ、檜葉《ひば》の生垣《いけがき》にかこわれているこの家のたたずまいになんとなく気を惹《ひ》かれたのである。私は案外簡単に借りることが出来た。ひとつは私が勤人でなく、一日中家にいる商売なので、用心がいいと思ったのかも知れない。この離れには、私の前には、この近くの美術学校に通っていた画学生がいたそうである。

私が借りている離れには土間がある。犬を飼おうと思ったとき、その土間のことが私の念頭に浮かんだ。犬は土間に這入ると、喉《のど》が乾いていたのだろう、そこにあったバケツの中の水をぴしゃぴしゃ音をさせてさもうまそうに呑んだ。私が上框《あがりがまち》に腰を下ろして口笛を鳴らすと、犬は私の足許に寄ってきて、いかにも満足そうに「ワンワン。」と二声吠えた。その様子は、「私達はもう他人じゃありませんね。」と云っているように見えた。そのときになって私は、犬を飼うには、私の一存だけではすまないことに気がついた。母屋の年寄の思惑が気になったのである。

私は犬をつれて、お婆さんのいる座敷の縁さきへ行った。お婆さんは長火鉢のわきに坐って小さなお膳に向い、独りで花骨牌《はなガルタ》を並べていたが、こちらに気づくと、

「おや、どこの犬ですか。」

「迷い犬らしい。」私は弁解するように云った。「公園から僕についてきたんです。」

お婆さんは立って縁さきに来た。

「捨犬でしょう。」お婆さんは一寸調べるように見ていたが、「牝《めす》ですね。」

そう云われて、私は自分の迂闊《うかつ》さにはじめて気がついた。私は自分で飼う気でいながら、その犬が牡であるか、牝であるかをまず確めることさえ忘れていたのである。私は軽はずみの例に洩《も》れず、少しくとりのぼせていたのである。よく見ると、犬の頸《くび》には最近まで首輪をはめていた形跡がある。またその胸部に見える乳房は最前から眼に入っていたのだが、私はついうっかりしていたのである。お婆さんの一言は、犬の姿態に感ぜられる、牝らしい優しさを私に気づかせた。

犬は沓脱石《くつぬぎいし》のわきにうずくまって、こちらの機嫌を窺《うかが》うように薄眼をあけたりしている。

「野良犬ではないようだ。」

「ええ。この辺の犬じゃありませんね。自動車にでも乗せてきて捨てて行ったのでしょう。躯《からだ》も汚れていないし、そんなに饑《ひも》じがっているようでもないですね。」

お婆さんが犬に対してあまり冷淡な素振りも見せないので、私は少しほっとした。お婆さんはなお見しらべるような眼つきをしていたが、ふいに声をあげた。

「こりゃあ、仔《こ》もちだ。この犬は仔もちですよ。」

「え？」

「どうも妊娠しているようですよ。お乳の工合からなにから。」

「へえ、それはまた。」

「仔どもが出来たので、飼主が捨てたのでしょう。たいした犬じゃないししますしね。」

私は少しく興ざめた。にわかに犬が不身持の女かなぞのように見えた。かりそめの出来心からとんだ厄介《やっかい》ものをしょい込んだような気がした。お婆さんは犬の額に掌をのせて、無言のまま、やさしく撫でた。たいした犬ではないと云っておきながら、不憫《ふびん》がっているその様子に、私は心を惹かれた。人間が抱く感情の中で、やはり寛容は非難に優るものである。ひとを非難するということは、それがどんなに正当に見えるような場合でも、むなしい仇矢《あだや》を放つようなものである。お婆さんの態度には、いたずら娘を労《いたわ》っている母親のようなやさしさが感ぜられた。また人間と犬との違いはあっても、女は女同士といったようなところもあった。犬は眼を細くして、お婆さんの愛撫に応えている。そのほっとしているような様子を見ると、私もまた心をそそられた。

「犬は好きですか。」

とお婆さんが私に向って云った。私は一寸返答に困った。女は好きかと訊かれても、やはり私は同じように困惑するだろう。

「嫌いじゃありません。まだ一度も犬を飼ったことはないんです。」

「可愛いもんですよ。亡くなった連合《つれあい》が犬や小鳥の好きなたちでしてね。何度か飼ったことがございますよ。」

お婆さんの声音《こわね》には、亡くなった人を懐しんでいる響があった。お婆さんの連合は、もう大分まえに、壮年のころに亡くなったようである。飾職だったという。お婆さんの部屋の長押《なげし》にはその人の肖像が額にして懸《か》けてある。私は一言か二言の中にその人の俤《おもかげ》や生涯が彷彿《ほうふつ》としてくるような言葉をきくのが好きだ。たとえば電車の中などで、乗客のこんな話を耳にすることがある。「あいつも死んだね。」「いい気前の男だったがね。」「釣り好きだったね。」そんななんでもない会話にいわば浮世の味が感ぜられる。そんなとき私はなにか胸の閊《つか》えでも下りるような気がして、わけもなくこの世の中が有難味のあるものに思えてくるのである。お婆さんや犬を前にして、そのときも私は世の中に対する張合のようなものを感じた。私は云い出す折を得たような気がして、

「どんなもんでしょうか。出来れば飼ってやりたいと思っているんですが。」

「そうですね。」お婆さんは自分の胸に問うように、「せめてお産がすむまででもね。なに、それほど世話も焼けませんよ。」

私はほっとした。このように容易《たやす》くお婆さんの許諾が得られようとは私は思っていなかった。

「この犬は二歳位でしょう。初産《ういざん》でしょうよ。」

とお婆さんは云った。その初産という言葉が私の心にしみた。

私は犬をメリーという名で呼ぶことにした、メリーは、お婆さんの云うように、たいした犬ではない。ありふれた雑種である。白と黒の斑《ぶち》で、白地に、雲の形をしたようなのや、島の形をしたような模様がついているのである。人間ならば、中肉中背とでも云うところだろうか。どちらかと云えば、大柄の方である。被毛《ひもう》は長い方で、色艶はそんなに悪くない。軀《からだ》つきは様子のいい方ではないが、さりとて不恰好というわけでもない。器量だってまんざらでもない。美人ではないが、よく見ると、可愛い顔をしている。なによりも、高《こう》慢《まん》らしい感じがしないのがいい。眼がいいのだ。メリーの眼は、ほんとにいい。眼は心の窓というが、メリーの眼を覗くと、メリーが善良な庶民の心を持っている犬だということが、よくわかる。そして、こういう動物達の方が、人間よりも、神様のそば近くに暮らしているということが、よくわかる。アンリー・ルッソーが在世ならば、彼にメリーの肖像画を描かせたい。ルッソーならば、メリーのいのちをそのままに画布の上に写すことが出来るだろう。私はまた、メリーの声が好きだ。どんな吠え声にも、感情が籠《こも》っていて、お義理で口をきいているようなところは、少しもない。また、その発声の源にあるものは愛情と善意だけなので、それがこちらの耳障《みみざわ》りになるようなことは、少しもない。私が「メリー。」と呼ぶとメリーはすぐ私の正面にきて、私の顔を仰ぎ、尾を振りながら、「ワン、ワン。」と吠《ほ》える。その様子は、「私はあなたが、私を呼んでいるのだということをよく知っています。」と云っているようにも見え、また、「なんの御用ですか。」と云っているようにも見える。ふとして私が、メリーは前の飼主のことを思い出しているのではなかろうかと僻《ひが》んだことを考えたりしていると、メリーは私の気持を察したかのように私に戯《たわむ》れかかり、自分はいまの瞬間を楽しむことでいっぱいで他意はないのだというようなしなをして、私の気まずさを救ってくれる。私はこれまで誰からも、こんなふうに媚《こ》びられたことはなかった。メリーは前の飼主のもとでは、なんという名で呼ばれていたかは知らないが、いまはもう全く、私のメリー以外のものではない。前の飼主にしてからが、あるいはメリーを捨てたのだとしても、決して薄情な人ではなかったに違いない。やむにやまれぬ事情があったのであろう。その一家には、とくにメリーと仲良しの坊やがいたかも知れない。メリーを見ていると、そんな想像が湧いてくるのだ。

こないだ私は手帳にこんなことを書きつけたばかりだったのだが。

「……私のもとには殆《ほとん》ど訪問客はない。私もまた人をたずねない。私は生れつき引っ込み思案な性分なので、独りでいる方が勝手なのである。たまに人とお喋《しゃべ》りをすると、こなれの悪い食物を食った後のように、しばらくは気色が悪い。『退屈して困る』ということをよく聞くが、私の日常などは凡そ退屈なものであるが、けれども私はそれだからといって、べつに困りはしない。私にとっては、退屈は困るというようなものではない。私にとっては『退屈』は気心の合った友達のようなもので、私は誰と共にいるよりも、『退屈』と共にいて、無聊《ぶりょう》を託《かこ》っている方がいい。いわば私は退屈を楽しんでいるのである。思うに、徒然《つれづれ》というものも、幸福感の一種なのかも知れない。」

ところで、メリーと共に暮らすようになってから、私の日常も多少あらたまってきた。私は無聊を託ってばかりもいられなくなった。まず私はこれまでのように朝寝坊が出来なくなった。メリーのために朝飯の支度をしなければならないので。私は自分の軀が寝床から、こんなにも思い切りよく離れられるものとは、思っていなかった。また早起きの味がこんなにも爽快《そうかい》なものとは知らなかった。焜炉《こんろ》に火をおこし、メリーと自分のために野菜を煮るのだが、私の心はまるで幼妻のそれのようにいそいそしているのだ。お婆さんは「世話は焼けない。」と云ったけれど、それは全くそうなのだ。メリーのために何かをしてやるということは、私にとっては少しも厄介ではなかったから。メリーのために手足を働かすたびに、私は自分の心が活潑と鷹揚《おうよう》の度合を増していくような気がした。

私ははじめ土間の隅に藁《わら》を敷いて、そこにメリーを寝かしたが、その後小屋をつくった。私は果物屋から林檎《りんご》箱をいくつか譲ってもらって、それを材料にして小屋をこしらえた。私の上衣やズボンなども、軀よりは大きめの少しだぶだぶしているようなのが好きだ。私にとっては、なんによらず野暮《やぼ》という様式位、居心地のいいものはない。私はメリーのためにも、少し大きめの小屋をこしらえた。やがては、仔どもも産れることだし。私は小屋の作製にまる二日を費した。随分不恰好《ぶかっこう》な小屋が出来上った。それはいわば大野暮とでも云うべき代物《しろもの》であった。もともと私は手工は幼稚園時代から苦が手だったのだ。私は小屋を離れの戸口の前の柿の木の下に置いた。それでもよくしたもので、メリーは家畜の習性からか、そこをはじめから自分の住居と承知しているような顔つきで、いそいそと小屋の中に這入り込んだ。その満足そうにしている様子を見て、私はメリーにすまないような気がしたが、それでも嬉しくないことはなかった。私は慣れぬ仕事で掌にできた肉刺《まめ》をなでながら、自分にもなにかがつくれるという喜びをかすかに感じた。それは遠いところからきた暗示のように、かすかに私に囁きかけた。なにかがつくれる。愛することだって、出来ない限りでもない。

私はメリーを獣医の許に連れて行った。私の家から銭湯へゆく途中に犬猫病院がある。私はそれまでべつに注意もしなかったその看板が気になるようになり、そのうちいちどメリーを診察してもらっといた方がいいのではないかと思った。メリーはただの軀ではないのだから。私はメリーには出来るだけのことをしてやりたいと思った。お婆さんは首をかしげて、「そうねえ。それは診《み》てもらっておくに越したことはないでしょう。」と云った。お婆さんの眼の表情は私に向って、「あんたも案外愛犬家の素質があるようですね。」と云っているように見えた。

獣医は柔和な顔をした青年紳士であった。診察室の壁には、ルッソーの「幸福なる四部合奏」の複製がかかげてあった。私はおやおやと思った。

「どうなさいました。」

「いいえ。健康診断をお願いしたいのです。」

獣医は台の上にメリーをお坐りさせて、物慣れた手つきで、聴診器をメリーの軀にあてた。その間、メリーは全く従順にしていた。

「妊娠をしていますね。」

「はい。どんな工合でしょうか。」

獣医は黙ったまま、こんどはメリーの後肢の内股のあたりを握って、懐中時計のおもてを見つめ、メリーの脈搏《みやくはく》を数えた。人間も犬も変りはない、型どおりのものだと思いながら、診察の有様を見ていると、獣医が体温器をとりあげて水銀部にワゼリンをぬるとひとしく、それまでそばで黙って見ていた助手が、いきなりメリーの軀をおさえた。獣医は片手でメリーの尾をもちあげて、体温器をメリーの肛門にしずかにさし込んだ。瞬間メリーははじめて少しく抵抗を試みたが、すぐまたおとなしくなった。私にはその三、四分の間が随分ながく感ぜられた。私はメリーの顔と獣医の顔とを交互に見ながら、胸が熱くなった。神様は依怙《えこ》贔屓《ひいき》なしに人間の一人一人に、その素質にふさわしい使命を授けてくれるのだという気がしたのである。獣医は体温器を抜きとって、見しらべてから助手の手に渡した。

「異状はないようです。お産までには一月ありますね。」

私はなにやらほっとすると共に、その一月という期間が長いようにもまた短いようにも感ぜられ、職業柄、締切日を宣告されたような気もした。締切日は私という愚かな鼠が落ちる陥穽《かんせい》のようなものであった。私はいつでも、まだ二十日もある、十日あると思いながら愚図愚図《ぐずぐず》しているうちに、ずるずると土壇場《どたんば》に追い込まれてしまうのがおきまりなのであった。メリーの生理と私の用意がうまく歩調を合わせてくれればいいがと思った。「まさかのときは神様が助けて下さるだろう。」私は意志薄弱者らしく心の中で呟《つぶや》いた。

私はメリーに代って、獣医から妊娠中の心得を聞いた。朝夕に適度な運動をさせてやるほかは、なるべく繋《つな》いでおくこと。よその犬と喧嘩《けんか》をさせないようにすること。流産をする心配があるから。人間と同じように母犬もおなかがすくものだから、滋養食《じようしよく》をふだんよりは余計にやるようにすること。そのほか色々聞いた。

獣医はメリーが捨犬でこないだ私に拾われたばかりだと聞くと、念のため狂犬病の予防注射をして置こう、飼犬の登録申請をする場合にも、その証明書が必要でもあるからと云った。

「予防注射などをしても、大丈夫でしょうか。」

と私は訊いた。獣医はわからぬような表情をした。

「おなかの仔どもにさしつかえはないでしょうか。」

獣医はいい眼つきで私を眺め、破顔《はがん》一笑した。

「心配はありません。」

獣医はまた助手に手伝わせて、メリーの頸に注射をした。メリーは注射針を刺された瞬間、「キャン。」と一声悲鳴をあげたが、あとは薬液《やくえき》を注入しおわるまでじっとしていた。獣医は注射をした跡をアルコールをしめした綿でかるく摩擦《まさつ》した。メリーもようやく自分が解放されたことを感じたらしく、私の顔を見上げて尾をはげしく振った。私は可憐《かれん》な気がして、メリーの頸を抱きその額をなでた。人前ではあったが、私はそうせずにはいられなかった。

証明書を書くだんになって、獣医は私をかえりみて、

「名前は？」

「メリー。」

私の頬には血がのぼり、私は自分の声音にメリーに対する自分の気持を確かめるような思いをさえ味わった。

帰りぎわに、私は壁のうえの「幸福なる四部合奏」の絵の中にいる犬を指さし、獣医に訊いてみた。

「この犬は何種でしょうか。」

獣医は他意のない微笑を見せた。

「さあ。テリアの一種でしょう。」

私はこの絵が欲しかったのだ。離れの壁にこの絵をかけたいと思った。けれども、いきなり無心も出来なかった。

家に帰って、私はメリーの小屋のわきにある柿の木にメリーを繋いだ。ことしは柿の当り年らしく、柿の木の梢には、枝もたわわに実が成っている。この実が色づく頃には、メリーは仔どもを産むのだと私は思った。

私は市役所へ行って飼育の登録申請をし、また保健所へ行って、獣医の証明書を提出し、両方から一枚ずつ鑑札《かんさつ》をもらった。鑑札を渡してくれるとき、係りの女の子は私に向い、この鑑札を必ず首輪に附けて置くようにと注意した。私はまだメリーに首輪を買ってやってはいなかった。

私は駅前の繁華街にある刃物屋で、メリーのために首輪と鎖を買った。私は首輪に私とメリーの名前を彫《ほ》らせた。私は奮発して、首輪も鎖も上等のを買った。私にはむかしから羊羹《ようかん》や沢庵《たくあん》をうすめに切るくせがある。私はこの際自分のそういう性質を改良すべきだと思った。かえりに私は牛乳屋に寄り、毎日一本宛配達してもらうことにした。家に帰って私はメリーの頸に首輪をはめた。さあ、これで私達の間柄は、神様の前にも世間の前にも正当なものになったのだ。

私ははじめ几帳面にメリーを鎖に繋いだが、その後は散歩に連れてゆくときのほかは、メリーの頸に鎖をつけなかった。メリーは全くわが家に馴染《なじ》んで、ひとりでは外に出かけなかった。私が机に向い本を読んだり、小説を書きあぐんだりしているわきで、メリーは土間に寝そべっていたり、お婆さんのいる座敷の縁先に遠慮なく上りこんで日なたぼっこをしていたり、またお婆さんが庭に丹精して育てている草花のかげで昼寝をむさぼっていたりしている。私もメリーと共に暮らすようになってからは、家に落着くようになった。私はそれまでは独り者の気散じで、所在なくなると、ついぶらぶらと散歩にばかり出かけていたのだが。読書に倦《う》んで本から眼をあげ、土間にいるメリーと視線があったりすると、私はなんとなく安心して、それこそアット・ホームな気持になる。メリーにしても、同じ思いではないかしら。私はそれをメリーの眼つきに感ずるのだ。

私はメリーが魔法使のお婆さんのために犬に化せられた人間の娘で、やがていつかはその魔法がとけて再びもとの娘の姿にもどるのではないかしらと、そんな阿呆《あほう》なことを半ば本気で空想したりした。また逆に私の胸の中には魔法によってながい眠りにつかされている王子がいて、その王子を眠りからさまさせるためにメリーは私のもとに来たのだと空想したりした。魔法の霧がはれて、自覚していなかったさまざまの可能性が開花する日がきっとくると、私はそんな虫のいいことを思った。

メリーがきてから、母屋のお婆さんと私の仲も親しみを増した。お婆さんは私にとっては、最も身ぢかな隣人でありまた世間であるが、これまで私はそれほど親しくはしていなかった。私は無愛想な口不調法な人間だし、お婆さんもあっさりした人柄だから。けれども、メリーがきてからは、私の人づき悪さが、メリーのために大分緩和されたような工合になった。私はメリーが私のために、世間に対して執成《とりなし》をしてくれるような気がする。云いかえれば、メリーのなかにある「庶民の心」をとおして、私自身も世間につながることが出来るのである。

お婆さんも、メリーを可愛がっている。お婆さんはいつも大抵、長火鉢のわきに坐って、前に小さいお膳を据えて、そのうえに花骨牌を並べている。年をとって後光のさしくるような人がいるが、このお婆さんがそうである。お婆さんがめくる骨牌の一枚一枚には恰《あたか》も精が入っているかのよう。年寄の渋味というものを、一枚の絵にしたようである。お婆さんは年寄には珍しく愚痴《ぐち》をこぼさない人なのである。

お婆さんは、こんなふうに云う。

「メリーの相手をしているのが、いちばんいいですよ。ほかのお客様とですと、ついひとさまのかげ口をきくようになりましてね。」

私はお婆さんから、被毛の手入れの仕方を教わった。お婆さんはまずブラシで、メリーの頭から、頸、肩、背、腰、肢《あし》という順に丹念にマッサージをして、それから金櫛《かなぐし》で丁寧に梳《す》いた。

「こうしてやると、毛の色艶がよくなりますし、それに蚤《のみ》や虱《しらみ》がたからなくなります。」

とお婆さんは云った。その後もお婆さんは私に代って、ときどきメリーの手入れをしてくれている。お婆さんに面倒を見てもらっているメリーを見ながら、メリーはべつとして、私自身が不当にめぐまれているように思われ、これでいいのだろうかと、なんだか後めたいような不安な気持におそわれるのであった。

私は路を歩きながら、犬に出逢うと、これまでになく気をつけるようになり、また犬が以前ほど恐くはなくなった。どんなに立派な優美な犬を見ても、私には私のメリーの方がよかった。メリーの顔と姿態はもはや私の心にしみついてしまっていた。人の子の親にとって、わが子の顔が絶対なものであることを、私はメリーをとおして学ぶことが出来た。

そのことを私がお婆さんに告げると、お婆さんは云った。

「それは、あんた、情がうつるというものですよ。」

私は夜外出するとき、離れの明りを、小さな電球にとりかえて、わざと消さずにおく。メリーはもはや自分の塒《ねぐら》にいるが、そこから離れの明りが見える方が、メリーのためにも私のためにもいいような気が私にはするのである。私にとっても真暗にして留守にしてしまうよりは、その方がなんだか安心なのである。

私の外出は割引から映画を見るか、呑み屋に寄るか、どちらかである。映画館のくらやみは、私にとっては居心地のいい場所の一つである。人込みの中に紛れ込んで、お互いに邪魔にもならず邪魔にもされずに、共にある一定の時間を過ごすことは、人間という群棲《ぐんせい》動物にとっては、やはり心やりの一つなのであろう。映画館に入るのは、映画を見るのが目当てではあるが、けれどもこれが自分ひとりで見ているのだとしたら、すこしも楽しくないであろう。私は画面を見ながら、夢み心地になったり、涙をながしたりするが、ひとから泣顔を見られる心配がないのがいい。私にとっていちばんいやなことは、ひとから見られることである。ひとから見られていると思うと、私はもうぎくしゃくして、なにをすることも出来なくなってしまうのである。

ときたま呑み屋に行くことも、私にとっては欠くことの出来ない、いわば生活の要素である。呑み屋という場所も、私にとってはそんなに窮屈なところではない。私はひとと話の間のもてない方であるが、そこに酒というものが入れば、またべつである。

私は呑み屋の暖簾《のれん》をくぐって、隅っこの方で、ちびりちびりやる。

「おや、いらっしゃい。久しぶりね。いい人が出来たんじゃないかと思って心配したわよ。」

「実は出来たんだ。」

「へえ。おどかさないでよ。」

「犬を飼ったんだ。メリーって云うんだ。」

「牝なのね。じゃ、あんた、この頃犬といるの？」

「犬といるなんて、同棲《どうせい》しているようなことを云うなよ。もっとも、同棲にはちがいないが。そのうち仔どもが産れるよ。」

「なに云ってんのよ。あんた、しっかりしなくちゃ駄目よ。早く、おかみさんをもらいなさいよ。」

「おれは正気だよ。もう帰る。」

「里心がついたのね。じゃ、またどうぞ。メリーさんに宜しく。」

千鳥足で帰ってくると、離れの窓に明りのついているのが見える。その明りを見つめているうちに、私はその中にメリーがいるような、また自分がいるような気がしてくるのであった。

私の家の近くに井《い》の頭《かしら》公園がある。私は朝と夕方、散歩かたがた、メリーをそこへ運動に連れてゆく。私とメリーがはじめて邂逅《かいこう》した場所も、この公園である。

私の家から公園の木立が見え、家の前の小路を抜けると、そこはもう公園である。ここはむかしから、都人の行楽地《こうらくち》として有名である。戦争末期から戦後にかけては荒れていたが、いまは風致《ふうち》も整って、小綺麗になっている。日曜祭日などは家族づれで賑《にぎ》わっているが、ふだんはそれほどでもなく、閑散としている。雨上りの後などに、池畔《ちはん》をぶらつく気分は悪くない。四季折々で、それぞれ風情があるが、私はとりわけ冬枯れの頃と青葉期が好きだ。紅葉のときも悪くないが。武蔵野市では、この公園の風致を保つために、常住人夫を入れている。

私はメリーの首輪に鎖をつけてそれを握り、メリーをひっぱったり、またメリーにひっぱられたりしながら、池の周囲をひと廻りしてくる。

野口雨情もかつて武蔵野市に住んでいて、この井の頭は雨情が朝夕散歩をしていた処のようである。一昨年の秋だったか、池畔に雨情を偲ぶ碑が建てられた。碑面には雨情の作になる井の頭音頭の一節が刻んである。

鳴《な》いてさわいで
日《ひ》の暮《く》れ頃《ごろ》は
葦《よし》に行々子《よしきり》
はなりやせぬ

雨情自身の筆蹟だが、一寸判読し難い。その後、碑の傍らに、文字を明記した表札が立てられた。雨情がこのうたを詠《よ》んだのは、大分むかしのことであろう。いまはよしきりの鳴声もきかれない。葦も池の輪郭《りんかく》が狭《せば》まって池の水が小さな流れになる、上に井の頭線の鉄橋が架《か》かっている辺に、わずかに見られるばかりである。

晩年の春だったか、池の中ほどにある橋が改築されて、七井橋《なないばし》と呼ばれるようになった。橋のたもとには、こんな表札が立てられた。

「この池の水は大昔から飲料水、田用水に利用されています。特に徳川初期、神田上水が江戸の町民に使われ出すと、その水源として名高くなりました。後玉川上水が開かれると、その溜池《ためいけ》にもなったが、今は東京都水道の補助水になることもあります。徳川三代将軍家光の牟礼野《むれの》田猟《かり》の時、御殿山に休息して池の泉に渇《かつ》を医《いや》してから、弁財天《べんざいてん》の堂宇《どうう》も立派にされました。池の中の七箇所から清水が湧いて旱《ひでり》の時も涸《か》れることがないので、『七井池《なないのいけ》』といいます（江戸名所図絵）。また『神箭《かみや》の水』ともいいますが（新編武蔵風土記稿）これは池畔から石鏃《いしやじり》が沢山出たからでしょう。土地の人は『井の頭池』といいます（庶民史料）。この橋は、池の名の一つをとって七井橋といいます。」

この辺はむかしは将軍家の鷹狩《たかがり》の場所だったようである。池の中の七箇所から清水が湧いたというが、いまは大分減ったにちがいない。それでも水量はゆたかで、水の色も澄んでいる。

この池には浮藻が簇生《ぞくせい》している。その繁殖力は相当なものらしく、池に舟を浮かべて人夫が藻を除去する作業をしているのをよく見かける。雨情の碑のあるあたりの岸に、引上げられた藻が積んであって、そのそばを通ると、藻の匂いが鼻を刺戟《しげき》する。私はことしはじめて浮藻の花を見た。私ははじめそれを季節《とき》ならぬ桜の花びらが、水面に散り敷いているのかと錯覚した。

池にはまた鳰《にお》がいる。可愛い鳥である。小粒で臆病気で、人の気配がすると、すぐ水にもぐる。キュルルルルルとけたたましい鳴声を立てて、水面を滑走する。一羽でいることは殆どない。いつも二羽連れ立っている。どちらがどちらとも判別しないが、雌雄《しゆう》なのかも知れない。私は鳰の浮巣というのを見たいと思っているが、まだお目にかからない。

メリーは私と連れ立って散歩するのが好きらしい。鼻づらで地面をかぐようにしながら、嬉々としてゆく。池畔をめぐりながらメリーは、藻の匂いに鼻をくんくんいわせたり、鳰の鳴声に肝を消したような顔つきをする。池をひとめぐりすると、私は公園の西の端《いず》れのいぬしでの木立のある丘にゆき、そこにあるベンチに腰かけて休み、メリーの首輪から鎖をはずしてやる。そして私の姿が見える範囲内でメリーをひとり勝手に遊ばせてやる。

私はひごろからこの場所が好きなのである。私は都会育ちで木や草には馴染みがうすく、とんと疎《うと》い方なのだが、いつかいぬしでの樹に親しみを感ずるようになった。その暗灰色の樹の肌や、丈高く細長い伸びようをしている幹の姿態を見ると、なにかの動物にでも接しているような親しみが湧く。いぬしでの冬木立《ふゆこだち》はよかった。裸になった梢《こずえ》の発揮する生気はなんとも云えなかった。また、その梢に新芽が萌《も》えだしたときの初々しさといったら、なかった。青葉の頃、ベンチに腰かけて上を仰ぐと、私の頭上高く、緑の天蓋《てんがい》が覆いかぶさっていて、私はうっとりとしていい気分になるのであった。メリーをはじめて見たときも、私はベンチに仰向けに寝ころんで梢を仰ぎ、いつか夢路に入って、眼がさめてメリーの顔を見て、私ははじめそれをまだ夢のつづきのように思っていたのだったが。

その日の夕方、私はいつものようにメリーを連れて池をひとめぐりし、いぬしでの木立のある丘にきて、メリーを解放し、ベンチに腰をおろしてぼんやりしていた。私の胸の中に幽閉《ゆうへい》されている眠れる王子は、永遠に目ざめるときが来ないのではなかろうかと、私はそんなことをぼんやり考えていたのである。すると不意に「キャン、キャン。」というただならぬメリーの悲鳴がきこえた。びっくりして見ると、一匹の図体《ずうたい》の大きな赤毛の犬が、逃げるメリーを追いまわしているのである。私は肝をつぶして、その場にかけつけ、メリーをうしろに庇《かば》って、ぐっと赤毛の犬を睨《にら》みつけた。一瞬、私とそやつの目が嚙みあったが、そのとき私はぞっとするものを感じた。赤毛の犬はいきなり私を目がけて飛びかかってきたのである。私は自分の軀に赤犬がぶつかるのを感じ、はずそうとして思わずそこに尻餅《しりもち》をついた。私はしまったと思い、そのとき脱げた下駄をつかむと、無我夢中に横に払った。手応《てごた》え充分であった。私は赤犬の横腹をいやというほど擲《なぐ》りつけたらしかった。案ずるほどのこともなかった。赤犬は「キャン。」と一声悲鳴をあげると、後をも見ずに逃げ去った。私はほっとした。やれやれ。見るとメリーは気づかわしそうに私を見守っている。いい塩梅《あんばい》にメリーは恙《つつが》なかった。気がついてみると、私は負傷をしていた。右掌の小指の下のところにうすく歯型がついて紫色になっていた。赤犬は狂犬ではないだろうか。そうだとすると、ことだと思った。それと同時にメリーの軀のことが気になった。いまのショックはメリーのおなかの中の仔どもに悪い影響を及ぼしはしないだろうか。若しかしたら、流産しはしないだろうか。黒雲がもくもくと立ちこめ、前途が真暗になったような気がした。私はその足で獣医のもとに行った。

獣医は私の話をきき、一応メリーの軀を診察したが、異状はないと云った。私の負傷の方はてんで問題にもしなかった。それはかすり傷にはちがいなかった。それでも獣医は私の気を休めるように、傷に薬をつけ繃帯《ほうたい》をまいてくれた。赤犬は狂犬ではないだろうと獣医は云った。

「狂犬でなくとも、ひとを嚙むものでしょうか。」

「嚙みますとも。恐怖から。憎悪から。嫉妬から、愛情から。」

いやに人間臭いことを云うなと私は思った。横眼でれいの「幸福なる四部合奏」の絵を見ながら。

その夜私は夢を見た。

……私が外出から帰ってくると、メリーの小屋の前に、赤犬が立ちはだかっているではないか。見ると、赤犬は私がメリーのために用意しておいた、肉と野菜のまぜめしをがつがつ頰張《ほおば》っている。メリーはと見れば、小屋の奥の方に小さくなっている様子である。私は足音あらく赤犬のそばにつめより、「こら。」と一喝《いっかつ》をくらわした。ふしぎなことに、私の口からは「ワン。」という声がもれた。私は自分がいつのまにか一匹の白犬になっていることを確認した。赤犬は私の方をふりむき、私達は互いに睨みあった。私は赤犬の眼を見つめているうちに、なんだか見覚えがあるなと思った。そう思うと同時に、眼前の赤犬の顔のなかから、私の小学校時代のある同級生の顔が二重写しのように見えてきた。あいつだ、と私は唸《うな》った。（あいつ。それは私の小学校時代のある同級生である、五年生のときであった。ある日、私が教室でその日文房具屋で買った新しい雑記帳を机から取り出して、いそいそとひろげてみると、自分ではまだなに一つ書いた覚えのないその真新しい頁のはじめに、鉛筆でまるで蜘蛛の巣を見るようにいたずら描きがしてあった。またある日、私は母の手縫いの仕立下ろしの着物をきて学校へ行ったが、家に帰ってきて見ると、その着物の背なかにガムがへばりついていた。またある日、学校でおひる時間に、私が弁当箱をあけてみたら、おかずの玉子焼を誰かが食い齧《かじ》った形跡があった。これらの犯人が誰であるか、私にはうすうす見当がついていた。それは教室で私のすぐうしろの席にいる生徒であった。その生徒はある金持の倅《せがれ》であった。彼は私の顔を横眼で見ながら、「玉子焼、玉子焼。」と自分からほのめかすようなことを云ったりしたのである。けれども、はっきりしたことではないので、私は彼に向って抗議を申し込むことは控えていた。ある日私が休み時間に、忘れてきたボールをとりに教室にもどると、人気のない教室の中で彼が私の机の上に屈み込んでいた。そばに行ってみると、彼は私の読本を机の上にひろげて、その挿画にクレヨンで出鱈目《でたらめ》なぬり画をしているのであった。私はとうとう現場を押さえたのである。けれども驚いたことには、彼は私に見つけられたことに対して、少しもひるむ色を見せなかった。反ってまざまざと嘲《あざけ》りの色を満面に浮かべて私を見た。私はそのとき子供ながらにぞっとした。彼の眼色は私に対する悪意で燃えていたから。けれども、その後は彼も私に対してわるさをしなくなった。私はいまだに彼がどうして私に対してあんな真似をしたのか、というよりは敵意を抱いたのか見当がつかないのである。（ずっと後になって私は、ある新聞記事に「××首相はきょうは夕食に灘《なだ》の生一本《きいっぽん》でまぐろのさしみを食べた。」と書いてあるのを読んだとき、なんとつかず彼のことを思い出した。もとより彼が成長して新聞記者となり、その記事を書いたというように想像したわけでもなかったが。まぐろのさしみが私の玉子焼を聯想《れんそう》させたのかも知れない。）赤犬は、いや、あいつは私が見覚えのある眼色で凝《じ》っと私を見つめた。私は子供のとき教室でこの眼を見たときの感情が、自分のうちに甦《よみが》えるのを感じた。あいつはかつて私の新しい雑記帳をよごしたように、いままた私とメリーの生活にけちをつけにやってきたのだろうか。あいつはあのときのように満面に敵意を浮かべて唸り声をあげた。「お前のような奴がいるから、世の中が住みにくくなるのだ。」私はその唸り声に打ちひしがれそうになった。同時に私の心にははじめてはげしい憤《いきどお》りがこみあげてきた。どこやらの諺《ことわざ》にも云うではないか。「女房と城と犬とは他人に貸すな。」と。私はあいつが私に向けて投げつけた言葉を、そのまま熨斗《のし》をつけて返上してやろうかと思った。けれども私にはそれが出来なかった。ひとに向ってそんな言葉を云うほどならば、しっぽを巻いて退却した方がいい。私は前にすすめず後にもひけない状態で、あいつの前に立っていた。私は自分が全身すきだらけであることを感じた。いま若しあいつが飛びかかってくるならば、私はのど笛を噛《か》みきられることだろう。

私は眼がさめた。私は全身にびっしょり寝汗をかいていた。危いところだったと私は思わず心の中でつぶやいた。夢の中で白犬になった自分の姿は、眼がさめてからも、私の眼にありありと残っていた。これがいわば自分を客観的に見たということになるのではなかろうかと私は思った。客観的に見た「私」なるものは、どうしてなかなか可愛げのある代物であった。主観的反省では、私はいつも墨汁《ぼくじゅう》でもすするような自己嫌悪を味わうのであったが。私には夕方のことも夢のように思われたが、それは夢でない証拠には、私の掌には繃帯が巻かれてあった。雨戸をくると、外はもう明るかった。庭に出て、メリーの小屋の前にゆくと、私の足音をききつけて、メリーは小屋から出てきて、私の足に軀をこすりつけた。私はそこにしゃがんで、メリーの頸を抱きよせ、その眼差しに見入りながら、自分の頭が妄想《もうそう》から洗われていくのを感じた。

メリーのおなかは日ましに膨《ふく》れてきた。同時に乳房も膨れてきて、ちゃんと乳首が出来てきた。試みに乳首を絞《しぼ》ってみると、白いお乳がじわじわと、わき出すように出てくる。かるくおなかに掌をあてると、なかの仔どもの動くのが、こちらの掌に伝わってきた。メリーの眼はもうすっかり母親の眼になっていた。その眼は、「ね、わかりますか。」と私に問いかけているように思われた。

私はメリーを運動に連れ出すことをやめた。メリーの動作は目に見えて鈍《にぶ》くなってきた。なにをするのもけだるいといった様子で、庭先の陽あたりのいい場所に、ただぐったりとして寝ころぶようになった。お婆さんは不憫がって、そういうメリーのおなかをそっと撫でてやったりしていた。そうされると、いくらか切なさが緩和されるらしく、メリーは眼をほそくして喜んだ。

「なんだか、孫でも産まれるような気持がします。」

とお婆さんは云った。

私はメリーの産室には、離れの土間をあてることにした。私はまた果物屋から林檎箱をわけてもらって、それで産床《うぶどこ》をこしらえた。

離れの前の柿の実があらかた色づいた頃、メリーは無事に仔どもを産んだ。仔どもは五匹で、牡が二匹で、牝が三匹であった。被毛はみんなメリーに似ていた。

メリーの表情には、はじめて母親になった喜びが輝いていた。お婆さんもほっとしたし、私もほっとした。

その後、仔どもはみんな順調に発育している。仔どもがそろって互いにもぐりっこをしながら、メリーの乳房にとりついているところは、なんとも云えず可愛い。掌のうえに載《の》せてやると、険難《けんのん》がって鼻をくんくんいわせる。その様子はまるで人間の子供が、「もういい。もういい。」と云っているように見える。

メリーは仔どもに乳を与えながら、誇らしげに私の顔を見上げる。その眼は私に向い、

「ね、みんないい仔でしょ。」と自慢しているように見える。

こないだ、お婆さんの孫達が遊びにきたが、そのとき持参のカメラで、私がメリー達と共にいるところを写真にとってくれた。送ってくれた写真を見ると、メリー達のそばに、まぬけづらをした人間が写っていて、それはどうやら私のようであった。それこそ客観的判断の見本かも知れなかった。けれどもその写真を見て、私はチャップリンの「犬の生活」という古い映画のことを思い出した。その映画が上映されたのは、私がごく幼い頃のことで、私はその映画を見たようにも思うけれど、あるいは見なかったのかも知れないのだ。私はその映画がどういう筋書のものであったかも覚えていないし、またどんな場面があったかも覚えていないのである。けれども、私はその映画の一枚のスチールを見ていて、それを記憶しているのだ。それはれいの浮浪者の扮装《ふんそう》をしているチャップリンが一匹の野良犬とならんでいる写真なのだ。その後も私はずっとその写真のことを、なんとなく忘れずにいる。筋書も覚えていない、あるいは見なかったのかも知れない映画の一枚のスチールを。「犬の生活」というその題名と共に。

早春

おきぬは武蔵野《むさしの》市のはずれにある、アパートの女中である。ことし十九になる。小柄でまるまるとふとっていて、お団子のような感じがする。油気のない髪をしていて、器量もまずい。男の気を惹くようなところは、なにもない。けれども、その細い象のような目には善良な光が宿っていた。

おきぬの生家は、ここからさほど遠くない、西多摩の羽村《はむら》にある。父親の商売は豆腐屋で、おきぬは次女であるが、つてがあって半年ほど前にこのアパートに女中として住込んだ。姉弟の多い家庭で暮らしも楽でなかったので、一人でも口が減れば、それだけ助かるわけであった。

このアパートは戦争未亡人のおかみさんが、女手一つで経営しているもので、なかば下宿屋であった。おきぬはとくに気がきくという方ではなかったが骨惜しみをしないでよく働いた。この年頃にしては、洒落気も色気も見えなかった。子供の頃から自分のことを姉弟中で一番おたふくだと思い込んでいた。僻《ひが》みではなかった。素直にそう思っていた。

家にいた頃、幼い弟が彼女に向って、

「おきぬのおかめ。やい、おきぬのおかめ。」

と憎まれ口をきくと、

「こら。おかめって云《い》ったな。」

彼女は弟を押えつけて、

「降参か。」

「降参なんかするもんか。」

「よし。これでも降参しないか。」

彼女が腋《わき》の下をくすぐると、

「降参、降参。」

弟は悲鳴をあげた。彼女はこの弟を一番可愛がっていた。弟もまた彼女を慕っていた。はじめておきぬが、彼女にこの奉公口を世話してくれた、羽村で材木商をしている人に連れられて、このアパートにお目見得にきたとき、材木屋のおじさんはおかみさんに彼女のことを頼んで、こう云った。

「気立のやさしい子だから、あまり叱らないでおくれ。」

そしておきぬの方を向いて、

「おかみさんがいいお婿さんを世話してくれるとさ。」

おきぬが顔を赤くしていると、おかみさんは、

「稼ぎ者の御亭主が見つかるといいがね。」

と云った。おかみさんはおきぬを見て、おやまあ、なんて不細工なんだろうと思ったのである。

おかみさんは口喧《くちやかま》しいわりには、さっぱりした人で、使われる身としては気やすかった。おきぬとしては、はじめて他人の中に出たわけだが、それほど辛くはなかった。おかみさんもまた、すぐ彼女のことを、この子は安心できると思った。こちらが小言を云いすぎたと思ったようなときでも、おきぬにはへんに服《ふく》れるようなところがなかった。奉公人の中には、長くいてもいつまでもよそよそしさの抜けない者がいるものだが、馴れるにつれておきぬはすぐおかみさんの気持に添うようになった。それは彼女の気立の素直さからであった。彼女には人の顔色を窺ったり、主人の心に取入ったりするようなところは、少しも見えなかった。洗いものをしたり、拭掃除をしたりしている彼女の様子には、よそ目にも親身なものが感じられた。

「不器量だけれど、実のある子だ。」

とおかみさんは思った。

アパートの居住者、と云うよりは下宿人は、主として学生が多く、そのほかは独身の勤め人で、例外としては、亭主が生命保険の外交をしている中年の夫婦者と、日雇労務者の若い男がいた。

学生を置くということは、おかみさんの好みであった。おかみさんはこんどの戦争で、連合のほかに、大学生であったひとり息子を亡くした。一つはそのことがおかみさんをしてこのアパートの経営を思い立たせたときに、学生の世話をしてみる気持にさせたのである。それに学生は堅いというのが、おかみさんの持論であった。そして事実、彼女の下宿人であるところの学生達は、親掛りの者が多かったが、下宿代を滞らせるようなことは殆どなかった。そのほかの勤め人も、その方は間違いがなかった。経営者として、おかみさんは大むね満足であったが、厄介に思うことがないわけではなかった。それは日雇労務者の若い男のことであった。

山田嘉吉というのが、その男の名前である。若いと云っても、嘉吉はもう三十になっていた。嘉吉がこのアパートに来たのは、一年ばかり前であった。その頃、彼は神田辺のある紙問屋に勤めていたが、アパートに来て三月ばかりたったときにそこを首になった。一月ばかりの間は、失業したままぶらぶらしていたが、やがてこの地区の職業安定所に登録して日雇労務者になった。はじめは彼もほかの下宿人と同じように賄《まかな》いをしてもらっていたが、所謂《いわゆる》ニコヨンの労働をするようになってからは自炊をしていた。日雇の稼ぎでは、到底賄いをしてもらうわけには行かなかったからである。おかみさんとしては経営の趣旨にも反するわけであったが、それだからと云って、これも亦《また》すぐ出てもらうというわけにも行かなかった。嘉吉の部屋は二階にあったが、その出窓には七輪や炭俵やバケツが置かれた。これは見た目に体裁がよくないばかりか、部屋も汚れる。おかみさんとしては、苦情を云う筋は充分にあった。その後に、嘉吉が火の不始末をして危く火事を起こしそうになったときに、おかみさんは彼に立退きを迫った。嘉吉としても一旦は承知しないわけには行かなかった。けれどもその後も、嘉吉はなかなか動こうともしなかった。あるとき、おかみさんが催促したら、

「いま家を建てているんです。出来上ったら引越します。」

と恐い顔をして云った。

「見かけはおとなしそうだけれど、素性の知れないようなところがある。」

とおかみさんは思った。下手に立退きを迫ったなら、こんどは故意に火をつけられるかも知れないという気がしたのである。

中年の夫婦者のことも、おかみさんは内々は出てもらいたい腹であったが、この方には義理のようなものが出来ていた。それは前の女中に無断で逃げられた当座、おきぬが来るまでの間を、その保険屋の細君に手伝ってもらっていたからである。また下宿人がそれぞれ学校や勤めに出かけた留守の間に、自分たちのほかにその細君がいてくれることは、なにかと好都合な場合が多かった。それにまた女同士の親しみもあった。保険屋の細君はひまを見ては、よくおかみさんの部屋にきて話し込んで行った。

おきぬの前にいた女中は悪い子ではなかったが、浮気な性分で、出入りのクリーニング屋の徒弟に唆《そその》かされていなくなった。風の便りに聞いたところでは、いまは男とも別れて小料理屋に働いているということであった。

「あの人のことだから結構ほがらかにやっているんじゃない。」

と保険屋の細君は云った。

「そうだろうね。わたしもあの子は堅気はむりだと思っていましたよ。」

「おきぬさんは当てたわね。おかみさんの前だけれど。おきぬさんはいい子だ。」

「ええ。よくやってくれますよ。」

「おきぬさんなら間違いはない。」

そう云う細君の言葉には二重の意味が含まれている。おかみさんは頷きながらも、ふとおきぬが不憫に思われた。


おきぬは井戸端で洗濯をしていた。そこへ嘉吉が労働服の姿でやって来た。見ると、顔色も悪く元気がなかった。

「山田さん。どうかしたの？」

「うん。軀《からだ》の工合がおかしいんで、途中で帰ってきたんだ。」

「それはいけませんね。」

「少し熱があるんだ。」

「かぜを引いたんじゃない。」

「どうもそうらしい。」

「すぐ寝た方がいいわ。」

足を洗う嘉吉に、おきぬは水を汲んでやった。

その日から嘉吉は寝込んでしまった。流行の感冒にやられたのだった。なかなか熱が下らず、また咳が出て止まらなかった。おかみさんも流石《さすが》に放っては置けず、おきぬにその面倒を見させた。

嘉吉には寝る布団も充分には無かった。文字通り煎餅《せんべい》布団にくるまって、その上にオーバーや座布団をのせて間に合わせていた。おかみさんやおきぬの手前を恥じて、嘉吉はきまり悪そうな顔をした。おかみさんも、その嘉吉の思いの外の貧しさには、吐胸《とむね》を突かれた。

「呆れたね。あれじゃかぜを引くのが当り前じゃないか。」

おかみさんは押入から掛布団を出して、おきぬに嘉吉のもとに持って行かさせた。このアパートに来た頃、おきぬは嘉吉が綺麗な布団を日向に乾していたのを、よく見かけたものだ。

「あの布団はどうしたのだろう。きっと売り払ってしまったのだろう。」

とおきぬは思った。

嘉吉は財布から幾枚かの紙幣を取出して、

「足りないだろうけれど、いまこれだけしか無いんだ。」

「いいわよ。そんな心配しなくとも。」

「そうも行かないさ。」

「それじゃ、これだけお預りして置くわ。いいえ、いいのよ。ねえ、山田さん。なにか食べたいものがある？」

「皆さんと御一緒でいいよ。」

「遠慮しているのね。今晩は御馳走をしますよ。」

「それはすまないね。こんなに熱があるくせに食気だけは変らないんだ。ふだん食意地が張っているせいだろうなあ。」

　おきぬは、おかみさんが日頃嘉吉のことをどう思っているかは、よく知っていた。けれども、どちらかと云えば、彼女は嘉吉に好意を寄せていた。このアパートの居住者の中で、その職業の性質からも、またその人柄からも、彼女には嘉吉がいちばん身近に感じられた。嘉吉が貧しいということも、親しみを増す種であった。学生や勤め人の中には、嘉吉などよりははるかに気さくな連中がいて、おきぬも親しく冗談口をきいたりしたが、彼女は学生達を自分と同じ仲間のようには思うことは出来なかった。どんなに親しく振舞っているようなときでも、皆んないつも、彼女を不器量な女中としか見ていなかったから。嘉吉はどちらかと云えば無愛想な男であるが、彼の視線や話し振りに、おきぬはいちどもこだわりを感じたことはなかった。

「おきぬさん。明日は雨だね。またさぼれるな。」

　嘉吉のそんななにげない言葉のはしからも、ほかの人達の場合には感ずることの出来ない親しみが、おきぬの心に伝わってきた。

　おきぬにはまた嘉吉が、見かけ通り大人しい性質の男に思われた。嘉吉がおかみさんに向って脅迫がましい口をきいたときにも、おきぬはそばにいたが、彼を疎ましく思う気持にはならなかった。そのときおきぬには、ただ嘉吉の不幸だけが感じられた。

おきぬは使いに行くのに、よく井の頭公園を通って行く。あるとき、池に架けた橋の上を通っていたら、不意に嘉吉から声をかけられた。見ると嘉吉は池に浮べた船の中にいた。この公園には、その風致を保護するために、常住人夫が這入っている。そのとき嘉吉は、池の中に繁殖した藻を除去する仕事をしていたのだった。船の中には嘉吉のほかに二三人の人夫がいたが、嘉吉の声に皆んなおきぬの方を振り向いた。足早に去って行くおきぬに向って、嘉吉は云った。

「おれもすぐうちへ帰るよ。きょうはもうこれで仕事は終りだ。」

若しおきぬが器量よしの娘であったなら、嘉吉は仲間からさんざ冷やかされたことだったろう。

うちへ帰る。嘉吉が云った言葉がおきぬの心にしみた。嘉吉にとって、うちとはあのアパートの一室である。もとより嘉吉は、おかみさんが自分に対してどんな気持でいるかは、よく承知している。けれども、たとえどんなに居辛い気持があるにしても、嘉吉の生活の中では、あのアパートの一室はやはり自分のうちであった。それはどんなに不安定な生活をしている者の心の底にも潜んでいる感情ではなかろうか。嘉吉の言葉には、往来で同じ家に起居している者を見かけたときの親しみが溢れていた。その後、おきぬの耳にそのときの嘉吉の声音が、ふと甦えることがあった。おきぬは嘉吉を気の毒に思わずにいられなかった。それはおきぬが下宿人のために、朝弁当をこしらえたり、また夕方空になった弁当箱を洗ったりするときに、彼女の心によび起される気持によく似ていた。おきぬは単に使用人に過ぎなかったけれど、彼女はその持前のやさしさから、下宿人に対してそれ以上の親身な気持を働かさずにはいられなかった。おかみさんの云う通り、おきぬは実のある子であった。

その後、四五日経っても、嘉吉はまだ起きられなかった。いつまでも熱が内に籠っていて、嘉吉は毎晩寝苦しい思いをした。それでも食欲は衰えず、甘い物好きの嘉吉は、おきぬが煮てくれた小豆をうまがって食べた。

「こうしていると、なんだか結構な御身分のようだね。すっかり、おきぬさんに厄介をかけちゃった。」

「なにも寝たついでよ。こんどのかぜはたちが悪いって云うから、無理をしないでゆっくり養生したらいいわ。山田さんはこれまであまり病気をしたことはないんでしょ。」

「それはおれみたいな独りものは病気になったら都合が悪いもの。こんどは油断しちゃった。かぜってやつはたちが悪い。こっちの心の隙につけ込むんだから。かぜばかりじゃない。病気はみんなそうかも知れない。おれのようにびくびくした気持で暮らしていると、それがよくわかるんだ。」

嘉吉はおきぬの目色を見ながら、自嘲したような口振りで云った。

嘉吉は東京の下町の生れで、家は荒物屋をしていたが、三月十日の空襲があった際に、両親とひとりの妹を亡くした。嘉吉はそのまえの年に召集を受けて、東北の山の中で松の根っこを掘る仕事に従事していた。東京の災害の報知に接して休暇をもらい駈けつけたが、両親の妹の消息はわからなかった。敗戦後、当時同じ町に住んでいた人に逢って、はじめて肉親の死を知らされた。その後、いろんな職業に就いてみたが、これと云って習い覚えたもののない身は、なかなか安定した生活に這入れなかった。紙問屋には、それでも一年あまり勤めていたのだが、そこも首になったわけで、仕事が変るにつれて住居の方も転々とした。独り身だから、暢気《のんき》なようなものの、心細い生活であった。紙問屋を首になってからはとかく屈託しがちな日を送るようになり、危く火事を出しそうになったときは、自分でもびっくりして、その後、おかみさんから立退きを迫られてからというものは、いっぺんに気持が萎えてしまった。そのことが、いつも嘉吉の心の負担になっていたのである。

独りになってから嘉吉は、これまで殆《ほとん》ど病気をしたことはなかった。やはりそれだけ気を張っていたのかも知れない。こんど風邪にやられたのは、嘉吉に云わすれば、心の弱みにつけ込まれたというわけである。けれども寝ついてからは、かえって気持の方は楽になっていた。それは思いがけなく、他人の親切にふれることが出来たからである。

「おきぬさん。おれは病気になってよかったと思っているんだ。」

おきぬの世話を受けながら、嘉吉は心の中でその言葉をいくたびとなく反芻《はんすう》した。

おかみさんから立退きを迫られて、口から出まかせなことを云ったときにも、嘉吉としては、おかみさんを威《おど》すつもりは少しもなかった。それは弱い人間が自分の影に怯えてした行為のようなものであった。平静になってから嘉吉は、おかみさんから女独りと侮《あなど》って浅間しい真似をしたように思われても仕方がないという気がして、どうにもかなわなかった。自分が随分卑しい人間のように思われた。うわべは素知らぬ顔をしていたが心の中では詫びをする機会があればと思っていたところへ、かえっておかみさんの方から和解の手をさしのべてくれた形であったのである。

おきぬに対しては、嘉吉も前から親しみを感じていた。嘉吉の貧しさがおきぬの心に親しみを呼び起こしたように、おきぬが器量よしでないということは嘉吉にとっては少しもおきぬを侮る種にはならなかった。おきぬを見ると、嘉吉はいつも気持がなごむのを覚えた。行末のことを思って心細くなったようなときでも、なにか用事をしているおきぬの姿を見かけると、堪える気持になった。たとえば雑巾がけなどをしているおきぬの姿が、嘉吉の目には、この世に於ける人の営みの象徴のようにも映るのであった。なんによらず、おきぬのすることには見てくれがなかったから、それが人の心にふれたのであろう。それにまた、嘉吉自身がみえ張らない男であった。二人は互いにその身に着いた雰囲気に似通ったものを持っていた。嘉吉の病気は二人の間の親しみを深めた。

嘉吉ははじめおきぬを見たとき、わけもなく彼女のことを不倖な身の上の娘のように思った。たとえば母親が違うというような。その後、おきぬが貧しくとも愛情には不足のない家庭に生い立つことを知ったとき、嘉吉には自分の勝手な想像が可笑しく思われた。おきぬはおとなしいけれども明るい気性で、彼女には暗いかげは少しも見えなかったのだから。おきぬが不器量だということと、あまり身なりをかまわないことが、嘉吉にそんな想像をさせたのかも知れなかった。

嘉吉はおきぬの乾いた髪の毛や荒れた指さきに目をとめて、

「おきぬさんは、かまわないんだねえ。」

「だって、かまっているひまなんかないんですもの。それに、わたしみたいなおかめがかまったってしょうがないですわ。」

そういうおきぬの目色には、流石にその年頃の娘らしいはにかみが見られた。

寝ついてから八日目に嘉吉はようやく恢復《かいふく》した。軀から熱がすっかり去ると共に、またこの日頃の心のしこりも取れたような気がした。嘉吉は久し振りに心の張りを取り戻した。嘉吉はまた働きに出るようになった。

四五日して、おきぬが留守のときに、嘉吉はおかみさんに云った。

「おきぬさんにお礼をしたいんだけれど、どうかしら？」

「かまいませんよ。そんな改まってお礼なんて。」

「それでも、心ばかりでも。」

そう云いながら嘉吉は椿油の壜を出して、

「おかみさん。こんなものをおきぬさんにあげては可笑しいかね。若しよかったら、おかみさんからあげてくれないか。」

　こういうことは如才なさからも出来ることである。けれどもおかみさんには嘉吉が生まじめな性質から自分に相談をかけていることがよくわかった。このことは少なからず嘉吉に対するおかみさんの心証をよくした。


　早春の夜であった。夕飯を食べてから、おかみさんとおきぬは町の映画館へ行った。……画面には、高峰秀子扮するところのアプレ娘が、友達の生んだ私生児をおぶって、蝙蝠傘《こうもりがさ》をさして、川べりを歩いている場面が映っていた。

　おきぬはふと、嘉吉がいるのに気がついた。嘉吉は通路に立って、背を羽目板にもたせて、一心に画面に見入っていた。おきぬが腰かけている場所から、斜向うに見えた。おかみさんは気がつかないようだった。おきぬはその嘉吉の横顔に惹かれた。誰にも見られていないという安心感が、彼にそんな柔らいだ表情をさせているのだろうか。嘉吉の裸の心が、そこに見えるように思われた。嘉吉は涙ぐんでいるようでもあった。おかみさんに、嘉吉のいることを告げるのは、なんとなく憚かられた。おきぬもまた画面に見入った。しばらくしてその方を見ると、嘉吉の姿は見えなかった。まもなく映画が終わって、おかみさんとおきぬもほかの人達と一緒に席を立って外に出た。

　出入りの大工の家に寄って行くと云うおかみさんと別れて、おきぬは漬物屋に寄り、下宿人のための納豆と昆布の佃煮《つくだに》を買い、また果物屋で蜜柑《みかん》を買った。既に扉の締っている銀行の建物の前に大道占いが出ていて、そこに四五人の人集《ひとだか》りがしていた。見るともなしに覗くと、そこで手相を見てもらっているのは嘉吉であった。まあこの人ったら。嘉吉は掌を出して、薄笑いしながら占者の云うことを聞いていた。おきぬはそこに立止りかねて行き過ぎた。すこし行って振り返ってみると、人集りを離れてこちらへ歩いてくる嘉吉の姿が見えた。省線の踏切の処へくると、遮断機が下りていた。おきぬは遮断機の上るのを待ちながら、背後に近づいてくる嘉吉の気配ばかりが気にかかった。

遮断機が上っておきぬが歩き出したのと、嘉吉から呼びかけられたのは、殆ど同時であった。嘉吉はおきぬのすぐ真うしろに来ていた。踏切を渡り終ってから、二人は並んで歩いた。

「お使いかね。」

「ええ。」おきぬはうなずいて、「おかみさんと映画を見に行ったの。山田さんがいたの知っていたわ。」

「あ、そうかね。おかみさんは？」

「大工さんのとこに寄ったの。ねえ、占いやさん、なんて云って？」

「なんだ、みていたのか。人が悪いな。子供は四人まで出来るってさ。」

「まあ。山田さんにおかみさんがあるように思ったのね。」

「いや、女房をもらえばって話さ。」

「おかみさんが欲しくなったので、占いをしてもらったんでしょ。」

「そんなわけじゃないよ。」

おきぬの悪戯な質問に嘉吉は好人物らしく狼狽《ろうばい》した。

嘉吉に家庭を持ちたいという気持がないわけではなかった。けれども、それほど強い要求があるわけでもなかった。若しも両親が生きていたなら、これまで独りではいられなかったろうが。いつぞやおかみさんに、おきぬに贈る椿油の壜を託したあとで、嘉吉はなんだか余計なことをしたような気がした。おきぬが気を悪くしないだろうかと思ったりした。けれどもあくる日、顔を合わせたときに、おきぬはわざと改まった口調に親しみを籠めて云った。

「結構なものをどうも有難う。」

そのおきぬの嬉しそうにしている顔を見て、嘉吉も嬉しかった。その日仕事をしながら嘉吉は、若し自分にそのために働くところの妻子があったとしたならと、そんなことを独り者らしく空想した。


嘉吉が占いに見てもらったのは、きょうが二度目であった。はじめのときは、嘉吉がその前を通りかかったら、いきなり呼びとめられたのである。

「なんと云うかと思ったら、死相が出ているなんて云うんだ。威かすじゃないか。」

「まあ。嫌ねえ。」

「それは冗談だろうがね。おれがあまり心配そうな顔をしていたもんだから、呼びとめたんだろう。きょうみてもらったら、死相は消えたそうだ。」

「当り前じゃないの。」

「あの占いやさん、人の好い侘《わび》しそうな顔をしているねえ。折角奮発しなさいって云ってくれたよ。」

死相が出ている。嘉吉には冗談には思えなかったのである。その日頃の困憊《こんぱい》した気持が顔に出ていることは、自分でもよくわかっていた。おかみさんから立退きを迫られて、宿さがしをしてみたが、周旋屋の紹介状を持って尋ねた先では、どの家でも既に塞《ふさが》ったようなことを云った。嘉吉にはそれが言葉通りには取れず、自分の人体が先方に受け入れられなかったとしか思えなかった。自分がなんだか世の中そのものから締出しを食わされている人間のように思われた。たかがそれほどのことで、死相が現れるなんて意気地のない話かも知れないが、けれどもまた、もっと些細《ささい》なことでも、人は躓《つまず》くかも知れないのだ。

そしていま嘉吉は、自分の顔から死相を消してくれた人と歩いているのである。

「折角おきぬさんともお馴染《なじみ》になったのに、そのうち引越さなきゃならないなあ。いつまでもおかみさんに迷惑をかけているわけには行かないし。」

おきぬは風呂敷包から蜜柑を取出して、

「ねえ、食べない。」

「有難う。」

嘉吉はすぐに口に入れた。井の頭公園の入口の処に来ていた。嘉吉はおきぬをかえりみ

て、

「公園を抜けて行こうか。」

「そうね。」

ゆるやかな勾配の道を下りて、二人は公園の中へ這入って行った。梅の花の匂いが流れてきて、白梅の咲いているのが、外燈の明りに見えた。樹のそばに立札が立っていて、その表になにやら書いてある。

「なんて書いてあるのかしら。」

「この枝折るべからずさ。」

「なんだか歌のようよ。」

梅一りん一りんほどの暖さ　嵐雪

読みながら嘉吉は、おきぬの髪の匂いを嗅いだ。

「羽村の梅も、もう咲いているわ。」

「羽村ってどんなとこ?」

「水道の堰《せき》のある処よ。」

「いちど行ってみようかなあ。」

「近いんですから、いつでも行けますわ。」

そう云いながらおきぬは、しばらく見ない末の弟の顔が不意に見たくなった。去年の暮に材木屋のおじさんがアパートに来たときに、おきぬはおじさんに託して、野球のグローヴを弟のもとに届けてもらったのである。

前途なお

金沢イエは私の父の浄瑠璃《じようるり》の弟子である。短い間であったが内弟子に来ていたこともあった。私は小学校の五年生位だった。イエはそのとき十五位だったろう。あれは稚児輪《ちごわ》というのだろう、絵に見る牛若丸のような形の髪に結《ゆ》っていた。またそれがよく映った。色白で眼の涼しいイエは子供の聯想《れんそう》で牛若丸のように私の眼に映った。イエがその日から家に来るという日、学校から帰るとすぐ私はイエの姿を求め、台所で用をしていた母に、「イエちゃん来た?」と問いかけ、用をしていて母が咄嗟《とつさ》に口のきけなかった、返事を渋った短い間を、私は頬のあからむ思いをした。

私は寝起きがよくなかった。朝寝床の中でぐずぐずしていると、よく采配と箒《ほうき》を持ったイエが起しに来た。私はわざとぐずついて「おめざは?」そんなことを云《い》ってイエを困らせた。

「清さんが起きないと、お掃除が出来ません。」

「なんだい、まだ早いじゃないか。じゃ、もう十分……八分、五分。」

イエは困ったように笑いながら、

「いけません。兄さんはとっくに起きていますよ。」

私はずるくイエの顔を窺《うかが》って、

「それじゃあ、竹の子剝ぎをして。」とわざと大きい声をした。

イエは睨《にら》むように私の顔を見て一瞬黙ってしまった。いつかやはりイエが私を起しにきて、私がいつまでも起きないので、「じゃ、竹の子剝ぎをしますよ。」心得顔でそんなことを云って、私が寝ているまま上から蒲団《ふとん》を一枚ずつ畳んではそれを押入へ仕舞った。小柄なイエは蒲団を押入へ仕舞い込むのにひどく持て余し骨を折った。私は寝たままそれを、その立膝をした後姿を見ていた。紅い根掛の眼に沁みる小さい髪の動くのを見ながら、私はうっとりとした気持を味わった、――イエはあの時気づいたのだ、私が見ているのを。

私の家の玄関には大きい姿見が据えてあった。子供の私はよくその前にいって佇《たたず》んだ。自分の顔を映して見ては子供心に自信のない思いをした。私はそんなにお洒落でもなかった。また私は決して早熟な少年ではなかった。私は自分の無器量が悲しかったのではない。ただその頃の私には妙に自分の顔がへんに愚かしく見えて仕方がなかったのだ。友達の誰も彼もがみなちゃんとした顔をしているのに、自分の顔はなんだかへんだ、可笑《おか》しい、出来損いだ、私は独り肩身の狭いような思いをした。一つは私が絶えず家の者から叱られてばかりいたせいであったろう。あるとき、茶の間の集いでふと、私がよく姿見の前に佇んでは自分の顔に見とれているということが話題に上った。祖母は私を愛していなかった。祖母は下品な洒落を口にして家内の者を笑わせた。祖母はまた露骨に私の容貌の欠点を指摘して私に極りの悪い思いをさせた。厭味な悪口で子供は大人に勝てるものではない。祖母の意地悪には私はべそをかいてしまった。そのとき、（私は神の寵児なのかも知れない）天より声があった。「清さんは額が広いから、いまにきっとえらい人になります。」イエなのだ。ためらった末に口に出てしまったのだろう。イエはひどく真面目な怒ったような表情をしていた。祖母は「おや？」と云ったきり不興気な顔をして黙ってしまった。父がぽつんと云った。「そうか、清は額が広いのか。」父は眼が見えないのだ。二つのときからだという。浄瑠璃などを習ったのもそのためである。――イエはなぜ額が広いなどと云ったのだろう。私にはその言葉が鼻が低いと云われたほどにも聞かれたのだ。私は耳の火照《ほて》る思いでただ無性に恥かしかった。

父の稽古は、弟子達は多く昼前に来た。午後連中の人達が見えた。イエは家にいる間午後も客のない隙には稽古をしてもらっていた。倉の二階が座敷になっていて、そこが父の稽古場であった。イエの稽古の折、私は家に居合すと、そっと倉の中に入り、階段の中途に腰かけて、二階の声に耳を澄した。偶々イエは「野崎村」を習っていた。〽わけはそっちにおぼえがあろ……そなたは思いきる気でも……このお染の口説が二度三度と聴く中に私の耳に残るようになった。子供の私にはもとより文句の意味も解らず、云い廻しの情趣も汲みとれたわけのものではなかったが、あの恨み言葉を云うときのイエの声音が妙に私を惹きつけた。耳に心快《こころよ》ったのか、また心に沁みたのか、やはりイエという少女の肉声の持つ抒情であったろう。竹の子剝ぎの際に感じたのと同じような恍惚《こうこつ》を私はこのときにも味わった。

家には「大阪お祖母さん。」と呼ばれる人がいた。祖父の姉で出戻りの身をそのまま家にいてしまったのである。この人は太棹は女としてはかなりのてだれであった。父が初めて大阪へ修業に行ったのは十三、四の頃であったというが、この人が伴いて行った。家では祖母と区別するために、この人のことを「大阪お祖母さん。」と呼んでいた。私が物心のついた頃にはもういい齢で多少耄碌《もうろく》していたが、でも家に来る女弟子の三味線《しやみせん》のさらい位はやってのけられた。なんといっても段数があるので調法だったのである。やはり天性好きな血が流れていたのか、なかなか天狗《てんぐ》のところもあって、時には憎い口をきいたものだという。あるときふとこの人に私は子供らしい質問をした。

「お父さんのお弟子さんの中では誰が一番うまい?」

大阪お祖母さんはまじめな顔をして一寸考えてから、

「イエだろう。イエがいまに一番よくなる。」

私には思いがけなかった。イエのことが念頭にあって問いかけたわけではなかったから。

イエにとっては姉弟子、父の一番古い弟子のことを云ってみた。その豊富な美音は弟子達の誰もが羨《うら》やむところだった。

「越春さんは?」

「さあね?」とまた考えて「やっぱり、イエだろう。」

「イエちゃんはそんなにうまいの?」

「素性がいいのだよ。」

私にはよく解らなかった。しかしぼんやり感ぜられるものがあった。「いまにきっとえらい人になります。」初めて耳にした支持の言葉が私の胸によみがえった。

「イエちゃん、お父さんがね、」その日私はイエをつかまえて、「イエちゃんが一番浄瑠璃が上手だって、そう云ってたよ。」

大阪お祖母さんでは流石《さすが》に権威がないように子供心に思えたのだ。嘘のような真実を私はイエに囁《ささや》いた。ひとこと報いたい心だった。イエは一瞬そう云う私の面を凝《じ》っと見つめ頬をあかくしたが、すぐ笑い顔になって背を見せながら、「うそ、うそ。」と云った。

イエはわずかに三月ほどでまた自分の家へ帰った。しかしその間にイエは父から盃《さかずき》をもらった。ある日私が遊びから帰ってきて縁側を馳けてゆくと、茶の間の火鉢のわきにいた祖母がいきなり叱った。解らぬままに私は神妙を装った。縁側を過ぎながら、閉めきった障子の硝子《ガラス》越しに、茶の間の隣りの座敷内を窃《ぬす》み見た。盃を唇にあてているイエの姿が眼に入った。緊張しているのが感ぜられた。イエの傍にはイエの母もいた。その晩私が近所の友達の家に遊びに行っていると、イエが迎えに来た。私はイエを先《さ》きへ帰したが、ふと思い出して後を追った。家の裏口のところで追いつき、

「お父さんから、何んて名前もらったの？」

「知らない。」

「ねえ、何んて名前さあ？」

「知らない、知らない。」

イエは先きへ馳け出していった。

竹本越喜代、イエの芸名である。私の父は初め五世野沢吉兵衛の手ほどきを受け、その後、後の摂津大掾《せっつのだいじょう》の門に入り、越喜太夫という名である。イエは師匠の名をそっくり貰ったわけである。父は弟子も少くて、それに多く女弟子であったが、誰もが単に越の一字を譲られるのみであった。イエの場合はいわば破格の栄誉であった。弟子達の中には不平の声を漏らす者もあったという。それかあらぬか、その後弟子達の間でイエは妙に孤立するような立場に置かれた。何んと云ってもイエが小娘のことであったから。イエの名には祖母も大分躊躇《ちゅうちょ》したらしい。しかし父だけは至って無造作に、「越喜代って悪くないよ、なかなかいい名じゃないか。」そう独り頷いていたという。父にしてまたイエの素性を見込んだものとすれば、大阪お祖母さんはひそかにほほえむものがあったわけだが、そこのところはなんともわからない。

イエがまた自分の家へ帰ってしまった当座、私はやはり物足りない気がした。短い間であったが起居を共にしては、家内のそこ、ここにイエの俤が残っていて、ふとさみしさに襲われたりした。イエはいままで通り稽古には来ていたが、その時間を私は学校へ行っていて、イエを見かけることも少くなってしまったのだ。

あれは確かその年の十二月のことだったと思う。雪の夜だった。イエの名披露の会が吾妻橋《あづまばし》の袂《たもと》の東橋亭で催されたのは。兄も私も行った。家では母が厳しくて、子供の私達はそれまで一度もそうした場所へは行ったことがなかったのだが、その夜はイエの母が誘って連れていってくれた。その夜私は初めて肩衣を着けたイエを、竹本越喜代を高座の上に見た。イエはまた初めて髪を島田に結っていた。イエの高座姿は絵から抜けて出たように美しかった。私は目を瞠《みは》ってしまった。イエの語物は「寺子屋」だった。三味線は大阪お祖母さんが勤めた。段切れのいろは送りをイエは相応に哀感を持たせて、余音嫋々《じょうじょう》巧みに語りこなした。鳴り止まぬ喝采《かっさい》の音を聴きながら、私は親身な感情のこみあげてくるのを感じ、面をあげることが出来なかった。イエの成功を願う心が自分のうちにこんなにもあろうとは、私にも思いがけないことだった。

……私は楽屋の廊下に佇んで硝子戸越しに、向うに見える吾妻橋の雪の夜景に眺め入っていた。ふと背後に人の気配を感じて振り向くと、イエだった。高座姿のままだった。見ると両手に甘酒の湯呑みを持っていた。私の分と自分の分だった。イエはそのまま私の隣りに並び硝子戸に頰を寄せた。橋の上の外燈のあかりに粉雪の舞うのが見えた。時々雪を被った電車が緩く橋の上を動いて通った。

「清さんはもう学校はお休み？」

「ああ。」

「今度級長になったんですって？」

「うん。」

「この間おばさん、家へいらしったわ。……甘酒、もっと飲みます？」

「もう沢山。」

私は内弁慶で外ではから意気地がなかった。高座姿のイエの美しさに私は鼻白《はなじろ》んでばかりいた。その夜はイエが自分よりずっと大人に見えてしょうがなかった。

「おばさんが云ってらしてよ。清さんは大学校まで上げるって。清さんは大きくなったら、どういう人になるの？」

イエは凝っと私の眼を見つめた。私はあかくなりながら云った。

「僕はね、お医者さんになって、貧乏な人をただで病気を治してやるんだ。」

イエはまじめな顔でうなずいた。大学という言葉が子供の私の心を擽《くすぐ》ったのだ。また私の医者になるということは母の望みでもあった。「いまにきっとえらい人になります。」イエの前では私も無心ではいられなかったのかも知れない。私はこのときイエの顔にはっきり支持者の期待を見た。

翌年あの大震災があった。私の一家は小さい弟を亡くした。震災を境にしてその後一家の上には何かと不幸が続いた。何んにせよ父が不自由な身であった。母の努力は一方ではなかった。一家の重荷はすべて独り母の肩にかかった。次々と心労の種になるような事が起って母を休ませなかった。遂には家のために身も心も擦りへらして世を早く去るようになったのだ。私のかけた苦労だけでも。中学校へ行くようになってから祖母と私の仲は目立って悪くなった。毎日のように衝突した。兄は余り学問が好きでなかったところから、自分から進んで洋服屋へ年期奉公に行ったのだが、一つはそんなことも祖母には面白くなかったらしい。家庭の空気がそのために平穏を欠くようなことも多くなった。それに私が学業に身を入れなくなったことも母には心配になったのである。世話する人があって私は番町の伊沢先生の私塾にあずけられ、そこから通学するようになった。浅草の家へはたまにしか帰らなかった。

ある日学校の帰りに私は家へ寄った。母と話している私の耳に二階の稽古の声が聞えた。その声にふと私は惹かれた。一瞬私の胸を掠めるものがあった。思わず私は母に糺《ただ》した。イエであった。イエがまたその頃稽古に来ていることを母は云った。震災後イエの一家は田舎に引っ込んでしまった。田舎と云っても多摩川の上流で東京の管内ではあった。そこに金沢の家の本家があって代々百姓をしていた。だから祖母などはイエ達のことをよくこんな憎まれ口をきいた。「炭焼き江戸っ子の癖に。」など。震災直後私達が向島《むこうじま》の隅田町に一時仮りの住居を見つけて移り住んでいたとき、一、二度母と一緒に訪ねてきたが、それきり私はイエを見なかった。イエ達はまた東京へ出てきて当時深川に居るという。イエはすっかり大人びていた。変らず涼しい眼をしていたが。久し振りにイエを見て私は祖母の憎まれ口を思い出した。しばらく田舎にいたせいかイエにはその血筋らしい武蔵野《むさしの》少女の匂いが感ぜられた。制服姿の私を見て、「まあ、清さん、大きくなって。」と云った。私はまた中学校へ行くようになってぐんと背が伸びた。私の学校が本所の錦糸堀なのを聞いていたイエは、学校の帰りに遊びに寄るように云った。私はイエと余り話さなかった。母と話しているのを傍にいて見ながら、その応対の大人なのに軽い威圧を感じたりした。帰りしなにイエは大人らしい眼色を見せて云った。「勉強しなさいね。」私は狼狽《ろうばい》して母の顔色を窺《うかが》った。私の不勉強への憂いを母は既にイエに話したものらしかった。

少年期の憂鬱に既に私はとり憑《つ》かれていた。私は快活な心を失った。学業にはてんで興味が湧かず熱意を持てなかった。学校は苦になることばかり多かった。親しい友達も持てなかったから。心を傾ける物にも人にも遇わず、もの足らわぬ心で優柔不断な朝夕を送っていた。そういう私には伊沢先生の厳格な塾風が気に入らなかった。なんによらず克己ということが、私にはひどく苦が手であった。先生の寛容に狎《な》れては無智な傲慢で迷惑をかけることも度重なっていた。奔放不羈《ほんぽうふき》、と先生は私のことを云われたが、それは先生が少年の血気を咎められなかったからである。私ほど独立の心に欠けた者もあるまい。私は単に放縦であったに過ぎない。長ずるにしたがって私の精神の薄弱は事毎に暴露された。先生は今は亡き人である。ふと辛い気持に襲われる。先生の光風霽月《こうふうせいげつ》の心境が今は私にも仰がれる気持だ。

四年に進級する期に私は落第した。ひそかに怖れていたものが遂にきたのである。自分だけのことを云えば、その時の私には落第などは屁《へ》の河童《かっぱ》だった。ただ母のことが省みられた。そのことから受ける母の打撃を思うと流石に私も臆さないわけにはいかなかったのだ。私は母に謝罪もしなかった。「学校なんか落第したって、大丈夫だよ、大丈夫だよ。」そんなことをぶつぶつ云っただけだった。母はただ赦《ゆる》してくれた。私を叱りもしなかった。加えて私は母に、なお私に学業を続けさせたいという母の念願を断念させた。私は学校を退いて神田のある古本屋に奉公に行った。伊沢先生の許《もと》を辞して間もなくのことである。本屋にお目見得をした翌晩おそく、私は家の戸口をがたがたいわせた。「清かい。」と云う母の声に私はとむねを突かれた。母はすぐ戸口を開けてくれた。私が佇んだまま敷居を高くしているのを見て微笑いながら、「お上りなさい。」と母は云った。母はやさしかった。このときも何も云わなかった。他人の中で一日暮らしてもう心細く、母の懐が恋しくなってしまったのだ。「清かい。」と呼んだ母の声音は今も耳底に聴くことができる。私のいくじなしを母はよく知っていたのだ。

もとより商人になろうという気など私にありはしなかった。ただ学校がいやだったのだ。無性にいやだった。学校をさえやめてしまえば文句はないのだった。私はずるずるに我を張り通し、結果は思い通りになった。学校は当分行かずに済み、また他人の中へ出て辛い思いをしなくともよくなった。翌年の新学期から必ずまた学校へ行くという条件で、しばらくは私の気儘《きまま》を許されたのである。父も敢て私を咎めるでもなかった。ただ祖母がひどく御機嫌斜めだった。私が一晩で奉公先から舞い戻ってきたのには、あきれもすればまた我慢ができなかったらしい。母が私のためにとりなしをしてくれたので、当座はただ不機嫌な顔をしているだけだったが、その後祖母は何かというとこの話を持ち出しては、私をへこますたねにした。私としてもこのことでは一言もないわけだった。

懶惰《らんだ》な、そしてなにか日蔭者のような気持の纏《まと》いついた一時期だった。いわば永い休暇が始まったようなものだったが、自分のうちに妙に伸びきらぬ、卑屈なもののあるのが私にも思いがけなかった。散歩の途上たまたま学校帰りらしい同窓の者の姿を見かけると、私はあわてて横町へ逃れた。その衝動を制し得なかった。一度満員の映画館の中で四、五人の連中に出くわした時には私は、寿命の縮む思いで汗が出た。私は終日自分にあてがわれた部屋に閉じ籠《こも》るようになった。この期間私は生来の読書癖を募らせた。多く小説本に読み耽《ふけ》った。

ある日本屋の店頭で雑誌の立ち読みをしていたら、不意に名を呼ばれた。振り向くとイエが立っていた。――私は久しくイエを見なかった。イエはその頃一年も家に稽古に来なくなっていた。席亭なども他の弟子達と顔をつらねることはまれになっていたようである。どんなわけがあったのでもなかった。いつかそんな風になってしまっていた。古参の姉弟子との間がうまくいかなかったというが、とりわけて反目するというわけでもなかったのだ。一体に弟子達の間では妙にイエはうけが悪かったのである。それほどひとの反感を買う質《たち》でもないのだが。また稽古には身を入れる方だったが、他を凌《しの》ごうという気性は本来イエにはないものだったし。事実その後イエの芸には格別の上達も見られなかったようである。年若かなのと器量のいいのが相応に人気を喚んだようだが。ただこんな風聞が伝わっていて、少年の私も自分の耳に判る程度には聞いていた。女のことでとかくの評判のある、ある若手の三味線弾きにイエの方で夢中になっている、そんな噂が。「越喜代さん、大分入り揚げてるって話ですよ。」家へ来てそんな陰口をきいていく女弟子もあった。弟子達の口からイエの名をきくと祖母は露骨に顔を顰《しか》め、よしないものに軽率に名を遣ったことの愚痴《ぐち》を漏らすのがきまりだった。父はいつも黙っていた。――「そんなに睨《にら》みつけていたら本に孔《あな》があいてしまいますよ。」そう云ってイエは笑った。はでな日傘を差していてそれをくるくる廻しながら。私はその頃瞬間ふと憑かれたようにものに見入ってしまうことがよくあったのだ。映画館の陳列の写真に見入って放心している隙にスリに袂を切られたこともある。いつからとなくそういう孤独な習癖が身に着いてしまっていた。偶々私のそんな姿を見かけて、でもよく声をかけてくれた……。イエは少し肥ったようだった。震災後田舎から出てきたときの野の匂いなど、もうイエの身には感ぜられなかった。変らず涼しい眼をしていたが、まえにはなかった勝気な強い光りがあった。笑うと金歯を入れているのがちらと覗いた。

「清さんはいま、何年生ですか?」

私が笑いだしたものだから、イエは不審そうに私を見た。

「僕、落第しちゃったんだ。」

私は思い切って云った。イエに対しては云い辛く、またイエだからその云い辛いことが云える、そんな気持だった。私が笑い顔でいるものだから、イエも笑ったが、すぐ眉《まゆ》を顰めて、

「躯《からだ》が悪かったんですか?」

私は否定した。私は生れつき頑健でそれまでほとんど病気などしたことがなかった。

「僕、学校がいやなんだ。つまらないんだもの。」

「勉強が面白くないの？　清さんは何んの科目が好きなんです？」

「僕は修身。」

イエは噴き出した。そして勝気ないい眼つきで私を見た。私は冗談を云ったのではなかった。学校の科目の中では孔孟《こうもう》の教だけに心惹かれるものがあった。事実点数も悪くなかったのである。

来年の新学期からまた学校へ行くこと、中学校だけは卒業しておくつもりでいることを私は話した。「やっぱり、なんだかへんだ。」その頃の気儘な生活のことを、そう私は云った。本屋に一日だけお目見得したことは流石に話せなかった。

「おばさんに余り御心配をかけては駄目ですよ。」

ふいにイエは云った。強い調子だったので、私は思わずイエの面を見た。むきな生真面目な眼だった。その表情に私はふとイエの幼顔を見る気がした。「おばさんは昔から、清さん一本槍なんですからね。」イエはまたそんなことを云った。

イエはたまたま新国劇に頼まれて市村座に出ているという。出し物の中に短い間浄瑠璃を聴かせるものがあったらしい。沢田正二郎の素顔を見ることを云い、「いい男よ。」とイエは云った。私はわけもなく赤面した。私もまだ稚かったのである。イエからそんな言葉をきくことが擽ったかった。なんだか自分がいい男のように云われたような気もした。イエは芝居を見に来ないかと誘い、いつでも楽屋へ訪ねてくるように云った。沢正の名は少年の私の心を誘ったけれど、私は気持が進まなかった。そうしたところでイエの語るのを聴くのはいやだったのだ。

別れ際だった。「どうして稽古に来ないの？」と私が云ったら、イエはただ笑っていた。少年の私にはイエの表情を捉えることは出来なかった。イエは甘栗の大きな包みを買って私に持たせ、「お師匠さんによろしく。」そう云った。

翌年の新学期がきて私はまた学校へ行くことになった。一緒に入学した友達はもう五年になっていた。尋常よりは二年遅れてそうして学校で旧友と顔を合わせるのは流石に面伏せな気がしたが、でも私はなんの焦躁も感じなかった。いつか生涯の方向が自分の心の中だけでおぼろげに予感されていた。私は依然として学業をなおざりにし、私の不成績は母の心を曇らせた。「よその本ばかり読んでいてしょうがありません。」親戚のものなどが来ると、母は私のことをこぼしたけれど、でも私が買いたい本があるのだと云うと、身分不相応に小遣いをくれたものだ。母としては私が曲りなりにも学業を続けていることでわずかに慰め、また私を許してくれていたのだろう。

その後イエはやはり稽古には来なかった。イエについては時折弟子達のもたらす消息を聞くばかりであった。私がイエと路上で逢ったその年の暮のこと、私達は唐突にイエが大阪にいるということを聞いた。イエはあの三味線弾きのあとを追って大阪へ行ったのだという。大阪には一年ほどいたようである。イエがまた東京に帰ってきたことを聞いたのは、私の母が死ぬ二月ほど前のことであった。そして母の葬式の日に私はイエを見た。

その年の春兄は無事に年期を勤め終え、一年のお礼奉公も済まして家に帰っていた。引き続いてお店の仕事をさせてもらい、また自分の顧客も出来つつあった。私はと云えば、私はまた祖母との折合いが悪く、家を出て神田の西さんという親戚のお医者さんの許から通学していたのだが、兄の帰家と共にまた家に戻った。私は漸《ようや》く四年になっていた。母が死んだのは夏休みに入って間もなくであった。私は母の病いをよそに家を空けて海岸へ行っていた。母の臨終の枕許《まくらもと》に私はいなかった。

葬式の日西さんが追悼の辞を読んだ。西さんはその文辞の末に後に遺ったもののうえにも云い及んで、兄に対してはその性質の正直で真面目なことを賞揚し、母に代って一家を双肩に荷う今後のことを励ます言葉があり、次いで私に向っては学業半途にして志操堅固ならざるは甚だ遺憾に思うとの意を漏らし、こんなことを云った、「前途なお心にかかるものあり。」母を墓に葬って家に帰り自分の部屋に独りになってから漸く私はほっとした。知る、知らぬ会葬者の中に在って私は日の光りが恐れられ、おどおどし窒息する思いであった。なろうことなら葬式に列なるのは勘弁してもらいたかったのである。部屋の隅に母が入院する際着ていった着物の風呂敷包みが、病院から持ち帰ったまま置きぱなしになっていた。ふとそれに眼がとまり、そんなものが私の涙を誘った。私は嗚咽《おえつ》の声を漏らした。階段を上ってくる足音が聞えたので私は急いで涙を拭った。イエかも知れぬと思った。イエはまだ帰らずにいて階下の座敷にいるのを私は見ていた。やはりイエだった。

「私、また稽古に来さして戴くように、お師匠さんにお願いしてきました。」

「そう。」

「さっき、あれを読まれた方は御親戚の方ですか?」

「うん。」

「前途なお心にかかるものあり、そう云ってましたね。」

「ああ、うまいことを云うなア。」

イエは笑った。

「大阪へ行っていたの?」

「ええ。」

「東京とどっちがいい?」

「大阪もいいですよ。」

そう云ってイエはまた笑った。笑うとやはり金歯が見えたが、それがなんだか私の眼には淋《さび》しく映った。イエは前よりずっと地味なつくりをしていた。何か私に言葉をかけてゆきたかったのだろう。

母が死んでから私は家内で一層悪い子供になった。私のためによくいざこざが起った。祖母はまた依然として私に対して意地が悪かったのである。祖母は昔から兄と私とでは分け隔てを露骨に示した。私は幼い頃の憤りが蒸し返されるような思いがした。祖母とのことから私は兄とも喧嘩をするようになった。「兄貴がおとなしいものですから、ばかにしているのです。」と祖母はよく云ったが、私としては兄に対して弟らしい気持を失ったことは一度もなかった。

一日私は昼飯後、洗濯盥《せんたくだらい》を力一ぱい蹴っとばして、底を抜いてしまった。私としては祖母の頭を擲《なぐ》りつける代りだったのだ。まだ飯を食べていた兄は箸をおくと飛んできて私に摑みかかった。兄は興奮から「貴様ッ、貴様ッ。」と云い、私の喉を締めつけた。私はただ防いだ。そのとき祖母がそばから「こんな奴はいっそ勘当してしまうといい。」と云った。私は憤りが胸さきに込みあげた。私は攻勢に出た。兄の裁縫の弟子が止めに入った。兄は私の眼が憤りで一ぱいになったのを見ると力を緩めた。その時格子の開く音がして客の気配がした。私達は互いに手を振り解いた。客はイエだった。イエは挨拶しかけてその場の異様に気づき、「どうなさったんです？」と祖母の顔を見た。「ああ痛てえ、もう少しで息が詰まるとこだ。」私はわざとそんな捨台詞をして二階の自分の部屋に引き上げた。

イエに見られた、イエに見られた、私はやけくそな気持になった。しかし私にはどこか心の底の方に見られてよかったと安堵する気持があった。やはり私にはイエに甘えるものがあったのだろう。「盥の底を抜いちまやがったんです。……おい、直るか？」私の毀《こわ》した盥を片づけている弟子にであろう、そう呼びかけている兄の声が耳に入った。私はふいに可笑しさを感じた。私がいますぐ階下へ下りていって小遣いをねだったら、兄はどんな顔をするだろうと思った。私の神経もいい加減傷めつけられていた。私はそんな発作的な思いを行為に移したいような衝動さえ感じた。と、襖の外から「清さん、ごめんなさい。」と云うイエの声がした。私は咄嗟《とっさ》に渋面をつくった。

「兄さんと喧嘩なんかしちゃ、駄目じゃないの？」

「兄さんじゃないよ。婆ばあだよ。」

「まあ。お祖母さんはもうお年寄なんですから、我慢しなさい。」

「いやだ。僕は我慢するってのはいやなんだ。」

「それは清さん、大人気ないってものよ。」

「どうせ僕は子供だよ。僕はうんとわがままがしたいんだ。僕はちっともわがままなんかしていないんだよ。自分の家にいてびくびくしているんだ。」

「お祖母さんも、清さんのことを心配なすっていますよ。」

「嘘だよ。」私はそんなことを云うイエが疎ましい気がした。「人前だけそんな振りをして見せるんだ。とても意地が悪いんだから。棺桶に片足突っ込んでいる癖に。まるで岩根御前みたいなんだから。」

イエは噴き出した。私はいまのさき兄と争うはずみに裁縫台の上にあるアイロンに触れ、手首に火傷《やけど》をしていた。それがひりひりしてきたので、私は時々気にしては手首を舐《な》めた。イエはそれに気づくと眉を顰め、一寸《ちよつと》お待ちなさいと云って階下へいったが、上ってきたのを見ると、硼酸《ほうさん》液と繃帯《ほうたい》を持っていた。イエは硼酸で火傷の個所をなでてくれ、それから繃帯を巻いてくれた。巻きながら「きついですか？　痛くありませんか？」と私の顔を覗いた。ねんごろなものの伝わってくるのを感じ、私は危くイエの胸に顔を埋めたくなるのをこらえた。私にはそのときイエが母のような気がした。自分の求めているものはこれだ、そういう思いで胸が一ぱいになり、私は険しい感情のとけてゆくのを覚えた。「ずい分本を読むんですね。」イエは私の書棚を眺めながら「清さんは、先々こういう本を書く人になるつもりなの？」

「うん。一番性に合うような気がするんだ。でも、つまらないや、お母さんが死んでしまったから。僕の書いたものが本になっても誰にも喜んでもらえないもの。」

「そんなことありませんわ。おばさんの代りに私が読ませていただきますわ。」

私の胸に光りのようなものが流れた。

「イエちゃんも、いつまでも浄瑠璃をやってゆくつもり？」

「いいえ。」イエは淋しそうに笑って否定した。「でも、清さんは自分の好きな道にお進みなさいね。男なのだから。」

前途なお心にかかるものあり。思えばこの言葉は私よりもイエの心を強く打ったのだ。イエはまた私のうえに心を振り向けた。「いまにきっとえらい人になります。」幼いころの幻影をイエは再び私のために喚び起してくれたのだ。

母が死んだ翌年私の家に新しい母が来た。その翌年兄が結婚した。私もやっと中学校を卒業することが出来た。卒業の年私は丁度適齢で徴兵検査を受けた。私は生来頑健な質なので甲種合格になるものと家のものはみんな思っていたが、結果は第一乙種で補充兵に編入された。体重が少し軽いということだった。卒業前の一箇年私はとりわけ懶惰な学生生活を送った。それが災いしたのに違いなかった。自分だけは多少危ぶむ気持があったのである。卒業後私は職業にも就《つ》かず、ぶらぶらしていた。家のものも強いて私を促がすでもなく、また進んで私のために図ってくれるでもなかった。家族のふえた家内にあって、引き続き円満の欠けた関係のまま、私は放任された日々を送っていた。明らかによくなかった。私のためにも家のためにも。思えば私は随分と家庭の安穏を壊わす仲立を勤めた。父母と兄夫婦の間も折合がうまくいかなかった。遂に一家は離散しなければならぬなりゆきに立ち到った。私の廿三《にじゅうさん》の年の暮のことである。父達は仙台へ、兄は神戸へ、そして私は独り東京に残った。私も漸く自分の口は自分で糊《こ》せねばならなくなった。爾来《じらい》いろんな人の世話になりいまに至った。その間私なりに多少の浮沈はあった。私はこれまで周囲を顧慮せず自分のことばかり考えて来た。いまだってそうである。そういう私にはいまも親しい友達とてはない。私を迎えてくれる心易い家庭もない。みんな私が交りを大切にしなかったからである。ただ一つの家庭があっていまもなお私を迎えてくれることを云おう。イエの家庭である。イエが私を顧みることを止めなかったからである。竿で岸を強く突けば、それだけ船は岸を離れる。人と疎遠になる因はみんな自分の側にある。私は自分でひがんでイエの姿を見失ってしまったことが一度ならずある。そんなときこそイエは一番私のことを心配してくれていたのである。私は人との交りには至って臆病であるが、ただイエに対してだけはうぬぼれている。私がイエから離れたらイエはきっと悲しむ。私にはこれだけのことが云える。先々私にどんな運が開けようと、どんな縁故に結ばれようと、イエのような人には行き逢えぬと。イエは私にとってはいわば最後の人である。私はいままでが拙《つた》なかったように、これからさきも恐らくしくじってしまうかも知れぬ。そのとき人は私の誠実の足らわぬを笑うがいい。自分の手で消してしまわぬ限り消えぬものが私のうちにはあるのだ。——その後イエは浄瑠璃をさっぱり止めた。泉さんと結婚した。（結婚後間もなくイエの母が死んだ。）泉さんは彫金の職人である。間に女の児が生れた。しづという名である。しづちゃんが五つになった年泉さんが亡くなった。泉さんも肉親の縁には薄かった人のようである。私を弟のように愛してくれた。私も泉さんが好きだった。なんだか自分に似ているように私には思われた。もとより泉さんは私などとは違って、確かりした闊達《かったつ》な気性の人で、イエを知る人はこの夫婦のことを鬼に金棒と云ったけれど。人を好きになるのはその人のうちに自分でない自分を見つけるからではなかろうか。なんだか私にはそんな気がしてならない。私が泣虫の証拠であろう。泉さんの死後その多いとは云えぬ知人名簿のはしに、私の転々とした住所がそのつど故人の筆で認《したた》められてあるのを見出した時、生前私に打ち解けてくれた数々の言動が新しく思い起され、ああ、この人にはもっともっとわがままをすればよかったと私は思った。しづちゃんも私を好きらしい。私に抱かれることを喜ぶ。私が行くとイエよりもまずしづちゃんが迎えてくれるのだ。自分の夢にだけ生きている私にとって、イエの家庭はいわば心のふるさとであった。生活に臆した気持になるとき、いつも私の心を引き立ててくれるものはイエの家庭のおもかげであった。そこでは辛いことも霧と薄らぎ、私も千の負目を忘れて団欒《だんらん》の仲間入りをした。泉さんの死後イエはあの多摩川の上流の田舎に帰った。「炭焼き江戸っ子。」とは祖母の憎まれ口であるが、いまはそれを本業にしている。ただしづちゃんの成長を楽しみに静かに生活している。しづちゃんもいまは十歳になる。イエの幼いころにそっくりである。小学校の三年生になる。しづちゃんの学校を私も見たが、田舎の学校はいい。校庭も広く、樹木も多く、そして周囲は塀の代りに、ただ生垣がめぐらしてあるだけの、木造の素朴な学舎《まなびや》である。しづちゃんの通信簿を見せてもらった。唱歌に、図画に、書方がいい成績である。操行の欄《らん》には「オ友達ニ親切デス。」と書かれてあった。いい先生だなと私は思った。この間しづちゃんから「星マデ高ク飛べ。」という手習いが送られてきた。私の部屋の壁にはってあるのがそれだ。私はイエのとこへはめったに行かない。しかし一年に一度は必ず行く。六月七日には必ず行く。しづちゃんの誕生日である。私はしづちゃんに貧しい贈物をする。自作の童話一篇。あるとき、イエが流石に私の大器晩成振りにもあきれて、私の不勉強を揶揄《やゆ》したことがあった。どうも私はあてなしの努力というものが出来ぬ性らしい。「恋文なら書けるのだが。」そんな冗談を飛ばし、「よし、それじゃ、これから毎年しづちゃんの誕生日には童話を書いて、それを贈物にしよう。」と云ったら、イエはまじめに賛成した。たわむれがほんとになった。しづちゃんの七つの年のことである。私としてはいわば背水の陣をしいた形になり、私は大家のように一年に一度締切日を持つようになった。だからイエの許にはいま私の童話の習作が三篇ある。なまけものの私には努力の結晶とてはこの他にはない。いまは私もこの童話には心を傾けている。この間イエに会ったとき私は云った。「僕はしづちゃんのために童話を十二篇書く。十二篇目を書き終る年には、しづちゃんもいいお嫁さんになる。僕はその童話を一冊の本にまとめて結婚の贈物にする。」

あるとき私はイエに向って云った。

「僕は駄目だな。いつまで経っても、僕は自分が水溜りのような気がするんだ。時に青空を映すことがあると云えば褒《ほ》め過ぎるかな。僕は筧《かけい》を流れる清水のような作品を書きたいのだが。」

「あまり気にしない方がいいですよ。自分ではそう思っていても、人が見たらそれほどでもないかも知れませんよ。」

そしてイエは私を慰め顔にこんなことを云ってくれた。私が自分の欠点だと思ってくよくよしている性質は、本来の私にはない不自然なもので、私はずっと自由なふっきれた生れつきなのだという意味のことを。私はそのときそう云うイエの眼差しを信頼した。イエはいいことを云ってくれた。私の運の星は地上の私にかまわずいつも濁りにそまぬ光りをはなって輝きつづけているに違いない。私はそれを信ずる。

またの日。私がのほほん顔で胸部の疾患のことを訴えたとき、イエは明らかに疎ましい眼で私を見た。私のどんな放恣醜態《ほうししゅうたい》の日にもイエは嘗《かつ》て一度も不機嫌な顔を見せたことはなかったのだが。そして、イエはこんな知己《ちき》の言を吐いて私をまいらせた。

「清さんの取柄は軀の丈夫なことだけだと思っていたのに。」

私の精神の弛緩が肉体にまで罅《ひび》を入らせたことをイエは怒ったのだ。

またの日。

「僕、この頃絵が少しわかってきたような気がして、とても嬉しいんだ。」

イエはいい眼つきで私を見つめ、モナ・リザの微笑みを見せた。

「前途なお心にかかるものあり。」

西隣塾記

こないだ電車の中で新国劇の「大菩薩峠《だいぼさつとうげ》」上演の広告ビラを見かけた。中里介山《なかざとかいざん》居士追善興行としてあった。この芝居の上演も久し振りな気がする。介山居士は戦争中、生れ在所の西多摩郡の羽村《はむら》で急逝された。あれは何年のことであったろうか。救世軍《きゆうせいぐん》の秋元巳太郎氏が葬儀委員長をされたという簡単な新聞記事を読んだ記憶がある。逝《な》くなられた月日のことを私は覚えていない。また今年は何回忌に当るのか、それも知らない。

私は嘗《かつ》て介山居士の「千年樫の下にて」という随筆集を愛蔵していた。見返に居士の筆で「質直意柔軟」と書いてある。私の愛読書の一つであったが、手許不如意《てもとふによい》の折に、鳴尾正太郎君がくれたフランシス・ド・サールの書簡集と一しょに、ほかの本とまとめて売り払ってしまった。私には介山居士という人はなんとなく忘れ難い人である。そうして居士のことを憶うときにはまたいつも鳴尾君のことを憶う。

最早十余年の昔になるが、私は一時、介山居士の経営になる羽村の西隣塾にいたことがある。早春から秋ぐちにかけての半歳ほどの間であった。私はすでに二十五歳にもなっていて、最早親の臑《すね》を齧《かじ》っているのも工合が悪くまた家庭の事情もいつまでも私を養うわけにはゆかなくなっていた。羽村にゆく前日本橋の本町にあった大菩薩峠刊行会の事務所で初めて会った時、介山居士は云《い》った。「瞑想したり、近隣の山野を散歩したりし給え。」

三月の上旬であった。立川で青梅《おうめ》線に乗り換えて羽村で下りた。生えはじめたばかりの麦畑や枝の芽吹いていない桑畑が見えて、まだ雪の消えずに残っている武甲の山脈《やまなみ》が眼に迫ってくる感じだった。土地の人が「記念館」と呼んでいる西隣塾の文化瓦の赤い屋根が突き当りに見える、桑畑の間の一本道を歩いてゆくと、前方から自転車が走ってきたが、私を見かけると飛び下りた。

「小山さんですか？」

「そうです。」

「中里先生から通知がありました。待っていました。右手に建物が見えますね。あれは印刷所ですが、あそこに皆さんいますから。」

それが鳴尾君だった。鳴尾君はそこまで買物にゆくがすぐ帰ると云って、また身軽に自転車に飛び乗った。十七八の少年に見えた。黒の、ボタンも黒のだぶだぶな詰襟服《つめえりふく》を著ていて、眼のクリクリした、熊の子のような可愛い顔つきをしている。私は振り返って走ってゆく自転車の後姿を見送った。鳴尾君の微笑がとてもよかったからである。「クオレ」の中に出てくる少年のような印象を受けた。

印刷所の戸を開けると上端《あがりがまち》にストーブがあって、二人の人がちょうど一服しているところであった。介山居士の甥御《おいご》さんに当る村木さんと田中澄徹さんであった。私は村木さんの顔を見てなんだか見覚えがあると思った。すぐ思い当った。聖徳太子に似ているのだ。国定教科書の挿絵にある太子像によく似ているのだ。あの肖像はばかに頸長に描いてあるが、村木さんの頸が丁度あんな工合であった。村木さんもいまは子供さんの三四人はある家庭のいいパパに成り澄ましていることであろうから、私が頸長などと云っても、まさか縁起を担がれるようなことはあるまいと思う。私はまた田中さんの顔を見て、子供の時分家の違棚に飾ってあった木彫の鬼の念仏を思い出した。

「すぐわかりましたか?」と村木さん。

私が頷《うなず》いて、そこで鳴尾君に逢ったことを話すと、そのさい私が口にした若い人という言葉をきいて、

「若い人には違いないんですが、いくつだと思います?」

「さあ?　十七八じゃないんですか。」

「二十三ですよ。」

「若いなあ。」

そこへ鳴尾君が帰ってきた。鳴尾君はお茶請を買いに行ったのであった。鳴尾君の買ってきた饅頭を食べながら、

「いま、小山さんがね、そこで鳴尾君という可愛い少年に逢ったって話をしていたところだ。」と田中さん。

鳴尾君はまた子供のような微笑を見せて、

「小山さんはおいくつ？　検査はすんだの？」

私も笑いながら、

「ええ、検査はすみました。二十五です。」

「それじゃあ、僕よりお兄さんですね。若いなあ。」

私達は顔を見合せて笑った。私もふだん人から年少に見られる方ではあるが、鳴尾君の飛び抜けた若さには一驚《いっきょう》を喫《きっ》した。村木さんはまた私より二つ上の二十七であったが、私達が幼いせいか、ぐっと老けて見えた。この西隣塾のいわば留守居役であり、また印刷所の主任であった。田中さんはもう三十を越していて子供もある人で、近くの多摩河畔にある小山の麓《ふもと》に住んでいて、毎日自転車に乗って塾へ通ってきているのであった。

夕刻オート三輪車に乗って東京から介山居士が到着した。その頃介山居士は東京に十日羽村に七日という風に、居士の言葉を借用するならば、水陸両棲動物のような生活をしていた。東京羽村間の往復には最初オート三輪車を使用していたが、まもなく当時流行しはじめたダットサンを購入された。運転手は大竹さんと云って私達と同年配の人で東京の居士の家に夫婦で住み込んでいた。村木さんは器用な人で小型の運転が出来るので、居士が羽村へやってくると、大竹さんが東京へ帰るまでの時間を、私達はあちこちダットサンを乗り廻したものである。介山居士は大竹さんのことを「重兵衛、重兵衛」と呼んでいた。私はけだし先代貞山の読物に出てくる大竹重兵衛を連想されての愛称である。私は大竹さんに頼んで、駅留になっている私の夜具布団を、三輪車に乗せてもらって塾まで運んだ。介山居士はうどんを食べようと云って、五十銭銀貨を鳴尾君に渡した。鳴尾君は自転車を走らせた。東京の相場しか知らない私は、五十銭でいくらうどんが食えるものかと思い、あるいは介山居士という人は吝嗇《けち》なのであるまいかとひそかに心配したりしたが、やがて鳴尾君が帰ってきて、さて食べはじめてみて驚いた。一枚の五十銭銀貨は六人の大人がバンドをゆるめてかかっても食いきれないほどの大量のうどんに化けていて、鳴尾君と私は翌朝の食事もそれで済ましたほどであった。

その頃西隣塾には五棟の建物があった。文化瓦の赤い大きなのが本館で、ここには「大菩薩峠」に関するいろんな記念品が飾ってあった。記念館の称のある所以である。本館に向って右手に印刷所。ここで介山居士の著書や機関誌「隣人之友」の活字を組んだ。輪転機がないので印刷は東京の印刷屋でやってもらった。本館の裏手に草葺《くさぶき》の家がある。この家は武州高尾山の妙音谷にあった居士の草庵《そうあん》をそっくりそのままこの地に移したもので、当時村木さんが住んでいた。耕書堂というのがあった。これは図書蔵で本館から渡り廊下が附いていた。その奥に居士が羽村に来た時に寝起する瓦葺の小庵があった。居士は羽村へ来るとこの小庵で自炊の生活をした。自分で畑の葱《ねぎ》など抜いてきて汁をつくったりしていた。私達は居士は居士、村木さんは村木さん、そうして鳴尾君と私という風にめいめい勝手にやっていた。鳴尾君と私は始は二人かわりばんこに飯を焚《た》いたが、そのうち私は横著を極め込んで、いつのまにか鳴尾君ひとり女房役に廻るようになった。鳴尾君は前年の十一月の末にここへ来たので、私より三月先輩というわけであった。

鳴尾君と私は本館の三階と云うと体裁はいいが、実は屋根裏に寝た。「ひどいとこですよ。」と鳴尾君は幾分気づかわしげに私の顔色を窺《うかが》ったが、私がさらに辟易した様子を見せぬので安心したようだった。私は衣食住には無関心な方なので、野蛮な生活様式はむしろ望むところである。私は細長い屋根裏のまんなかへんに柔道用の畳を三畳がとこ敷いて、そこを塒《ねぐら》にした。鳴尾君はまた窓際に陣取っていた。「寒くないですか？」と訊いたら、「星が見えるから。」と風流なことを云った。窓の外を凩《こがらし》が吹く音をききながら寝ていると、自分が非常な高処《たかみ》に巣をつくっているような気がしてきて妙だそうである。また樹上に坐禅を組んだという栂尾《とがのお》の明恵上人《みょうえしょうにん》のことが偲《しの》ばれるという。私はまた当時流行していたジャングル映画に出てきたなんとか族の土人が樹上に住居を営んでいたことを思い出したりした。私はこれから始まる自分の生活のことよりも、鳴尾君のような人がよくも鼠にも曳かれずにこんなところに独り暮してこられたものだと思った。

話し合ってみると鳴尾君と私にはふしぎな縁故があった。私は十八の年に故高倉徳太郎先生から洗礼を受けた。当時の私にとっては基督教《キリストきょう》イコール高倉であった。それほどに私は一時先生に傾倒した。が、二十の年にはもう教会から離籍して浪人してしまった。私はズボンのポケットに無造作に突込んであった金を散歩の途上で落してしまったように、いつのまにか信仰を失くしてしまっていた。鳴尾君もまた二十の年に高倉先生から洗礼を受けた。そうしてその頃は高倉先生が校長をしていた東京神学社の学生であった。大竹重兵衛氏の説によれば失恋に由来する神経衰弱で一時休学しているのだということであったが、しかし失恋のことは措いて、鳴尾君のわだかまりのない微笑は、神経衰弱なんかとは縁のないものに見えた。「いいえ、わがままなんです。」と鳴尾君は言葉少に云うだけだった。高倉先生の消息を尋ねると、いまは郷里の綾部で病を養って居られるということだった。そうしてこの方はほんとの神経衰弱らしかった。鳴尾君は高倉先生のことが心にかかる風で「掛替のない人だから。」と云った。私はそういう鳴尾君にいきなり心が寄せられた。

私達はすぐに隔《へだて》のない仲になった。鳴尾君は私のことを「案山居士」などと云った。山田の中の一本足の案山子《かかし》のことである。勿論鳴尾君は口から出まかせを云ったのでなんの意味もないのだが、しかし私はそんなものに似ているわけはなかった。彼は頓馬《とんま》で、哀れで、笑止千万な奴ではあるが、それでも少くとも雀威《すずめおど》しの用には立つ。私には自分がなんによらず物の役に立とうなどとは思えなかった。私は自分を一本の焼木杙《やけぼっくい》だと思っていた。誰だか知らないが白い衣を著たへんな人が丑《うし》の刻《こく》参りをして、私に象《かたど》った人形《ひとがた》に呪いと共に瞋恚《しんい》の釘を打ち込んでいるのではあるまいかという妄想に襲われたりした。私にはしばらく前から睡眠中にギリギリ歯軋《はぎしり》を嚙むいやな癖がついてしまっていた。私こそ神経衰弱かも知れなかった。私は鳴尾君のことを「贋牧師」と呼んだりした。鳴尾君は黒の色が好きらしかった。小柄な軀《からだ》にいつも黒のだぶだぶな服を著ていたが、そのだぶだぶなところがまた気に入っているらしかった。「僕は窮屈なのは嫌いなんです。」と云っていた。鳴尾君の外套《がいとう》というのがまたひどく特徴のあるものであった。やはり黒い色の、丈は恐ろしく短いが、身幅はまた恐ろしくたっぷりしている、外套というよりもマントに近い感じのものであった。そのうえ帽子がまたふるっていた。ウェイクフィルドかステパンチコヴォの村長さんでも被りそうな黒の小型の山高帽子というよりは、お椀シャッポに短い縁《へり》をくっつけたようなへんてこな代物であった。穿《は》く靴がまたよかった。ボタンで止めるのでもなければ、紐で括《くく》るのでもない、ゴムの帯が附いていて、すぽっと足の入るやつ、あれであった。頭の天辺から足の爪先まで黒一色、宛然牧師の卵の如きものが出来上ったが、それが決して滑稽でなかった。偶然に寄せ集められたのではなくそこに鳴尾君の好尚がはたらいていたからではあろうが、なにか人柄にぴったり嵌《はま》っていて一分の隙もなかった。詩人の身嗜《みだしなみ》と云ったようなものさえ感じられた。私は鳴尾君におしゃれの天稟《てんぴん》のあるのを察知した。恐らく年頃の娘さんはこういう可愛い牧師さんから祝福を授けてもらいたくなるのではなかろうか。鳴尾君はときたまそんな扮装でいそいそと青梅の町などに出かけたりしていた。私はそういう鳴尾君を「贋牧師」と呼んだ。鳴尾君はいつも持前の柔和な微笑で応じた。鳴尾君の意識に厭味《いやみ》な文学趣味など毛ほどもなかったことは云うまでもない。私はまた鳴尾君のことを時に「讃美歌牧師」と云ったりした。鳴尾君の声は純粋のバスだった。印刷所で文選をしながら詩吟をしたり讃美歌をうたうことがあったが、そういう時私達は思わずきき惚れた。そういう人を惑わす技倆《ぎりよう》を持っているからにはいよいよ贋牧師の資格があると云ったら、鳴尾君は真面目に「ええ、神学社の寄宿舎では僕が一番讃美歌が巧いんです。」と答えた。恐らく鳴尾君の讃美歌は天上のエホバの御座《みくら》にまでとどいたことであろう。私は時に鳴尾君の祈禱《きとう》の姿を瞥見《べつけん》することがあった。鳴尾君は私達の眼につかぬようにつとめて気をつけていたようではあるが、そういう時私は自分が大事なものを失くしてしまったような気持になった。隠れたるに見給う神に祈を捧げている鳴尾君の姿には、使徒トマスとかアンデレとかを彷彿《ほうふつ》させるものがあって、私はひどく心をそそられたのである。バンカラな不良学生がお行儀のいい優等生にふと感ずる郷愁のようなものかも知れなかった。

私達塾生の日課は主として印刷所で介山居士の著書や雑誌「隣人之友」を組むことであった。輪転機がないため印刷することが出来ないので、植字したやつをその都度大竹さんが東京羽村間を往復して印刷屋へ運搬した。植字は専ら村木さんがこれに当り、鳴尾君と私の二人が文選を受け持ち、田中さんは近眼だったので主に解版の仕事をやってもらった。私は日ならずして文選の仕事に熟達した。旬日を出ずして一日に九ポで八箱は拾えるようになった。自分でも意外であったがはたの人も驚いた。この仕事はあるいは自分の性に適するかも知れないと思ったが、しかし私の能率はそれ以上は決して上らなかった。一月立っても二月立っても同じであった。私の遣口《やりくち》にはどことなくもたもたした覚束《おぼつか》ないところがあって、鳴尾君と比較すると、どうしても正確さや敏速さに欠けていた。二人で何度か競争もやったが、いつも負けた。自分のやることはいつもこれだ、決して番狂わせはないんだ、自分はやっぱり駄目な奴だ、焼木杙《やけぼっくい》だと思った。

「僕は駄目なんだ。わかっているんだ。」

「そんなことはない。」

「誰かが丑の刻参りをして僕を呪っているんだ。」

鳴尾君は噴きだして、

「まさか、そんな、机竜之助ではあるまいし。小山さんのようないい人を呪う人なんかいるものですか。」

「そうかしら、僕はいい人かね。僕は買物をしても嘗て一度も有難うって礼を云われた験がないんだ。僻《ひが》まざるを得ないね。」

鳴尾君はまた笑って、

「それはひどいな。ほんとですか。しかしそういう受難は聖者の生涯には附きものですね。人に賤しめられ擯《しりぞ》けられてこそ聖者でしょ。まあ癩病《らいびょう》人みたいなものだな。誰もその毫光《ごうこう》には気がつかない。」

「なんだ。そんな子供みたいな顔をしていて、それでもお世辞の一つ位は云えるんだね。贋牧師の本性紛れもないな。」

「いいえ、僕はほんとうにそう思っているんです。小山さんは生涯の終にはきっとこういう風になりますよ。」

鳴尾君は眼をクリクリさせながら、指で頭の後に円を描いて見せた。

日曜日が来る毎に私達は印刷屋から日曜学校の先生に早変りした。本館の二階の大広間を開放して教場に使った。生徒は村の子供達だった。たいして面白いものでもなかったのだが、それでも大勢やって来た。介山居士は子供達のために毎週短い感話を書いた。私達はそれをカードに印刷して子供達に配った。多くそのときの季節や月日に因《ちな》んだ話であった。彼岸《ひがん》のことや屈原《くつげん》についての小話があったのを覚えている。私を除いた三人の先生が話をした。私にはとても有象無象を前に控えて話など出来なかった。カードの文章を読んでそれを子供達に読ませるのがやっとだった。私はいまはそれほどでもないが、昔はひどいはにかみやでなにかと云えばすぐ処女の如くはにかんでしまったものだ。たまには介山居士が話をすることがあった。居士は子供達に多摩の河原からめいめいの好みの石を拾ってこさせてそれの品評をしたりした。居士は掌に一つ一つ石をのせて、この石は大へん奇抜な形をしていて面白いようではあるが、こういうものはすぐ飽きてしまって長くは私達の心を惹かない、この石は見た目は平凡でつまらないもののようではあるが、よく見るとこの素直な形には汲めども尽きない味わいがある。そんな風に話した。鳴尾君は話が巧かった。多く聖書の話をした。ノアの方舟《はこぶね》の話、イエスの誕生の日の厩《うまや》小屋の話、エマオの途上の話など記憶に残っている。ノアの方舟の話は傑作だった。鳴尾君は大混雑の方舟に乗り合せているいろんな動物の心理描写をやってのけたのだが、そのユウモラスな話し振りには子供達は大喜びであった。私は鳴尾君に文学の才能があると思った。

「童話を書いてみたら。」

と云ったが、鳴尾君は否定して、

「僕は子供が好きなんです。くにへ帰って小学校の先生になろうかとも思っているんです。教会の日曜学校にも出たことがあるけれど、ここの子供の方がいいですね。野育ちの方がいい。都会の子供はなんて云うか子供の癖に文化的な厭味みたいなものがあって。ここの子供は暮しは貧しいようだけれど、皆んなのびのびしていますね。話をきいていると面白いですよ。明るい機智に富んでいて。生活の智慧《ちえ》と云ったようなものさえ芽生えていますね。前にこの屋根裏へ上ってきて僕の寝床を見つけて、なんて云うかと思ったら、なんだ雀の巣かと思ったら人間の巣でやがんのだって。面白いことを云うでしょ。」

そういう鳴尾君は子供達から慕われていた。鳴尾君の机のまわりは子供達からおくられた図画や習字が一ぱい飾ってあった。

「あんまり殺風景だから子供の絵でも貼りつけてやろうと思って無心をしたら、こんなに沢山持ってきてくれたんです。子供なんて自分の持っているものを一ぺんに出してしまわないと気がすまないんですかね。」

「僕がそうなんだ。」

「ええ、実は僕もそうなんだ。」

二人は顔を見合せて笑った。なんと云っても私達は二人共に年が若かったのである。子供達に心を惹かれていることが、鳴尾君の滞在を長引かせている原因の一つであることは間違いなかった。

私はこの屋根裏部屋で「鸛《こうのとり》物語」という習作を書いた。鸛が揺籃《ゆりかご》へ置いていった子供、若い日のアンデルセンのことを書いた。鳴尾君に読んでもらった。「僕は好きだな。涙が出そうになったところが一箇所あった。」と鳴尾君は云ってくれた。

鳴尾君はまた介山居士が子供達のために書いた文章をカードに印刷する際にハガキに印刷して（丁度カードの大きさがハガキ大だったので）その都度くにの弟妹達へ送っていた。鳴尾君の郷里は紀州のなんとか郡の富貴村というところで家は代々百姓をしていた。大家族らしく、そうして鳴尾君は長男で、弟妹達はまだ幼いらしかった。鳴尾君は私にもそうすることを勧めたが、私にはそんなハガキを送る宛はなかった。その時だったか、それからどんなことを云ったのか、それは忘れてしまったが、私が自分の家庭について云ったことをきき咎めて、鳴尾君が「エゴイストだなあ。」と嘆息を漏らしたことがある。私は鳴尾君の「神経衰弱」と云うより頭痛の種は家庭的なことかも知れないと思った。云うまでもなく鳴尾君の家の宗旨は基督教ではなかった。高倉先生が病気なのが鳴尾君には痛手らしかった。それでも鳴尾君は毎日日課のようにして英訳本で「基督教原理」を読み進めていた。その頃はいまのように宗教書の氾濫《はんらん》を見ず、「基督教原理」の完訳もまだ出版されていなかったのである。

印刷所の仕事がわりに忙しくて、介山居士の云ったように、そんなに近隣の山野を散歩も出来なかったが、それでも日曜の午後などには鳴尾君に案内してもらってあちこち歩いた。私は木や草の名など皆目知らなかった。桑畑も実はわからなかった。あの木の根っこみたいのは一体なんだろうと思ったものだ。鳴尾君はそんな私にいろいろ知識を授けてくれた。げんのしょうこ《げんのしょうこ》が植物で薬草だということを知ったのも鳴尾君のたまものである。私はそれまで犠牛児《さんしょううお》は山椒魚の一種のようなものだと思い込んでいたのだ。鳴尾君はこんな風に私に野外教授を施してくれた。「これは道のべの木槿《むくげ》は馬に喰われけりの木槿です。」とか、「これは遍く茱萸《しゆゆ》を挿んでの茱萸です。」とか。鳴尾君は王維《おうい》の望郷の詩をよく吟じていたものだ。私は月見草さえ知らなかった。

「中里先生は月見草が好きなようですね。おそらく余の愛するに適した花かも知れない、なんて随筆に書いていますね。」

そうして鳴尾君は云った。

「小山さんは中里先生をどう思います?」

「やさしい人だと思う。」

「僕もそう思います。」

一日「大澄山」の麓にある田中さんの家庭を訪問した。この辺は多摩川の流に沿ってひとつらなりの丘陵が起伏していて、田中さんは自家の裏山に当る一つを仮りに名づけて大澄山と呼んでいたのである。こんもりとした恰好のいい小山で、この山を見た人には、田中さんの命名はなんとなく思いつきな気がされるのである。「私は大澄山の麓に居住いたします田中澄徹と申す者でございます。」など「大菩薩峠」の弁信法師もどきに、食後の腹ごなしにはよくやっていた。いつか、大澄山という名称と澄徹という雅号とは、どちらが先に生れたのかときき糺《ただ》したところ、田中さんは頭をなでなで、「それは君、鶏がさきか卵がさきかというようなものだよ。」とぬからぬ笑を見せた。私はさきに田中さんのことを鬼の念仏に似ているように云ったけれど、なにも田中さんはあんな恐い顔もまた苦虫を嚙み潰したような顔もしているわけではない。なんとなく感じに似ているところがあるのだ。また鬼の念仏とか鬼瓦とかいうやつはよく見ると、恐くもなんともない。かれらには人間に見かけるような悪相がない。つまり邪慳《じやけん》でも陰険でもないのだ。むしろ人間を恐怖するのあまりあんな顔つきになってしまったような形跡さえ見える。かれらの鬼面はあるいは正当防衛の結果なのかも知れない。口からはみ出している牙は敵に挑むためのものではなく守るためのものである。田中さんは愛想のいい気のおけない腰の低い人である。少しく多弁でそうして親切である。人と話しながら時々頭に手をやってなでさするような手つきをする。そういう時田中さんは相手の気を兼ねて口をきいているのだ。田中さんの家庭はお母さんに奥さんにそうして子供さんは二つ位の男の子が確か一人だったと覚えている。田中さんが毎日塾へ出かけている留守を、お母さんと奥さんは畑仕事をしているのだ。そういう暮しである。田中さんは生れつき鋤鍬《すきくわ》作業は嫌いらしく、はたち前後から家を飛び出して、東京でいろんな職業に就《つ》いたり、宗教団体に加盟したり、社会改良派の仲間入りをしたりして、自分の好きなことをやってきたらしい。そういう「浮草」のタイプなのだ。狭山茶の行商をして苦学していた頃の思い出を書いて「隣人之友」に載せたこともある。田中さんのような人はどんな田舎にも一人や二人は見かけるのではあるまいか。田中さんはこまめであった。人の厭《いや》がるようなことも気軽に引き受けた。いつも進んで貧《びん》乏籤《ぼうくじ》を引き当てようとする人間が塾には二人いたのである。田中さんと鳴尾君である。それをいいことにして村木さんと私はいつも横著を極め込んでいた。だから田中さんはちょこちょこしているように見えることもあった。けれども決してそんな人ではなかった。私は田中さんを見てやはり素朴な田舎人だと思った。都会で猫の額ほどの地歩を争っている者の持つずるさもひっつこさもない。まして田中さんは挑むにも守るにも牙などは持ち合せていなかった。私のような世間見ずの天邪鬼《あまのじやく》に対しても終始寛容を以て臨んでくれた。そういう田中さんにはいわば人生の端役を以て任じている者の雅懐《がかい》があった。私がその第一印象に鬼の念仏を聯想《れんそう》したというのも、つまりその雅懐から生ずる田中さんの持つ微笑《ユウモア》が然らしめたのではあるまいか。思うに子供の虫封《むしふうじ》などのまじないに利用されるかの鬼の念仏像はむしろユウモラスな存在ではなかろうか。その日鳴尾君と私は田中さんの東京放浪時代の形見とでも云うべき署名帳を見せてもらったが、それには実に各界名士の署名が綺羅星《きらぼし》の如く並んでいて、よくもかく万遍なく天路歴程《てんろれきてい》が出来たものだと二人とも魂消《たまげ》てしまった。サンプルをお目にかければ、床次竹二郎《とこなみたけじろう》、菊池寛《きくちかん》、与謝野晶子《よさのあきこ》、山室軍平《やまむろぐんぺい》、賀川豊彦《かがわとよひこ》、喜多村緑郎《きたむらろくろう》、中村吉右衛門《なかむらきちえもん》、堺利彦《さかいとしひこ》、丸山鶴吉《まるやまつるきち》、ざっとこんな工合である。中には寸言や俳句さえ書き添えてあるのがあった。田中さんは私達の驚いているのを満足そうに見て、「皆んないい人だった。気軽にすぐ書いてくれた。」と云った。奥さんがつくってくれた菜を炊き込んだ粥《かゆ》を御馳走になった。

塾へ帰る途で、

「羽村って貧乏村だね。なんにもないね。いいね。」

と云ったら、それで鳴尾君には通じたようで、

「ええ。土地の気風も悪くないし。どう？　落著けそうですか。」

私はそれには答えずに、

「僕は夢をみてもみんな東京のことばかりだ。ここの生活はまだ夢の中に入ってこない。」

鳴尾君はふと思いついたように、

「高尾山にいた頃の中里先生の生活はよかったようだな。御自分でもそう云っていますね。『千年樫の下にて』という本があるでしょ。読みましたか？　あんな生活はたのしいだろうな。」

羽村は小さい貧しい村である。家も粗末な家ばかりだ。それでも養蚕期《ようさんき》には少し実入があるらしい。初めて羽村の駅に下りて、畑の中に桑の根っこを見、まだ雪の消えずに残っている山脈を見た時には殺風景にも思った。また土地の人の口の悪いのに、喧嘩腰で話しているようなのには驚いた。気性の荒いところかとも思ったが、そうではなかった。暮してみて私の心に触れてきた貧しさには柔かさがあった。私は思った。貧しい人の心には決して貧を卑しむ気持がないということを。その頃介山居士が「隣人之友」に書いた詩の一節に「平なる野と空とを見つ」というのがあったが、羽村はただそれだけの奇もない平凡な貧乏村である。しかし平なる野と空と、そうして多摩の流があり、好い青葉期を持つ村の貧しさは平明なものだ。それは人の心を荒くしたり鋭くしたりするようなものではない。子供が明るくのびのびしていて、土地の気風に貧を卑しむところのないのは自然だと思う。東京をわずかしか離れていないのに、すでに言葉も鄙《ひな》びていて、その土地の気風を存しているのが、私にはゆかしい気がした。

　ある日、介山居士が名づけて「お銀様の桜」と呼んだ桜樹の下に縁台を持ち出して皆んなでお茶を呑んでいた時、「大菩薩峠」の朗読会をめいめい役をきめてやってみようという話が出た。村木さんは自ら竜之助の役を買って出た。田中さんの弁信法師は自他共に許すところ。鳴尾君はさしずめ清澄の茂太郎。さて私だが、その時介山居士がふと云った。

「小山君は与八がいいだろう。」

　あの種も仕掛もない善玉の役を私に振ってくれたのである。なるほどと私は思ったが、

「僕はピグミーになりたい。」

　居士はさりげない表情で、

「そう先っ走りをしてはいけない。」

「大菩薩峠」の読者は知っているわけだが、あの大長篇の中巻あたりに、ピグミーと呼ぶ一種の下等動物が出てくる。こいつはまことに下等なやつで、勿論人並にお袋の腹から生れ出るというわけにはまいらなかった。天井の節穴などから過って世の中に顔を出した哀れな代物である。眼もなければ口もないのに、胃袋は自尊と虚栄でパンクせんばかりに脹《ふく》れている。こいつが時々思い出したように竜之助を挑みにくる。竜之助がとりあわないでいると、いつまでもへばりついていて、さかんに神経戦術を用いる。流石《さすが》に煩くなってきて、抜く手も見せず一刀両断にするのだが、そこが下等動物の哀れさと云うか、浅間しさと云うか、自分が真二つにされたという自覚症状がない。壁なんかにとりついてヒクヒク

やっているうちに、安直なことには、どうやら息を吹返す。そこで安直先生、わが鉱脈の底知れぬことよと自分で自分に感服して、またぞろ竜之助のお髭《ひげ》の塵をはらいにくる。まことに煩《うるさ》いやつ。ピグミーとはかかる下等動物である。私だとてこんなやつにはなりたくない。それでは折角いい役を振ってくれたのになぜあんなことを云ったのか。天邪鬼からでも悪戯気からでもない。私はそういうことは大嫌いなのだ。ただ雑音である。出来の悪いラジオではないが、私は時々こんな雑音を発する。「ピグミーになりたい。」という言葉の背後には私という人間は全然いないのだ。またこんなこともあった。あるとき東京からお客様が来て、介山居士は本館の中を案内して廻って記念品を見せていた。私も傍《かたわら》にいた。記念品の中に石井鶴三《いしいつるぞう》氏の画があった。狼を連れて走っている清澄の茂太郎を描いたものである。いい画だった。私はその時その画をやたら褒めちぎった。介山居士と石井氏の間に大喧嘩のあったことは世間周知のことである。まだそのほとぼりの醒めていない時であった。東京のお客は私の誇張した賞讃の言葉に眉《まゆ》を顰《しか》めた。しかし介山居士は笑いながら「よく描けている。」と一言云っただけだった。このことも私の性に反する。やはり雑音のたぐいである。

耕書堂からなにやら古ぼけた本を抱えて出てきた介山居士が、渡り廊下を本館の方へ歩いて来ながら私を見かけて、「小山君、一寸《ちよつと》きてくれ。」と呼んだ。私は印刷所へゆくところだったが、居士に附いて本館の一室に入った。居士はそこにある大机に向って腰をかけ、私にもその脇に腰をかけさせた。口述筆記なのであった。その頃居士は「隣人之友」に

「日本武術神妙記」の続篇を連載していたが、その口述筆記であった。居士は懐から眼鏡のケースを取出して眼鏡をかけ、本を開いてゆっくり口述された。源頼政の鵺《ぬえ》退治の件《くだり》であった。居士の顔は眼鏡をかけるとやさしくなる。また居士は太鼓腹で恰幅のいい人で、みかけは土方の親方のようであったが、声はやさしかった。少年時代には電話の交換手を勤めたことがある位で、きれいな声をしていた。ふだんはそれほどにも思わなかったが、口述などする時にはそれがわかった。私は胸をどきどきさせながら筆記した。居士は私がのべつインキ壺にペン尖を漬けるのに気づいて、

「どれ、見せてごらん。」

と私が差し出した原稿用紙をのぞいて、

「あまり力を入れて書くから、すぐインキがきれてしまうんだ。」

と云った。私は自分のやたらインキを滲《にじ》ませている金釘流が恥ずかしくてならなかった。

居士は自分でペンを執《と》ってさらさら書き流した。

「ほら、こういう風に軽くペンを走らせればいいんだよ。」

小学生の時習字の時間などに、たまたま先生から手を取ってもらって教を受けることがある。先生の掌は大きくて暖くて、小さい生徒の胸は嬉しさと恥ずかしさで一ぱいになる。私はその時それに似た気持になった。居士からペンを渡されてまた筆記を続けたが、いくら気をつけても私のペンは軽く走らず、私の書く字はたっぷりインキを滲ませて、私は相変らずせわしくインキ壺にペン尖を突込まねばならなかった。

「今日はここまでにしておこう。」

と云って、居士は私の筆記に眼を通し、誤字を訂正し脱字を書き入れたりした。居士は

「御苦労さん。」と云った。もう用はないのである。私はもじもじしていたが、云った。

「先生は千年樫の下にいた時には楽しかったですか？」

居士は眼もとにうすく笑を見せて頷いただけだった。なんだかばつが悪かった。私はまた云った。

「自分の若さというものが纏《まとま》って胸に浮んでくるような期が来るでしょうか？」

居士は私の顔から眼をそらしたが、誰にも心のらくになるような期が一度は来るようだ、というような意味のことを云った。それから居士はふと思いついたように立ち上って、そこに陳列してある本の中から一冊抜き出して、また机に向い、ペンを執って一寸躊躇《ちゆうちよ》してから見返に「質直意柔軟」と書いて、その「千年樫の下にて」を私にくれた。私が本をあけて挿入してある千年樫の写真や居士の草庵の写真に飽かず見入っていると、居士は立ち上った。渡り廊下を耕書堂の方へゆく居士の後姿に私は呼びかけた。

「先生。」

居士は立ち止って横顔を向けた。

「青年はどういう本を読んだらいいでしょうか？」

「聖書。論語。」

居士はそう云捨てて廊下を歩いていった。

私は介山居士が千年樫の下に草庵を結んでいて、傅《かしず》く一人の弟子が私であったなら、どんなにいいだろうと思った。私は薪を拾い、水を汲み、畑を耕すだろう。私は「ピグミーになりたい。」など勿論云わないだろう。また青年はどんな本を読んだらいいかなど問いかけもしないだろう。居士の傍にいるだけで、その声をきいているだけで、私の心は満たされるだろう。時に居士が私を呼んで論語を繙《ひもと》き教えてくれるならば、私はどんなに嬉しいことだろう。居士の一言一句に私は耳を傾けるだろう。そうして私の心はいつもあるべきところにあるだろう。

夏のことであった。私が屋根裏部屋で昼寝をしていると、階下から「案山居士、いるかい？」と呼ぶ鳴尾君の声がした。鳴尾君が私のことをそんな風に呼ぶのは、いつもなにかある時に限る。下りていって見ると、鳴尾君はいやにそわそわしている。

「ばかに興奮しているじゃないか？」

と云うと、

「宋淵《そうえん》坊が来たんだ。」

と眼を輝かせている。中川宋淵さんは介山居士の友達で、その頃「隣人之友」に毎号俳句を寄稿していた。時には行脚先から音信が舞い込んだりして、私はその稀《まれ》な古調を愛読していたものだ。

「どんな人だ。」

「ま、会ってごらんなさい。」

私は鳴尾君の顔を見て、この輝きが宋淵坊の照返しだとしたら、これは相当なものだと思った。この日私は宋淵さんをつかまえて、坐禅のやり方を教えてもらったが、私はこの青年僧に完全に圧倒された。たくしあげた僧衣の裾からはみ出している、日焼した逞しい臑《すね》を見ただけで、眼の眩《くら》む思いがした。その日焼けが並大抵の日焼けではないのだ。赤銅《しやくどう》色なんてところを通り越していた。行脚《あんぎや》というものが生易しいものでないことを雄弁に物語っていた。私の坐禅が三日坊主に終ったことは、これは云うまでもない。ずっと後になって、三好達治氏が著した「諷詠《ふうえい》十二月」という本に、宋淵さんの、たらちねの生れぬ前きの月明り、という句が択ばれてあるのを見た。

九月に入って間もなく私は西隣塾を辞した。「田舎はこれからがいいんですよ。もっとゆっくりしてゆきなさい。」と村木さんは云った。田中さんは私が東京へ帰るのを頻《しき》りに止めた。私は使いあましたインキ、ペン、ノートの類《たぐい》が荷物になるので、田中さんに上げたが、田中さんは「これは預っておきます。その気になったら、いつでも帰っていらっしゃい。」と云って、どうしても告別の言葉を云わなかった。鳴尾君は「僕もそのうち寄宿舎に帰ります。」と云った。介山居士は「また遊びに来給え。」と云った。

東京へ帰ると私はすぐにあくせくしはじめた。それは始からわかっていることだった。私が蓄音器商組合の調査部員などという怪しげな職業に就いていた時、突然鳴尾君から電報が来た。新宿駅へ直ぐ来いというのであった。私は自動車で駆けつけた。鳴尾君はれいの贋牧師の扮装で風呂敷包を下げて駅の前に立っていた。私達は近くの喫茶店に入った。

鳴尾君が私に風呂敷包を渡して、これから柏木の学友の許にゆかなくてはならない、……そう、ゆくとは云わなかった、なにか用事があるらしく、ゆかなくてはならないと云った時、お巡りさんが入ってきていきなり私達に一寸交番へ来いと云った。なんですかと云うと、なんでもいいから来いと云った。私達は駅前の交番に連れ込まれた。お巡りさんは私達の顔を等分に見て、「君達は何をしていたんだ？」と訊問した。なにもしていない、お茶を呑んで久闊《きゅうかつ》を叙《じょ》していたところだったと答えると、その風呂敷包を拡げてみろと云った。私はこの時はじめてハハアと合点が入った。このお巡りさんは私が自動車で駆けつけた時から見ていて、それで私達のことをなにか街頭連絡のたぐいに見過ったのに違いないと思った。まったくそうらしかった。風呂敷包の中身は私が塾を辞する時鳴尾君に預けていった本である。千年樫の下にて、フランシス・ド・サール書簡集、秋元巳太郎氏の伝道日記、和讃集等々である。サール司教がシャンタル夫人に与えた書簡集は鳴尾君が私に餞別にくれたものである。塾にいる時私が一寸のぞいてみて、チエホフに似ているなどひどいインチキを云った本である。お巡りさんは一冊一冊手に取って見ていたが、どれもが赤い本でも黒い本でもなく、むしろ抹香臭いものであるのに怪訝《けげん》な面持になった。やがて自分の思い違いに気づいたけしきで、もう帰ってよろしいと云った。私達は今更お茶を呑みなおす気にもなれず、交番の前で左右に別れた。

次にそうして最後に私が鳴尾君を見たのは、高倉先生が逝《な》くなって、その葬儀が信濃町教会で執行された時であった。葬儀委員長は田川大吉郎《たがわだいきちろう》氏であったか、それとも斎藤勇《さいとうたけし》氏であったか、私の記憶はあやふやである。高倉先生の柩《ひつぎ》を担うお弟子さん達の中に鳴尾君はいた。私はふいに鳴尾君が顔を顰《しか》めるのを見た。大勢で担っているのに柩が重いわけはない。むしろ先生の遺骸は軽ろきに失したのであろう。そうしてこのことが鳴尾君の顔を顰めさせたのであろう。その日私は鳴尾君と遠くから目礼し合っただけで言葉は交さなかった。

その後私の生活は急速にひどくなった。住処も転々と移り変った。

「その気になったらすぐ帰っていらっしゃい。」そう云った田中さんの声音を私は何度も思い起した。私もまた「浮草」の生れつきであった。そういう中で私は鳴尾君が松江教会の副牧師になって赴任したことを風の便りに聞いた。しばらくして私はまた鳴尾君が病を得て郷里の富貴村で急逝したことを耳にした。介山居士が鳴尾君の夭折をいたく惜しまれたという話も伝え聞いた。

私は西隣塾を辞して間もなく鳴尾君から手紙をもらったが、その中にこんなことが書いてあったのを覚えている。断るまでもなく原文の通りではない。

「三家三勇士の一人は紀伊の某という若侍だ。三十三間堂で通し矢を試みて、始はうまく的を射ぬいたが、そのうち放つ矢がみんな的を外ずれるようになった。絶望して腕を拱《こまね》く折、始終を物陰で見届けていた、これも三勇士の一人である尾張の某という侍が出てきて、小柄で腕の鬱血《うつけつ》をとりのぞいてくれる。そこでまた試みると、こんどは百発百中であったという。この話は今日耕書堂で『日本武術神妙記』の口述筆記をした時に、君の話が出て、そのさい中里先生が話してくれたのだ。僕はこの話を聞いて君が自分のことをいつも焼木杙だと云っていたことを思い出した。中里先生は君が塾を去られたことを遺憾に思っていられるようだ。耕書堂には君も知っているように、中里先生が虎の画を描いた衝立《ついたて》がある。先生はその衝立を背後にして口述された。僕はなんとなく四睡図《しすいず》を思い浮べた。確か浅草寺にあるやつだ。虎に倚懸《よりかか》ってみんな昼寝しているのだ。豊干《ぶかん》はもとより先生である。僕は寒山《かんざん》だか拾得《じっとく》だか、それは知らないが、一人の欠けていることが物足りない気がした。」

師友に先立たれて独りあとにとり残されるのは、所在ない気の抜けた気持のものである。

生い立ちの記

思い出

私は数え年の二つのとき、父母に伴われて大阪へ行った。大正の始であった。その頃、私の父は摂津大掾《せつつのだいじよう》の弟子で、文楽座《ぶんらくざ》に出ていた。父は二つのとき失明した。脳膜炎を患ったためだという。父は十三四の頃初めて大阪へ行き、はじめ五世野沢吉兵衛の手解《てほどき》をうけ、その後当時越路太夫と云った摂津大掾のもとに弟子入りをした。祖父の姉で出戻の身を家に寄食していた人が、父に附添って行った。父は時々、学生の帰省するように、東京へ帰ってきては、また大阪へ出向いていたようである。その間に父は結婚して、兄と私が生れた。乳離れのしなかった私が連れられて行ったのは、父の最後の大阪行のときであった。

大阪のどこに私の一家が住んでいたのか、私は知らない。大阪の家には、父母と私と祖父の姉にあたる人（この人のことを、家ではひとつは祖母と区別するために、大阪おばあさんと呼んでいた）と、それから私の子守のしづやがいた。しづやも東京者で、私達と一緒に大阪へ行ったのである。東京の家には、祖父母と兄がいた。兄は私より二つ年上であった。

その頃、文楽座は御霊神社のそばにあった。私達が住んでいたのも、そこからそう遠いところではなかったであろう。御霊神社のことを、「ごりょうさん。」と云っていたのを覚えている。おそらく土地の人がそう呼び馴染《なじ》んでいたのを、私達もそのまま云い倣《なら》っていたのだろう。私はしづやに被負《おぶさ》って、よく御霊神社の境内へ遊びに行ったようである。「しいや、ごりょうさんへ行くの、しいや、ごりょうさんへ行くの。」そう云って私がしづやにせがんだということを、東京に帰ってきてから、よく母などから聞かされたものである。私は「しづや。」という発音ができず、いつも「しいや。しいや。」と呼んでいた。御霊神社の縁日《えんにち》で、夜店の飴屋のみせをしづやの背中にいて見て、あめが欲しいとせがんだら、「あれは毒です。」としづやから叱るように云われて、飴屋の親爺《おやじ》の顔がそのとき鬼のように見え、毒なものをなぜ売っているのだろうと子供心に訝《いぶか》しく思ったことを覚えている。文楽座で御簾《みす》の垂れているのを見た記憶が眼に残っている。おそらく開演前に土間からでも、しづやに被負っていて見た記憶であろう。やはり御霊神社の近くだったらしいが、あやめ館と云う寄席《よせ》があって、そこへも私はよくしづやに連れられて行ったようである。寄席の入口の前にしづやといたとき、女芸人が人力車で乗りつけたのを見た。中へ入って私達はその女芸人が舞台でやるのを見た。「さっきのねえさんですよ。」としづやが私におしえた。私も覚えていた。女芸人が懐中電灯を掌にして踊りのようなことをしたのを覚えている。しづやは木魚を敲《たた》いて阿呆陀羅経《あほだらきょう》の真似をするのが巧かったそうである。暮れがたの町中で、しづやに被負りながら、その阿呆陀羅経を聞いたような記憶がある。私の玩具の中には、黒ずんだ色の手頃の大きさの木魚が一つあって、かなり後まで残っていた。摂津大掾は私の父を可愛がり、私も家に連れてゆかれて、摂津大掾の膝に抱かれて、摂津大掾がてずからむしってくれた魚を食べたことがあるそうである。私の幼い記憶には、そのときの膳の上の魚の白身の印象が眼に残っていた。少し覚束《おぼつか》ない気もされるが、後になってその話を聞いてから、私がつくりあげたイメージではないようだ。住んでいた家のことは、殆《ほとん》ど記憶にない。ただその家が通りに面して格子窓のある家であったのを覚えている。窓の外を牛乳売りが通りかかったのを聞きつけて、買ってくれと母にせがみ、宥《なだ》められてもききわけがなくて、仕方なく母が買ってくれた牛乳を一口飲んで吐出してしまったことがあったのである。「そらごらん。」と母から云われたようである。おそらく、それまでにも母が一度ならず牛乳を与えても、私は嫌って飲まなかったのだろう。窓の外を通りかかったものが、常々自分が嫌っているものだとは知らず、私はしつこくせがんだのだろう。そのとき私は子供ながらにひどく懲《こ》りたらしく、その後かなり長いあいだ私は牛乳を毛嫌いしていた。私は牛乳を飲まず、母乳だけで育った子供のようである。瀬多屋という菓子屋と私の家は懇意にしていたようで、その後東京へ帰ってからも、その家のうわさがよく出た。瀬多屋の主人は私を可愛がってくれたそうである。

私が五つになった年に、父は文楽座を退いて、私達一家は東京へ帰った。鮨屋の娘で同じ年頃の女の子がいて、私と仲よしで、私が東京へ帰ることを聞かされて泣いたそうである。後になっても、その話を聞かされた。私はその女の子のことを少しも覚えていない。私達は夜汽車で大阪を立ったようである。夜の道を俥《くるま》を連ねて停車場へ行った。私は母の膝に抱かれて俥に乗っていたのだろうが、前をゆく俥の後姿が眼に残った。発車前に、見送りにきてくれた人が、男の人が思いついたように駅弁を買って窓口から入れてくれたことを覚えている。その人が瀬多屋の主人であったと私は記憶してきている。東京駅から自動車で家に帰った。それが私が自動車というものに乗ったことを記憶している最初である。電車通りを行ったことを覚えている。自動車には出迎えにきてくれた年寄の女の人が同乗していた。それは祖母だったらしいのだが、その後祖母と一緒に暮すようになってから、私にはどうもその年寄が祖母とは別の人だったような気がしてならなかった。その日は旗日で、家の玄関の前に国旗が掲げてあったのを覚えている。私の家は吉原遊廓《よしわらゆうかく》のはずれの俗に水道尻という処にあったのだが、検査場（吉原病院）の方から太鼓の音のようなものが聞えてきて、私はそれを気にして久し振りに帰ってきたわが家の玄関を頻《しき》りに出たり入ったりしたようである。

東京に帰ってきてからも、しづやはしばらく私の家にいた。なかやという兄の子守もいたが、なかやはしづやよりも早く暇を取ったようである。兄と私はその頃根岸にあった幼稚園に通った。私の家から廓外《かくがい》へ出るには、検査場裏の裏門が近かったが、そこは昼間は締まっているので、私達は幼稚園へ通うのに、京町一丁目の番屋を抜けておはぐろ溝《どぶ》に架かった刎橋《はねばし》を渡って竜泉寺町へ出た。その頃は、廓《くるわ》の周囲をとりまいていたおはぐろ溝はまだ埋められていなかった。三島神社のある通りに出て、永藤という屋号のパン屋の横町だったかの狭い露地を通りぬけると、そこはもう根岸で幼稚園は鶯谷《うぐいすだに》へ出る途中のやゝちゃ場（青物市場）の近くにあった。しづやに附添われて行った。私ははにかみやで、はじめは、運動場で組に分れて紅白の毬《まり》を立てた棒の先にとりつけてある網の中へ投げ入れる競技などを、ほかの子供達と一緒になってやることが出来なかった。私はほかの子供達が活潑にやっているのを、ひとり手をつかねてきまり悪そうにただ見ていた。後でしづやから、なぜ一緒にしなかったのかと云われた。そのうち私も慣れてきて、先生が弾くオルガンの音に合わせて輪になって歩きながら、自分ひとり草履の爪先で歩くような真似をした。附添の人達が見ている前で。後で私は先生から叱られ、懲《こらしめ》のために教室の戸棚の中へ閉込められた。このことは、後になっても、一つ話のように家の者から聞かされた。戸棚の中で私が唱歌をうたい出したので、先生が呆れて私を戸棚から出したと、そんなふうに家に帰ってから、しづやが家内に披露したようである。私には自分が戸棚に入れられた記憶はあるが、果して唱歌をうたったかどうかはっきりしていない。しづやの話におまけがなかったとすれば、私は戸棚の中に入れられてはじめは心細かったに違いないが、そのうち退屈してきて思わず歌をうたったのだろう。あるとき先生が、雨はどのように降るかと私達に質問した。たしか雨の日で、教室の窓硝子《ガラス》越しに雨の降るのが見えたように覚えている。私は雨は横に降ると答えて、先生やみんなから笑われた。私には腑《ふ》に落ちなかった。窓硝子越しに見える雨は、風があったのだろう、少しく斜に降っていたから。ある式日に、兄は洋服を着て行ったが、私は臙脂《えんじ》色の女物の袴《はかま》をはいて行った。それは他家に嫁いでいる叔母（父の妹）が、子供の時分にはいたものであった。私には長すぎたので、たっぷり上《あげ》をしたやつを、私ははいて行ったのである。私も気がすすまなかったのだが、祖母が強いてはかせた。子供心にもなんとなく変に思われ、女物ではないかという気がされたのだが。格別みんなからからかわれたというわけではなかったが、その日幼稚園にいる間私は気持がはずまなかった。幼稚園の先生は女の先生であった。「おこうや」の先生というのを覚えている。その先生のたしか左の上顎の辺に、小さな膏薬《こうやく》を貼ったほどの痣《あざ》があった。私は痣というものを知らず、先生が膏薬を貼っているのだとばかり思い、「おこうや」の先生と呼んだ。先生の痣は、その頃生薬屋で売っていた万金膏という膏薬を貼ったように見えたのである。私の記憶ちがいでなければ、角町の稲本楼の帳場でもこの膏薬を売ってい て、私はいちど買いにやらされた覚えがある。「おこうや」という云い廻しには大阪訛《なまり》が雑《まじ》っているかも知れない。私は大阪から帰った当座、しばらくはその訛がとれず、兄からよく笑われたそうである。父や母はずっと後になっても、時々会話に大阪弁をまぜていた。私は「おこうや」の先生に抱かれて、その痣をふしぎそうに指でなでたことを覚えている。まだ年若な色の白い人であったような気がしている。幼稚園へ行く途中にあった子供相手の文房具屋で、かねて欲しいと思っていた蠟《ろう》しんこというものを買ってもらい、自分の指の力ではそれを柔くすることが出来ないので、幼稚園での休憩時間に運動場の隅のベンチで附添同士話しているしづやのもとへかけつけて、柔くしてもらったことなどを覚えている。しづやが私の家から暇を取ったのは、幼稚園へ通っている間であったようである。幼稚園の終りの頃には、私は年寄の婆やに附添って行ってもらうようになったから。しづやが私の家にいた間のことで覚えていることが一つある。その頃私はひとりでは廓外へ出たことはなかったが、ある日ひとりで京町二丁目のはずれのおはぐろ溝の際にあった、ふだん私の家で浅草方面へ行く場合に使用させてもらっている小林と云う仕舞屋《しもたや》の土間を通りぬけて廓外へ出て、小松橋の方まで行って木刀を買って帰り、水道尻のとば口にあった共同便所の前で、さかんに振り廻していたら、通り合せたしづやに見つかってうしろから目隠しをされたことがあった。しづやは十五六からはたち頃まで、私の家にいた。健康体で、太っていて、豊頬で、血色がよく、細い眼をしていた。しづやの家は吉原土手の向うにあって、べつに縁つづきというわけではなかったが私の家とは同姓で、またしづやの弟は私の兄と同年《おないどし》で、同じく土手向うの待乳《まつち》山《やま》小学校に通学していた。なかやもしづやも、私の家を暇取ってからも、時々顔出しにきた。しづやの後にきた婆やは、それほど長くは家にいなかったようである。婆やに連れられて幼稚園へ行く道すがら、私は空にある雲を指さして、あの雲が西洋の国へ行くと、西洋の国が昼になって、そして日本が夜になるのだということを婆やに教えた。婆やは本当のことを聞いているようなまじめな顔つきをしていた。どうやら、幼稚園というところは子供にそういうことを教えるところだと思い込んでいるようであった。米騒動の事件があったとき、吉原もそのとばっちりのようなものを受けた。そのあくる朝、まだ寝ている私の枕もとに婆やがきて、昨夜騒ぎがあったことを告げて、まさかのときには私を連れて逃げるつもりであったと話した。私はいつも夜は早く寝かしつけられてしまうので、なにも知らなかったのである。騒ぎの跡を見に行ったら、京町一丁目のある店の鎧扉の下りた鉄格子の間に煉瓦《れんが》が押し込んであった。軒灯《けんとう》が毀《こわ》されているのもあった。裏門のところには、騎馬巡査や銃剣を持った兵隊がいた。私は子供の頃、鮪《まぐろ》の刺身を御飯のうえにのせてそれに湯を注いで食べるのが好きだった。いちど誰かがそうして御飯を食べさせてくれたのが、ひどく私の気に入ったのであろう。湯を注ぐと、赤い色の刺身が白っぽい脂身のような色に変った。私はそれを、誰かから聞いたのだろう、しぐれと呼んで、おかずが刺身のときは、いつもそうして食べた。吉原のお祭の晩に、六畳の蔵座敷で、婆やからしぐれ御飯を食べさせてもらったことを憶えている。

小学校の入学式の日には、私の祖母に連れられて行った。帰りに吉原土手の下にあった汁粉屋《しるこや》に寄った。上が畳敷になっている縁台に腰かけて汁粉を食べながら祖母は、兄が入学したときにも、その帰りにはここで汁粉を食べたのだという話をした。私は行灯袴《あんどんばかま》をはいて、兄のお古の鞄を肩に掛けて、赤い色の草履袋を手に提げて学校へ行った。私には鞄がお古であることよりも、草履袋《ぞうりぶくろ》の色が赤いことの方が気になった。最初の授業がある日に、学校へゆく途中私がひとりで仲の町を歩いていると、一人の新入生を交えた二三人連れの顔知りの上級生が通り合わせて、上級生の一人が私の袴の紐に下げてある手拭のうえに書いてある組名を見て、私の組は昼組だと云った。その頃、午前中に授業を受ける者のことを朝組と云い、午後から行く者のことは昼組と云った。上級生からそう云われて私は迷った。そのまま聞かないふりをして学校へ行く勇気は私にはなかった。私はすごすご家に引返して、上級生から昼組だと云われたことを家の者に告げた。家の者は、先生はどう云ったのかと私に尋ねた。先生は朝組だと云ったのである。家の者から先生が云うのが正しいと聞かされて、私はまた学校へ行ったが、心細くて泣きたいような気持であった。私はやはり朝組であった。それでもいい塩梅《あんばい》に遅刻はしなかった。上級生はいたずらな気持から、私にそう云ったのであった。兄は私にはかまわずに自分だけ先へ行ってしまったのだろう。その後も私は学校へゆくのに兄と連れ立ってゆくことはあまりなかった。私は子供のときは腰巻をまいていた。その頃は男女共に腰巻を纏《まと》う習慣がまだ廃《すた》れてはいなかった。それでも子供も学校へ行くようになれば、もう腰巻はしていなかった。兄も腰巻から猿股《さるまた》に変っていた。私も腰巻は嫌だったが、けれどもお前はまだ小さいのだからと云われて、依然腰巻をさせられていた。私の遊び友達もみんな猿股をはいていた。私は戸外で立小便をするときなど、自分だけ腰巻をしているのが恥しくてならなかった。学校で身体検査があったとき、目方を計るときに私は腰巻を外して真っ裸になった。同級生の見ている前で、腰巻姿で秤《はかり》の上にあがるよりは、真っ裸の方がまだよかったから。ある日、吉原公園の池の際にあった吉原の鳶頭《とびがしら》の家の前で友達と遊んでいたときに、私はそこに転してあった土木作業に使う鉄の重石《おもし》のようなものを、過って右足のうえに落した。足の甲が腫《は》れあがって指の股がひっついてしまった。たいした怪我ではなかったが、私は足を引摺らずには歩くことが出来なかった。直るまで学校は休んでも差支えはなかっただろうが、家では私を休ませなかった。その頃父のもとに内弟子にきていた春さんというはたちあまりの若者の背に負われて私は学校へ行った。体操の時間に私が繃帯《ほうたい》をした足を引摺って歩いているのを見て、先生が私を列外に出して休ませた。私は運動場にある号令台に軀《からだ》をよせて佇《たたず》んで、同級生が元気よく行進しているさまを眺めていた。私は自分ひとり落伍しているのが、きまりが悪くて仕方がなかった。私のそばを通る際に、嘲弄《ちょうろう》してゆく生徒もあった。後になっては私も、もっと些細《ささい》な怪我でも、それを理由にして体操をなまけたこともあった。

婆やの後にきた女中はえつと云った。えつやは叔母の嫁ぎ先の縁故で私の家にきたのであった。年頃は十六七であった。えつやの髪に虱《しらみ》がいっぱい集《たか》っていたことを、母が呆れたように云っていたのを覚えている。家の玄関には大きな姿見が置いてあった。その前で、私はえつやから帯の間に新聞紙を折りたたんで心代りに入れることを教えられた。えつや自身そうしていた。私は新聞紙を挟んで幅広に帯を締め、そのうえに袴をつけて腹のとびでるほどにきつく紐を結んで、そうして学校へ行った。私はえつやに本を読んでもらった。えつやはいつもいやな顔をしないで読んでくれた。「深夜の人」「虎の面」などという西洋の活劇物や水戸黄門漫遊記などの類であった。えつやは西洋人の名前を読み損うことがあった。けれども私はえつやの朗読に殆ど満足していた。家では河鹿《かじか》を飼っていた。湯河原かどこかで捕獲したものであった。夏になると、金網の中に放して縁先へ置いた。金網の中で、河鹿はその形に似げない可愛い声を出して鳴いた。私ははじめ河鹿の声を虫が鳴いているのだと思っていた。河鹿が鳴いていると家の者が云っても、私はかじかという虫が庭のどこかで鳴いているのだと思い、その声と金網の中にいる小さい醜い生物とを一つにしては考えなかった。私は金網にとりついている河鹿の腹を指さきで押して水の中に落したり、金網越しに如雨露《じょうろ》の水をかけたりした。餌には蠅や油虫をやった。揚屋町のある台屋に、その料理場に繁殖したものだろう、油虫をもらいにやらされた覚えがある。冬の間には河鹿を大きな瓶の中に入れてうえから海綿をかぶせ蓋をして湯殿の隅に置いた。瓶の中で河鹿は冬眠したのだろう。夏になって瓶から出そうとしたら、沢山いたやつが一匹残らずいなくなっていた。誰かが瓶の蓋を動かした形跡があり、その隙間から河鹿は逃げたものらしかった。犯人はすぐわかった。えつやであった。えつやが湯に入ったとき、こっそり海綿を取出してそのあとよく蓋をしておかなかったのである。えつやも年頃であったから、海綿で顔を磨きたかったのだろう。ある日私は学校の帰りみちに鞄から筆箱を落した。家に帰ってから気がついた。道に落ちているだろうから探してこいと祖母が云った。誰かが拾って交番に届けてあるかも知れないから聞いてこいと云った。私はえつやに附いてきてもらった。往来には見あたらなかった。私は交番へ行ってお巡りさんに聞くのは恥しかったので、えつやひとりに行かせた。土手下の見返り柳の向い側にあった交番の手前で、私はえつやにお巡りさんに云うべき台詞《せりふ》を伝授した。うちの坊ちゃんが筆箱を落したのですが云々という台詞であった。えつやはまじめな顔をしてうなずいた。交番に筆箱は届けてなかった。私の家では子供は早く寝る習慣であった。夕飯を食べてしばらくすると、兄と私は湯に入れられそして寝かしつけられた。戸外で友達と遊んでいて漸《ようや》く遊びが佳境に入るところで、よく連れ戻された。私が後に心を残して迎えにきたえつやと一緒に帰ると、先廻りをした友達が不意に物陰からあらわれて私達を威《おど》かした。

二年生のときだったと思う。ある日私は放課後ひとり教室に残されて、先生から説諭された。その日大阪おばあさんが学校にきて、私が我儘《わがまま》で家の者の云うことをきかず、また日頃貝独楽《べいごま》やめんこ遊びに夢中になっているということを先生に告げたのであった。「先生はお前のことをおとなしい良い子だと思っていた。」と先生は私に云った。先生からそう云われて私も恥しい気がした。貝独楽やめんこ遊びは良い子のすることではないと私も思っていたから。けれども家の者がわざわざ学校にきて先生に告げなければならないほどの行状を自分がしているとは私には思えなかった。私には大人のやることが納得できなかった。私が先生から説諭されている間に、小使さんが教室の掃除をしに入ってきた。先生は小使さんをかえりみて、さっきこれのお祖母さんがきてねというようなことを云った。私は先生に大阪おばあさんを祖母だと思われたことが恥しくてならなかった。私はふだん大阪おばあさんを子供心に侮《あなど》っていたし、また大阪おばあさんは貧相で少しも立派ではなかったから。私は祖母にも親しみを感じていなかったが、それでも大阪おばあさんよりは祖母の方が、私の虚栄心を満足させるものを備えていた。大阪おばあさんは家では玄関脇の四畳半に寝起きしていた。そこは女中部屋に次いで薄暗い感じがした。多分大阪おばあさんの持物だったろう、小さな古ぼけた鏡台が置いてあったのを覚えている。大阪おばあさんはもう七十位ではなかったかしら。多少耄碌《もうろく》している感じであった。少しは三味線《しゃみせん》を弾けたようで、父のもとにくる女弟子に稽古をつけていたこともあった。あるとき、御飯を食べていたときに私は大阪おばあさんがどんぶりの中に洟《はなみず》をたらしたのを見つけた。私がそれを云ったら、大阪おばあさんは頑固に否定した。私は母からたしなめられたようである。大阪おばあさんが座を立ってから、祖父はどんぶりの中のものを捨てさせた。

家の門口には父の名の標札のほかに祖父のも懸かっていた。祖父の姓は私の家のではなかった。祖父と私達とは血の繋りはなかった。祖母との間に父を設けた人が離縁になってから、祖父がきたのである。祖父は私の家と籍を別にしていて、菩提所《ぼだいしょ》なども違っていた。他家に嫁いでいた叔母は祖父と祖母との間に生れた人で、この人は家にいたときは祖父の姓を名乗っていた。嫁ぎ先が牛込原町にあったので、この人のことを私達は原町の叔母さんと呼んでいた。父と叔母はそんなに年の隔りはなかったから、祖父が私達の家にきたのは父がごく幼かったときのようである。祖父は私が四年生のときに死んだが、祖父の死後、樺太《からふと》のおじいさんという人が尋ねてきたことがあり、子供の私達も引合された。けれども私はその血の繋りのある人に対して、その後も続いて疎《うと》い気持しか起きなかった。そのときの印象に格別のことがあったわけではなく、ただ私の気持の中だけで常に見下すものがあった。祖母とその人とのことを母が口汚く云った悪口が、子供の私の心に侮蔑の念を喚んだのである。祖母はその人に対して相当酷い仕打もしたらしいのだが、祖父が死んで、またその人を家に迎えたりしていたのである。樺太《からふと》のおじいさんのもとからは、折にふれて海産物の小包が送られてきた。私の家はもと京町二丁目で貸座敷業を営んでいて、一時祖父も三業取締の役員をしていたようだが、ちょうど私が生れた年にあった吉原の大火以後廃業したのである。祖父は相当な喧屋《やかましや》のようであった。煮物の味加減なども気難しかったらしく、自分で台所に出てきて鍋の蓋を取って験《けん》していたのを、私も見かけたことがある。左の二の腕に桃の実の小さい刺青をしていた。骨董道楽で、家には祖父の蒐《あつ》めたものがかなりあったが、震災のときに焼失した。子供のときに眼に触れた感じだが、いまその記憶を思い起してみても、祖父の趣味はまんざらでもなかったような気がする。器用な質《たち》だったらしく、兄や私のためにも、木片に船を彫ったり、竹細工に渋紙を張ったりなどして飛行機の模型を作ってくれたりした。私の家の裏に私の家の持家である長屋があったが、その一軒に祖父の弟にあたる人の一家が住んでいた。大阪おばあさんにしろ、またその弟の人にしろ、共に祖父が呼び寄せたのだろうが。弟の人は彫金をやっていたが、母の口振りによると、腕の確なわりには不遇であったようである。一家は貸座敷の新造をしていた太郎おかみさんと浪江と云う年頃の娘との三人暮しで、ほかにどこやらに奉公していた太郎と云う少し人並でない長男があった。私にはおかみさんのかおかたちがいちばんはっきり思い出される。貸座敷の新造《しんぞう》によく見かけるタイプの人であった。弟の人は痩形《やせがた》の色の黒い、どことなく沈鬱《ちんうつ》な感じの人であった。若しもこの人の顔が明るい感じのものであったなら、その男ぶりももっと引立って見えたに違いない。毎日父のもとに義太夫をやりにきていた。

浪ちゃんは顔は母親似で、おとなしい内気な感じの娘であった。浪江だなんてまるで小説にでも出てくる人の名のようだと母が幾分冷笑ぎみに云ったのを覚えている。私は裏手の縁側の方から、浪ちゃんが針仕事などをしているところへよく遊びに行ったものである。ある日置き忘れてきた絵本を取りに行ったら、めずらしく太郎さんがきていて絵本を手にして見ていた。浪ちゃんは太郎さんのことを私の手前恥るけしきで、私の気を兼ねるように「貸してあげて下さいね。」と云った。浪ちゃんは湯は私の家に入りにきた。私は浪ちゃんと一緒に湯に入りながら、わざと恥がるようなことを口にして、浪ちゃんを困らせた。私はすぐ倦きてやめてしまったようだが、浪ちゃんのお父さんから習字の稽古をしてもらったことがある。ある晩、家の茶の間で祖父と大阪おばあさんと浪ちゃんのお父さんの三人姉弟が顔をそろえたことがあったが、祖父と浪ちゃんのお父さんが不意に立ち上って腕力沙汰に及んだ。浪ちゃんのお父さんが大阪おばあさんのことを悪く云ったのを祖父が聞き咎めて浪ちゃんのお父さんを擲《なぐ》ったのである。おかみさんがきて浪ちゃんのお父さんを連れて帰った。あとにおかみさんの櫛《くし》が落ちていた。私は櫛を届けにやらされた。縁側の方から行って障子越しに私が櫛を持ってきたことを告げると、うちからおかみさんが「ご苦労さん。」と云った。私はほっとして縁先に櫛を置いて帰ってきた。

弟と母のこと

関東大震災の時に、私の家では末の弟を亡くした。弟は数え年の八つで、早生れだったので、学校は二年生であった。地震の揺れる少し前に、弟は父の許に義太夫の稽古にきていた娘が帰るのに連れ立って、学校の近くの文房具屋に買物に出かけていた。娘に別れてひとりで帰ってくる途中で、弟は地震に遭ったのであった。私達は弟の亡軀《なきがら》は見ないのであった。

弟は辰《たつ》と云った。辰年の生れであった。私達は三人兄弟で、兄は新《あらた》、私は清《きよし》で、みな祖父がつけたものであった。弟が生れたのは、三月の節句の頃であった。雛《ひな》人形が飾ってあったのを、私は覚えている。私は知らされて、布団の中にいる赤子を見に行った。

私は同じ部屋に、母の隣りに布団を敷いて寝ていた。母が弟の寝顔を見て、「可愛い顔をして。」と云ったのを覚えている。私達はよく弟を、自分達が飲んだ後の出殻《だしがら》のお乳を飲んでいると云っては、からかった。

兄と私は二つ違いで、そして私と弟とは五つ違いであった。兄と私は共に遊んだが、弟とは殆ど遊んだことはなかった。もう少し経てば、私達の仲間入りが出来たのだったのに。

弟はまだよく歩けない時分に、火鉢の角にぶつかって、どっちかの目蓋《まぶた》に傷をして、後になっても、その傷跡が消えずに残っていた。

細面《ほそおもて》の、やさしいおもざしであった。

弟の婆やがいた。下総の佐倉の者で、弟はこの婆やに連れられて、その田舎に行ったこともあった。婆やは弟を連れて、よくそちこちの葬式に出かけて行った。菓子包を貰うのが目当のようであった。婆やは弟を可愛がっていたようだし、また弟も婆やを慕っていたようであった。そのうち婆やも暇取って行った。弟の死後、私にはこのことがなぜか弟の薄命をあかしするもののように思われた。

弟と一緒に湯に入ったときに、私が湯船の縁に手拭を垂らしてそれを股の間から引き出して、「車屋さんだよ。」と云うと、弟はいかにも可笑しそうに声を立てて笑った。私は何遍もその仕種をくり返した。弟はその度に面白がった。

弟も学校へ行くようになった。近所に弟の同級生がいた。その子は意地の悪い子で、自分は鞄の中にその教科書を入れておきながら、弟に向っては、きょうはその授業はないからと云って、強制的にその教科書を家に持ち帰らせるようなことをした。弟はその子に対しては、いつも唯々《いい》諾々《だくだく》としているようであった。

私もはにかみやであったが、弟は私に輪をかけたはにかみやであった。弟に比べれば、私はまだしも気の強いところがあった。

震災の当日、その時びっくりして戸外に飛び出した私の目に、八階から上が折れてなくなった、浅草公園の十二階の無慙《むざん》な姿が映った。私の家は吉原遊廓のはずれにあって、家の前の広場からは、浅草公園の十二階がよく見えた。

その日、私の一家はみんなばらばらになった。私と花やという女中が上野の山に逃げ、母と兄は向島《むこうじま》に逃げ、祖母と父は吉原の池の際に居残って命拾いをした。最初に逸速く自分から花やを促して逃げ、親兄弟を置去りにしたのは私であった。花やは天理教の信者で、神仏を尊崇する念が厚く、自分の衣類などはそのままにして、神棚や仏壇のものを大風呂敷にして背中にしょいこんで逃げた。

上野の山には、避難民がいっぱい群らがっていた。私達はその晩そこに野宿した。花やは隣り近所の人と話しながら、私をかえりみて、「この子のお父さんがおめくらさんでね。」と云ったりした。私の父は盲目であった。

あくる日、田端の方にある、花やの親戚の家に行った。震災の様子を偵察にでも行ったらしい若者が帰ってきたが、持っていた竹の皮包の握飯を、一寸《ちょっと》匂いを嗅いでみて、「大丈夫だ。」と云うと、それを私に食べさせた。家の者はどうしたろうと思って、流石《さすが》に私が心細そうな顔をすると、花やは、若しも私の父や母が死んだとしても、学校は行かせてあげると云って、私を慰めた。そんなことを云われると、よけい私は心細くなってきて、泣顔になった。その晩はその家に泊った。夜中に大地震があって、みんな戸外に飛び出し、家の前の空地に蓙《ござ》を敷いて、そこに屯《たむろ》して夜を明かした。

あくる日、その家の小父さんが吉原の焼跡を尋ねて、家の者の安否を確かめてくれた。私と花やは小父さんに案内されて焼跡へ行った。焼跡には体裁ばかりの小屋掛けをして、祖母と母がいた。一家は向島の親戚の家に避難しているのだった。なにもかもが灰燼《かいじん》に帰《き》して、ただ玄関の三和土《たたき》に置いてあった傘桶だけが焼け残っていた。広場の池には、脹《ふく》れあがった死体がいっぱい浮んでいた。私は吐きそうになった。

向島の親戚の家に当分厄介になることになった。父は盲目なので、当面の用事はみんな母がしなければならなかった。母は毎日のように外出した。私は母のお伴をした。焼跡に出来たライスカレーや水団《すいとん》を食わせる店に寄るのが楽しみだった。母はまた怪我人や迷子を収容している建物を尋ねて、弟を探した。けれども、それは徒労に終った。弟にしても、生きているならば、自分の父や母の名を人に告げられないという年でもなかった。

「マントを欲しがっていたが、買ってやればよかった。」

母はそんな返らぬ愚痴をこぼした。

一年ばかりして、私は映画の中に弟によく似た少年がいるのを見た。家に帰ってから、そのことを母に告げると、そのとき母は台所で用をしていたが、堪えかねたように大声を上げた。

物心がついた頃には私は、祖父母達は、兄を、……母と自分、というような気持をもう抱いていた。父は盲目であった。そして祖父と私達兄弟とは血の繋りはなかった。

私の気持はいちばん母にくっついていた。母は私をきつく叱った。私は母によく撲《ぶ》たれた。折檻された。兄はそんなに叱られなかった。私はときに泣きながら母に、母が兄のことは叱らないで、自分ばかりを叱ることへの不服を訴えたりした。自分ばかりが叱られることへの不服の心も確かにあった。けれども、そう口に出す気持の感傷的なものであることは自身感じられたのだ。母が自分をきつく思ってくれていることは、私は本能的に感じていたのだから。

その後、記憶に残ってときに頭を掠めることに……。やはりなにかで叱られたか、若しくは自分の願いが退けられたかして、私は愚図《ぐず》ついていた。母は台所でなにか用をしていた。私は茶の間にいた。ほかに誰もいなかった。私がおさまらぬ気持で愚図ついているのを、母は相手にせず用をしていた。その母に向けて、私は遂にこんな言葉を口に出した。「まるで継母みたいだ。」口に出してしまった。私は流石にひるんだ。その言葉を耳にすると、母はすぐ飛んできて、手をあげ私を撲ち続けた。私は、「ごめんなさい、ごめんなさい。」と、恐さと済まなさから云い続けた。

私は家の持家の長屋の一軒に、私と同年の友達とそのお祖母さんが住んでいた。お祖母さんはそのひとりの孫をよく叱った。友達は泣虫でその泣き声がよく聞かれた。それを私は、「継のお祖母さんみたいだ。」と云ったりした。そのことが念頭にあったので、感傷的な気持に押されては、母に向って、あんなことを云ってしまったのである。

母の心は私にあった。私は母の子供であった。祖父母達は私を愛さなかった。殊《こと》に祖母は、兄に対してと私に対してとで、分け隔てを露骨に示した。

一家には私達が原町の叔母さんと呼んでいる人がいた。父の妹で、他家へ嫁いでいる人であった。母はこの原町の叔母さんのことを、義理の妹であり、小姑でもあった人のことをよく云わなかった。子供の私は、母の云う悪口をよく聞いた。「汚れ物を洗濯しないで押入に溜めておく。」とか、「左団次《たかしまや》に夢中になっていた。」とか。祖母とこの叔母対母の間に敵対の感情のあるのを、子供の私は感じていた。そして私もその渦の中にいた。私は母の側にいた。子供の私はなにも解らなかったけれど、自分が母の側の者であるということを感じていた。そして私の子供の気持はいちばん母にくっついていた。

母と私達兄弟と幼い弟の子守とで、穴守《あなもり》へ潮干狩に行ったことがあった。母と弟と子守は休憩所に残っていて、兄と私だけが海に入った。私はその遠浅の海岸を、いつかかなり沖の方まで出て行った。ずっと向うに大きな汽船が碇泊していたが、私にはそれが、とても立派な、例えば軍艦ででもあるかのように見えた。私はわれを忘れてそれに見とれていた。そのうち私は自分が兄にはぐれてしまったことに気がついた。心細くなって振り返ってみると、休憩所はずっと後の方に見えた。而も同じように葦簾張《よしずばり》の小屋が並んでいるので、母達のいる小屋はどれがそれとも見当がつかなかった。私は大急ぎで帰った。ようやく小屋を見つけて入ると、母達の姿は見あたらなかった。よく見ると、手荷物はそこに置きっぱなしになっている。けれども、私は不安で胸がいっぱいになった。母達はそこに私ひとりを置き去りにして、もう帰って来ないのではなかろうかと。私はわあわあ声に出して泣きながら、小屋の中を駆けずり廻った。やがて、母達は散歩から帰り、兄はまた獲物を持って引き上げてきたが。

震災で焼け出されて、向島の親戚の家に厄介になっていた頃、母は毎日のように外出したが、帰りが夜おそくなることが度々あった。私はそのつど母のことが心配になり、家にじっとして待っていることが出来なかった。私は隅田川を通う蒸気船の発着所まで出向いて、そこにあるベンチに腰かけて、母の帰りを待った。いくつか船を見送った後で、ようやく母の顔を見出しては、ほっとして共に帰った。母を迎えに行く途中、隅田堤を通ってくるが、堤の下にある二階家の明りのついた障子の中から、酒に酔った男達の騒ぐ声が聞えてくることがある。そんなとき私には、その中で母がいじめられているのではなかろうかという妄想が起きてくるのだった。

母は私が二十の年に死んだ。母も亥《いのしし》年、私も亥年で、丁度二廻り違うのだから、四十四で世を去ったわけになる。その頃、台湾にいた母の長兄のもとから、嫂《あによめ》に当る人の悔《くや》状《じょう》が届いたが、母のことを、遂に幸福の太陽が昇るのを見ずに世を去った、そう云ってあったのを私は読んだ。

母の儀式の日に、家の遠い姻戚になる或る人が追悼の辞を述べたが、その人は、母が自身の生母に生面したのが漸く昨今のことであったことを云って、この一事から推量しても、母の人生がその出生からして薄倖多難であったことが察しられるということを云った。

母は妾《めかけ》の子であった。私はその自分には祖母に当る人の写真を見たが、年配は丁度母が世を去る頃の年ごろのもので、母によく似た人を見た。母は幼くして他人に貰われたようで、三四歳の母が、母を養女にしたという男の人に手を引かれている写真もあった。兄はその写真のおもざしが妹に生写しなことを云ったが、私もそう思った。母は信州の下高井郡のさる人のもとで成人した。私はその、母には育ての親にあたる女の人の写真も見た。その人の孫、母には義理の甥に当る青年と並んでいるもので、すらりとした品のいい年寄の姿が見られた。この母の甥に当る人は、その後東京へ出てきて、母の死後、家に尋ねて来たことがあったが、そのとき、田舎にいた時分、ポスターなどに見かける女の人の絵姿で、「東京の叔母さん。」と母のことを教えられた、子供の頃のその追懐《ついかい》を話したりした。聞いて、私もその追懐に同感できた。母は丸髷《まるまげ》などのよく映る別嬪《べっぴん》だったから。

母の生母、母を一時養女にしたという男の人、それから信州の祖母。写真の人の印象はみな私の心に懐かしさを呼んだ。

いま私は丁度母と同年になる。母が死んだのは丁度いまごろの、暑い最中であった。はっきりした月日を私は覚えていない。私は殆ど墓参りをしたことがない。最近私は女房をもらった。女房はいちど墓参りをしたいと云っているが、私は億劫《おっくう》にしている。草ぼうぼうに違いあるまいから、その辺の金物屋で鎌を買ってゆくことになるだろう。

家

小学生の頃、あるとき受持の先生が、生徒にめいめいの家の間数と畳敷とを書かせたことがあった。やはりなにかの参考資料にするためだったのだろう。皆んなが書いている途中で、ひとりの生徒が手をあげて、「先生。うちの二階は十畳なんです。」と上気した顔で云った。その子は豆腐屋の倅《せがれ》だった。

私の家は吉原遊廓のはずれにあった。家の裏手には木柵が囲《めぐ》らしてあって、台所口の前にあたる所に格子戸がとりつけてあった。格子戸には鈴《りん》がついていて、開閉するたびに音を立てた。格子戸の際に、洗濯する場所が設けてあった。母が甲斐がいしい姿で洗濯していたさまが、いまも目に浮かぶ。母は洗濯しながら、外を通る人と、よく話をしていた。私の家の持家の長屋にいた、茂ちゃんという子が、木柵の外から顔を覗かせて、母に向い、「おばさん。ぼくの鼻は胡床《あぐら》をかいているでしょ。」と云った。「剽軽《ひょうきん》な子だよ。いまに落語家《はなしか》にでもなるんじゃないか。」と母は云っていた。

木柵の外を、豆腐屋や納豆屋が荷を担いで通った。また、格子戸をあけて御用聞がきた。豆腐屋は恵比須さまのような顔をした、いつも世辞笑いを浮かべているおじさんだった。「とうふイ。」と云う売り声も、いかにもいい声で、当人も気持よさそうであった。この豆腐屋の店は、その頃、お酉《とり》さまの裏にあった、俗称「みきや長屋」という処にあった。みきや長屋は、芝の新網、下谷の万年町ほどではないが、界隈に聞えた貧乏長屋であった。母が、「豆腐屋さんのお店は？」と訊いたら、口籠《くちごも》っていた。「みきや長屋の近く？」と訊いたら、「へえ。そのみきや長屋で。」と云った。雨の日には、菅笠《すげがさ》をかぶってきた。よく似合っていて、まるで忠臣蔵の与市兵衛でも見るようであった。納豆屋は五十がらみのおばさんで、手拭をかぶり、手甲《てこう》、脚絆《きやはん》に身を固めていた。金歯を塡《は》めているのが見え、いつも酸漿《ほおずき》を口に含んでいた。売り声にも年季が入っていて、新米には真似られない渋さがあった。この人は、その頃、観音さまの裏の宮戸座に出ていた沢村伝次郎（いまの訥子《とっし》）に岡惚《おかぼ》れしていた。荷を格子戸の外に置いたまま、台所のとばくちに腰を下ろして、母を相手に、伝次郎の演ずる勘平や蘭蝶《らんちょう》のうわさをしていくことがあった。私は子供の頃には、納豆よりはみそ豆の方が好きだった。一体に私の嗜好はおとなしい方で、茄子よりは胡瓜、蕎麦よりはうどんの方が好きだった。そのほか南瓜やさつま芋などが好きだった。すべて下戸の好みである。兄はまた私とは反対であった。長じて兄は相当な酒呑みになったが、私はいまなお野暮な下戸である。

私が学校から帰ってきたときに、格子戸の外に魚屋が板台を下ろして、庖丁をあつかっていることがあった。私は袴をはき鞄をかけたままの姿で、そこに佇んで、魚屋が魚の腹を割いたり、刺身につくったりしているのを見ていては、よく祖母から叱られた。この辺にくる魚屋は土手向うから来たし、また八百屋は千束町から来た。八百屋は来ると、腹がけから経木《きょうぎ》を取り出して、それに列記してある商売物の名を読み上げた。「ええ、きょうは、なすにきゅうりに白瓜に、人蔘に里芋、……」するとは、「きゅうりに白瓜に、里芋を、そうさね、一升もらおうか。」八百屋は注文を取ると、しばらくして品物を運んできた。台所の柱には炭屋や酒屋や八百屋などの通帳が下がっている。八百屋は矢立を取り出すと、通帳にその日の注文の品名を書きつけて帰って行った。

台所には、料理屋や魚屋にあるような大きな冷蔵庫が置いてあった。夏になると、毎日、五十間の通りにあった氷屋が氷を届けにきた。私は冷蔵庫の戸を、まるで金庫の扉をでもあけるようにそっとあけて、中にある桃を盗もうとしては、見つかってよく叱られた。流しには、水道の蛇口の下に、いっぱいに水を満たした桶が置いてあった。夏には、その桶の中に、一升壜に麦湯を入れて冷やした。私はその麦湯が好きだった。私の家はそれほど大人数というわけでもなかったが、四斗樽《だる》を糠味噌《ぬかみそ》桶に使っていた。私は母が糠味噌をかきまわしているそばにいて、母がその中から、糠にまみれた茄子や胡瓜や大根を摑み出すのが面白くて、よく見たものだ。私はその現場は見なかったが、あるとき、母が糠味噌をかきまわしていたときに、不意に着物の裾から鼠に軀を這い上がられて驚いたという話を母から聞いたことがある。私はその話を聞いたとき、なんだかこそばゆい気がした。

台所の隣りは湯殿であった。丁度冷蔵庫の大きさだけ羽目板が無くて、冷蔵庫の裏側の部分が少し湯殿の中に突き出ていて、それが羽目板の代りをした。冷蔵庫に入れた氷の溶けた水は、湯殿の敲土《たたき》に落ちるようになっていた。冷蔵庫の上部の長押《なげし》との間にはいくらか隙間があって、そこに電灯の笠を引っ張ってきてあって、その明りが台所と湯殿の両方を照らした。夏のこと、兄と私が一緒に行水を使っていたときに、硝子戸の向うにいてそれを見ていた、仲の町の大村という蕎麦屋の息子が、私達をうらやむような口吻《こうふん》をもらした。その場に居合わせた母が、その子にも兄弟があることを云って反問したら、息子は、「でも、おっ母さんが違うんだもの。」と云った。その後も母は、そのときの息子の声色を真似ては同情を示した。私達遊び仲間では、ふだんその息子のことを、「親馬鹿ちゃんりん。そば屋の風鈴。」と云っては、からかったりしたものであった。湯殿の窓の向うは女中の部屋であったが、あるとき、私が湯に入っていると、その窓から兄が首を出して、白い紙片を見せびらかしながら、「ちぇっ、いとこのひとしちゃんへ、だって云やがら。」と云って嘲笑《あざわら》った。私は真赤になった。その頃私は小学校へ入ったばかりで、その日私は学校で、手紙を書くことを教わったのであった。私は従弟にあたる仁《ひとし》という二つ年下の子にあてた手紙を半紙に書いて、折り畳んで表《おもて》に「いとこのひとしちゃんへ」と書いた。私はそれをそのままポストに入れれば、仁ちゃんのもとに届くものと思っていた。私はそれを机の上に置いて、湯に入った。先に湯から出た兄がそれを見つけて、私をからかったのである。私は子供心にその手紙がよそゆきのものであることを感じていたので、まんまと兄に見ぬかれてしまったことが、顔から火の出るように恥ずかしかった。

女中部屋は三畳で、ここは家の中で直接外光の入らない唯一の部屋であった。山の手辺の酒屋の息子で春さんという、はたちばかりの若者が父の義太夫の内弟子として来ていたことがあった。あるとき、春さんは湯から出て顔を真赤に火照《ほて》らせていたが、それが少し普通でなかった。どうしたのかと訊くと、顔がひりひりすると云い、実は御隠居さんの石鹼を顔に塗ったところ、こんなになったと云ったので、皆んな笑ってしまった。祖父はひとり湯に入るとき薬用石鹼《せっけん》を使っていたが、春さんはそれをなにか上等な化粧石鹼のように思い込んで、その日ひそかに、その満面に面皰《にきび》の吹き出ている顔にたっぷり塗り込んだというわけなのであった。薬用石鹼は面皰に対しては、ただ徒に刺戟するだけで、なんの効能もなかったようである。私は女中部屋で、私の子守であったしづやが母に叱られているのを見たことを覚えている。なんで叱られていたのかは知らないが、しづやは不満そうに押し黙っていた。しづやがなかなかあやまらないので、母の小言がいつまでも続いているようであった。母はしづやのことを、よく「さわると脹《ふく》れるゴム風船」と云った。つまり、叱るとすぐにふくれるという意味であった。私には母のその言葉が大変気がきいたものに思えた。母自身が、それをいかにも気がきいた表現のように、はたに云って聞かせたのである。しづやが暇を取ってからは、えつや、まさや、花や、それに婆やが二人来た。みんな一年かそこらで交替した。私はいちど子供らしい好奇心から、女中部屋の戸棚を覗いて見たことがある。誰のときだったかは記憶にないが、隅の方にその頃発行されていた面白倶楽部という雑誌があって、それが目に入ったのを覚えている。

女中部屋は障子を隔てて、茶の間と隣り合っていた。茶の間には、その障子に近く長火鉢が置いてあった。長火鉢の引出には小銭が入っていることがあった。あるとき、私が誰もいない隙にこっそり引出をあけて、中の金を盗もうとしていると、不意に背ろの障子があいて、そこに母が立っていた。母は障子のかげで様子を窺っていたらしかった。私は勿《もち》論《ろん》母から厳しく折檻された。茶の間には、柱時計の掛けてある下に、菓子を入れてある戸棚があった。私はよくその戸棚に首を突っ込んで、菓子を漁った。最中や銅鑼焼《どらやき》のような類のものが多かった。家内の者はここで御飯を食べた。祖父だけは軀を悪くしてからは隣りの八畳間に常住床を敷いて伏すようになり、御飯もひとりそこで食べた。ときどき兄がその相伴をしていた。兄は祖父《じい》さん祖母《ばあ》さん子で、また、母の心は私にあった。あるとき、祖父が兄をひどく叱ったことがあった。私はそばにいたが、「ごめんなさい。」と云った。祖父はすると祖父は兄に向って、「みろ、清がお前に代ってあやまっているぞ。」と云った。祖父は腹の中では、私の賢しらをさげすんでいたに違いなかった。兄は私以上にききわけがなくて我儘なところもあったが、大根《おおね》は素直な性質であった。この座敷の違棚には木彫の鬼の念仏が飾ってあった。私が寝ている枕もとに、兄がこの像を置いて、目をさました私が怯えて泣き出したこともあった。茶の間とこの座敷とは、廊下を隔てて庭に面していた。

庭の中央には小さな池があって、鯉や金魚が飼ってあった。池の向う側は小高く土が盛ってあって、そこには鋳物の小さな蟹や亀が幾匹も這っていた。焼物のまめだも立っていた。あるとき、私はそのまめだに池の水をかけようとして、誤って池に落ちた。「まめだの罰が当った。」と云って、みんなが笑った。母はびしょ濡れになった着物をぬがすと、すごい剣幕で、裸の私を打擲《ちょうちゃく》した。私の幼い頃、大人からよく聞かされた歌に、こんなのがある。「雨のしょぼしょぼ降る晩にまめだが徳利《とつくり》持って酒買いに。」これは上方《かみがた》の歌であろう。私の父は長く大阪に義太夫の修業に行っていたから、家内の者もこの歌を知っていたのであろう。また、こんな歌も聞かされた。「向島花ざかり。だんごの横ぐし、うで卵。姐さん、一寸おいで。おっと呑んで、ねんねしよ。」また、「ののさん、いくつ。十三、七つ。まだ年若いな。」

庭には鼬鼠《いたち》や青大将や蝦蟇《がま》が出没した。祖母は雑巾の上から青大将を摑むと、敷石の上に叩きつけた。鼬鼠は鼠捕りを仕掛けて置くと、それによくかかった。私達は鼠捕りに入っている鼬鼠を、庭の隅に活《い》けてある水瓶の中に沈めて殺した。蝦蟇は鼬鼠や青大将に比べれば、可愛いところがあった。沓脱《くつぬぎ》石の上の庭下駄の上にひっそり蹲《うずくま》っていることもあった。

廊下を曲がった奥の部屋は四畳半で、ここは外庭に面して出格子があったが、女中部屋に次いで薄暗かった。ここには祖父の姉にあたる人が寝起きしていた。父がはじめて大阪へ修業に行ったのは十三四の頃であったが、この人が附添って行った。家ではこの人のことを、一つは祖母と区別するため、大阪お祖母さんと呼んでいた。この部屋には炉が切ってあって、冬にはその上に炬燵《こたつ》を設けた。雪の日など、兄と私は炬燵に暖まりながら、茶碗にすくってきた雪に砂糖をかけて食べたりした。

隣りは玄関の三畳間であった。ここには大きな姿見が据えてあった。私はよくこの姿見の前に行って佇んだが、子供心にも自信の無い思いをした。私はその頃、家の者からしょっちゅう、「ばかだ。ばかだ。」と云われていた。またここには神棚が祭ってあって、父が外出するときには、神棚の上に置いてある火打石を取って、父の背ろからかちかち云わせた。

隣りは蔵前の六畳間で、ここはいわば母と私の部屋であった。夜、ここに父母と私は川の字に寝た。私は生れつき皮膚が弱く、蚊や蚤に食われると、大きく腫れた。私が「かゆい、かゆい。」と悲鳴をあげると、母は夜中でも掻いてくれた。母はまた蚤を捕えると、その箱枕の上でぴしっと音をさせて殺した。ここには母の鏡台が置いてあった。昔風の小さな代物であった。母の髪を結いにくる人はお定さんという、もういい年の人であった。その日には、先に梳手《すきて》が二人ばかり来て、後からいい時分にお師匠さんが廻って来た。私は母が髪を結うとき、家に居合わせば、いつもそばにいて見た。梳手の一人は私の学校友達の姉さんであった。お定さんもまた沢村伝次郎の、それから伊井蓉峰《いいようほう》の贔屓《ひいき》であった。髪を結いながら、そんな話ばかりしていた。伊井の背がもう何寸か高ければ申分ないのだがというようなことを云っていた。お定さんは話しながらも、その手は瞬時も休むことなく働いていた。母は殆ど丸髷にばかり結っていた。

蔵の戸は網戸で、錠前が下りるようになっていた。中には箪笥《たんす》や長持《ながもち》や葛籠《つづら》の類があった。また祖父が集めた書画骨董の類があった。戸口のわきに二階に通ずる階段があった。二階は父の稽古場であった。この階段から、大阪お祖母さんは二度落ちて、そのつど虫の息になった。一度は回復したが、二度目にはそのまま寝込んでしまった。私はよく階段の中途に腰かけて、二階の稽古を聞いたりした。私はいつともなく、「酒屋」や「堀川」のさわりを聞き覚えた。二階は畳敷は四畳半で、床の間には父の師匠の摂津大掾の写真が飾ってあった。小松宮から拝領した素袍《すおう》に烏帽子《えぼし》をつけた姿の写真であった。正月には、この床の間には父の弟子達から贈られた供餅《おそなえ》が飾られた。父は盲目であったから、自分では見ることは出来なかったが、沢山の稽古本があった。父はいつもこの部屋にひとりとじ籠《こも》っていた。部屋の窓から外を見ると、浅草公園の十二階や上野の山が見えた。窓の際には、丈高い公孫樹《いちょう》があって、手を伸ばせば、その葉や枝に触れることが出来た。ほかに藤の樹もあって、枝を生垣の外にのばし、かなり大きな藤棚を成していた。花どきには、見事な房を垂れた。関東大震災のときに、この家は焼けた。焼跡に行ったら、玄関の敲土《たたき》にあった傘桶と、池の縁の鋳物の蟹と亀だけが、そのまま残っていた。私はその蟹と亀とを、そのとき避難した向島の親戚の家に持って行って、そこの池の縁に置いた。

遁走

私は中学校の三年生のとき、家出をしたことがある。原因はいまだから話すが、幾何《きか》の宿題をなまけて、先生から叱られるのが恐かったからである。

私の学校の幾何を担任していた先生は、とても恐かった。まだ若い人だったが。独身だったか、妻帯していたか、そんなことはわからない。いま想像してみても、どちらとも見当はつかない。独身であったかも知れないし、あるいは妻帯していたかも知れない。色黒で、痩せていて、目が光っていた。神経質の方だろうな。そう、一寸フィリッピン人のような感じがした。

私はいまでも、あの先生がどうしてあんなに怒ったのか、わからない。察しがつかない。問題を当てられても解けず、黒板の前で立往生をしていると、また宿題をやって来なかったのがばれたりすると、先生は怒った。その怒り方は実に恐かった。怒るばかりでなく、生徒の頭をこづいたような気もする。なにしろ恐かった。なにもあんなにまで怒らなくとも、いいのではなかろうか。ともかく、生徒に対してあんな風に怒り、そして叱った先生の心理は、私にはどうにも見当がつかない。あれは少し異常ではなかろうか。それとも、そんなにまで先生を恐怖した私の方が異常だったのだろうか。明日幾何の授業があるという前日は、私は憂鬱《ゆううつ》でかなわなかった。私が憂鬱という感情をしみじみ実感したのは、私の人生に於《お》いては、このときが最初ではないかと思う。

月曜日には幾何の授業があった。私は朝飯の途中で、茶碗と箸を膳の上に置き、顔を顰めて、母に訴える。

「おなかが痛いよ。」

「お前またきのう蜂蜜を呑んだんだろう?」

「うん。」と私はいかにもしおしおとした顔つきをしてうなずく。

「だから、もう呑んじゃいけないって、あれほど云《い》ったじゃないか。」

私はその頃、日曜日には大抵浅草公園へ行って映画を見て、帰りには瓢箪池《ひょうたんいけ》の際に出ていた屋台の蜂蜜屋で蜂蜜を呑んだ。一杯五銭でなかなかおいしかった。蜂蜜はおいしかったが、明日の幾何の授業のことを考えると、憂鬱であった。遂にある朝私は仮病をつかい、腹が痛いといつわって学校を休んだ。而もその腹痛の原因を、昨夜呑んだ蜂蜜のせいにした。蜂蜜こそはいい面の皮である。それからは私は月曜日にはきまって腹痛を起すようになった。いつも原因は蜂蜜であった。親というものは有難いもので、そんな他人ならばやすやすと見抜いたであろうような嘘を信じてくれた。

けれども私も、流石《さすが》にいつまでもそんなに腹痛ばかりを起し、そしてそれを蜂蜜のせいにばかりはしていられなくなった。そこでとうとうある朝、家出をしなければならぬ羽目になった。後になっては私も、学校へ行ったふりをして浅草公園で映画を見て時間つぶしをするような、そんな不埒《ふらち》な真似をするようになったが、その頃はまだそんな手を思いつかなかった。学校へ行かないと決心したからには家出をするよりしようがないと単純に思いつめてしまった。いま私はここまで書いてきて、ふと思い当ったような気がしたのだが、あの先生があんなに怒ったのは、あれは男のヒステリーの一種ではなかろうか。

それは二月の終りだったろうか、それとも三月の始めだったろうか、ともかくまだ寒い頃のことで、私は自分がマントを羽織っていたのを覚えている。家出はしたが、行先はきまっていなかった。第一、金が無かった。私は市電で品川まで行き、品川駅で藤沢行の切符を買って、汽車に乗り込んだ。私の懐中にあった金は、藤沢行の片道切符を買うのがせいぜいであった。そのときなぜ藤沢へ行ったのかと云うと、二年のとき同じクラスにいたある美少年を私はこっそり思っていたのだが、その少年はその後中途退学してその頃藤沢にいるということを、私は風の便りに聞いていたからであった。もとよりその少年の家が藤沢のどこにあるとも知らなかったし、またたとえ知っていたとしても尋ねる気持はなかったのだが。

藤沢で汽車を下りて、私は駅前にあったある店で懐中に残っていた金をはたいて田舎饅頭を買って食べた。それから私は江の島へ行く道を訊いて、江の島へ行った。江の島までは大分歩きでがあった。砂埃の立つ道で、私のはいている編上靴は真っ白になった。風が吹いていた日で、江の島にはそんなに人出もなかった。私はそれまで江の島には、ずっと子供の時分に、母に連れられて兄や弟と一緒にいちど行ったことがあるきりであった。ぶらぶらしている私を見かけて、写真屋が「学生さん。記念写真をとらないか。」と云った。金が無いと云うと、代金は写真を送ったときに引替えでいいと云った。けれども私は写真はとらなかった。まもなく私は同じ道を、また藤沢へ引返した。その辺をぶらぶらしているうちに日が暮れ、夜になった。私は往来から少し入った処のとある木下蔭に、マントを被って寝た。私が眠りに入らないうちに、私の寝ているわきを男の二人連れが通り、私に声をかけた。見ると暗いのでよくはわからないが、猟に行った帰りらしく鉄砲を肩にしていた。そうだ、たしか犬も連れていたようだ。はじめ犬が私の寝ているまわりをうろうろして、その気配に私が身を起したような記憶がある。男の一人が私に「なにをしている?」と訊いた。「寝ているんだ。」と私は答えた。男はこんな処に寝ていては死んでしまうと云った。私はそのとき、それほど寒いとは思っていなかったのだが。

それから私はその人にその家に連れて行かれた。電灯の下で見ると、思いがけないことには、その人は印度人であった。年は六十位で、そう、一寸ビスマルクのような立派な顔をしていた。けれども、奥さんは日本人であった、息子が三人いて、いちばん末の人が私より一つか二つ年上で藤沢の中学校に行っているようであった。私は奥さんを見て、その少し前に築地小劇場の舞台で見た「叔父ワーニャ」に出てくる婆やにそっくりだと思った。奥さんはあの婆やのように優しくて、そして声もなんだかあのときの女優の口跡そのままのようだった。奥さんは私に向ってまじめに、「こんな可笑しな暮らしをしています。」と云った。自分達夫婦のことを。その家庭のことを。私のような年の行かない者に対して。また、私のような事情で自分の家に一夜の宿を借りたような者に対して。私は御飯を御馳走になり、また、すすめられて湯にも入った。私が湯をつかっていると、焚口《たきぐち》の処から息子さんが湯加減を訊いた。主人の猟の連れは日本人で、この家の出入りの職人かなにからしく、主人に対して下手な口をきいていた。

あくる日の昼頃、玄関わきの部屋で私が携帯した鞄の中から聖書を出して読んでいると、戸外で女の声が「ごめん下さい。卵を分けて下さいませんか。」と云っているのが聞えた。なんだか母の声に似ているなと私が思っていると、しばらくしてこの家の玄関の戸があいて、「ごめん下さい。」とこんどはもう紛れもなく母のおとなう声がした。昨夜、この家の人が私のことを藤沢の警察署に届け、警察から私の家に連絡があって、それで母が迎えに来たのである。私はこの家の人から私の家の住所を訊かれたときに、べつに躊躇《ちゆうちよ》はしなかった。このまま放浪をつづけて行く気など、私にありはしなかったのだから。母と一緒にこの家を辞して帰るとき見たら、隣りの家の門口に「生みたて卵あります。」と書いた紙が貼ってあった。その後私はふと、「卵を分けて下さいませんか。」と云った母の声音を思い浮べることがあったが、そのたびに私はなんとつかず可笑しくもなったものだ。

奥さんは、主人に連れられてきた私の姿を見たとき、なんだか息子のような気がしたと私に語り、母に向っては、私のことを叱らないでくれと云った。

その後、母は折にふれてはふと思い出したように、「あのクロンボさん、どうしたろうね。」と云った。

けれども、甘やかされて我儘《わがまま》に育った者は仕方のないものである。私はまた性懲りもなく家出をした。まえの熱《ほとぼり》のまださめないうちに。

私は三年から四年に進む時期にあったのだが、私には自分が落第することがはっきり判っていた。それは学年末の試験の最中であったか、若《も》しくは試験のはじまる直前であったか、私ははっきり覚えていないのだが、ともかくそういう落第という運命が目睫《もくしょう》に迫っている時期に、私はまたもや家出を決行した。最初の家出から十日位しか経っていなかったろう。

こんどは私は東京駅から夜汽車に乗った。私は大阪までの切符を買ったのだが、それで私の懐中は空っぽになってしまった。こんどは私にも目当があった。私はその頃神戸の貧民窟で宗教運動をしていたK氏のもとへ行くつもりであった。関東の大震災後、神田のバラック建てのYMCAで、アメリカから帰ってきたばかりのK氏の話をきいて、それまで知らなかった世界が私の前にひらけた。それから私はその頃YMCAで日曜日毎にあった早天礼拝や、夏、御殿場で開催されたイエスの友の会の修養会などに行くようになった。K氏が呶鳴《どな》るような声でうたう讃美歌に、少年の私の心はわけもなく惹《ひ》きつけられた。K氏は私にとっては最初のあこがれの人であった。私は神戸までの切符を買わなければならなかったのだが、そのとき私が所持していた金では、大阪までしか買えなかったのだ。私はともかく大阪まで行けば、あとはどうにかなるだろうと思った。私は汽車の中で聖書をひらき、鋤《すき》に手をかけた者は後をふりむくなというような聖句を見つけて、このような際にこの聖句が目に入ったのは、これは神が私の行為を是認している証拠だと強《し》いて思おうとつとめた。自分はこれから貧民窟で貧しい人達のために働く人間なのだと自分で自分に云いきかせた。

大阪へ着いた。私はおなかが空いていたし、また無一文では心細いので、マントを売りはらって金に換えようと思い、駅前にあった古着屋の暖簾《のれん》をくぐり、交渉したが、古着屋の主《あるじ》は私の方を胡散臭《うさんくさ》そうに見て、買うわけにはいかないということを大阪弁で云った。私はマントを売ることは諦めた。私は駅前の交番に行き巡査に、神戸へ行くにはどう行ったらいいかと訊いた。巡査は私を見ていろいろ尋問し、私が東京からやってきて無一文であり、K氏のもとへ行くのが目的だということを知ると、丁度そのとき交番の前を通りかかったトラックを呼び止めて、そのトラックが神戸へ行くことを確めてから、私を神戸まで乗せて行ってやってくれと運転手に頼んでくれた。運転手は途中で車を止めて、私に今川焼を買ってくれた。私はトラックの上で、ある雑誌にK氏の住居が武庫郡のなんとか村にあることを読んだことを思い出し、神戸の貧民窟を尋ねるよりはその住居の方を尋ねた方が確実かも知れないと思い、そう運転手に話したところ、彼は神戸の手前で私を下してくれた。私は運転手がなんとか村ならばそっちの方へ行けばいいと教えてくれたとおりに歩いて行き尋ねたのだが、またK氏のような有名な人だからすぐわかるものと私は高を括《くく》っていたのだが、それがなかなか知れなかった。二十五六年も前のはなしで、私の記憶もあやふやなのだが、ともかく尋ねあぐんでいるうちに、日がとっぷりと暮れてしまった。私が心細い思いで田舎道を歩いていると、赤ん坊を抱いて歩きながら、ヴォルガの舟唄をロシア語でうたっている中年の女の人に行き逢った。私はこの人はあるいは知っているかも知れないと思ったが、私が訊きそびれているうちに行ってしまった。

私は喉が渇いて仕方がなかったので、とある百姓家を見かけて、水の無心をした。そして私は水の振舞いをうけたばかりでなく、一夜の宿さえ与えられた。四十代の夫婦とはたちばかりの息子の三人家族だった。ちょうど一日の労働を終えて、夕めしを食べるところであった。私の寝床には湯婆《ゆたんぽ》が入っていた。そんな心づかいをしてくれた。あくる朝の飯には、ゆうべ焚いた御飯の冷くなったのを食べた。昨夜は私は腹の空いていたせいもあるだろうが、焚きたての御飯とあたたかい汁と鉢に山盛の沢庵《たくあん》とで食べた夕めしがとてもおいしかった。朝になって食べためしはまるでぼそぼそしていて、ゆうべのとは同じものとは思えないような不味さだった。米の質がよくなかったのかも知れない。この頃私たちが食べている外米の味によく似ていた。私はそのとき、お百姓さんというものは朝夕のおかまいなしにおはちに一杯めしを焚いて、冷たくなってもなんでもなくなるまではそれを食べるのかと思った。朝めしを食べてから、お百姓さんは私を神戸のK氏の処へ連れて行ってくれると云い、私達は電車に乗って神戸へ行った。神戸の市内電車の中で、私が車掌に向って、新川へ行くのだと云ったら、車掌は新川は遊廓《ゆうかく》のある方かと問い返した。私がK氏のいる処だと云ったら、そんならはじめからそう云えばいいと云った。神戸に一歩入ったら、K氏の名はいっぺんに通りのいいものになった。まもなく私達はK氏の著書でなじみになっている新川の貧民窟へ行った。イエス団の建物は皮肉にも酒屋の前にあった。案内を乞うと、私の方では名前も顔も知っているSという人が出てきた。Sさんの話によると、K氏はやはり、武庫郡のなんとか村の住居の方にいるのだった。Sさんは私に向い、ここで働きたい意志なのかと云った。私は口ごもり、K氏にあいたいとだけ云った。私は貧民窟に足をふみ入れてから、その辺にいる子供、と云っても、私と同年輩位になる少年の人相を見て少からず怖気づいていたので、Sさんの問いに対しては躊躇せずにはいられなかったのだ。Sさんは一寸腑《ちょつとふ》に落ちないような表情をしたが、K氏あてに手紙を書いてくれ、お百姓さんに対しては私のために礼を述べてくれた。

私達はまた神戸から引返し、武庫郡のなんとか村へ行った。どうも先刻から、なんとか村とばかりで、読者に対してたいへん申訳ないのだが、なにしろ二十五年以上も前のはなしで、私はその村の名前をどうにも思い出せなく、調べればわかることだが、いまそれを調べているひまもないので、それにひょっとすると当時の私にもその村の名がわかっていなかったのじゃないかという気がふとして、……いや、どうもそれに違いない、そうでなければ、いくらなんでも私があんなにまごまごするわけがない。私が世話になったお百姓さんの家のあった村とそのなんとか村とはどんな位置にあったのか、そんなこともさらに記憶にない。ところでK氏の家に行ったら、そこで偶々《たまたま》第一回の福音農民学校が始まっていて、私達が尋ねたときはちょうど授業時間中らしく、私達はしばらく座敷でK氏の講義がすむのを待った。その座敷の床の間にはお手製の大きな雛《ひな》人形が飾ってあった。してみると、私の二回目の家出は三月の節句の頃であったと見える。お百姓さんはきちんと畏《かしこま》って坐っていたので痺《しびれ》をきらしたらしく、一寸足を崩して私を見て笑った。とても邪気のない笑いだった。

Ｋ氏は私の話をきくと、すぐ人を遣って私の家に電報を打たせた。私は一週間ばかりＫ氏のもとにいて、また東京へ帰ったが、その間私は全国各地から集まってきていた農村子弟達にまじって農民学校の講義をきいた。一人の青年がまじめに、「いま東京からＫ君が見えました。」と云って、私のことをまるで同志のようにそこにいる青年達に紹介したので、流石に私は恥ずかしくなった。Ｋ氏は私が親から月々どの位小遣をもらっているか、そんなことを訊いた。そのときＫ氏のもとにいた青年の一人に神戸まで送ってもらって、私は東京へ帰った。その青年は東京までの切符を買って私に与え、また弁当代として五拾銭玉を一個くれた。私はその五拾銭で、ある週刊雑誌の増刊号と餡《あん》パンを買った。その週刊雑誌に載っていたある小説が、そのときの私の気持を随分柔げてくれた。それはその作家の身の上話らしくて、小説が好きで学業をなまけ中学校で落第する話を書いたものであった。家に帰ったら、母からはＫ氏のもとから電報がくるまでは御飯もろくろく喉には通らなかったときかされ、私を愛していなかった祖母まで、母に同情する口吻《こうふん》をもらした。父には私が学校から旅行に行っているように話してあるからそのつもりでと云われた。父は目が見えなかった。警察に捜索願を出したらしく、その下書なるものを私は見たが、それは父の浄瑠璃の弟子の筆になるもので、私の容貌《ようぼう》のことを、眉秀《ひい》で、目もと涼しく、鼻筋とおり、口もと尋常、と云った工合で、典型的な美少年のように書いてあり、これで家の者も誰一人怪しむ者もいなかったのかと思ったら、私は可笑しくて仕方がなかった。私は学校の方は我を張りとおして、そのまま中途退学してしまった。私は試験はついに受けなかったのだが、三学年終了ということにしてもらった。つまり私は落第はしなかったわけである。

二度あることは三度あるというが、私の家出もその譬《たとえ》にもれなかった。もっとも、その三度目は二度目のときからは、大分歳月が経っていた。

一度目のときは品川駅が出発点であり、二度目は東京駅であったが、三度目はまた変って、こんどは両国駅であった。私は成田までの切符を買った。一度目も二度目も片道切符を買うと、私の財布は空になってしまうのがきまりだったが、このときは空にはならなかった。私は成田で不動さまに参詣して、それからその近くにあった床屋に寄って散髪をした。私はその日は成田で泊ることにきめ、宿屋に上ると、すぐ床をのべてもらい、女中に云いつけて近所の本屋から新青年という雑誌を買って来させ、床の中でその雑誌に掲載してある探偵小説を読んだ。私の隣りの部屋には素人相撲の一行がいて、がやがやと騒々しかった。佐原かどこかで興行をして、その帰りにこの成田に寄ったらしかった。あくる日、宿屋を立つ際に、私は新青年を女中にやった。

私は銚子へ行った。秋冷《しゅうれい》が身に気持よく感じられる頃で、私はレインコートをつけ、それから蝙蝠傘《こうもりがさ》を携帯していた。銚子でもすぐ私は宿屋に上った。番頭が私の職業を訊いたとき、教員だと私は云った。「先生だそうです。」帳場で多分私のことだろう、女将《おかみ》に告げている番頭の声がきこえた。私は宿屋のどてらに着換えて散歩に出た。犬吠岬《いぬぼう》の灯台を仰いでから、映画館に入った。映画館ではアトラクションに、歌と踊をやっていた。私は映画の方は見残して宿屋へ帰った。湯に入ったら、番頭が肩を流しにきた。便所に入った。いくらか下痢ぎみであった。便所の壁には一面にいたずら描きがしてあった。あくる朝、宿を立った。番頭に茶代をやった。

バスに乗って、水郷へ行った。香取、鹿島を見て、土浦行の船に乗った。霞ケ浦の水の上で日が暮れた。幾艘《いくそう》もの大きな帆かけ船と行き逢った。土浦に着いたら、もうすっかり夜の帳が下りていた。

私は水戸行の汽車に乗った。透いていた。箱の中には四五人の乗客しかいなかった。水戸で私は駅前の宿屋に上り、めしを食った。けれども私はそこに泊るつもりではなかった。私は一休みしただけで宿屋を出た。私は自分のなかにある勘のようなものに導かれて、ただあてずっぽうに歩いた。そのうち、私は自分の心が欲している処へ出た。往来のそこ、ここに女の影があった。私は一人の女のそばを行き過ぎ、しばらく行って引返した。女は私を見て、私の蝙蝠傘を執えた。私は女に促されるままに、その家に上った。私は着換をして、女の来るのを待った。女はなかなか姿を見せなかった。私は不安な気持になった。

と、女が顔を見せ、「臨検です。」と云い、すぐ女の背後から刑事が部屋に入ってきた。刑事はさりげない口調で私にいろんな質問をし、それから私の所持金をしらべた。刑事は一寸警察まで同行してくれ、手間はとらせないからと云った。私は身支度をして刑事に従った。その家の戸口で、刑事は女をかえり見て、すぐ帰ってくるんだからねと私のことを云った。なにやら優しいものの云い方であった。警察へ行く道すがら、刑事は私を自分よりは前方に歩かせ、心配しなくともいい、なに一寸しらべるだけだからと、同じことをくりかえしくりかえし云った。

母はもうこの世に亡く、私は二十四歳になっていた。

その人

連れられてきた私を見てその人は云《い》った。

「なんだ、またかえってきたのか。いくじなしめ。」

私はその時鈍く笑っただろうか。その人が言葉をかけてくれたのには、それでホッとする気持があったのだ。かえりたくないところへかえされた、私はそうした心でいた。

私は中ほどの場所に仕事の席をあてがわれた。私のすぐうしろのへんにはさきの日の馴《な》染《じ》みの者達がいた。皆なにかと私に話しかけた。舎房もきっと一緒になることだろうと云ってくれた。さすがに私もしたしみを引き出されたが、でも気持はなじめなかった。みじめな気持を持ちつづけたまま、ただ仕事の手を動かしていた。……私はかえりたくないところへかえされてしまったのだ。その前日、よそへ移されるという、また元のところへゆくのだともいう話を聞いて、元のとこへはかえされたくないと思った。かつていたあの空気の中へは、(そこではみんながここよりも減った量の飯を食べている)……あの人の顔の下《もと》へまたまいもどるのは嫌だった。無性に嫌だった。けれど私はかえされてしまったのだ。

御飯の時、役目の者が配る飯を抱えている箱の中に突きの小さいのを見、私は悲しい腹立たしい気持で見た。それまでいたところではもっと沢山だということを私は仲間に話したりなどした。

と、「厭々《いやいや》やっているようだな。」その人の咎める声がした。そしてその人は足早に私のとこへきた。私はべそをかいた、幾分ふてくされた感じだったのだ。

「フーン、これだけやったのか。」

その人はゆるめた口調で云った。私のそばに屈みこみ、私の顔を覗《のぞ》いて。私は少しくやけな気持で余念なかったので、いくらか仕事がはかどっていたのだ。

「もっとまめに手を動かすんだよ。」

そう云ってその人は手づからやって見せた。その人の手は大きかった。その手は手早く麻を綯《な》っていった。私より巧みであった。私はねんごろなものの伝わってくるのを覚えた。私はその人の軀《からだ》を身近かに感じ、女々しい感情に催された。

舎房はやはり仲間の云ったとおりだった。私は知らぬ顔の中に新しくまじる心細さを味わずにすんだ。

その人はここの看守の一人で、そのとき十一工場の担当をしていた。私はその人の下《もと》にいた。日々工場に出て麻を綯う（鼻緒のしん《いい》をつくる）仕事に従っていた。はじめてその人の前に出て二、三の受け答えをしつつ、この人に看てもらうのだなという感じを持った。

その人の様子にも新しく自分の監督の下に入ってきた者に向う気分があった。初対面で私はやさしく看られるものを感じた。その人は私に「お前、本読みが出来るか?」と問い、私にその役をあてがってくれ、最初の日から私は昼休みには仲間のために本を読んだ。私は女女しい人間で、なにかと自分のうえにその人の心を感じ、それを頼む心になっていた。私は仕事がいい成績でなかった。横鼻緒のと前鼻緒のとあって、横鼻緒の従業《しごと》の方が多く、私もそれだったが、だめだった。不器用なためであったが、努力も怠っていた。私はその人の心に応えることをしなかった。(でも根が不器用だったからだ。)入所して二十日ほど日が経った日のこと、その人が雑役の一人と話している声がふと耳に入った。「人間が冷たいな。」その声に私はうしろを振り向き、そう云うその人の顔色を見て、なぜかふとその言葉が自分についてだと強く感じ、嗟! と思った。悲しい気持を感じた。その翌朝工場に出て私は自分の座蒲団《ざぶとん》の前に膳箱のないのに気づき、うろたえた。一人の仲間が私を呼んだ。仲間は膳箱を抱えて工場の出口のところに立ってい、彼の足下《もと》に私の膳箱が置いてあった。私はすぐ、自分がよそに移されることを感じた。その人は私の視線を受けず、私のうろたえをチラと見たきりだった。私は悲しい気持を感じたままその工場を出た。

三日ほど前のことである。それまで読んできた本を読み終って次の本を渡された。見ると、悲劇小説とでもいうか、一昔前縁日《えんにち》の本屋などが並べているのを見受けた、東京ではいまはまったく見られなくなったと云っていい、通俗の本であった。私は張り合いの抜けた気持だった。読んできた本は江原素六《えばらそろく》の伝記でまじめな、版も新しいものだったのだ。

その本を手にした時私はちょっと意外な気がしたものだ。ここにきて、同じ暮しをしている者と、ともにこうした本を読むのをふしぎにも思い、毎日の本読みは楽しみだったのだ。私は悪くきまりわるがる質《たち》なので、その小説では、泣くとこや声を出して笑うとこを、どうしても写実的には読めず、抜かしてしまった。会話のとこも素ッ気ない読み方をした。こんどの本読みは苦が手にしていた。その人はそういう私の読み方には不満を感じたらしく、時間がきてその本を返した際、「これは情味のある本だから、そのつもりで読めよ。」と云った。その言葉には私もやはり自分を責められた。私の棒読みはやはり軽薄の仕業であった。私はその本を三回ほど読んだきりで、その工場を出たのだ。

私は九工場へやられた。そして機織《はたお》りの仕事に就いた。ここでもねっから仕事が出来なかった。ここの担当は時々私に拳固をくれた。痛いので私はそのつど頸《くび》をちぢめ、手をあげふせいだ。自分ながら愚かに哀れに思えたが、痛いのでいつもそのはかない真似を反射的にした。一度向う脛《ずね》を靴で蹴られた。その担当は云った。「貴公、よっぽどでれ助だな。」「東京でよく電車や自動車に轢《ひ》かれなかったな。」私は弱く笑うばかりだった。私は白痴のようなごろっとした心でいた。痛い目をみる私は弱い犬のような眼をしていただろう。（もしずっとここにいてしまったならば、私はこの人をもたよりにしたことだろう。）

その人から離れて暮し、日が経っていったのだ。私はこっちへきたことを喜ぶような心になっていた。前の有様がへんに厭《いと》わしく思えた。その人について遺憾に思う気持も薄くなってきた。仕事のことは前よりももっと始末の悪いものになっていて、いつまでこんなつらい状態が続いてゆくのか……時日は経っていっても、曲りなりにも仕事が運んでいるという形にもなっていなかったので、いわば低能児が学問を強制されているような苦しい停滞状態にいたので、それだけその日その日で私はずっとつらい思いをしていたのだが。それでも私には前のことはいやで、いまの方がまだよかったのだ。麻絢いよりも機織りの方が労力を費うというわけで、こっちの方が飯の量が多かった。こっちへきて、前のところの小さい飯のことを思うと、前の暮しがしんからいやなものに思えた。（酉《とり》の市などでダルマやお釜の形をしたおこしを売っていたが、ここの飯はつまりあんな風で、筒形に突かれてあった。そして作業の種別でその大小があった。ここにいる者は「今日の飯は突きがいい。」とか「いや、俺のは突きが悪かった。」などとよく云った）こっちへきて前よりも大きい飯にありついたということは私にとって喜びであったのだ。依然としてあの飯を食っている、なんにも知らない前の仲間のことをふと思うと、私はへんに不快な気持になったものだ。いまの方がまだいいと思う私の気持には、飯のことによるものからくるものもあったわけだ。いまの方がまだいいと思う私の気持には、飯のことによるものからくるものもあったわけだ。しかしそれがすべてではない。日が過ぎていって、私の心はそういう風になっていったのだ、万事は。つまり私は慣れていったのだ。現在をつらく思う時も、旧にかえることは……元《もと》のところへ、みんなが小さい飯を食べているとこへ、あの人の顔の下へまたまいもどることだけはかなわない気持だったのだ。別の境遇のことは思った。掃除工などにならせてもらえればなアと思った。そこでは飯は一等飯だという話だし、私にも掃除なら出来るだろう（ものをつくりあげるということは自分にはだめだ）と思ったのだ。——しかし私はかえされてしまったのだ。悲しい気持を抱いて出たとこへ、また別な悲しい気持でいやいやもどったのだ。

それはあと十日余で正月が来るという頃だったのだ。入所したのは十月の上旬で、十一工場には二十日ほどいて九工場へ廻り、そしてまたかえってきたのだ。九工場には五十日ほどいたわけだ。五十日、それはあとで数えてみた計算である。五十日も、いたという実感は私のうちにはなかった。生活状態がまだはっきりときまったものになっていなかったし、（私の仕事が全然ものになっていなかったのだし。）それに私は刑務所の生活にまだしんからは慣れていなかったのだし、その上そこではなんの愛着の残るものもなかったから。工場でも舎房でも私は仲間に親しめずに終った。こっちへかえってはやはりかえったという感じは持たされた。二十日ほどの馴染みではあったが、かつての者達の中にまたまじって、こっちの方に多分にともだちを感じた。しかし私はかえってきたことを喜べず、気持は落着かなかった。ちょっとしてまた別のところへ廻されるかも知れぬ、そう思ったりした。「印刷か掃除工にやってくれないかな。」と私は仲間に云ったりした。（私は印刷は多少経験があった。）「出るまでここにいるよ。もう何処へもゆかないよ。」と仲間の一人が云った。それには私は不服だった。そう云われると、一層、出るまでここにいるのだったらたまらないと思わずにはいられなかった。……私の仕事は一日かかって一把がヤットというところだった。課程はたしか三把と十六足ということだった。横鼻緒の仕事は難儀で課程をやっている者は殆《ほと》んどいなかった。が、それにしても私はいい成績ではなかったわけだ。私のほかにも私と同じような者やまた以下の者もいたが。白痴やそれに近い者もいて、以下の者とは彼等だった。その人は私の顔を覗いて云ったものだ、「まんざら馬鹿でもなさそうだがなあ。」私はびくっとした。工場で私のとなりには一人の朝鮮人がいて、彼の仕事の程度は私と同じ位だった。しかし彼の手際はいかにも軽く運んでいた。彼は私の仕事をふと見て、そのようにきつく綯ってしまってはあとでよりをもどすのが骨だという意味をささやいた。私はぶきっちょだったのだ。仕事のことで私は彼よりはずるくはなかったろう。

既に寒さは来ていた。機工場で踏み板をふむ私の足は霜焼けにかかった。血ぶくれて太くなり、みかけは象の足という感じだった。夜寝に就いて蒲団の中で温まると痒《かゆ》さがひどくなった。「いまにもっとひどくなる。くずれて骨が出るようになる。」と雑役の一人が私を嚇《おど》した。しかし私は麻工場にかえされて座蒲団に坐るようになったので、霜焼けの足はすぐに癒《い》えた。また、麻工にかえった日に丁度その冬最初の足袋《たび》の給与もあった。四、五日して工場内に手風呂が持ち込まれた。凍傷にかかることから手を護るためのものである。朝作業が始まるとすぐ、雑役が二つある手風呂の火を熾《おこ》しにかかった。私達は一つの桶の周囲に六人ほどずつかたまって、熱い湯の中に凝《じ》っと手を浸した。五分間で交替した。それを毎朝やった。私の掌はそれでもすこしあかぎれがした。

K神社の御霊代《みたましろ》の遷座式《せんざしき》がここで行われたのは確か年内であったと思う。所長もかわらないうちであったし。私達は下の工場の方の広場にみんな集ってその式をした。（所内はみんなの云う上と下とに分れていて、この刑務所に二度以上の者はすべて下の工場へやられた。上の工場には初犯の者、この刑務所には初めての者がいた。大体に於《おい》てそういう別があった。十一工場、九工場、八工場（主として風船張りをやっていた。）、上の工場はこの三つであった。）注連縄《しめなわ》を引き囲らせた中に、御霊代を鎮った小さいお宮が、工場の数だけ飾ってあった。風のあった日で注連縄を結《ゆ》わえつけた竹の葉の風に鳴る音が絶えず耳についた。K神社から神主《かんぬし》が来ていて、ここにいる者の身に神の加護を願う祈りを捧げた。各工場からは代表者が出てそれぞれ各々のお宮を授かった。式が終り、各々その工場にかえって神棚にお宮を鎮った。私達の日々の営みは神前でいとなまれるわけになったのである。

その翌日であったか、遷座式の事に遇っての感想が、服役者の間に求められた。私もその人に云われて書いた。

「……生来拙い身は二箇月の謹慎の生活を送りながら、未だに現つ心なく、眼前の鉄格子さえ確《しか》とは眼に入らぬ、たよりない心の状態に居ります。私のような短刑の者と違って、刑期も長く、事情も複雑した人達は定まった心なしには、長い歳月を送り難いことと思い、そういう人達に向う、所長さんはじめ皆さんのお心やりのほどを思います。」私はこんな体裁のいいことを書いた。（以後折にふれては、感想を書く機会を与えられた。）一日私の仕事の依然はかばかしくないのを傍にいて見、その人は云った。「お前は眼が悪いんだな。」私はえ? と思った。私の仕事ののろいのは眼が悪いからだと思ってかと思い、私は不審顔に「いいえ、悪くはありません。」と云った。するとその人は云った。「だって、鉄格子が見えないと云うじゃないか。」鉄格子が眼に入らぬなど、妙な云い方をする、とでも思ったのだろうか、その人は一種の眼つきで私を見た。

謹慎の生活、と私は書いた。所長の話の中に、私達がいま謹慎の身の上、そういう言葉遣いを聴いた、それを私はつかったのであった。そう書いた私は自らつつしむような、そうした気持でなどいなかった。(自分をつつしむ、私には終りまでそれが出来なかった。)眼前の鉄格子さえ確とは眼に入らぬ、とはやはりある実感から思いついたまでの言葉であった。ここの舎房は旧《ふる》いままので、鉄格子の、岩乗な舎房であった。まだ牢の感じの残っているものだった。檻《おり》であった。そこにいて私は、そんな異様が心にくるでもなかったのだ。(一つは雑居の暮しのせいであったろう。)生来拙いと書いたが、私に自分の拙さについてのどんな自覚があったろう? 己れを知らぬ、現つない、たよりない心の状態に私はいたのだ。入所してから二ケ月で、私には懲役がようやくつらいものになってきていた、と云うべきであったろう。こんな、つらいものとは知らなかったのだ。——私は未決には一晩寝たきりだった。すぐあくる日刑が即決されて、そこを出た。裁判所からかえった私の話を聞いて、そこに長いことといるのだという同房者が云った。「工場はつらいそうだよ。」それに私が気にかけぬ眼色を見せたので、「いまは興奮してるけど。」と云い、すぐに私がそこを去る時、「大事におしなさい。」と云ってくれた。私には彼の云ったことは耳に疎く、聞き流された。が、いまはそのつらいということが、どんなものだか、わかったのだ。私の気では、よくやる気でいたのだが。私はここの生活には空想を持ったのだが、独居、労働、読書、修身、……そんな望みをかけたのだが。が、そんなものはすぐ砕かれ、私はすぐまいってしまったのだ。（工場を終わって舎房に引き上げてからもやはり仕事をしなければならぬので、それにはがっかりした。）せめて仕事に精を出そうという気には折々なったのだが、仕事のことは前にしるしたような有様であったし、そんな心もすぐ挫けて、私は易きについた。日々がただつらかった。つらい、つらい、……私のうちに絶えずそう云っているものがあった。そして私の心は、まだ、こんなことを思ったりしたのだ。あの時ああだったら、もしこうだったら、……こんな、つらい思いをしないでもすんだろう、などと。こういう羽目になって、この身の上になったのを、不服に思う心は私にはすこしもなかったのだが。私は自分の家の者のうえも思わなかった。こんどのことで迷惑をかけた人達のことを思って悩むこともなかった。ただ、いまの身がつらく、親不孝の罰だ、という風に思ったりもした。（死んだ母は苦労のしどおしだった。）まあ自身の人間を思うと、こういう目にあうのは当然な風には思えたのだ。――はや寒さに身も心も震えて、出所してゆく者のうえをただ羨《うら》やむ心でいた。

正月はいい正月だった。たしか工場は三十日の昼までで休み、私達はそれぞれ舎房へ引き上げたのだったと思う。私達は舎房を掃除して、新しい年を待った。お正月の間は全然仕事をしないで舎房にいられる、それを聞き、私は楽しく待っていたのだ。麻工では課程をやっていない者は、工場を終わって舎房へかえってからも、就寝前仕事をしなければならなかった。免業の日でも舎房での仕事はしなければならなかった。課程は困難であったので、殆んど全部の者がそれに服していた。それが、お正月の間はしなくていいのだ。舎房の麻台は舎房から出され、工場内へしまわれた。苦役《しごと》から解放された、その間らくにしていられる日をすこし送るのだ。その束の間の愉楽《たのしみ》が前から待たれるのだったのだ。もうすこしでお正月がある、それが過ぎてしまえば、また長いつらい日が続いてゆくのだが、その前にもうすこしでお正月がある、その思いに、工場で舎房での私のべそをかいた、なまけものの心は慰安を求めた。正月はいい正月だった。正月の御馳走は過分なものだった。餅は鉄板で焼いたものであった。元日はおかずも豊富でみんな満腹して顔を見合わせた。蜜柑《みかん》なども食べた。三日の夕食に食べた餡《あん》ころ餅はたまらなかった。餡は甘く、餅は出来たてでやわらかく、歯で嚙む感触《あじ》はたまらなかった。この餡ころ餅のうまかったことは、その後いつまでも忘れかねるものがあった。入浴をしてきた午後のこと、その時の舎房の看守が私達に「お前達はいいなア。」と云い、休みの間の私達が気楽な身分だということを云った。入浴後で体は暖かかったし気は大きく、このあたたまった体で、仕事はなし、読書をする、その幸福感から私はにやにやして、「おかげさまで。」そんな言葉が口から出た。その看守の人は私をチラと見て、苦笑を漏らした。蔑《いや》しむような眼色だった。ふだん神妙そうな顔をしている私がそんな馴《な》れた口をきいたのをおかしく思ったのだろう。他の舎房にこの七日かそこらに出所する者がいた。私には彼がとても羨やましく思われた。もうすぐ出られる身でここの正月を味わってゆく身の上が羨やましく思われたのだ。その正月の楽しさは格別なものがあろうと思った。彼のような場合でこそ愉しく味われたことだろう。過ぎた後の先きに控えている事を思って、心の曇ることもないのだから。自分にはない心の余裕が羨やまれ、私はそんな、懶《なま》け者らしい、呑気《のんき》な羨望の念を持ったりしたのだ。

正月も過ぎた。いつかまた私の心はこちらに住みついていった。またかえってきて、私は別にその人にこだわらないでいられた。その人のそぶりに冷たいものはなかったから。日が過ぎてゆくにつれ、私はまたその人の心が私を包むのを覚えた。いつかまた私はその人にたよっていた。この人はやはりいい人だと感じた。私はこちらへかえされたのを、その人の下にかえされたのを、よかったと思うようになった。

その人は年配は三十をいくつも越していなかっただろう。思いの外若かったのかも知れない。地味な威のある人柄故老けては見えたけれど。

工場でその人が帽子をとって、その短く刈った頭を私が初めて眼にした時、その坊主頭に私はちょっとハッと思った。近眼の人の眼鏡をとった顔は見直されるものだが、いつも制服制帽で臨んでいるのを見ていた眼に、その帽子をとった、髪の短い頭は新しく映った。すぐ熊谷蓮生坊が聯想《れんそう》された。その人は髭《ひげ》の剃《そ》りあとなど濃い、武者を想わせる容貌だったのだ。また私は、その人が帽子をとった際の表情には天蓋を脱いだ虚無僧《こむそう》の羞恥《しゅうち》があった、などそんな文学的な形容をその場で思いついたりした。その時瞬間その人ははにかんだような表情を見せたのだ。この人はみかけよりは若いのかも知れぬと私は思った。

ここでの私達の起居のすべては種々の号令の下にあった。私達の一日、起床からはじまり就寝に至るまで。工場でのこともその人の号令を受けた。しかしその人はいつも号令をかける風にはやらなかった。例えば御飯の時など、九工場の担当は鶏が鬨《とき》をつくるような調子で、喫飯《キッパン》！　と突拍子もない大きい声を出したが、その人は静かにただ「御飯。」と云った。すべてがそういう風だった。そしてそのことはその人らしくて、地味な温かなものが感ぜられた。

――まもなく部長になるのだ、そんな噂を仲間の者達はしていた。私のここでの生活は全くその人に依存していたのだ。もしその人の私に心を寄せてくれることがなかったならば、私は心細い思いでずっとつらい月日を送ったことだろう。弱虫で、その癖頑《かたく》なな、人から親しみを寄せられない質の私が、こうした束縛された雑居生活に在って、なおその間を人間並みに送ることが出来たのは、その人の心の下にいたからだ。私はずい分助かったわけなのだ。その人にたよれなかったら私は仲間に馴染むことももっと薄かっただろう。すべての事が親しみなく過ぎていったことだろう。そこを出て九工場へいったあの時、その人は私を冷たい眼でチラと見ただけだった。そしてそれには私はまいったのだが。……また自分の監督の下へかえってきた私にその人はまた心を向けてくれた。そしてそういうその人の心にいつかまた私はたよっていたのだ。そしてそれは終りまでつづいたのだ。私のような不甲斐ない者を気の毒に思ってくれた一人の生活人がいたのだ。
　私はここではもう一つの名で呼ばれた。私の称呼番号は「七五〇」だった。私の衣服の襟《えり》のうえに、使っている手拭いのはしに、膳箱の蓋のうえにその番号が見られた。いつか私はそれを自分の名のように思うようになった。その人は多く私を単に「五〇」と呼んだ。私はその人が私を「五〇」と呼ぶ声が好きだった。その声にはいつも愛情が感ぜられたから。それに私はかつて人からそんな風に呼ばれたことがなかったのだ。「五〇」という番号がいいのだ。声に出すと自ずと感情が籠《こ》もる呼び名だ。愛称のもつひびきがある。そして私の心はそれを愛称として聴いたのだ。「七五〇」、この番号は私にだけ与えられたものではない。しかし私の思い出のなかでは、その人の声の下にはただ私の顔と心とがあるだけだ。その人が私を呼んだ声の思い出、私のうちにあるものはこれだけだ。私に過ぎた日のことを綴《つづ》らせるものもこれだけだ。

　一月に二度ぐらいだった、「本屋」(品のいい爺さんだった。)が工場を訪れた。服役者が読ませてもらう本の目録の入った箱をさげて。私達はその目録を繰って読みたい本をえらんだ。そして目録のカードを担当に示して、そのカードの裏面の欄《らん》に、いる舎房の番号と自身の称呼番号とを記入してもらうのである。三、四日して本は舎房の方に届けられた。一級、二級、三級、四級、という順番に自分の座席から出ていって目録を見せてもらった。「四級の者、本読む者出てこい。」という声をきくと、私ものこのこ出ていった。

「おや、五〇が出てきたぞ。仕事も出来ないくせに。」

その人は私を眼にとめ、そう云ってにらむ眼つきをした。そして、私がカードをその前に出すと、万年筆を控えたその人は、

「お前の舎房は？」とまじめな顔で云うのであった。

また。

私達の一日が暮れて工場から舎房へ引き上げる。十一工場の者は十五舎（一房から十房まであった。）が舎房であった。十房の者から逆に引き上げる。それぞれ舎房に納まったところを、看守がその錠前をおろしてゆく。一房の者が最後に引き上げる。そこの錠前をおろすと、点検がそこから、二房、三房の順にはじまる。

その人は最後に一房の格子扉を閉めようとして、中の頭数をよみ、「うむ、一人まだかえらんな。」とつぶやく。誰だ？　と思う隙へ、更衣所で手間取ったその一人が、舎房着の帯を締めつつ、あわてて駆けてくる。

「なんだ、五〇か。でれ助め。」

そう云ってその人は、「は、どうも。」などと云っていそいで舎房へ入る私を、わざと背ろから押し入れて、格子扉を閉めるのであった。

また。

やはり工場を終わって。

更衣所では私達は工場着を脱いで裸になり、一人一人検査を受けるのだった。

その時、検身の番を待っていた私はその裸の尻を軽くぶたれ、ふり向くとその人が黙って笑っていた。そして、工場の方にいるその人は工場とそこの仕切りの戸を閉めるのであった。仕切りの戸を閉めようとして、震えて立っている裸の私を見たのだ。――私は嬉しかった。

つらい、つらい、いやだいやだと思いが強くくることがあったが、そんな時でも、その人の好意や親しみにあうと、いつも私は気持がなごむのを覚えた。すまないという情《こころ》が湧き、堪える心になった。自分より孤独なたよりなさそうな仲間の者の姿が眼に映るのだった。そして常に人にたよってばかりいる、そういう自分の性質を、来し方を思った。世間の風はいつも私には暖かく、稚《おさ》な心からいつまでも私は脱けられないのであった。

寒さはきびしかった。私は身も心も震えた。掌はあかぎれがきれた。左掌の中指のつけ根にあかぎれがして、それが痛かった。口があいていて、私は仲間に「綯《な》うとき、ここに麻がひっかかって痛いんだよ。」と顔をしかめて、それを見せた。仲間の者も眉をひそめてうなずいた。口があいていて、それが見た眼にいかにも痛そうに見えた。自分にもそう見えるので、それほどでもなかったのだが、私は顔をしかめて見せた。私はそれを仕事の進まぬいいわけにもして、その人にもそのあかぎれをうったえて見せた。「膿《う》んじゃったらしいんです。」その人はそう云う私の顔をいかにも情けなさそうな顔をして見て、その箇所を指で押して、「これが悪いんだな、切ってとっちまうか。」そんなふうに云った。私はあやふやな笑い顔をした。寒さとともに凍傷にかかる者が出た。手の指がくずれ、繃帯《ほうたい》をして、その繃帯に血のにじんでいる手で仕事に従っている者がいたのだ。私は軟膏《なんこう》をもらってあかぎれの箇所に塗り込んだ。

しかし心はここの暮しに住みついていった。日々がなにかと親しみあるものになってきていた。ほかへ廻してもらいたいなど、もう思わなかった。出るまでこの工場で過ごしたいと思うようになっていた。九工場にいたときは親しい気持を味うこともなかったのだが、妙にいつまでもなじめないでしまったのだが、ここではその人に庇《かば》われているという意識からも気は大きく、またここの空気には私などにも親しみ易いものがあったのだ。初犯の者は先ずこの麻工場に入った。また短刑の者は多くここにいた。初めてこういうところへきて、多くのいろんな顔の中にまじっても、ここはそんなにいやな、またうさん臭い感じもしないのであった。みんないまの不自由の身の上を託《かこ》つ心は同じで、……私にも親しい気持で軽口がきけたのだ。八等飯にもお腹《なか》も慣れてきて、食いたりない気もしなくなり、大きい飯を羨やむ気も薄らいできた。でも仲間にこうは云ったりした。「一度、一等飯を食ってみたいな。」

――飯のことではこんなこともあった。朝晩はみそ汁とつけものだった。（一週に二日だったか、晩もお菜がついた。私達はそのことを二菜と云って、「今日は二菜だな。」とか「明日は二菜だぞ。」とか云ってたのしんだ。）食器は瀬戸ひきのもので、お鉢と茶椀と汁椀（菜椀でもある。）とつけものの皿とであった。私はお鉢へもらった飯を茶椀へ少しよそって、それを食べる間《ま》に、みそ汁を半分以上吸ってしまい、そして汁の少し残っている椀へお鉢の飯をみんなあけて、そして御飯に汁を少しずつ浸み込ませて食べる、少しむせる思いで、……そんな食べ方をした。こうすると少しは余計食ったような気がしたのだ。一度試してからずっと続けてやっていた。或る時その人が私のそばへきて、ふと見て云った。「オヤ、お前、汁はどうした？……呑んじゃったのか？」私はあかくなって、小さい声で云った、汁椀の飯を箸で指し、「この下にあるんです。」その人は一瞬黙ってしまったが、云った。「尋常に食べろよ。」私を蔑《さげ》しむような色は少しも見せずに。私はかすかにうなずいた。それからは尋常に食べた。

そしてどうやらその冬も過ぎた頃には、私のここでの生活も峠を越えてしまった状態で、日々がきまったものになってきていて、気持も落ち着いたまあ余裕のあるものになっていた、（私の刑期は八ケ月で既にその半ばは過ぎていたわけなのだ。）仕事の方も一日に一把半位は綯えるようになっていた。いい成績ではなかったが、私の仕事はそんな程度に落ち着いてしまった。まあそんな成績でお許しが出たかたちになっていたのだ。それにその頃には本読みの役がまた私の役目になっていた。本読みの労で幾分か仕事の成績を補う、そんなふうにその人の気持ではからっていてくれたのだ。そしてこの十一工場は短刑の者が多くいたのだし、出入も多かったので、ここでは私なども古顔の方になっていた。工場での席も一番うしろの次ぎの列で隅の方だった。そしてこの場所は看守の席からずっと離れていて、話など出来たし、前の方の場所よりも温かくて、いい場所であった。その場所で私達はなにかとおしゃべりをした。

新入りの者があると、私達はその慣れない、頼りなげな様子をうしろの席から見て、なにか先輩らしい気持で、時には品評を下したりした。そして日を経てなにかの折に、同席者などと笑顔を交しているその者を見かけると、「ははア、慣れてきたな、元気だな。」という思いで見たものだ。工場でうしろの席にいて、仕事にいそしむ仲間の背中を見ながら、自分達にはちょっと学校に於ける上級生とでも云ったような気分があると私は思ったりした。ともかくうしろの席の者達は余計おしゃべりをした。

私にもおしゃべりの相手が出来ていた。七一〇番だった。工場で隣り同士になって、私達は親しくなった。どこか気が合った。彼の刑期は三年でまだあと二年の月日を剰《あま》していた。彼も東京にいたのだった。鳶職《とびしょく》であった。しかし足場から墜《お》ちたことがあって、足を痛めてからその職も休んでいたようであった。別れたおかみさんを斬りつけたのだという。足場から墜ちた時脳も打って、その後春さきにでもなると脳が悪くなるように話した。小柄で、裸になると色白で肌に刺青《いれずみ》が浮いて見えた。おとなしい、陰気な方の性分で、人に対する気持は素直であった。「五〇番はおとなしいからね。」と彼は云った。私は見かけがおとなしく見えるのかも知れない。私は人から親しみを寄せられない質で、ほんのちょっとした交際もしっくりゆかず、親しい友達も持てなかったのだが、彼の気持がおとなしく、私を侮《あなど》る風もなく話すので、私も無邪気に話した。やはり多く食物のことを話した。

千住の橋を渡ったところに、鉄兜《てつかぶと》ほどの大きさの饅頭《まんじゆう》を売っている店があると彼は話した。私はその饅頭には心を惹かれた。出たら一日行って見ようと約束するように話した。自由な身になった時、その饅頭を懐に入れて、散歩をしたいものだと思った。

私達はよくこんな冗談を、大人のままごとみたいなことを云い合った。

「お早よう。今朝は納豆を買っといたぜ。」

「そうかい。そいつは有難てえな。朝はおつけに納豆がありゃあ、江戸っ子は文句は云わねえよ。」

「それに茄子の芥子漬でもあればな。」

「贅沢《ぜいたく》云うねえ。」

また。

「明日の休みには家へ寄ってくんねえ。なにもないが、いるかのみそ煮を御馳走するぜ。」

私はここで免業の日に一度初めて、いるかのみそ煮を食べたものだが、おいしいものだった。

また。大祭日には「教誨《きようかい》」で教誨師の話の後で、浪花節《なにわぶし》のレコードなどをかけて聴かしてくれた。また昼飯の後、大福餅をくれた。

「明日は一緒に浪花節でも聴きに行こう。」

「うん、帰りに大福でも食うか。」

そう云って私達は笑い合った。

私達は話をすることは絶対に禁じられていて、それは懲罰に価したが、看守の眼をかすめて、かなりおしゃべりを楽しむことが出来た。話し込んでいて、ふと顔をあげた時、看守の席から凝っとこちらを見ているその人の視線にふれ、思わず眼をふせたことが幾度かあった。「五〇は呑気だなア。」そういう、その人の面持にあって。――私は呑気であった。

私のうしろの席に七八〇番という人がきた。政治運動をしている人で、その人の子分がなにか暴挙を働いて、それで罪に問われた、そんな話であった。もう五十を越えた、でっぷりふとった人で、いい人だった。やはり東京の人だった。磊落《らいらく》な人だった。こんなところへきていても、ふだんとちっとも変らない、そんな感じの人だった。私と七一〇番のそんな話をうしろで耳にしては、「五〇番、出たら遊びに来給え。銀座のモナミを御馳走しよう。」こう云ってくれた。

七三五番というのがいた。若かった。まだ童顔の失せぬ、そして男らしい感じの若者であった。私は彼に心を惹かれ、よく彼の姿を眼にとめては見たが。純日本犬、そんなふうに感ぜられた。いつも元気な顔をしていて、そして卑しさが感ぜられなかった。仕事の成績も素晴しかった。

七八〇番とこの若者とは同じ舎房にいた。そして二人は仲良しだった。親と子、そんな齢恰好であったが、よく二人のそうした姿が見かけられた。入浴へゆく列の中になどに。また「教誨」などでは二人はいつも並んで腰かけていた。春の運動会の時にも連れ立って時を過ごしていた。私はそういう二人の姿を、七八〇番の長者らしい気持を思い、うらやましい気持で見た。素朴な若者の気持には、この親のような人に対して、そう意識的なものはなかったであろう。ただ七八〇番のような人には、長者として、この若者が好ましく思えたのであろう、彼にしてみれば、この若者を憫《あわ》れみ、惜しむ情を抱かずにはいられなかったのであろう。

七三五番が仕事の成績が良く、三級に進級し、三級者ばかりの舎房に移るようになった時、七八〇番は云った。「七三五はいい男だ、惜しいことをした。」そして三級の雑役に向って云った。「七八〇番がね、世話になったってね、言って下さい。」

七三五番を見ながら、その男らしさに、この男は何をしたのだろうと私は思った。そして私はやはり盗みだろう思った。その若い善良げな顔を見つめ、私にはその罪が信ぜられ、似合わしく思われた。私は悲しい気持を感じた。

私は始めの頃には満期にあと一月か二月という期になったら、もうしめたものだろう、楽なものだろうと思ったものだが、さてその期になってみては、そうしたものではなかった。いまの境遇を厭い、日々をつらく感ずる気持は出る間際まであった。私の同房者にその三月に出所した一人の年寄があったが、出所する前日まで、いやだ、いやだと身を震わせていた。あとまだ長くそこにいなければならない仲間の者の前で、その年寄の姿はいやらしい感じだった。私は、私文書偽造とかいう罪であるというその年寄が、彼の人に向う気持に信ぜられないものが感ぜられて、好かなかった。私はその年寄のそんな身振りを、やっている、という気持で見た。

「あなたなんか、もう平気なものでしょうね。」

するると、彼は、「ははァ、そんなものかな。」とこちらに思わすような眼色を見せて云った。

「反って辛いもんですよ。一日も早く出たいもんですよ。」

自分が出所近い身になって私は、彼の言葉もまんざら嘘ばかりではないと思った。しかし私には、彼や私のような堪え性のないのは、やはりいやらしいことに感ぜられた。

もうあと二十日ほどになった日のこと、七八〇番が私に笑いながら云った。

「修養が出来たかね。」

「だめです。里心がついていてね、帰心矢の如きものがあってね。」

……私は反省もなく自分をエゴイストだなどという口はききたくない。しかしやはりエゴイストというより、しようがなかろう。私は謝罪の心もなくて、「すみません。」と容易に云うことが出来る、そして面を拭っていられる、単純な奴にしか過ぎない。なんによらず、私は自分の過去のことで、なにが為になったなどとは云えもしない、云いたくもない。

ただ、私のような者にも思い出がある。それだけだ。

出る間際にその人は私に云った。

「お前は到頭、家へ手紙を書かなかったな。……お前の家からも手紙が来なかったな。」

そして云った。

「お前の罪名はなんだっけな？」

「窃盗です。」

「馬鹿だなあ。」

出てから私は、教誨師へ出す葉書の中に、

「十一工場の担当さんによろしくお伝え下さい。」と書いた。それはこんなことを聞いていたから。——私の同房者で、その出所する前日、その人に世話になった礼を云い、姓名を尋ねたら、その人はこう云ったという。看守に手紙を送ることは禁じられている、もし教誨師にでも手紙を出すことがあったら、その中に、「十一工場の担当さんにもよろしく。」位のことは書き添えてもかまわない、と。私はそれを覚えていたのだ。

メフィスト

まえがき

これは終戦直後、太宰さんがまだ金木《かなぎ》に疎開中で、私独りが三鷹のお家に留守番をしていた時に書いたものです。その後太宰さんが上京なさって、入れかわりに私は北海道に渡りました。その際私は書いたものはみんな太宰さんにお預けしてゆきました。今度太宰さんが亡くなられたので上京しましたら、太宰さんはこんな作品のことも心にかけて下さったようで、題名も「メフィスト」と改題されており、なお末尾に書かでものつけたしもあったのですが削ってありました。太宰さんが存生なればこそ、私としても甘えてこんな楽屋落のものも書いてみたわけですが、いまとなっては読者諸兄の寛容を頼んで、追悼の笑い話の種ともなればと思います。

「ごめん下さい。」

「はい。」

「太宰先生は御在宅ですか？」

「太宰さんはいま青森に居られますが。」

「疎開なさったのですか？」

「こちらから甲府へゆかれましてね、甲府で罹災《りさい》して、それからお国へお帰りになったのです。」

「青森の御住所はどちらでしょうか？」

訪問者は手帳を取り出す。秋はゆっくり云《い》ってあげる。

「青森県、北津軽郡、金木町、津島文治方です。お兄さんのところです。」

「こちらへは、もうお出にならないのですか。」

「いいえ、いずれお帰りになります。いまのところ僕が留守番というわけです。」

以上の如く私はいまこの三鷹の草屋に独り起臥《きが》しているのであるが、ここには毎日のように訪客があり来信がある。云うまでもなく私にではなく、みんな太宰さんへのお客であり便りである。そのつど私は玄関に出て応対し、信書は青森へ向けて回送する。これは、いわば私の日課の如きものである。雑誌社の人、大学生、時に妙齢の女性が玄関に立つのだが、私はこのほど漸《ようや》くこの日課に対して、ひどく倦怠を催すと共に、また事務の煩雑をも感じてきた。なんだか自分が郵便局の窓口にでも坐っているような気がしてきたのである。ただもう芸のない話で、一種やりきれぬ気持にさえなってきた。なんでえ、いつも太宰、太宰って、たまには小山先生は？　位のことを云ってもよさそうなものじゃないか。これは嫉妬であろうか？　いわば無名が有名に対する嫉妬というものであるかも知れぬ。そしてこの私の嫉妬感は相手が女性である場合、全身を掻きむしりたくなるほどの衝動をさえ私に覚えさせたのである。太宰先生は青森と聞いて未練気もなく立ち去ってゆく女性の後姿を、憎々しい眼で見送る日が重なった一夜、私はある不逞の願望を胸に抱いた。ファウスト劇の中にメフィストフェレスがファウスト博士に化けて訪問の学生をあしらう一《ひと》齣《こま》があるが、私はあれを思いついたのである。いわば太宰宗の信奉者たる善男善女に対して、祖師に代って法を説いてやろうという気になったのである。私も相当な馬鹿者である証拠には、そう思い立つとその不穏計画にわれわれから有頂天になり、ほのかに生甲斐をさえ感じてきた。しかし翻って考えてみるに、人を見て法を説けという言葉もあり、この計画は雑誌社の人に対してはまず適用されないと思った。私もそこまでは悪戯者《いたずらもの》ではない。人の営業妨害などはしたくない。次に大学生であるが、この天下の最高学府に学んで新しき世代の頭脳を以て任ずる諸秀才を向うに廻し、これを思うさま飜弄《ほんろう》してやるということは、単に空想するだけでも愉快なのだが、私にはどうも生得大学生というものがひどく苦が手なのだ。こういうことを白状するのは、私の世渡りを難儀にする危険があるかも知れぬが、私はあの落第生という代物であって中学校さえ満足に卒業していない。そんな私には大学生に対しては、どうしても畏怖の感情を拭いきれないのである。私にはいまもなお、お巡りさんが自分より年上に見えると等しく、大学生がみんな怖い兄貴のような気がしてならない。学問もなければなんの素養もないということが、私をひどく卑屈にするのである。その上私が大学生を警戒する重大な理由の一つは、彼等が例外なく、ヴァレリイだとかリルケだとかいう、私にはただまぶしいばかりの固有名詞を必ずや発音するに違いないということ、そして私はそれに対してはただ困惑するばかりでどんな相槌も打つことが出来ないという弱身である。私はどんなに気取ってみたところで必ず看破《みやぶ》られるにきまっている。それこそ、尨犬《むくいぬ》の正体見たり小悪魔、ということになり、私は足蹴にされるかも知れない。大学生は鬼門である。これは真っ平御免をしよう。さて、残るところは女性の訪問者ということになる。私は風采揚らず意気また銷沈、それこそ太宰さんの言草ではないが、無才醜貌のなんら取るところなき無愛想者ではあるが、それでも女に負けるとは思わぬ。私は学問こそはないが、かの読書人というものではなかろうか。私の少年時代には、「苦楽」だとか「文芸倶楽部」だとかいう面白い雑誌があって、私はひどく耽読したものだ。そうだ、私は読書人だ、女に負けるとは思わぬ。若しまた武運拙く、万一正体を看破されたにしても、まさか女性は腕力に訴えるような野暮はしまい。私は私の不穏計画を女性に限り遂行しようと決意を固めたのである。けれどもいざ実行という段になっては、私も流石《さすが》に躊躇《ちゆうちよ》された。あまりにも空怖しいという気がされたのである。私は自分をつくづく弱気な駄目な男だと思った。今日こそは、今日こそはと思いながら、いつもその場に臨むと気が挫け、空しく好機を逸するにまかせた。私は空想力に於てはかなり奔放なつもりであるが、荏《じん》実行力に於ては生得欠けたところがあるらしい。あたら非凡な構想を胸に抱きながら、荏《じん》苒《ぜん》として日を送り、怏々《おうおう》として楽しまなかったのであるが、遂に一日あるきっかけから、日頃の鬱憤《うっぷん》を晴らすことが出来たのである。題して「メフィスト」別名「三鷹綺譚《きたん》」とでもいうべきものの顚末《てんまつ》を以下ありのままに。

その日、私はいつものように朝寝坊をしていた。独り住居の気易さは、誰も文句の言手のないまま、私は起きたい時に起き、寝たい時に寝る、気ままな生活をしている。一つは起きてから自ら薪水《しんすい》の労をしなければ朝飯にありつけぬという不便が私を気無精にし、寝床の暖味をいつまでも離れがたなくさせているのだが、……その日も私はそのように朝の陽が部屋の中に差し込む時刻まで、うつらうつらしていた。と、突如午前の平穏な空気を破って隣組の口回覧のふれ声が聞えた。「皆さん、お米の配給がありますッ。」私は一ぺんに眼が覚めた。懦夫《だふ》をして起たしむとは蓋《けだ》しこのことであろう。私は奮然寝床を蹴って飛び起きると、手早く蒲団《ふとん》を畳んで押入れに仕舞い込み、ここ一週間ばかりなおざりにしていた家内の掃除に取りかかったのだが、その時の私の有様を強いて形容すれば、大掃除に手伝いを頼まれた武蔵坊弁慶もかくやと思うばかり、獅子奮迅の勢いで座敷はもとより、台所から縁側、便所の中に至るまで飽くまで掃き清め、拭い清めたものである。手洗いの水を取りかえてまず一段落、ほっとして縁側の陽溜りにあぐらをかいた私は、「やはり人生は楽しい、生甲斐のあるところだ。」という思想を全身に感じていた。私は日頃物臭さな、気力甚だ活潑《かっぱつ》ならざる男であるが、人生に対し積極的になる場合が三つある。まずい作品を読んだ時であり、次に人から親切にされた時であり、それからこのお米の配給のあった時である。私はお米の袋を携えて、それこそある種の強精剤の注射でも受けた人の如く、元気旺盛、足取りも軽く配給所へ赴いたのであるが、とかく浮世はままならぬところ、そこには思いがけぬ不幸が待ち伏せしていて私を打ちのめしたのである。配給所の前には既に隣組の人達が屯《たむろ》していたが、私の姿を見かけるとその群の中から組長さんが歩み出て、私だけに関する不仕合せの事実を告げたのである。「なんですか、小山さんは先渡し量が余分にいっているとかで、今日は配給が無いそうです。」まことに青天の霹靂《へきれき》、入浴中に警報の鳴るのを聞いたような気持で、組長さんの無慙《むざん》な宣告の下に弁慶はひとたまりもなくべそをかいてしまった。世の中は陥穽《かんせい》に満ちたところだとは、かねて私も多少は心得ているつもりだが、お米の配給機構の中にもかかる苛酷な脅威が存在するとは知らなかった。折角上機嫌で人生に対する肯定的意力を感じていたのに、一寸先は闇とはよく言った、私はこの時世の中に自分程不仕合せな者はないという気がされ、隣組の人達の同情の視線を背にして、しおしおと帰途についた。行きはよいよい帰りはこわい、屠所に牽かれる羊の如き歩みで家路を辿りながら、私は身内になにものかに対する憤怒に似たものの湧出するのを覚えた。自分がなにか理不尽な辱しめでも受けたような気がしてきたのである。私は日頃独身をさほど淋しいことにも思っていないが、こういう際にはなにか八ツ当りの対象があった方が便利な気がする。家につき手荒らく玄関の戸を開閉して、台所へ突進するとお米の袋を抛《ほう》り出し、しばらくは凝然《ぎょうぜん》として銅像の如く突っ立っていたが、やがて未練らしく米櫃《こめびつ》の蓋《ふた》を取って、緞帳《どんちょう》芝居の松王丸よろしく、怖々に内部を窺《うかが》い、うむと太い溜息を漏らし、さてまた手早く蓋をすると眼を白黒、小鼻をひくひくさせたが、なにか重大な決意でもしたらしく、今度は洗面器を手に縁側に現われ、そこに乾してある薩摩芋を鷲摑みにして洗面器に盛り上げるとまた台所にとってかえし、御飯蒸を棚から下しその中に洗面器の芋をぶちまけ、溢れて蓋のかぶさらないのを無理に蓋をすると、電熱器に電流を通じてその上に御飯蒸を載せ、漸く能事終れりという顔になって、そこに大あぐらをかいた。なんのことはない、お米の配給の貰えなかった腹立ちまぎれに、えいッ芋をふかして腹一ぱい食ってやれという気になったらしいのだが、それにしてもこの男の表情の大袈裟なこと。吝嗇《けち》な奴がなけなしの財布の底をはたく時にはこんな顔をするものである。その時である。玄関の戸が開く音がして、「ごめん下さい。」という爽やかな声が聞えた。「はいッ。」不意を突かれて私は思わず威勢のいい返事をすると玄関に飛んで出た。白百合の花一輪。私は一眼見て、「えいッ、敢行だ。」と胸のうちで叫んだ。われにもなく咄嗟《とっさ》に決断力が出たのである。「太宰先生は、」みなまで云わせず、「僕が太宰ですが、ま、お上り。」私のその少し急《せ》き込《こ》んだ調子に微笑を見せたが、訝《いぶ》かる様子もなく、「では少しお邪魔させて戴きます。」神妙な物腰である。私は不意に胸の動悸《どうき》の烈《はげ》しくなるのを覚えた。

さて、これからいよいよ虚々実々の問答が展開されるわけになるのだが、その前に是非ともお断りして置かなければならぬことがある。以下ここに展開される対談に於《お》いて私の応答のうちに、なにか歯切れの悪い、しどろもどろなものを感じられたとしても、その故に私をして頭の鈍い、舌重き男と速断される人があるとしたら、それは認識不足というものだということである。私はこの問答に於ては努めて本来の自分を殺し、終始津軽風の抑《よく》揚頓挫《ようとんざ》を以て私の声調を装うべく苦心したのである。つまらぬ苦心をしたものだという人があるとしたら、これまた認識不足というものである。津軽風の抑揚頓挫なるものは、私が正真正銘の太宰治であるという安心感を対者に与えるには、絶対に欠くことの出来ぬ重要条件の一つなのである。事実その時私が摸した津軽訛《なまり》は、対者をして始めから我が家にあるが如くうちくつろがせたのである。若《も》しも私がかく装うことをせず本来の舌頭を以て臨んだならば、どうであろう？　私は一分間と対座することなく、失敗を喫したに違いない。私はいまは全く死語と化したと云っていい、かの江戸っ子という種族の末裔《まつえい》であって、その出生よりして趣味感覚は都会風に洗煉《せんれん》せられ、私は巧まずして弁舌爽やかであり、また座談にも長じている。人を逸らさず、倦ましめず、談笑の間馥郁《ふくいく》として梅花の匂うが如き雰囲気裡に、人をしてとこしなえに春園に遊ぶの思いあらしめる、……大袈裟なことを云うなどと笑ってはいけない。私は非凡な話術と雰囲気醸成の天稟《てんぴん》のあることは、いつぞや太宰さんが私に向って秘かに告白された事実に徴しても明らかなことである。太宰さんはその折かく云われたのである。「僕は負けず嫌いだから、こんなことは云いたくないのだが、他の人に対しては絶対にないのだが、君と対座すると流石に自分の田舎者であることを恥じる気になるよ。」私はこの対談に於ては、ともすれば滑らかに回転しようとする自分の名調子に絶えず歯止めをかけていたのだから、その点は読者も諒せられて、以下紙上に伝わるぶざまな座談振りのみから推して、私をなにか若木山の熊の仔の如き鈍物とは呉々《くれぐれ》も思わないで欲しい。それに私は出世前の身ではあり、その上未だ独身のことでもあるから、なんによらず誤解というものは、これを極力避けたい気持なのである。それからもう一つお断りして置きたいのは、ここに愚陳する感慨、若しくは意見なるものは、すべて私自身のものであって、これに就《つ》いては太宰さんは少しも関係するところがないということである。私の仮面仮声が余りにも堂に入っているため、読む人思わぬ錯覚を生じて、どんな御迷惑が太宰さんにかかるようでもいけない。これもはっきりお断りして置く。


「ま、こっちへ、陽当りのいいとこへ。……三鷹は初めてかね?」

「ええ。」

「わかりにくかったろう? まごつきやしなかったかね。」

「ええ、一寸《ちよつと》まごつきました。」

「やはり駅は三鷹で下りた? 吉祥寺の方からも来られるのだが。」

「ええ、三鷹で下りました。吉祥寺からも来られるんですか?」

「うん、井ノ頭公園などを通ってね。」

「あら、そうですか。……陽当りがよくてなによりですわね。」

「うん、天気さえよければ火鉢もいらない。」

「ほんとに暖かで結構ですわ。」

「独りだとつい気ままになってね、陽なたぼっこばかりしている。」

如何《いか》にも思いがけないという表情で、

「あら、先生はいまお独りなのですか？」

「うん、女房子供は国へ、青森の兄のとこへやってあるんだ。やもめ暮しだ。」

「そうですか。炊事も御自分でなさるんですか？　大へんですわね。……でも、きれいに住みなしていらっしゃいますわ。」

偶々《たまたま》大掃除の直後であることは客は知らない。ここでこの人の印象を伝えよう。涼しいという感じがする。晴々という感じがする。顔は微塵《みじん》も化粧のあとがない。髪は無造作な束髪《そくはつ》というやつだ。服装神妙。しかし上衣にもスカートにも目立たない好尚が感知される。いかにも柄にぴったりした感じだ。年歯はそう、廿一《にじゅういち》、二《に》というところか。笑うと美の壊れる人があるが、この人は愛嬌を増す。それが如何にも世慣れた感じを人に与える。しかしそこには少しも不幸の翳《かげ》はさしていない。兄弟の多い家庭に育って多少は苦労をなめたか。相対すると、娘という感じと女という感じが、入り混って電流の如く対者の触覚をくすぐる。（太宰さん、笑っちゃいけない。私だとて万更初心というわけでもないでしょう。しかし、もうやめましょう。もともと写実的にはゆきたくないんだ。）

「先生はお国へはお帰りにならないのですか？　帰りたくなりませんか？」

「ならないね。古郷へ廻る六部は気のよわり。僕は永遠に巡礼者だ。そう思っているんだ。」

「渡り鳥？」

「うん、渡り鳥だ。」

「でも、もう直き御家族の方をお呼び寄せになるのでしょう?」

「いや、女房子供は当分本州の北端に閉じ籠《こ》めて置くつもりだ。やもめ暮しの味もいいものだね。僕はこの頃、西行、芭蕉がとても懐かしい気がするんだ。慕わしいね。」

「それでは奥さんがお気の毒ですわ。」

「女房なんて、子供をあてがって置けばいいんだよ。」

「まあ。」

「それにね、僕は近々に妾宅《しょうたく》を構えようともくろんでいるんだ。」

「まあ。」

相手の驚きがあまり真剣なので私もあわてて、

「いや、実のところはまだ空想の域を脱しないんだ。第一、候補者だってあるわけじゃなし。」

「物色中ですか?」とこれももう笑い顔になっていた。

「そうだ、物色中なんだ。」

「でも、妾宅なんて、なんですか、芭蕉の風流を慕う生活とは裏腹のような気がしますわ。」

「それこそ俗論だ。妾宅こそは男子の風流生活の深奥に光っている、究極の実在だ。男子たる者はそこに辿《たど》りつくことによって、その風流生活を完成出来るんだ。一切の家庭生活は灰色だ、緑なのはただ黄金なす妾宅生活だ。」

「それこそ暴論ですわ。」

「暴論かね。女なんて自分の都合が悪けりゃ、みんな暴論の愚論にしちまうんだろう。君達は、妾宅と云えばすぐに長火鉢を間にして二人でやに下がっている図を想像するのじゃないのか。あわれなもんだ。妾宅にだってピンからキリまであるんだ。浦島に於ける竜宮、または雀の宿、日本の御伽噺《おとぎばなし》はみな古人の妾宅へのあこがれを伝えたものだ。君は僕のお伽草紙という著書を読んだかね？　なに、読まない？　不勉強極まるね。是非一本を購《あがな》って再読三読し給え。主婦之友などを読んで、甘藷《かんしよ》の貯蔵法ばかり研究していてはいけない。君はアフタニデスの蓄妾論を読んだことがあるか？　勿論ないだろう。アフタニデス曰く、妾宅こそは、いや、ま、よそう。ここで君のようなうら若い女性を圧倒してみたところでしようがない。妾宅論はいまのところまだ腹案中なのだから、いずれ思想体系の完成を待って天下に公表するから、その折心をしずめて熟読含味してもらうことにしよう。大方の婦女子にも参考になることがあると思うんだ。」

「期待していますわ。」

冷かすように笑うのだが、こちらに厭《いや》な気を起させない。感じのいい人だな。

「しかし、芭蕉だって怪しかったのだぜ。」

「なにが怪しいんです？　芭蕉に妾《めかけ》でもあったのですか？」

「そうなんだ。山蔭に身を養わん瓜畠、この句を怪しいと睨んでいる人があるんだよ。芭蕉なんて、あれで相当ちゃっかりした爺さんだから、何処か山蔭の食糧豊富なところに色女でも隠匿していたのじゃないかね。瓜つくる君があれなと夕涼み、なんてそらっとぼけているじゃないか。きざだよ。まるで面皰《にきび》つらの文学青年のよみそうな句だ。」

「あら、いいじゃないですか。」

「いいて何が?」

「その芭蕉の瓜の句。抒情的ですわ。」

「ちぇッ、自分だって満更じゃなさそうじゃないか。ついでに、もう一つ披露してあげよう、朝にも夕にもつかず瓜の花。」

「まあ、芭蕉の瓜の句はみな句の姿が涼しい気がしますわ。」

「藤村先生みたいなことを云っちゃいけない。しかし君も僕の妾宅論には強硬に反対を唱えたけれど、君だって恋人と二人きりかなんかで、何処かの山里に隠棲して、瓜の花などを眺めている生活は悪くない気がするんだろ。」

「いいえ、私は自分の身にはどんな想像もしませんけれど、芭蕉にそういう句があったことは、なにか床《ゆか》しい気がして。」

「じゃなにかね、芭蕉に於ては床しく、太宰の場合は尾籠《びろう》だ、とでもいうのかね。」

わざと絡んだ口をきいた。もう一押しだ、敵は土俵を割るぞ。

「あら、そんなつもりじゃありませんわ。ただ先生には……。」

「なにも口籠らなくてもいいじゃないか。遠慮はいらないよ。」

彼女はなにか可笑《おか》しさを怺《こら》えている表情を示したが、

「でも先生には、どうせ妾宅なんか実現出来っこありませんわ。」

やられたッ。見事、うっちゃりを喰った。女と侮《あなど》り不覚を取った。われにもあらず敵の戦力を誤算していた。陣容を立てなおさなければならぬ。

「ひどいね。ひどく軽蔑されたもんだね。君には僕がそんな意気地なしに見えるかね。よし、僕は僕のあこがれをきっと実現して見せるから。僕はきっと妾を持つ。妾に子供が出来たら、うんと可愛がってやるんだ。妾の生んだ子っていうのは、親にしてみれば、一しお不憫《ふびん》なものだろうな。それに妾の子っていうのはいいじゃないか。ほら、芝居などでは男の子だと、あらい柄の絣《かすり》の着物を着て、長い袂《たもと》でね、帯なんかも房々とした蝶結びに結んでいて、そして例外なく美少年だ。近所の悪たれ小僧共に苛《い》じめられては女の子に同情される役だ。あれはいいね。君だって覚えがありやしないかな。君の少女時代に近所にそんな子が一人位いたろう。そして君はその子のことをこっそり心の中で思ったりしたのだろう。」

　私はただもう口から出まかせに喋《しゃべ》った。私はいま軽くうっちゃりを喫して、危くべそをかくところだったのだが、そんな出鱈目を喋っている中に、どうやら表情の緊張だけは揉みほごすことが出来た。彼女は私が莫迦《ばか》なことを云うのを、ただ黙って笑っている。私はなお座にいたたまらない気がして、ふいと起って台所へゆき御飯蒸の蓋を取り、芋に箸を突きさしてみたが、まだ固い。バケツの水を柄杓《ひしゃく》で一口呑み、手拭で顔を一拭きして座敷へ戻ると、卓上に意匠、色彩、眼に鮮やかな外国製のシガレットが載せてある。これを呉《く》れるつもりなのだろうか。お灸を据えられた後で、お菓子を貰らうようなものだ。餓鬼じゃあるまいし。しかし、ともかく私は気分を一転しまたも彼女と対座したのだが、はしなくもかく主顔をして客を迎えては、自身初めて太宰さんを訪問した日のことを思わずにいられなかった。いま眼前に見る女客の落着き澄ましているのに引替えて、その時の私はと云えば、実に異様に緊張していたのである。われもまた一騎当千の士、ともかく初対面である、太宰さんが私をお見それするようなことがあってはならないと、私は秘かに緊張し少からず心配していたのであったが、それは杞憂というものであった。その折私は持参した原稿が鉛筆書きなのを見て太宰さんが、僕も鉛筆を用いたことがあるが、鉛筆だとつい力が入って早く疲れるような気がすると云われたのに対し、私はそれを強く首肯して、ええ、どうしても、力が入ってしまって、などなにか自身の創作情熱が余りに真剣なため、鉛筆を竹刀の如く握りしめでもするような、実に気障《きざ》な云い廻しをしたのだが、私のその意気込んだ口調に対して太宰さんは、（例の如く少しお背中を丸くなさって伏目のまま、身動きもせず坐って居られましたが、やがてお顔を、もの憂そうにお挙げになり、）肩ガ凝ッテイルノジャナイカネ。私は一ぺんにギャフンとなった。われ遂にこの人に及ばずの感を深くした。

「先生は煙草はお喫《の》みにならないのですか？」

うかつに返事をしかけて、そうだ、自分は高等学校時代既にホープを一日七十本も煙に

した溺煙家なのだと気づき、

「いや、あいにく切らしてしまったんだ。」

「よろしかったら、どうぞ。」

「ありがと。折角だけど、外国製はどうも苦が手なんだ。一度試みてみたのだが、三日ばかりおくびが止まらないんだ。口に合わないらしい。」

「おくびが出ちゃ、困りますわね。」

「飯がまずくてね。君、やるのだったら、遠慮なく。」

「いいえ、私は不調法です。」

「そうだろう。君には似合わないよ。」

彼女は眼に勝気な色を見せ、こちらを見つめながらうすら笑いをした。私はなにか面伏《おもてぶ》せな気持を感じた。

「先生は、」と云って口籠った、やはり口元に笑いを見せながら。こちらは思わず向うの顔を見つめる。

「先生はお写真で拝見したよりは、お若くていらっしゃるし、」

「え?」

「それにずっとお綺麗ですわ。」

あまりに思いがけなかった。私はみるみる赤くなった。かくすよしなく赤くなった。私はここでは二重に赤面すべきなのだろうが、いかに私が名優でもそんな器用な真似は出来ない。私はただ芸もなく小山清一人のために赤くなった。うかうかと二度の不覚を喫したわけである。——プロマイドにサイン組でないことは初手から睨《にら》んではいたが、それにしても乙にモナ・リザを気取っていやがる。ちと小癪《こしやく》にさわるて。ひょっとしたら本気に太宰治を誘惑に来たのじゃあるまいか。ジョルジュ・サンドなんて女は案外こんな顔をしていたのかも知れぬ。「先生の『女生徒』を愛読して居りますわ。大変身につまされまして。」位のことを云う可愛さがあってもよさそうなものじゃないか。

「照れないよ。僕はこの頃照れない練習を積んでいるんだ。男がはにかんでばかりいるのも、みっともないからね。それにしても、君はちと古風でなさすぎるね。」

「いいえ、ただ、あまりお写真とは違うように思えたものですから。」

「写真は僕は嫌いだ。昔から信用していないのだ。カメラには心というものがないから駄目だ。ものの真相に感応すべき心がないもの。カメラは正直だなんて云う人があるが、あんな正直はいわば糞リアリズムじゃないか。」

「さあ、どういうものでしょうか。でも先生はほんとにお写真では御損なさっていらっしゃいますわ。」

くすぐられるような、じらされるような気持である。遠く金木に居られる太宰さんには済まないが、満更悪い気もしない。ああ、独りものというものは、うっとうしいものだ。

「それに僕がふだん作品の中でわが頰がまちを説くのに、あまりに謙虚なものだから、知らない人は僕のことをなにかノートル・ダムの怪物の如きものに思っているらしいんだ。

詩人の韜晦《とうかい》趣味を解さない輩《やから》にも困るね。まあ自ら冤罪を招いたようなものだ。誰を恨むこともない。ところで容貌のことでは、昔僕に一つのアネクドートがあるんだね。しかし、初対面の人の前では、どうも、なんだな、……」

「是非お聴きしたいですわ。」

「じゃ話そうか。僕の歌舞伎座事件といってね。当時友人間には相当評判になったものだ。昔の話だ。一日僕は銀座を散歩した帰りにぶらりと歌舞伎座に入ったんだ。するとたまたまその日は柳橋だったか新橋だったかの芸妓の総見かなんかがあってね、極彩色な彼女達が席を埋めているんだ。佳日に来合わせたものかなと秘かに祝福して、開演中も舞台よりはその方に気を取られ勝でいると、そのうち僕の席から少し離れたところにいるその一団の連中の中で、互いに囁《ささや》き合いながらこちらを顧みるのがいるんだ。僕も少からず気になってね、耳を澄ますとよくは聞えないが、『姐さん、成駒屋が来ているわ。』『えッ、どこに？　あら、成駒屋だわ。いいわねえ。』僕はあまり目立たないように自分の周囲を視察してみたのだが、まず僕の右隣りは十徳頭巾の其角堂宗匠とでもいうべき人柄の老人、左隣りは分廻しで描いたが如き円顔に眼鏡をのせているMiss　YWCAとでも云うべき凡《およ》そ月並な女学生、その他見渡したところ、彼女達の溜息にも似た囁きの対象たる成駒屋に該当する人物は見当らないのだ。彼女達は依然としてその私語と肩越しに視線を投げることを止めない。僕はなにか恍惚《こうこつ》と不安の入り混った妙な気持になってね、彼女達の視線の落つるところが等しく僕の面上だと確信した時には、その気持は極点に達していた。」

「あの、お話し中ですが、その成駒屋というのは、なんですか？」

「役者じゃないか。先代の福助さ。しかし君は福助を見ていないだろう。まあ、いい男の典型の如きものだと思えば間違いはない。ところで、その緊張の頂点に於て僕の頭脳に閃《ひらめ》いたものがあるんだ。僕は嘗《かつ》て、一通人から、いわば騎士道上の忠言を受けたことがあるのだ。劇場なんかでね、玄人などから誘導的視線を受けた場合の心得だね。そういう際彼女等は例外なく先方からなにかきっかけを見つけて名刺などを呉れるそうだから、こちらもそこは心得ていて、彼女等にその行為を円滑に遂行せしむべく、充分に隙を見せなければいけないというのだ。僕はその時この忠告を思い出すと共に、今こそ先蹤《せんしょう》の求めたるところをわれまた求めんという、一大勇猛心を起し、次の幕あいには逸速く席を立って廊下に出て、人生に於ける遭遇、機縁なるものの何処に秘められているかは、神のみぞしろしめす、機会というものに対しては自分はあくまでも従順でありたい、そういう殉教者にも似た希願を胸に抱いて、僕は歌舞伎座の廊下をさかんに往きつ戻りつしたんだ。自分では充分に隙を見せたつもりなんだ。なんだか自分が助六にでもなったような気分で、いまに名刺の雨が降るという期待でわくわくしていた。」

「それで、雨が降りましたか？」

「ところが、さっぱり降らないんだ。彼女達も廊下に出てそちこちに三々五々屯して、例の囁きだけは止めないんだがね。『成駒屋よ、いいわねえ。』『ちょいと、横顔がいいじゃないの。』『あら、ハンカチを出して鼻を拭いているわ。』『プーシュキンに似てやしない？』まさかそんなことは云わないが、しかし、一人のその群を抜きん出て僕に慇懃《いんぎん》を通じようとする奇特な者とてはいないんだ。なんべん廊下を往復したか知らないが、遂に徒労に終った。」

「ひやかしにあったようなものですわね。」

「そうなんだ。褒めてばかりいて、財布の紐はほどかない。やっぱり玄人なんてえのはちゃっかりしているんだね。他日友人間にこの話を披露したところ、異口同音に『おごれ。』さ、成駒屋に間違えられただけでも大出来だと云ってね、その後しばらくは、僕を呼ぶに成駒屋を以てした。」

「面白いお話ですわ。先生らしくって。」

「成功しないところがだろ。情緒纏綿《てんめん》とした後日談でも欲しいところだが、事実は曲げられないからね。なんにしても昔の話さ。しかし今でもふと思い出して独り顎《あご》を撫《な》でたりすることがあるよ。」

　そう云ったら自ずと手が顎へいった。掌に無精鬚がじゃりつく。写真よりはお綺麗か、太宰さん、そねめ、そねめ、思わずにやりとしてハッと気づき、客の顔を見ると、視線は私の頭上を越して、なにやら低徊している。私の背後には床の間があり、壁間には太宰さんの書幅が、あ、これか。——待ち待ちて　ことし咲きけり　桃の花　白と聞きつつ　花は紅なり。作品「葉桜と魔笛」の中にある、読者は先刻御承知の太宰さんの歌である。太宰さんが武州御嶽の麓《ふもと》の宿屋に滞在して「正義と微笑」を執筆して居られた時、一日私は御邪魔して一晩泊めて戴き、翌日園子さんを負って奥さんが迎えに来られ、私も一緒に三鷹へ帰った。その折酔筆淋漓《りんり》、障子紙に書いて下さったのが、この歌である。その後私は徴用になり、三河島の日本建鉄工業株式会社に動員されたが、同じ仲間に経師屋さんがいて、私はその人に頼んで表装してもらった。例の三月十日の空襲に私は下谷《したや》竜泉寺《りゅうせんじ》町に於て罹災し、その際この書幅と若干の拙作、それに奉公袋を風呂敷包みにして持って逃れた。三鷹の草屋に留守番するようになって、初めてこれを壁間に掲げたのである。客はいま頻《しき》りにそれを眺めている。

「ばかにしけじけと眺めているね。軽蔑するかね。これは友人のなんだ。僕が甲府にいた間留守番をしてもらっていた友人のなんだ。ついそのまま懸けっぱなしにしているけど、軽蔑しちゃいけない。」

「この歌はお子さんが生れた時、お詠みになったのですか?」

「いや、どうして?」

「男の子かと思っていたら、生れてみたら女の子だった、そういう感慨の歌じゃないのですか?」

「君にはへんな勘があるね。そうではないんだが。」

「じゃ、なにかロマンチックな意味合いでもあるのですか?」

「さあね、云わぬが花というものさ。酔ったまぎれに酔筆を揮《ふる》って友人の笑覧に供したまでなのだが、かくの通り立派に表装してしまったね、三月十日の空襲の際には、伝家の宝物の如く大事に持って逃げたというんだ。」

「まあ、感心な方ですわね。やはり小説をお書きになるのですか？」

「うん、お書きになるんだ。」

「誰方ですの？」

「誰方って、名前を云ってみたところではじまらないよ。お書きになっている代物は未だ一ぺんも陽の目を拝んだことがないんだから。」

「まあ、無名な方なのね。素敵ですわ。でも、いずれ御発表になるのでしょ。」

「遊んで食ってゆける身分じゃないから、そのうち開業するだろう。」

「暖簾《のれん》を分けてあげなさるわけですね。」

「満更知らない顔も出来ないだろうな。」

「ひどく気のないお口振りですわ。私期待して居りますわ。お名前聞かせて戴《いただ》けませんか？」

「ばかに熱心じゃないか。見ぬ恋にあこがれるというやつだね。水をさすわけじゃないが、あまり期待しない方がいいよ。」

「まあ、先生からしてそんなことをおっしゃっては、それこそはじまらないじゃありませんか。お友達の開業御披露のためですわ。」

「鈍重な癖に気障《きざ》な男だから、どんな名乗りをあげるか知らないが、小山清って云うんだ。」顔から火の出る思いであった。これも已むを得ぬ。誰のためでもない、不遇の友達のためだ。開業早々は誰しもこんな気持を経験するのじゃあるまいか。ああ、なんという晴がましさだろう。「小山清なんて可笑しな名前だね。赤面せざるを得ないよ。つつころばしって感じじゃないか。新派のぺえぺえ役者にこんな名前のがいるね。それも田舎廻りだ。もう少しなんとかならなかったものかしら。当人はひどくいい男がっているんだがね。」

「あら、そんなことありませんわ。いいお名前ですわ。なにか澄んだ感じで。シャルル・ルイ・フィリップ、そんな感じですわ。」

「そうかね。僕は不賛成だな。もっとも君は本人を知らないからな。一眼見たら君もその印象を訂正したくなるよ。」

「まあ、そんなお姑さんじみたことばかりおっしゃって。」

「また、まあ、か。どうして君達女性はその、あらだとか、まあだとかいう感歎詞を頻発するのかね。君達がその月並調を止めてくれない間は、僕達作家はいかに努めても、会話の上に新風をもたらすことは出来ないね。」

「いやですわ。それは自己弁解というものですわ。」

「僕がなにを弁解するんだね?」

「先生が会話の描写があまりお上手でないってことは、ゆるぎない定評ですわ。」

小癪な女郎め。今度は軽くお小手というところだな。なかなか味をやるわい。

「へえ、そんな定評があるのかね。初耳だよ。知らぬは亭主ばかりだ。ともかく迂闊《うかつ》だった。御教訓は肝に銘じて忘れないよ。それにしても君は言葉の術には拙ないね。そんな、ゆるぎない、などという人に手錠をはめてしまうような言葉遣いをしてはいけない。そう固く出られると、僕にしてもつい肝に銘じてと云わざるを得ないだろ。そこのところは、やんわりと、そんなお噂があるようですが、位に止めるのが文章術というものだ。君だって見たとこまだ嫁入り前らしいじゃないか。あまり活潑な口をきくのは止め給え。代議士にはなれるかも知れぬが、嫁に貰い手がなくなるぞ。僕はほかのことは知らないが、散文に関しては、ほんの少しだが解る気がするんだ。なんだ失敬な、女の癖に。僕はなにも自己弁解をしているのじゃない。また君を攻撃しているわけでもない。言葉の術に就いて少しく発明したるところを、君に伝授しているんだ。君もそのつもりで傾聴しなければならない。僕は散文に関しては少し解る気がするんだ。勿論自分のことは棚に置いてだが。いや、それもひょっとすると己惚《うぬぼ》れかも知れぬ。君は嫁入り前、これは解る、いや、なにを云っているのだ、ああ、僕は駄目だ、なにも知っちゃいないのだ、なにも解らないのだ、もう、僕の云うことを、一言も信ずるな。」

これなん、太宰先生得意のしどろもどろ調。ヤンガー・ゼネレエション拍手喝采《かっさい》というところであるが、発声撮影《トーキー》でないのが遺憾の極み。へん、当代太宰治の声色を使わせたら、活殺自在の舌捌《さば》き、まず乃公《おれ》の右に出る者はあるまいて。しかし彼女は、私のその折角の名演技に接しても、さっぱりお感じのない風で、

「いいえ、私としたことが、つい生意気なことを申し上げて、……それで、小山さんでし

たわね、やはりその頭脳明晰、才気煥発、」

「もう一つおまけに不羈奔放《ふきほんぽう》か。ところが反対なんだ。もそもそとしていていも虫だね。頭の鈍いことは極端だ。例をあげるとね、十年前の屈辱を今日になってはじめて気づき、遂に『俺はあの時辱しめを受けたのだ、俺は憤るべきだったのだ。』と懊悩呻吟《おうのうしんぎん》のあまり、喘息《ぜんそく》を惹き起して一週間寝込んじまったという豪傑《ごうけつ》でね、一事が万事、日常生活ではそんな手遅ればかりやっているんだ。五分間と相対して話して見給え、退屈で閉口するから。いい齢をして人並みに世間話はおろか、時候挨拶さえまんぞくに出来ない。まるで赤ん坊だ。落語にあるだろ、権兵衛や、えらく暑いのう、と云われて、この案配じゃ、山は火事だんべえ、あれだよ。口を開けば、ただもう文学だ。それも最上級の言辞を並べ立てるので閉口しちまうよ。『孤高な態度だけは失いたくありませんね。』『高邁の精神を喚起して死ぬ気でやりましょう。』先生にあっては素面《しらふ》は即ちそのまま陶酔状態だ。」

「真面目な方なのね。」

「真面目なんてそんな生やさしいものじゃないんだ。糞真面目の骨頂とでも云べきものだ。モーニングにシルクハットで銭湯に出かける口だ。しかし野暮《やぼ》もあの位に徹底すると、寧《むし》ろユウモラスだね。待合の床の間の置物の如きものだ。」

「それで、お書きになるものは、どうなんです。」

「さて、肝腎のお書きになるものだがね。譬《たと》えて云えば、駿河屋の番頭が主人の前で算盤《そろばん》を弾いているようなもので、ただもう実直。額と額とこつんこしたら眼から火が出たというような、ただもう実も蓋もない話。糞リアリズムの骨頂さ。」

「なんですか、さっきからお伺いしていると、悪口ばかりおっしゃってますねえ。お弟子さんなのでしょ。先生がお弟子さんの悪口をおっしゃるものじゃありませんわ。私、一度も拝見したことはありませんけど、きっといい作品をお書きになる方と思いますわ。」

「なあんだ、君こそさっきからいやに小山の肩ばかり持つじゃないか。面白くないね。君は太宰に会いに来たのだろう。小山の話を聞きに来たわけじゃないんだろう。僕は嫉《や》くわけじゃないがね、面白くないね。もう小山の話はよそうじゃないか。談一度小山のことに及んでから、なんだか僕は君と下手な掛合い万才でもやっているような気がしてきたよ。案外僕は万才の書き手にでもなっていたら、成功したかも知れない。こりゃあ、発見だわい。」

　実は自家吹聴にも倦きてきたのである。（太宰さん曰く「嘘をつけッ。」）

「文学の糞から生れてきたような人間の話をしていたら、なにやらうっとうしくなってきたね。気分の転換をはかろうじゃないか。なにか怪談はないかね。鏡花以後お化小説も払底した感じだね。原子爆弾の降る世にはお化も住めないか。これは余談だが、原子爆弾というやつは、相撲の方で云う封じ手というやつじゃないかな。例えば雷電《らいでん》の閂《かんぬき》とでもいう。」

「そんな気もしますね。そうそう、なんですか、この辺にも爆弾が落ちたそうですね。」

「うん、原子爆弾こそは落ちないが、実は命拾いをしたんだよ。この庭の向うにも家が在ったんだが、あまり破損がひどかったので取り壊してしまったんだ。この家だって爆風で相当痛めつけられているんだよ。いまだって雨が降ると雨漏りがするんだ。この障子に硝子《ガラス》がないのもその時の記念の一つだ。」

空襲騒ぎが一段落して家へ入ったら、敷きっぱなしの蒲団の上に玄関の障子が倒れて、硝子がはずれていた。蒲団の上だったので硝子は壊れてはいなかった。太宰さんは硝子のはずれたのは天の与えとばかり、馴染《なじ》みのスタンドへ持参し、これを交換物資として酒を所望したのである。「罪と罰」に出てくるマルメラドフなる酔漢は、女房の靴下を呑んでしまうのだが、太宰さんは障子の硝子を呑んでしまったわけである。酒呑みたる資格に於て、いずれが兄、いずれが弟であるか、ドストエフスキイ先生に借問したいところではある。

「そんなに近くに落ちたのですか？」

「近いのなんのって、僕の家を中心にして、この小さい一町内に集中爆撃なんだ。来る飛行機、来る飛行機が落っことしてゆくんだ。それも二五〇キロ、五〇〇キロという大物ばかりなんだ。」

「それは大変でしたですね。始めからくわしくお伺いしたいですわ。」

「四月二日未明、あの時限爆弾というやつを初めて使用した時の空襲だよ。その四、五日前に女房子供を甲府の女房の里に疎開させてね、ここには僕と小山とがいたんだ。また小山が話に出てくるが、先生も端役ながら一役を勤めているから、カットするわけにはいかない。小山は三月十日に罹災してからここへ来ていたのだ。その夜吉祥寺の行きつけのスタンドから若干の酒を仕入れてきて、二人でやっていると、そこへぶらりと大物が現われた。横浜から田中英光《たなかひでみつ》が一升罎《びん》持参でやって来たんだ。」

「あの『オリムポスの果実』を書かれた方ですか？　まあ素敵。あの小説はほんとに青春の書ですわ。すると、先生と小山さんと田中さんと三人寄られたところへ、爆弾が落ちたのですね。歴史的ですわ。」

「ひやかしちゃいけない。これから九死に一生を得た話をするんだから。それから三人で酒盛りを始めて、小山は余り呑めない方だから、僕と田中とで殆《ほと》んど呑んじまってね、出鱈目の連俳なんかをやり、寝床に入ってからも、額にしてあるジョットーの聖母マリアの画を、それこそ酔っぱらいが女郎でも冷かすように、『このマリアはまた、ばかに肉体汚れた感じじゃないか。あの眼もとや頸筋の辺りを見ろよ。』『まるで幻灯の町のマリアだ。』『ジョットーはきっと、マグダラのマリアと間違えて描いたに違いない。』など、凡そ美神を怖れぬ不逞《ふてい》の美学を弄《ろう》したりして、寝入ったのはかなり遅かった。白梅のかなり淋しさよＢ29よ。その時の田中の駄句だがね、今にして思えば、この句は呪文の如きものだったね。間もなくその時の田中の地上からの招きに応ずるが如く、Ｂ29が客来したんだから。『空襲ッ』の声に眼覚めた時は既に敵機は頭上に在って、辺りは照明弾で薄明るく、身支度もそこそこにしてはや、ボカン、ボカンさ。周章狼狽《しゅうしょうろうばい》する二人をまず先きへ防空壕へ追いやって、この時義経少しも騒がず、翌朝の迎い酒にもと残し置きたる湯呑みの酒を咄嗟にぐっと呑みほした。」

「老獪《ろうかい》ですわね。」

「老獪はひどいよ。なんにしても酒にかけては、われに一日の長ありさ。ところで防空壕に入ってみたら驚いた。入ったことは入ったが身動きが出来ないんだ。僕の家の防空壕は僕がこしらえたいい加減のもので、その上ひどく浅いんだ。でも僕と女房子供位だと充分間に合うのだが、その時はなにしろ田中という大物はいるし、僕にしても小山にしてもまた小さい方じゃないんだから、これには防空壕の方でも驚いたろう。身を屈め軀《からだ》をすり合わせて凝《じ》っとしていると、隣りにいる田中の胴震いがこちらに伝わってくるのだ。『君どうしたんだ?』と訊くと、『寒くて。』と云ってガタガタやっている。見ると田中は襯衣《しんい》だけで上衣は引っかける間がなかったらしい。それにしてもそのガタガタは寒いばかりじゃないらしいのだが、ともかく上衣を着に家の中に引き返し、また防空壕に納まると、『太宰さん、呑んじゃいましたね。』と口惜しそうに云うんだ。その時になって迎い酒のことを思い出して、上衣を着てくるついでにひっかけてくるつもりだったらしい。『そこに抜かりはあるものか。』と云うと、『これを持ってきました。』と云って、上衣のポケットから配給のカツ節を取り出して見せるんだがね、田中としてはつまり籠城の食糧のつもりなのだろう。あわてているよ。田中はふだんもそんな風でね、いつかも人の家で酒を呑んでいて、便所へ立ったと思うと、そこの家の猫を抱いてきて曰くさ、『厠りを少し汚しました。猫を抱いて来ました。』つまり猫を抱いてきたのがお詫びのつもりなんだ。とんちんかんな男だね。」

「それで、小山さんはどうしました？」

「小山に至っては論外だね。ただもう神気朦朧《もうろう》として半分恍惚《こうこつ》状態だったそうだ。」

「それは脳貧血を起す一歩手前の症状ですわ。」

「そうだろう。小山はどうも脳の神経組織が人並みではないのじゃないかと思われるふしがあるんだよ。僕が甲府にいた時遊びにきて葡萄酒《ぶどうしゅ》を呑んだのだが、実にあわれなことになっちゃったんだ。半分泣声で『太宰さん、神は在りますか？』って云うんだ。僕はまじめに『僕は在ると思う。若《も》し神が無かったら、僕達が人知れずした悪事は誰が見ているのだ。』と叱咤《しった》して、『神は帳面を持っていて、その神の帳面には、僕達がした人には知れない悪事も善事もみんな記録してあるのだ。』と云ったら、ますますべそをかいて、『僕はどうも畳の上じゃ死ねないらしい。首でもくくることになるんでしょう。』と云うんだ。これには僕も少からず驚かされてね、家へ帰ってから、『まあ少し横になれ。』と云って枕をあてがってやったのだが、一眠りしたと思ったら、まるで瘧《おこり》の落ちた病人よろしく、ケロリとしたもので、『僕の会社に可愛い女の子がいるんですが、その子が僕の前にお茶を持ってくる時にはいつもポッと頬を紅くするんですが、これは僕にとって、吉でしょうか？それとも凶でしょうか？』なんて、にやにや笑いながら、そんなのろけじみたことを云い出すんだ。人を馬鹿にしてるじゃないか。僕はそれからは小山とは余り酒を呑まないことにしているんだ。たかが葡萄酒を一本や二本呑んで、意気地のない話じゃないか。『太宰さん、一緒に死んで下さい。』なんてからまれたら、かなわないからね。話が脱線した感じだが、ともかく田中、小山の両人はそんな工合で、また壕の中はお聴きの通り満員の状態で、その上、爆弾が落ちる度に壕の壁が崩れてきて、三人共に半身埋まってしまった。あの、爆弾が風を切って落ちてくる時の響きというか、唸りというか、実に凄じい、いやなものだね。また落下して地上で爆発した時が、すごいんだ。ヒュー、ドン、バリバリバリ、ガラガラ、ズドンさ。これは実際経験してみなきゃわからないよ。なにせ至近弾なのだから。その度に三人抱き合って生きた気はしなかった。田中と小山はとうに僕の家なんか、吹き飛んでしまったものと思っていたらしい。僕は壕の破れから家の玄関の硝子戸が眼に入ったので、まだ少しは人心地があったんだ。何回目かの爆発の後、『津島さんの裏が燃えている。』と云う隣組の人の声が聞えたので、いそぎ壕から這い上ってかけつけて見ると、ただもう白煙濛々《もうもう》、しかし一向に火の手は見えない。暫時狐につままれた思いで佇立していると、そのうちに誰かが『これは毒ガスだ。』と云い出したら、もう皆んなあわてるのなんのって、鼻と口を押えて逃げ出したもんだ。僕はその時どういう気だったか自分でもわからないのだが、『水をふくめ、水をふくめ。』と絶叫したら、田中と小山が井戸端へ転がるように飛んでいって、ポンプをギイコン、ギイコンやっては水をがぶがぶ飲んでいるんだ。その中に白煙もいつしか薄らいで、これはどうやら毒ガスではないらしいってことになって、ホッとしていると、またもや、ボカン、ボカンさ。それとばかり壕の中に転がり込んでほとぼりの過ぎるのを待つ、と云っても絶対的な安全感があるわけじゃない。今度こそはやられる、お陀仏だ、絶えずそうした気持なのだから堪らないんだ。後で見たら、壕の前にこんな大きい庭石がいくつも転がっているじゃないか。隣家の庭に落下した爆弾がその庭石をこちらへ投げて寄したのだが、それがまともに壕の上に落ちたひには、一たまりもなくお陀仏さ。やがてまた休憩時間になって、二人の顔を見ると二人共に可笑しな顔をしているんだ。額、頬、鼻の頭に泥をこびりつけて二眼とは見られない面なので、思わず失笑してそれを指摘すると、そう云う自分の顔を見ろと云うから、手でさわってみると、成程自分の顔にも泥がついている。のどもと過ぎれば熱さを忘れるというが、たった今生きた心地もなく顔を俯《うつぶ》せていた癖に、次の来襲までのわずかの幕あいを互いに顔の品評をして興じていると、『〇〇さんの家の防空壕が埋まった、手を貸して下さいッ。』という警防団の人の声が聞えた。〇〇さんというのはこの町内に住んでいるさる学者の未亡人なのだが、まことに淑《しと》やかな人で、道で逢うと僕などにも常にやさしく会釈を給わるのでね、僕は日頃そぞろ敬慕の情禁じ難きものがあったのだ。『〇〇さん危うし。』の声を聞くと共に、僕は身内に騎士的情熱の躍動するのを感じ、身の危うきを打ち忘れ、奮然壕を蹴って救助に馳せ参ぜんとして、這い出しかけると、『およしなさい。およしなさい。』と云って田中が僕の足をひっぱるんだ。現実からの呼び声とでも云うべきものかね。風車に向って突進せんとするドン・キホーテをサンチョ・パンサが止める振りよろしくさ。田中としては僕の身を案じて止めにかかったのであろうが、僕にはその時田中の声が悪魔の囁きの如く感ぜられ、『サタンよ、退け。』とばかり、すがるを蹴倒し、張りとばし、最前置きし鳶口《とびぐち》をこれ忘れてはと小脇にかい込み、いざ花道へかかろうとすると、またもやボカン、ボカン。三鷹村のドン・キホーテはあわてて防空壕へ逆戻りさ。」

「それは惜しいところでしたわね。成駒屋ッ、と大向うの声がかかるところじゃありませんか。それでその○○さんはどうなさいました？」

「一時間ほど人工呼吸を施したら蘇生されたそうだ。僕としてもあれほどの精神の躍動を感じたことは、半生を顧みてもざらにはないのだが、時われに利あらず、あたら武勇の誉も空しく、千載に恨みを遺したわけだ。」

「でも、やっぱり、いざとなると、先生の方がお弟子さんよりは勇敢なのですね。」

「そうさ。昔から相場が極っているよ。家来は殿様に勝てず、弟子は師に及ばず、女房は亭主を凌げずさ。」

「それにしても、田中さんは戦場往来の勇士なのでしょう？」

「そうなんだ。小山などは常時、非常時を問わず物の役には立たぬ雑兵だから仕方がないとしても、田中はふだん、わが名は坂上田村麿《さかのうえのたむらまろ》、鎮西八郎為朝《ちんぜいはちろうためとも》、降っては遠州森の石松などと、喧嘩に強い男を以て任じているだけに、そこは僕も心強い気がして、秘かに頼みにしていたのだが、豈《あに》はからんや、お聴きの通りなんだ。これは田中のまじめな述懐だが、あの時の状態は第一線で敵と五十米位の距離を隔てて対峙している感じだそうだ。しかもその恐怖感に於ては第一線以上だそうだ。夜が明けてここを引揚げてゆく時の田中の言葉がまたいいんだ。『もう三鷹へは来ません。』流石の孫悟空もよほど荒肝を拉《ひし》がれたらしいね。」

「でも、奥さんやお子供さんがいらっしゃらなくて、よかったですわね。」

「うん、作家なんて、へんな勘があるんだね。」

この軽く吐かれた言葉は、これは正真正銘、太宰さんのその時の述懐をそのまま、この対談に於て私が模写したもので、私としては気のひける思いもあるのだ。三月十日竜泉寺町で焼け出されるとすぐ私は、「わあ、罹災した、罹災した。」と絶叫して三鷹にまで駈け込み訴えをした。太宰さんは即座に「一緒に勉強しよう。」と云ってくれた。奥さんや子供さんは私が追い出したようなものなのである。三鷹空襲の夜が明けて、田中さんが横浜へ帰った後、そろそろ時限爆弾がそこ、ここで破裂し出した中を二人で右往左往しながら、「どうも、僕は罹災男だな。」と云ったら、「あまり気にしない方がいい。」と云われ、「でも、二度あることは三度あると云うから。」と云ったら、「いやなことを云うぜ。」と苦笑いされたのだが。

「それから、ほどなく敵機は去り夜は明けたのだが、始末の悪いことには、時限爆弾というお土産を置いてゆかれたんでね、そいつが方々で爆発し出すし、土地が軟かいせいか不発弾があちこちに埋没していて、それがまたいつなんどき爆発するかわからないので、各自家に戻って後始末をするわけにもゆかないんだ。町内の人は皆んな近くの国民学校に収容されてね、沙汰《さた》のあるまでは当分勝手に自宅へ戻ってはならんというわけさ。直撃弾を喰って帰りたいにも、自宅のなくなってしまった人も大勢いるし、僕と小山は吉祥寺の亀井勝一郎君の許に一週間ほど御厄介になったのだ。」

「亀井さんのお宅は御無事だったのですね。」

「そう、亀井君のとこは終戦までなんの被害も受けなかったようだ。御厄介になっている間にものべつ敵機の来襲があって、そのつど僕達も御家族の人と防空壕を出たり入ったりしたのだが、空襲時に於ける亀井君の態度は従容として迫らず、あくまで豪毅《ごうき》、あくまで沈着、さながら春光影裡《しゅんこうえいり》に斑鳩《いかるが》の里を逍遥《しょうよう》し給う聖徳太子の俤《おもかげ》が偲《しの》ばれんばかりであった。警報の鳴るのを聞いて胴震いが出たり、脳貧血を起したりする手合いとは段違いなんだ。防空群長としての重責任を感じておられた為でもあろうが、僕達が壕の中で震えている間も、メガホンを口にしては絶えずラジオの情報を隣組の人達に伝えたりなどしてね、僕も亀井君のその長者の風格を失わず、平常心を保持している姿を見ては、あまりみっともない態度はとりたくなかったのだが、なにせどえらい目に遭った直後のことだし、田中や小山ほどではないにしても、スワ敵機ッというとつい防空壕の方へ足がというより軀ごと転げていってしまう感じなんだ。肉体が精神の云うことをきかないんだ。あっと思うともう壕の中に滑り込んでいるんだ。われながら、流石実生活上のドン・キホーテも、今度の空襲ばかりは、肉体的にこりごりしたってわけだね。」

「いいえ、命あってのもの種ですわ。御無事でなによりでしたわ。あら、何か火に懸けてあるのじゃないんですか？　ひどく吹いているようですわ。」

「あ、そうだ、芋、芋。」

話に夢中になってすっかり忘れていた。あわてて台所へ飛んでゆき、蓋を取って見ると、芋はもう箸で突きさすまでもなく、充分に蒸れている。大きい鉢に山盛りにして座敷へ戻ると、彼女は小型のノートになにやら書き込みをしている。卓上に置かれた芋の山盛りを見て、肝をつぶしたか、まあ、と眼を見張ったが、すぐもとの平静な表情に返って万年筆を走らせている。

「少しふかしすぎたようだけど、」そう云って早速一つ頬張った。どうやら巧く化《ば》け終せそうだわい。そう調子をはずしたこともなかったようだ。私には役者の才能があるらしい。虎の威を借る狐と云うが、私の物真似にも自ずと人を感銘さすものが滲《にじ》み出て、彼女はいまその印象をノートに記録しているのであろう、そう思ったら私にもなおお気取りが出て、彼女にとって処世の真諦ともなるべき、モラリスト風の箴言《しんげん》を吐漏して、そのノートを埋めてやりたい気にもなったが、芋を食いながら箴言を吐くのも気がさすし、ここは一つ古川柳でゆきたいところだが、虎の威を五種香うりもちっとかり、も思わせぶりな気がするし、……実は芋を食うのに忙しかったのである。

「さあ、食べながら話そう。僕もどしどし食べるから、君も負けないように。藤村先生にいろは歌留多《カルタ》があるだろ。その中に、さ、里芋の山盛り、というのがある。つまり、これだね。これは薩摩芋だけどまあ同じようなものだ。これは僕の想像だが、藤村先生はこの文句を先生のお知合いのある御婦人を見て思いつかれたのじゃないかと愚考するんだ。少くとも僕に於ては、この文句からある種の女性の型を明瞭に想像することが出来るね。里芋の山盛り、この文句から受ける印象は、断じて男性ではない、どうしても女性だ。下手な売卜者《ばいぼくしゃ》めくけど、一つ僕がこじつけて見せよう。どちらかと云うと都会よりは田舎に多く見かけるタイプだ。まるきり田舎者にした方がいいな。これが都会の水で洗われたりするとまた別なものになる。まず健康、この感じは誰にも明瞭だね。身のたけは尋常、中肥《ちゆうぶと》りだ。いくらか堅肥りだが、断じてヒステリー性のそれではない。円顔、多血質で頬などはいつもてらてらしている。多産だ。働き者だ。洗濯好きだ。しかし裁縫はあまり巧くない。と云って亭主や子供に綻びの切れた着物を着せて平気な質ではない。暇があればボロをつづくって雑巾などは用意して置く方の口だ。煮物は上手な方じゃない。少し大味だ。気質は親切で客を歓待する方だが、しかしそのもてなし振りが、つまり、この里芋の山盛りなんだ。ひっきりなしのお喋りと文字通り里芋の山盛り攻めだ。客を一ぱいに歓待したい気持は解るが、豊富という感じをただ芸もなく、物量の押しの一手でゆくやつだ。藤村先生はいつの日か、そうしたお主婦さんのもてなしにあずかって、好感を抱かれると共に多少は閉口されたに違いないのだ。お家へお帰りになってさて呟かれるには、『いや今日は里芋の山盛り攻めに遭ったわい。』そこで偶々腹案中のいろは歌留多の、さの部が埋ったというわけだ。僕にしても里芋の山盛りの方は敢て辞さないが、お喋りは閉口だな。世帯持ちはよさそうな人らしいが、女房にするのは御免だな。」

「なかなか、こじつけが鮮やかですわね。」

「ところが、鮮やかなのは藤村先生なのだ。藤村先生はあれでなかなか諧謔《かいぎやく》趣味の粋なところがおありだったらしい。歌留多の一番終いに持ってきて、このお主婦さんには似合いの亭主をちゃんと見つけて置かれたんだ。す、西瓜丸裸、というやつだ。これは解説無用だろう。西瓜丸裸、これはまた断じて女性ではない、どうしても男性だ。女房に劣らず健康体だ。女房よりも肥っている。丈は男としては少し低い方だ。しかし紋付に袴《はかま》なんかつけると、どうして貫禄があって立派なものだ。役場の収入役とでも云った口かな。上にも下にも受けがいい。夏なんか肌脱ぎになって汗だくで、給仕君と棒押しなんかやりかねない。昼寝が好きで、村長さんかなんかが、『収入役さんは？』と問うと、『また裏の藤棚の下で昼寝です。』と給仕君が答える。家へ帰ってくるとすぐ畳の上にごろりとなって、子供にからかったりする。女房が傍《かたわら》でいくらべちゃくちゃしても一寸も苦にしない。まあ、こんなところだろう。里芋の山盛りの女房には、西瓜丸裸の亭主がうってつけだよ。この夫婦はうまくゆくよ。子供だってのんびりと育つ。これも僕の推測だが、きっと藤村先生の周囲には西瓜丸裸って感じの人がおられたに違いないんだ。ね、そんな気がしないかね。しかしもう歌留多の解説は止めにしよう。そうそう、君にうってつけなやつが一つあった。御披露しよう。僕いま云うから、忘れないように、ノートにでも書きとめて置くといいよ。」

彼女は神妙にノートを開いて万年筆を控える。ふん、女なんて甘めえや、自分のことだというとすぐ情熱的な眼つきをしやがる。

「は、鼻から提灯《ちょうちん》、というんだ。」

一瞬ぎくっとしたようだが、すぐ勝気な眼色を見せ、それでも笑いを失わず、たんとお嬲《なぶ》りなさいといった表情をする。

「嘘だよ、冗談だよ。誰がそんな、君をそんな人だと思うものか。それは僕、いや小山なんだ。小山はそんな男なんだ。いつも鼻から提灯をぶらさげている感じなんだ。ともかく眼の前の山盛りを二人で征服しちまおうじゃないか。」

「ええ、おいしいですわ。」ともう無心な顔になって、「でもよくお芋がありますわね。」

「千葉まで買出しに行くんだよ。」

「まあ、先生も買出しにゆかれるのですか。大変ですわね。」

「中野から千葉行の電車が出るので便利がいいんだ。まあ一日がかりだね。一度に七、八貫は背負って来るよ。」

「やっぱり男の方ですわ。」

「なに君位の齢の娘さんだって随分見かけるよ。皆んな相当に背負っているぜ。君だって行くんじゃないのか。僕が一瞥《いちべつ》して看破したところによると、君は自転車の達人だ。どうだい、図星だろう?」

「大当りですわ。」

私もどしどし食べるが、彼女もへんに遠慮なんかしたりしない。ものを食べながら話すというのは和やかでいい。私になにか幼い時から一緒に育ってきた従妹とでもいるような、親しいくつろいだ気持がしてきた。私はいっそ仮面を脱いでしまいたくなった。本気にこの人が好きになったのかも知れない。この人が私のとこにお嫁にくる気があるなら、貰っ て上げてもいいと思った。

「先生はお汁粉《しるこ》なんかはどうですか？」

「いまならば、敢て辞さないね。それにいま僕は無性に餡《あん》パンが食べたいんだ。」

「あ、そうですわ。餡パンは私も食べたいですわ。」

「あの餡パンというやつは、逸速く姿を消しちゃったね。あのへそに当るところに塩漬けの桜の花なんかを詰めてあるのがあったじゃないか。なんによらず、代用物ばかりに接していると、本物が懐かしくなるね。」

「ええ、私は子供の時分とても餡パンが好きで、学校の遠足には大抵お弁当の代りに餡パンを持ってゆきましたわ。」

「そうだね。お天気の日なんかに餡パン持参で散歩をしたいな。」

芋を食いながらどうやら私は自分の姿勢を忘れたようだ。春雨の午後静かな内湯に浸りながら遠くに三味線《しゃみせん》の爪弾きを聞いているような、うっとりとした、あなたまかせな気持になってきた。お里丸出しのわけであるが、おそらく餡パンの話などをしているのが私には一番似合うようだ。ああ、いつまでも話していたい。しかしそれでは彼女に太宰治という作家はよほどの食いしん棒だという印象を与えることになろう。なにを隠そう私は、今年は豊作という新聞の見出しを見てさえ、はや生つばの湧く男だ。うまうまと好調を保持してきたのに、俄然《がぜん》食事中に至ってはしなくも本性暴露の危険濃厚となり、太宰調稀薄の結果を惹起《じやつき》するの始末となった。これではならぬ。またもや鬼の面を被らねばなるまい。

「餡パンに対する渇仰《かつごう》もさることながら、僕はいま無性に恋愛をしたくなってきた。誰かその道の大家に手ほどきでも頼みたい気持だ。それも大派手なやつをやりたいのだ。例えば才貌共に並びなき名女優と、一世一代とでもいうべき濡れ場を演じてね、派手な浮名を後世にまで流したい気持だ。それに僕には昔からへんな定評みたいなものがあってね、太宰は恋愛小説は駄目だ、不良少年を描いていりゃいいって云うんだ。失敬じゃないか、人を馬鹿にしているよ。まるで僕を不良少年の親玉か問屋の如きものに思っているんだ。だから僕としては大いにその非を正したい気持もあって、僕にも天下の子女の紅涙をしぼる手腕のあることを、事実に於て示してやりたいんだ。一つは齢不惑に近くなってきたので、あせってきたのかも知れない。」

「中年の恋ですか？」

「そう、中年の恋、」と呟いて、とたんに私は噴き出してしまった。太宰さんの上顎が総入歯なのを思い出したからである。

「あら、いやですわ。なにがそんなに可笑しいのです？」

「いや、」私も漸く笑いをしずめて、それでも咄嗟に思いつき、

「中年の恋と云えば、花袋《かたい》という人は面白い人だね。」

彼女はまだ半信半疑の表情のまま、「『蒲団』ですか？」

「君も読んだかね。あの小説に主人公が酒を呑んで、どてらを着たまま便所の中にぶっ倒

れて、不貞寝《ふてね》をする場面があるじゃないか。面白いね。」

「さあ？　よく覚えておりませんけど。」

そんな末梢的なところは記憶にないって顔だ。

「僕は最近花袋を読み返してみたけど、みんな巧いね。晩年の短篇なんか面白いのがあるよ。題名は忘れたが、花袋がね、女と女のお袋を連れて旅をするんだけど、花袋と女の間がうまくゆかなくて、間に立ってお袋が独りで気を揉んだりするんだが、往来の真中で花袋がむくれて信玄袋《しんげんぶくろ》を抛《ほう》り出す場面があるんだ。面白いよ。」

「先生は、へんなところにばかり感心なさるのですね。」

「だって信玄袋は面白いじゃないか。花袋の面目躍如たるものがあるよ。これは是非とも信玄袋でなければいけない。これがスーツケースかステッキなんかじゃ駄目なんだ。花袋って人は不細工な信玄袋をぶらさげて生涯を歩き通したって感じがしないかね。僕にはなんだか現今の作家は押しなべて、みんな細身のステッキかなんかをついて気取っているように思えるんだ。」

「先生はどっちなのです？」

「訊くだけ野暮じゃないか。僕は信玄袋党だ。」

「さあ？　信玄袋は先生のあこがれじゃありません？」

「君も逆説的なことを云う人だね。あこがれなんてものじゃないよ。本来の面目だよ。僕だって昔から一つの信玄袋を持てあましてきた男だよ。」

「でも先生の作品はみんな水際立っていて、それこそ秀勁で、美貌な感じですわ。信玄袋なんかとは凡そ遠い感じがしますわ。」

「美貌は恐れ入ったね。これは別に僕の作品のことを云うわけじゃないけど、蓮の花ね、綺麗だろ、だが、根は泥の中に在るんだよ。」

「さあ？　私にはよくわかりませんけど、実朝という人はなんでも少年時代に疱瘡《ほうそう》を患って、あばた将軍と云われたそうですが、先生の『右大臣実朝』を読みますと、やはり美貌な貴公子の俤が浮んできますわ。」

「また美貌か。いやになるね。僕はなんだか自分が映画の二枚目にでもなったような気がするよ。まあ、見てい給え。僕が本気に書き出したら、誰も僕のことを美貌だなんて云う人はいなくなるから。」

「ええ、私もこれこそ信玄袋小説というのを拝見したいですわ。それからこれは是非お伺いしたいと思っていたのですが、明治、大正、昭和を通じて先生が一番尊敬している文学者は誰方ですか？」

「岩野泡鳴《いわのほうめい》。」（太宰さん、異議ありや？）

「ホウメイ？　そんな人がいたのですか？　独歩《どっぽ》の間違いじゃありません？」

悧巧《りこう》そうでも女の浅間しさだ。やはり二枚目がお気に召すと見える。咄《とっ》ッ、この岩波文庫女史め。

「泡鳴。」

「ホウメイって人は、そんなにえらいのですか？」

「えらいのなんのって、明治、大正、昭和を通じて文学者の数ある中で、泡鳴が日本一でがしょうな。」

「漱石《そうせき》はどうですか？」

「敵にあらず。いい齢をして、吾輩は猫である、もないじゃないか。漱石が泡鳴だったら、とうに家庭を破壊して飛び出していたろうね。」

「荷風《かふう》先生は？」

「雀百まで踊り忘れず。年寄りの冷水だ。」

「春夫《はるお》は？」

「あまりに子煩悩、あまりに侘《わび》しすぎる。」

「直哉《なおや》は？」

「神様にしては男がちとよすぎ。ステッキ党だ。」

「善蔵《ぜんぞう》は？」

「善蔵は僕のふるさとの大先輩ではあるし、大いに支持したいところだが、これも落第だ。中年の恋などと狸《たぬき》も目に涙だなんて駄句っているようじゃ駄目だね。箱庭趣味だよ。一体、善蔵という押しも押されもしない、もったないほどいい名前を持っていながら、つけるにことを欠いて、酔狸州とはなんだね。人間も自分のことを、われから狸というようじゃ、もうお終いだ。贔負《ひいき》なだけに癪《しゃく》に障《さわ》る。」

「●《とん》は？」

「あの人の文体には脱皮ということがないね。いつもながら、町内の頭の踊りは大車輪、って感じじゃないか。御苦労様という気はするが、お蔭様でという謝辞は出ないね。」

「辰雄《たつお》は？」

「僕は昔から軽井沢という土地は性に合わないんだ。僕はあの人の作品を読むと、どういうものか寒暖計か体温器のようなものを連想しちまうんだ。」

「利一《りいち》は？」

「そう一人一人名前をあげていたら切りがないよ。利一、康成《やすなり》、押しなべて食糧不足の今日、霞でも食って生きているのじゃないかって気がするね。よくもああ人間離れが出来たもんだ。」

夕涼みよくぞ男に生れけり。誰に遠慮も要るものか。なにせ乃公には、武州は多摩郡三鷹村の太宰親分という日本一が伴いているんだから、世の中に恐いものなしさ。盲蛇に怖《お》じずとは蓋しこの類であろう。彼女はまたノートを開いて、私のその身の程知らずの気焔《きえん》を一々書き留めている。

「君、なにもそんなものをわざわざ書き留めなくともいいじゃないか。そんなことをされると僕は責任を感じてくるよ。なんだか息苦しくなってきた。君はまさか太宰がこんな悪口を云っていましたよなんて、言いつけ口をするわけじゃないだろうね。僕はただ泡鳴という一個の英雄を主張したに過ぎないんだ。他意はないんだ。断って置くがね、僕は心臓肥大症なんだよ。」

「まあ、先生としたことが、お気の弱い。男の方がそんな妥協じみたことをおっしゃるのはみっともないですわ。それからもう一つお伺いしたいことがあるんですが。」

「なんだね？　安寧秩序を乱すようなことでなければお答えしてもいい。」

「文学者とはどういう者であるか？　譬話《たとえばなし》かなんかで、暗示的におっしゃって戴けませんか？」

これは困った。ちと即答は難しい。金木までSOSを発したいところである。「天国とは？」と問われてキリストは即座に巧な譬喩《ひゆ》で弟子達を信服させた。「詩人とは？」と問われて昭和の贋予言者はまごつかざるを得ぬ。その困惑の表情たるや、教室に於ける落第生よろしくである。「一粒の麦地に墜ちて死なずば……。」この聖句を暗誦して澄ましていてもいいのだが、それではあまりに剽窃《ひようせつ》たることが明らかである。敵は女でこそあれなかなかの者である。赤恥をかく恐れがある、ああ、うまくゆくといい。

「こんなのはどうかしら。お気に召したら御採用下さい。あるところに大勢の人が集って或る男の噂話をしているんだが、先刻から聞いていると、いやもうひどいものなんだ、誰一人よく云う人がいないんだ。『あるべきところにあるものがないって顔だ。』『年中虱《しらみ》が絶えないって感じじゃないか。』『あれでよく今日まで生きて来られたものだ。おてんとさまと米の飯はついて廻るというが、なるほどねえ。』あまりひどいのは公開を憚るが、ともかく八方塞がり、四面楚歌といった形で、これじゃ噂の本尊は幾つくしゃみをしても追いつくまいと思われるのだが、すると突如その群の中から、『いや、僕はそう思わない、あの男にだっていいところがあるよ。』ために座が白らけてしまうのもかまわずに云い放つ人がいるんだ。その人が文学者だ。」

彼女は腑《ふ》に落ちぬ、もどかしい面持で、「なにやら解るような気もしますが、やはりその弱者の友とでもいう、そんな意味の、」

私も云いようなく不機嫌である。不本意だが、こんなところだ。私には他にどんな巧いことも云えぬ。これさえ猿真似、一合のものを一升に見せかけようとする手際だけのものかも知れぬ。しかし私としては頼りたい気持もあるのだ。私は疚《やま》しい男なのだ。私には事実四面楚歌の声が聞える。けれどもまた私のために「いや、僕はそう思わない。」誰かが絶えずそう云ってくれているような気もするのだ。私にはいま他にどんな張り合いもない。私はもう自分の臆面のなさを恥じまいと思う。私は単に人ずれがして汚れただけかも知れぬ。それならそれでかまわぬ。あまり嘘を云うな。

「ところで今度は僕の方でお伺いしたいのだが、初めて会った太宰なるものは、どうだね？　正直のところ。」

贋者としては気になった。後日の心得にもなることだ。

「作品の通りの方だと思いました。」

「作品の通りと云うと？」

「親しみのある、いい方だと思いました。」

ああ、生れて初めて聞く言葉だ。思わず有難うとお礼を云いたい気持であった。と、ここで結べたら仕合せなのだが、事実はひどいことになったのである。

「今日はいろいろと、妾宅論やら、罹災の御経験、また高邁の文学観など豊富にお話を伺わせて戴き、有難う御座いました。あら、私としたことが、申し遅れまして、あの私は○○雑誌社の者ですが、今日のお話を訪問記事に致しまして、来月号の○○誌に掲載させて戴《いただ》き度く思います。どうも長く御邪魔して失礼致しました。ではいずれ……。」

私は泥船に乗せられた狸よろしく、しばし茫然としてなすところを知らなかった。どうも最初からうまく話が軌道に乗ったと思ったら、相手は商売人じゃないか。そうだ、あのノートに万年筆を走らせていた時の彼女の表情、あれをこそ職業的というのであろう。彼女のもの怖《お》じしない近代女性振りも、すべて職業上の促しによるものだ。なんのことはない、訪問慣れというやつだ。それをなんだ。感じがいいだの、従妹だの、芋の食いっぷりが気に入ったとか、嫁に貰ってやってもいいなどと、「お写真よりはお綺麗」、あれにすっかり浮かされてしまったんだ。やっぱり俺は甘ちゃんだわい、助平な気取屋だと思ったら、眼の前が真暗になった感じで、それでもなおざりに出来ぬ重大な事実に気づき、

「君、まあ待ち給え。そんなものを雑誌になど発表されたら困るよ。それこそ僕は太宰さんに叱られてしまう、破門を、」と云いかけて、失敗《しくじ》ったと思ったが後の祭、「申し遅れましたなんてずるいぞ、卑怯だよ。君は雑誌記者だなんて嘘だろう。女探偵《スパイ》じゃないか？君は僕を脅迫するのか？」

メフィストは遂に逆上し、あらぬ事さえ口走った。

解説　「落穂拾い」と私――小山清の生活のこと

三上延

私が古書店で小山清の短編集を買ってきたのは、二十代の中頃だったと思う。『落穂拾ひ・聖アンデルセン』という新潮文庫のアンソロジーで、当時この寡作な文人の著書はすべて絶版になっていたはずである。

初読ではさほど強い印象を抱いたわけではなかった。過去の記憶や日常の生活を丁寧に掘り下げるような、温かな手触りの短編集だったが、「前途なお」や「朴歯の下駄」など、いくつかの作品の舞台になっている浅草界隈――小山清が成人するまで過ごした土地の風情が、なんとなく私には遠いものに思われたからだ。

きちんと読み返すようになったのはそれから何年も経って、私が小説家としてデビューし、東京の吉祥寺にある古いアパートに住み始めた後だ。

個人的な話で恐縮だが、筆一本で生活する人間にありがちな悩みに私は直面していた。日々の暮らしは立っていたものの、原稿が書けなければ、書けたところで売れ行きが芳しくなければ、たちまち行き詰まる仕事である。先行きは霧でもかかったようで、将来の不安に絡みつかれることがしばしばあった。そういう時は日当たりのいい窓のそばで、本を開いて一息つくことにしていた。

小山清は相性のいい作家だった。特に気に入っていたのが、表題作の「落穂拾い」だった。もう若いとはいえない、貧しい小説家を主人公にした短編だ。他の作品と同じように、モデルは作者自身だろう。

昭和二十四年から数年間、小山清は吉祥寺に居を構えていた。時代が五十年ばかりずれているが、私が住んでいたアパートからさほど遠くない場所だった。なんのことはない。私は小山清を自分に重ね合わせて、不安をやり過ごそうとしていたのである。

「落穂拾い」には吉祥寺に住む「僕」の日々の思いが綴られている。彼は他人とほとんど話もしない、孤独な生活を送っている。

「僕は自分の越し方をかえりみて、好きだった人のことを言葉すくなに語ろうと思う。そして僕の書いたものが、すこしでも僕というものを代弁してくれるならば、それでいいとしなければなるまい」。

私はこの慎ましやかな告白にはっとした。そんな風にものごとを眺め、語ることもできるのだと思った。あくまで小説ではあるが、小山清の自作への意識が反映されているように感じられた。

主人公の「僕」はやがて一人の少女と親しくなる。「わがままだから」と高校を卒業して上の学校に進まず、商店街で小さな古書店を経営している少女だ。働き者だが大きな利益を望まず、ちょっとした儲けが出ると「林檎の頬を輝かせて澄んだ眼差し」で「僕」に報告する。

小説家である主人公を「おじさん」と呼び、「一読者として」無心に応援してくれる。ちょっとしたプレゼントまでくれるのである。ささやかで美しい物語ではあるが、あるわけがない、と同時に思った。

書いているジャンルはまるで違うが私も「おじさん」の小説家である。自分の日常と照らし合わせても、ある日ふと出会った心の清い少女が、年の離れた中年の無名な作家と心を通わせるなど、純粋な想像の産物にしか思えなかった。その認識のままこの短編を自分の小説でも取り上げたのだが、今回この解説を書くにあたって筑摩書房版の全集を読み返し、以前とはいささか違う解釈を持つに至った。

この「交友録」のような小説が書かれた昭和二十七年初頭、小山清は多忙だった。続けざまに作品を発表し、新聞配達に従事していた体験を基にした「安い頭」は芥川賞の候補作にもなっていた。

四十を過ぎていた小山には婚約者がいた。知人の亀井勝一郎の紹介で見合いをした二十三歳の女性で、高校の卒業後は仙台の洋装店に勤めていた。婚約時代の往復書簡が全集に収録されているが、作家としての小山を強く敬愛し、結婚後は生活を支えようと決意していたことが窺える。「落穂拾い」に登場する少女と同じく、彼女も自分を「わがまま」と評する、感受性の強い女性だったようだ。雑誌に掲載される小山の作品を丹念に読み、周囲の同僚にも薦めていた。

「落穂拾い」はまさに二人が新しい生活を始めようと準備している最中に書かれた作品である。昭和二十七年の三月、「落穂拾い」の掲載された『新潮』を小山から送られた彼女は、同じ日に葉書と手紙の両方をしたためている。葉書の方は雑誌を送ってくれたことに対する取り急ぎの礼と、同居にあたり家財道具を小山に送ったこととの連絡だが、手紙の方にはこの小説への感想も書かれている。

「『落穂拾い』ありがとう御座居ました。貴男様の愛情を胸にしっかりうけて　私は涙が出そうになって……嬉しくて」

嬉しかったからこそ、その日のうちに続けて手紙を書いたのだろう。おそらく彼女はこの小説を婚約者からのラブレターのように受け取ったのではないかと思う。

実際、小山清がどのような意図でこの小説を書いたものか、私に断定することはできないが、婚約者との交流が無関係とは到底思えない。少なくとも、無心に応援してくれる若い「一読者」が、小山清にはちゃんといたのである。

遅い結婚をし、家庭を持った小山であったが、井伏鱒二の「小山清の孤独」によれば、生活は決して楽ではなかったようだ。生活保護や友人たちからのカンパで急場をしのぐこともあったという。昭和三十三年、文筆以外の仕事も探し始めた矢先に、四十七歳の小山は脳血栓で倒れてしまう。命に別状はなかったものの、今度は失語症にかかった。

小山清の小説は確かに自分を代弁したものであったかもしれない。どの作品にも私生活が色濃く反映され、自分の名前や自作の題名もそのまま登場する。しかし失語症にかかれば、小説に自分を託すこと自体が難しくなる。

さらに回復の途上で生活に疲れた妻が自殺してしまい、孤独を深めた小山はほとんど作品を発表することができなくなった。

結婚する直前、若い婚約者にあてた手紙に、小山はこう書いている。

「こゝのところ遊んでしまひましたが、明日から仕事をします。ひとりだとつい遊んでしまひます。僕は勤勉な生活が好きなんですがね。二人になつたら僕は終日机に向かひます。いまから楽しみにしてゐます。」

今、切歯するような思いで私はこの一文を眺めている。病を得なければ、夫婦そろった生活はもっと長く続いたかもしれない。妻は死を選ぶまで追い詰められることもなく、夫ももっと多くの作品を書き得たかもしれない。

小山清は昭和四十年、五十三歳でこの世を去った。

この文庫に収録されている第一作品集『落穂拾ひ』は、小山が結婚した翌年、昭和二十八年に出版された。第三作品集『犬の生活』の出版は昭和三十年。小山清の作家としての活動は、ほとんどこの前後の数年に集中している。生活に苦労していたにせよ、作家として最も美しく輝いていた時代と言っていいだろう。

充実期に発表された作品群が若い世代にも親しまれることを、「一読者」のはしくれとして願ってやまない。

本書は『落穂拾ひ』（一九五三年六月小社刊）、『犬の生活』（一九五五年六月小社刊）の二冊を一冊にまとめたものです。底本には『小山清全集』（一九九九年十一月小社刊）を使用しました。

文庫化にあたり、現代かなづかいを採用し、明らかな誤記、誤植、衍字と認められるものはこれを改め、脱字はこれを補いました。また、難読と思われる漢字にはルビを付しました。

なお、本書のなかには、三八五頁「屠所に牽かれる羊の如き歩みで」という表現など、今日の人権感覚に照らして差別的ととられかねない箇所があります。これらは、執筆当時は差別的という認識が広く行き渡っていたとは言い難く、他の作家にも見られる表現ですが、特定の職業に対する負のイメージをあおったり、差別を助長するとの指摘がなされるようになりました。私たちはこうした声に真摯に向き合わなくてはなりません。しかし、本書においては作者が差別の助長を意図したのではなく、故人であることや、執筆当時の時代背景を考え、また今後の作品研究のためにも、該当箇所の削除や書き換えは行わず、原文のままとしました。

名短篇、ここにあり　北村薫・宮部みゆき編

読み巧者の二人の議論沸騰し、選びぬかれたお薦め小説12篇。となりの宇宙人／冷たい仕事／隠し芸の男／少女架刑／あしたの夕刊／網／誤訳ほか。

名短篇、さらにあり　北村薫・宮部みゆき編

小説って、やっぱり面白い。人間の愚かさ、不気味さ、人情が詰まった奇妙な12篇。華燭／骨／雲の小径／押入の中の鏡花先生／不動図／鬼火／家霊ほか。

とっておき名短篇　北村薫・宮部みゆき編

「しかし、よく書いたよね、こんなものを……」北村薫を唸らせた、とっておきの名短篇。愛の暴走族／運命の恋人／絢爛の椅子／悪魔／異形ほか。

名短篇ほりだしもの　北村薫・宮部みゆき編

「過呼吸になりそうなほど怖かった！」宮部みゆきを震わせた、ほりだしものの名短篇。だめに向かって／三人のウルトラマダム／少年／穴の底ほか。

芥川龍之介全集（全8巻）　芥川龍之介

確かな不安を漠然とした希望の中に生きた芥川の全貌。名手の名をほしいままにした短篇から、日記、随筆、紀行文までを収める。

稲垣足穂コレクション（全8巻・分売不可）　稲垣足穂

A感覚とV感覚の位相をにらんだ人間の諸相と、宇宙的郷愁と機械美への憧憬を、ダンディズムで表現したタルホ・ワールドが手軽に楽しめる。

内田百閒集成（全24巻）　内田百閒

飄飄とした諧謔、夢と現実のあわいにある恐怖。磨きぬかれた言葉で独自の文学を頑固に紡ぎつづけた内田百閒の、文庫による本格的集成。

尾崎翠集成（上）　尾崎翠・中野翠編

鮮烈な作品を残し、若き日に音信を絶った謎の作家・尾崎翠。この巻には代表作「第七官界彷徨」をはじめ初期短篇、詩、書簡、座談を収める。

尾崎翠集成（下）　尾崎翠・中野翠編

時間とともに新たな輝きを加えてゆく尾崎翠の文学世界。下巻には『アップルパイの午後』などの戯曲、映画評、初期の少女小説を収録する。

梶井基次郎全集（全1巻）　梶井基次郎

「檸檬」「泥濘」「桜の樹の下には」「交尾」をはじめ、習作・遺稿を全て収録し、梶井文学の全貌を伝える一巻に収めた初の文庫版全集。（高橋英夫）

文豪怪談傑作選
川端康成集
川端康成　東雅夫編

生涯にわたり、霊異と妖美の世界を探求してやまなかった川端。幻の処女作から晩年の絶品まで、ノーベル賞作家の秘められた異形の世界を総展望。

文豪怪談傑作選
吉屋信子集
吉屋信子　東雅夫編

少女小説の大家は怪奇幻想短篇小説の名手でもあった。闇に翻弄される人の心理を鮮やかに美しく描きだす異色の怪談集。文庫未収録を多数収録。

文豪怪談傑作選
泉鏡花集
泉鏡花　東雅夫編

怪談話の真打登場。路地裏の魔界の無惨、丑の刻詣りの凄絶、蛇の呪いの妖艶。美しく完璧だからこそ恐い鏡花の世界。すべて文庫未収録作。

文豪怪談傑作選・特別篇
百物語怪談会
東雅夫編

ファン垂涎の稀覯書完全復刻！　怪談好きには有名な泉鏡花主催の怪談会とその続篇を収録。明治末期の文壇を席巻した怪談ブームの熱気を伝える。

文豪怪談傑作選
柳田國男集
柳田國男　東雅夫編

日本にはかつてたくさんの妖怪が生きていた。各地に伝わる怪しの者たちの痕跡を丹念にたどった柳田民俗学のエッセンスを1冊に。遠野物語ほか。

文豪怪談傑作選
三島由紀夫集
三島由紀夫　東雅夫編

川端康成を師と仰ぎ澁澤龍彦や中井英夫の「兄貴分」であった三島の、怪奇幻想作品集成。「英霊の聲」ほか怪談入門に必読の批評エッセイも収録。

文豪怪談傑作選・特別篇
文藝怪談実話
東雅夫編

日本文学史を彩る古今の文豪、彼らと親しく交流した芸術家や学究たちが書き残した慄然たる超常現象記録を集大成。岡本綺堂から水木しげるまで。

文豪怪談傑作選
小川未明集
小川未明　東雅夫編

「赤い蠟燭と人魚」の作者はじつは優れた怪談語りだった。小泉八雲とメーテルリンクに深く影響を受けた未明の、珠玉の怪奇幻想小説集。

文豪怪談傑作選
室生犀星集
室生犀星　東雅夫編

失った幼子への想い、妻への鬱屈した思い、幻惑される都市の暗闇……すべてが幻想恐怖譚に結実する。身震いするほどの名作を集めた珠玉の一冊。

文豪怪談傑作選・特別篇
鏡花百物語集
泉鏡花　東雅夫編

大正年間、泉鏡花肝煎りで名だたる文人が集まって行われた怪談会。都新聞で人々の耳目を集めた怪談会の記録と、そこから生まれた作品を一冊に。

文豪怪談傑作選
太宰治集
太宰治　東雅夫編

祖母の影響で子供の頃から怪談好きだった太宰治。表題作「哀蚊」や「魚服記」はじめ、本当は恐ろしい幽暗な神髄を一冊にまとめる。

文豪怪談傑作選
折口信夫集
折口信夫　東雅夫編

神と死者の声をひたすら聞き続けた折口信夫の怪談アンソロジー。物怪たちが跋扈活躍する「稲生物怪録」を皮切りに日本の根の國からの声が集結。

文豪怪談傑作選
芥川龍之介集
芥川龍之介　東雅夫編

和漢洋の古典教養を背景にした芥川の怪談は、まさに文豪の名に相応しい名作揃い。江戸両国ものを中心にマニア垂涎の断章も網羅した一巻本。

文豪怪談傑作選
幸田露伴集
幸田露伴　東雅夫編

鏡花と双璧をなす幻想文学の大家露伴。神仙思想に通じ男性的な筆致で描かれる奇想天外な物語は圧巻。澁澤、種村の心酔した世界を一冊に纏める。

文豪怪談傑作選・明治篇
夢魔は蠢く
東雅夫編

近代文学の曙、文豪たちは怪談に惹かれた。夏目漱石「夢十夜」はじめ、正岡子規、小泉八雲、水野葉舟らが文学の極北を求めて描いた傑作短篇を集める。

文豪怪談傑作選・大正篇
妖魅は戯る
東雅夫編

文化の華開いた時代、文豪たちは怪奇な夢を見た。鈴木三重吉、中勘助、内田百閒、寺田寅彦、そして志賀直哉。人智の裏、自然の恐怖と美を描く。

文豪怪談傑作選・昭和篇
女霊は誘う
東雅夫編

戦争へと駆け抜けていく時代に華開いた頽廃の香り漂う名作怪談。永井荷風、豊島与志雄、伊藤整、久生十蘭、原民喜。文豪たちの魂の叫びが結実する。

世界幻想文学大全
幻想文学入門
東雅夫編著

幻想文学のすべてがわかるガイドブック。澁澤龍彦、中井英夫、カイヨワ等の幻想文学案内のエッセイも収録し、資料も充実。初心者も通も楽しめる。

世界幻想文学大全
怪奇小説精華
東雅夫編

ルキアノスから、デフォー、メリメ、ゴーチエ、ゴーゴリ……時代を超えたベスト・オブ・ベスト。岡本綺堂、芥川龍之介等の名訳も読みどころ。

世界幻想文学大全
幻想小説神髄
東雅夫編

ノヴァーリス、リラダン、マッケン、ボルヘス……時代を超えたベスト・オブ・ベスト。松村みね子、堀口大學、窪田般彌等の名訳も読みどころ。

うたの心に生きた人々　茨木のり子

こんな生き方もあったんだ！ 破天荒で、反逆精神に溢れ、国や社会に独自の姿勢を示し、何より詩に賭けた四人の詩人の生涯を鮮やかに描く。

倚りかからず　茨木のり子

もはや／いかなる権威にも倚りかかりたくはない……話題の単行本に3篇の詩を加え、高瀬省三氏の絵を添えて贈る決定版詩集。（山根基世）

沈黙博物館　小川洋子

「形見じゃ」老婆は言った。死の完結を阻止するために形見が盗まれる。死者が残した断片をめぐるやさしくスリリングな物語。（堀江敏幸）

尾崎放哉全句集　村上護編

「咳をしても一人」などの感銘深い句で名高い自由律の俳人・放哉。放浪の旅の果て、小豆島で破滅型の人生を終えるまでの全句業。（村上護）

文学賞メッタ斬り！　大森望　豊﨑由美

文学賞って何？ 受賞すれば一人前？ 芥川・直木賞から地方の賞まで、国内50余の文学賞を稀代の読書家二人が徹底討論。（枡野浩一）

読んで、「半七」！　岡本綺堂　北村薫／宮部みゆき編

半七捕物帳には目がない二人の選んだ傑作23篇を二分冊で。「半七」のおいしいところをぎゅぎゅっと凝縮！ お文の魂／石燈籠／勘平の死／ほか。

せどり男爵数奇譚　梶山季之

せどり＝掘り出し物の古書を安く買って高く転売することを業とすること。古書の世界に魅入られた人々を描く傑作ミステリー。（永江朗）

謎の部屋　北村薫編

不可思議な異世界へ誘う作品から本格ミステリまで、「豚の島の女王」「猫じゃ猫じゃ」「小鳥の歌声」など17篇。宮部みゆき氏との対談付。

こわい部屋　北村薫編

思わず叫び出したくなる恐怖から、鳥肌のたつ恐怖まで。「七階」「ナツメグの味」「夏と花火と私の死体」など18篇。宮部みゆき氏との対談付。

クラクラ日記　坂口三千代

戦後文壇を華やかに彩った無頼派の雄・坂口安吾との、嵐のような生活を妻の座から愛と悲しみをもって描く回想記。巻末エッセイ＝松本清張

まどさん 阪田寛夫

童謡「ぞうさん」「やぎさんゆうびん」の詩人・まどみちお。詩人の奥深い魂の遍歴を追い求め、限りなく優しい詩の秘密を解き明かす感動の書。（谷悦子）

妊娠小説 斎藤美奈子

『舞姫』から『風の歌を聴け』まで、望まれない妊娠を扱った一大小説ジャンルが存在している――意表をついた指摘の処女評論。（金井景子）

趣味は読書。 斎藤美奈子

気鋭の文芸評論家がベストセラーを読む。『大河の一滴』から『えんぴつで奥の細道』まで、目から鱗の分析がいっぱい。文庫化にあたり大幅加筆。

文章読本さん江 斎藤美奈子

「文章読本」の歴史は長い。百年にわたり文豪から一介のライターまでが書き綴った、この「文章読本」とは何ものか。第1回小林秀雄賞受賞の傑作評論。

本の本 斎藤美奈子

じつは著者初の書評集。デビュー以来13年分の書評がぎっしり詰まった本書で評された(切られた?)本は700冊近い。ずっしり時代が収まった決定版。

小説のストラテジー 佐藤亜紀

小説という装置／物語の役割／ディエーゲーシスとミメーシス……。稀代の小説家が伝授する、読み、書くための戦略(ストラテジー)。

北大路魯山人(上) 白崎秀雄

魯山人とは何者か。篆刻、書画、陶芸、料理に天才的な才を見せ、大きな影響を残した彼の波乱の生涯を、精細な取材によって照らしだす傑作長編評伝。

北大路魯山人(下) 白崎秀雄

美食家として星岡茶寮の隆盛と芸術家としての成功・華やかな人間関係。一方で絶えることのない周囲との衝突、そして不遇な晩年。傑作評伝の後編。

図書館の神様 瀬尾まいこ

赴任した高校で思いがけず文芸部顧問になってしまった清(きよ)。そこでの出会いが、その後の人生を変えてゆく。鮮やかな青春小説。（山本幸久）

谷川俊太郎の33の質問 谷川俊太郎

大岡信、林光、和田誠、吉増剛造、武満徹、粟津潔、岸田今日子ら7人の友人達に33の同じ問いを発しつつ、共に語る一味違った対談。（天野祐吉）

詩ってなんだろう　谷川俊太郎

谷川さんはどう考えているのだろう。その道筋にそって詩を集め、選び、配列し、詩とは何かを考えるおもとを示しました。（華恵）

詩めくり　谷川俊太郎

1月1日から毎日1篇ずつ1年間書かれた短詩、日めくりならぬ詩めくり。季節感にとらわれない、自由な詩の世界への入り口は366通り。（天野祐吉）

美食倶楽部　谷崎潤一郎大正作品集　種村季弘編

表題作をはじめ耽美と猟奇、幻想と狂気……官能的な文体によるミステリアスなストーリーの数々。大正期谷崎文学の初の文庫化。種村季弘編で贈る。

山頭火句集　種田山頭火　村上護編　小崎侃・画

自選句集「草木塔」を中心に、その境涯を象徴する随筆も精選収録し、〝行乞流転〟の俳人の全容を伝える一巻選集！（村上護）

文豪たちの大喧嘩　谷沢永一

好戦的で厄介者の論争家、鷗外。標的とされた暢気な逍遥。独立闊歩の若き批評家、樗牛。文学論争を通して、その意外な横顔を描く。（鷲田小彌太）

小説の解剖学　中条省平

小説の「うまさ」のツボはどこにあるのか？　エッセイが小説になる瞬間とは？　天才教師が教える「小説を読むならここを読め！」

土恋　津村節子

台風被害、不渡り手形など度重なる災難を乗り越え、土作り・蹴りろくろ・薪窯で日用雑器を焼きつづける家族の愛と歴史を鮮やかに描く。（稲葉真弓）

夜露死苦現代詩　都築響一

寝たきり老人の独語、死刑囚の俳句、エロサイトのコピー……誰も文学と思わないのに、一番僕たちをドキドキさせる言葉をめぐる旅。増補版。

君は永遠にそいつらより若い　津村記久子

22歳処女。いや「女の童貞」と呼んでほしい――。日常の底に潜むうっすらとした悪意を独特の筆致で描く。第21回太宰治賞受賞作。（松浦理英子）

蘆屋家の崩壊　津原泰水

幻想怪奇譚×ミステリ×ユーモアで人気のシリーズ、新作を加えて再文庫化。猿渡と怪奇小説家の伯爵、二人の行く手には怪異が――。（川崎賢子）

ピカルディの薔薇　津原泰水

人気シリーズ第二弾、初の文庫化。作家となった猿渡は今日も怪異に遭遇する。五感を失った人形師、過去へと誘うウクレレの音色――。（土屋敦）

こころ　夏目漱石

友を死に追いやった「罪の意識」によって、ついには人間不信にいたる悲惨な心の暗部を描いた傑作。詳しく利用しやすい語注付。（小森陽一）

武蔵野S町物語　永倉萬治

竹馬、紙セッケン、シベリア帰りのおじさん……懐かしい昭和30年代の風景の中で躍動する少年たち。急逝した著者の自伝的作品。（永倉有子）

法然行伝　中里介山

『大菩薩峠』の著者、中里介山が描く仏教者法然の生涯。熊谷直実との交流を描いた名作「黒谷夜話」を併録。（橋本峰雄）

官能小説用語表現辞典　永田守弘編

官能小説の魅力は豊かな表現力にある。本書は創意工夫の限りを尽したその表現をピックアップした、日本初かつ唯一の辞典である。（重松清）

絶滅寸前季語辞典　夏井いつき

「従兄煮」「蚊帳」「夜這星」「竈猫」……季節感が失われ、風習が廃れて消えていく季語たちに、新しい命を吹き込む読み物辞典。（茨木和生）

絶滅危急季語辞典　夏井いつき

「ぎぎ・ぐぐ」「われから」「子持花椰菜」「大根祝う」……消えゆく季語に新たな命を吹き込む読み物辞典。超絶季語続出の第二弾。（古谷徹）

冠・婚・葬・祭　中島京子

人生の節目に、起こったこと、出会ったひと、考えたこと。冠婚葬祭を切り口に、鮮やかな人生模様が描かれる。第143回直木賞作家の代表作。（瀧井朝世）

通天閣　西加奈子

このしょーもない世の中に、救いようのない人生に、ちょっぴり暖かい灯を点す驚きと感動の物語。第24回織田作之助賞大賞受賞作。（津村記久子）

勉強ができなくても恥ずかしくない　橋本治

学校の中で、自分の役割を見つける事に最大の喜びを感じるケンタくん。小学校入学から大学受験まで、教育と幸福の本質を深く考えさせられる自伝的小説。

とりつくしま　東直子

死んだ人に「とりつくしま係」が言う。モノになってこの世に戻れますよ。妻は夫のカップに弟子は先生の扇子になった。連作短篇集。（大竹昭子）

深沢七郎コレクション 流　深沢七郎／戌井昭人編

『楢山節考』『言わなければよかったのに日記』など独特の作品世界で知られる深沢七郎のコレクション。「流」の巻は小説を中心に。（戌井昭人）

深沢七郎コレクション 転　深沢七郎／戌井昭人編

「転」の巻は、エッセイを中心に。「生態を変える記」「庶民烈伝序章」「流浪の手記」「ゲコの酌」「夢屋往来」「秘戯」などを収録。（戌井昭人）

天辺の椅子　古川薫

ドイツの戦術家メッケルから激賞され、日露戦争では二〇三高地攻略の立役者となった児玉源太郎。その全生涯を描き尽くす長篇歴史小説の傑作。

新島襄の青春　福本武久

幕末、洋学への志ゆえに密航で渡米した新島七五三太。帰国後、妻・八重と新時代の男女像を示した明治教育界の先駆者の若き日々。

方丈記私記　堀田善衛

中世の酷薄な世相を覚めた眼で見続けた鴨長明。その人間像を自己の戦争体験に照らして語りつつ現代日本文化の深層をつく。

超短編アンソロジー　本間祐編

超短編とは、小説、詩等のジャンルを超え、数行という短さによって生命力を与えられた作品のこと。キャロル、足穂、村上春樹等約90人の作品。巻末対談＝五木寛之

回転ドアは、順番に　穂村弘／東直子

ある春の日に出会い、そして別れるまで。気鋭の歌人ふたりが、見つめ合い呼吸をはかりつつ投げ合う、スリリングな恋愛問答歌。（金原瑞人）

読んであげたいおはなし（上）　松谷みよ子

くり返し、何度でも読めて、楽しめるはなしばかり。選びぬかれた一〇〇篇。見事な語りの松谷民話決定版。上巻には春と夏のはなしを収録。

読んであげたいおはなし（下）　松谷みよ子

下巻には、秋と冬のはなし一〇〇篇を収録。怖いはなし、奇妙なはなしもいっぱい。読み聞かせに絶好な二冊がここにそろった。

快楽としてのミステリー　丸谷才一

ホームズ、007、マーロウ――探偵小説を愛読して半世紀、その楽しみを文芸批評とゴシップを駆使して自在に語る、文庫オリジナル。（三浦雅士）

一人で始める短歌入門　枡野浩一

「かんたん短歌の作り方」の続篇。CHINTAIのCM「いい部屋みつかっ短歌」の応募作を題材に短歌を指南。毎週10首、10週でマスター！

英語で読む
銀河鉄道の夜（対訳版）　宮沢賢治　ロジャー・パルバース訳

"Night On The Milky Way Train"（銀河鉄道の夜）賢治文学の名篇が香り高い訳で生まれかわる。文庫オリジナル。井上ひさし氏推薦。（高橋康也）

川三部作
泥の河／螢川／道頓堀川　宮本輝

太宰賞「泥の河」、芥川賞「螢川」、そして「道頓堀川」と、川を背景に独自の抒情をこめて創出した、宮本文学の原点をなす三部作。

兄のトランク　宮沢清六

兄・宮沢賢治の生と死をそのかたわらでみつめ、兄の死後も烈しい空襲や散佚から遺稿類を守りぬいてきた実弟が綴る、初のエッセイ集。

三島由紀夫レター教室　三島由紀夫

五人の登場人物が巻き起こす様々な出来事を手紙で綴る。恋の告白・借金の申し込み・見舞状等、一風変ったユニークな文例集。（群ようこ）

肉体の学校　三島由紀夫

裕福な生活を謳歌している三人の離婚成金。"年増園"の例会はもっぱら男の品定め。そんな一人がニヒルで美形のゲイ・ボーイに惚れこみ……。（群ようこ）

反貞女大学　三島由紀夫

魅力的な反貞女となるためのとっておきの16講義（表題作）と、三島が男の本質を明かす「第一の性」収録。（田中美代子）

新恋愛講座　三島由紀夫

恋愛とは？　西洋との比較から具体的な技巧まで懇切丁寧に説いた表題作、「おわりの美学」「若きサムライのために」を収める。（田中美代子）

命売ります　三島由紀夫

自殺に失敗し、「命売ります。お好きな目的にお使い下さい」という突飛な広告を出した男のもとに、現われたのは？（種村季弘）

ちくま文庫

落穂《おちぼ》拾《ひろ》い・犬《いぬ》の生活《せいかつ》

二〇一三年三月十日　第一刷発行

著者　小山 清（こやま・きよし）

発行者　熊沢敏之

発行所　株式会社 筑摩書房
東京都台東区蔵前二―五―三　〒一一一―八七五五
振替〇〇一六〇―八―四一二三

装幀者　安野光雅

印刷所　株式会社精興社

製本所　株式会社積信堂

乱丁・落丁本の場合は、左記宛にご送付下さい。
送料小社負担でお取り替えいたします。
ご注文・お問い合わせも左記へお願いします。
筑摩書房サービスセンター
埼玉県さいたま市北区櫛引町二―六〇四　〒三三一―八五〇七
電話番号　〇四八―六五一―〇〇五三

ISBN978-4-480-43046-5 C0195